JN032509

異常《アノマリー》

エルヴェ・ル・テリエ
加藤かおり 訳

L'Anomalie
Hervé Le Tellier

早川書房

異常《アノマリー》

日本語版翻訳権独占
早　川　書　房

© 2022 Hayakawa Publishing, Inc.

L'ANOMALIE
by
Hervé Le Tellier
Copyright © 2020 by
Éditions Gallimard, Paris
Translated by
Kaori Kato
First published 2022 in Japan by
Hayakawa Publishing, Inc.
This book is published in Japan by
direct arrangement with
Éditions Gallimard.

装画／POOL
装幀／早川書房デザイン室

予《われ》の汝《なんじ》を夢と謂《い》うも亦《また》夢なり。

——荘子

真の悲観論者は、悲観論者となるにはすでに手遅れであることを知っている。

——ヴィクトル・ミゼル『異常《アノマリー》』

主な登場人物

ブレイク……………………………殺し屋
ミゼル………………………………小説家・翻訳家
リュシー……………………………映像編集者
デイヴィッド………………………癌患者
ソフィア……………………………7歳の少女
ジョアンナ…………………………弁護士
スリムボーイ………………………歌手
アンドレ……………………………建築家
アドリアナ…………………………女優
エイドリアン………………………確率論研究者
メレディス…………………………位相幾何学研究者
ティナ………………………………数学者・コンサルタント
シルヴェリア………………………国家軍事指揮センター将軍
プドロスキー………………………FBI心理作戦部特別捜査官
ミトニック…………………………国家安全保障局（NSA）デジタル監視責任者

第一部

空ほどに暗く［二〇二一年三月〜六月］

知識や知性、さらには才気までをもつねに凌駕する見事なもの、
それは無理解だ。

——ヴィクトル・ミゼル『異常《アノマリー》』

ブレイク

　人を殺すのは、たいしたことじゃない。必要なのは、観察し、監視し、熟考することだ。それもたっぷりと。そしてここぞという瞬間に、無を穿つ。そう、それだ、無を穿つ。世界がどんどん収縮し、銃身に、あるいはナイフの切っ先に集約されるよう工夫する。ただそれだけ。問いを発してはならない、怒りに身を任せてはならない。手順を選び、作法どおりにふるまう。ブレイクはやり方を心得ているし、しかもそれがあまりにも昔からなので、いったいいつそうしたことを身につけはじめたのか、もはやわからない。そしてその後の所作は、おのずとひとりでになされる。

　ブレイクは他人の死で食い扶持を稼いでいる。どうかここで人の道を説くのはご遠慮願いたい。倫理をめぐる議論になったら、ブレイクは統計値を持ち出すつもりだ。というのも――悪いが、言わせてもらうぜ――保健大臣が予算をケチり、こっちではCTスキャンを、そっちでは医師を、さらにあっちでは蘇生室を、と削っていくのは、ブレイクが思うに、見知らぬ何千人もの命を大幅に縮める所業にほかならないからだ。けれども世のつねで、大臣に責任はあるが、罪はない。ブレイクの場合はその逆だ。だがどちらにしても、彼には弁明する義務はないし、弁明する気もさらさらない。

人殺しに大切なのは、資質ではなく気質だ。心の態様とも言えるだろう。当時ブレイクは十一歳で、まだブレイクとは名乗っていない。彼は母親のとなり、ボルドー近郊の県道を走るプジョーの助手席に座っている。さほどスピードは出ていない。そこに犬が一匹現われて、道を横切ろうとする。衝撃で車がわずかにスリップした瞬間、母親が叫び声をあげ、ブレーキを踏む。目一杯踏みこんだせいで車体がジグザグに揺れ、エンストする。いいこと、車のなかにいるのよ、ああ、どうしましょ、車から出ちゃだめ。ブレイクは言いつけを無視し、母を追って車外に出る。灰色の毛のコリー犬で、ぶつかった衝撃で胸が潰れ、路肩に血が流れている。けれどもまだ死んではいない、うめき声をあげている。赤ん坊がめそめそ泣くような声だ。母はパニックに陥って右往左往し、ブレイクの両目に自分の手をあてがい、支離滅裂な言葉を口走り、救急車を呼ぼうとする。でも、ママ、犬だよ、ただの犬だってば。犬はひび割れたアスファルトの上で喘《あえ》ぎ、折れてねじれた身体を妙な角度に曲げ、どんどん弱々しくなっていく痙攣に身を震わせ、ブレイクの目の前で息絶えようとしている。そしてブレイクは、犬から命のともしびが消えていくのを好奇のまなざしで見つめている。やがて犬は絶命する。ブレイクはほんの少しだけ悲しみを演じる。というか、彼が悲しみと想像するものを表現する。母を困惑させないように。けれども、実際にはなにも感じていない。母はその場で、小さな亡骸《なきがら》の前で、いつまでも凍りついている。ブレイクはしびれを切らし、母の袖を引っ張って言う。ママ、行こう、突っ立ってたってなんにもならないよ、もう死んじゃったんだから、ねえ、行こうよ、サッカーに遅れちゃう。

人殺しにはスキルも求められる。ブレイクは必要なスキルが漏れなく自分にそなわっていることを、シャルル叔父に狩りに連れていってもらった日に自覚した。三発で、ウサギ三匹。これを才能と呼ばずして、なんと呼ぶ？　彼はすばやく正確に狙いを定め、目もあてられないおんぼろのカービン銃でも、まるで手入れがなされていない鉄砲でも見事に使いこなす。縁日の祭りでは女の子たちが彼のあとをついてまわる。ねえねえ、あたし、キリンが欲しいな、ゾウが、ゲームボーイが、そう、それそれ、もいっかい、それお願い！　そうしてブレイクはぬいぐるみやゲーム機を配り、射的屋泣かせの存在となったあと、今後は目立たずこっそりやろうと決める。ブレイクは叔父が手ほどきしてくれるほかのもろもろの事柄も好きだ。シカの喉を切り裂くのも、ウサギの皮を剝ぐのも。とはいえ、はっきりさせておこう。ブレイクは殺すことには、手負いの動物にとどめを刺すことにはなんの喜びも感じない。彼は倒錯した悪人ではない。そうではなく、彼が魅了されるのは、技術に裏づけられた所作、繰り返しによって身につくスムーズで流れるような型《ルーティン》だ。

二十歳のブレイクは、リポウスキー、ファルサティ、あるいはマルタンといったきわめてフランス的な名前（リポウスキーは一九〇〇年代に始まったポーランド移民、ファルサティは一九五〇年代のマグレブ移民を象徴する名前）を名乗り、アルプス山麓の小さな町の料理学校に通っている。断っておくが、これは決してやむにやまれぬ選択ではない。というのも、彼ならなんでもできたはずだから。電子工学もプログラミングも好きだったし、外国語を学ぶのも得意だった。ほら、たとえば英語にしても、たった三カ月間、ロンドンの〈ラングス〉のクラスに通っただけで、ほぼ訛りなしで話せるようになった。けれどもブレイクがなにより好きなのは料理で、レシピにある料理をつくっている無のひととき、厨房の慌ただしい喧騒のただなかにあってもゆったりと流れる時間、鍋のなかで溶けるバターを眺め、白ネギを煮詰め、スフレを膨らます長い静かな一刻を気に入っていた。香りやスパイスも好きだし、皿のなかに色と味のアレンジメントをつくり出すのも好きだ。というわけで、学校一優秀な生徒になってもおかしくなかったのだが、ったく、リポウスキー（あるいはファルサティ、もしくはマルタン）のくそめ、お客にもう少し感じよくしたってバチはあたらんだろうに、料理人ってえのはな、サービス業なんだよ、サービス業、おい、聞いてんのか、リポウスキー（あるいはファルサティ、もしくはマルタン）！

ある晩、あるバーで、したたかに酔ったある男が、別のある男を殺してほしい、と彼に持ちかける。その男にはおそらく、そう願うだけの理由があるのだろう。仕事がらみか、あるいは女がらみの。だがブレイクには理由などどうでもいい。

「やってくれるか？　カネは払う」

「あんたはイカれてる」ブレイクは言う。「完全にイカれてる」

「カネは払う。大枚だ」

そう言って、男はゼロが三つついた額を提示する。ブレイクは鼻で笑う。

「まさか。あんた、冗談ほざいてんのか？」

ブレイクは時間をかけてゆっくり飲む。男がバーのカウンターに突っ伏し、ブレイクは彼を揺すって言う。

「いいか、聞け、おれは殺しをするやつを知っている。ただし相場は、あんたの提示額の二倍。直接会ったことはない。明日、そいつに連絡する方法を教えてやる。だがそのあと、おれにこの話は二度とするな、いいな？」

そしてその夜、ブレイクはブレイクをつくり出す。ウィリアム・ブレイク（イギリスのロマン派詩人、画家）にちなんで。というのもブレイクは、アンソニー・ホプキンスが出ていた映画『レッド・ドラゴン』を観たあと彼の作品を読み、この詩を気に入ったからだ。〈危ない世界に飛びこんじゃったよ／無力で、まっぱだかのまま、おぎゃあと泣くだけ／雲に隠れた悪魔みたいに〉（「幼子の嘆き」より）。それに〝ブレイク〟は黒い湖《ブラック・レイク》、つまり得体の知れないノワールな湖《ラック》を連想させ、なんとなく楽《ラク》に生きられるように思えたからだ。

翌日には早くもジュネーブのネットカフェで、北米のサーバーを使って〈blake.mick.22〉なるユーザー名のメールアドレスがつくられる。ブレイクは中古のノートパソコンを見知らぬ男から現金で買い、古いノキアの携帯電話とプリペイドカードと、カメラと望遠レンズを手に入れる。装備をととのえると、この見習いコックはバーで知り合った男に〝ブレイク〟の連絡先を伝える――〝このアドレスがまだ使えるかどうか、保証の限りじゃないがな〟。そして待つ。三日後、件《くだん》の男がくだくだと長ったらしいメッセージを送ってくる。警戒しているらしい。質問攻めにし、弱点を探ろうとしているのだ。返事をよこすまでに丸一日あいだをあけることもある。ブレイクは標的、必要なブツの手配、納期について説明し、慎重にことを進めようとするその姿勢に相手もついには安心する。ふたりは合意に至り、ブレイクは報酬の半額の先払いを要求する。前金だけですでにゼロが四つつく額だ。だが先方が〝自然死〟を装うよう指示してきたので、ブレイクは報酬を二倍に釣り上げ、一カ月の納期を要求する。男はいまや相手がプロだと納得ずみなので、つべこべ言わずに要求をすべてのむ。

とはいえ、これは初仕事であり、ブレイクはあれこれ算段する。彼はすでにきわめて緻密で、慎重で、想像力旺盛だ。彼は何本もの映画を観ていた。ハリウッドの脚本家に殺し屋がどれほど世話になっているか、想像もつかないだろう。ブレイクは殺し屋稼業に手を染めた当初から、報酬や契約にまつわる情報を受けとる際には、ブツをビニール袋に入れ、バス、ファストフード店、工事現場、ごみ箱、公園など彼が指定した場所に置き去りにさせる方法を採用する。かえって人目につくようなあまりにもうら寂しい場所や、取引相手を見失ってしまうようなあまりにも混雑した場所は避ける。彼は指定した場所に何時間も前に赴き、周囲に目を光らせつづける。手袋、フード、帽子、メガネを着用し、髪を染め、カツラの被り方、頬のくぼませ方や膨らませ方を学び、さまざまな国のナンバープレートを何十枚も持つことになる。年月とともにナイフ投げの技術——距離に応じてハーフスピンまたはフルスピン——のほか、爆弾のつくり方やクラゲから検出不能な毒を抽出する方法を習得し、ものの数秒で9ミリブローニングやグロック43を分解して組み立てる技を身につけ、追跡不能な暗号通貨〈ビットコイン〉で支払いを受けたり武器を買ったりするようになる。ディープウェブにサイトを設け、ダークネットの達人になる。というのも、ネット上にはありとあらゆる分野の指南書が必ず存在するからだ。あとはただ探しさえすればいい。

というわけで、ブレイクのターゲットは五十代の男だ。相手の写真は入手ずみだし、名前も知っているが、あえて〝ゲン〟と呼ぶことにする。そう、バービー人形の夫の名前。うまい呼び名ではないか。ケンにしておけば、生々しさが薄れる。

ケンは独り暮らしだ。幸先がいい、とブレイクは思う。既婚者で三人の子持ちでは、どうやってチャンスをつくればいいのかわからない。ただし五十代となると、自然死の選択肢は限られる。自動車事故、ガス漏れ、心臓麻痺、転倒事故、そんなところか。だがブレイクはまだブレーキに不具合を仕込んだり、ステアリングに小細工したりする方法を会得していないし、心臓麻痺を引き起こす塩化カリウムの調達方法も知らないし、かといってガスによる窒息死はなんとなく気が進まない。ということで、転倒事故でいくしかない。なにしろ年間一万人が死んでいる。そのほとんどが年寄りだが、なんとかなるだろう。それにケンは筋骨たくましいタイプではないが、取っ組み合いをするなど論外だ。

ケンはアネマス近郊の戸建て集合住宅の一階にある2LDKに住んでいる。三週間かけてブレイクはひたすら観察し、計画を練る。前金を使って古いルノーのバンを購入し、シート、マットレス、照明用の予備バッテリーなどでざっと装備をととのえ、住宅地のそばの高台にある閑散とした駐車場に陣取る。そこからだとケンの自宅が見える。彼は毎朝八時半に家を出てスイスとの国境を越えると、十九時頃に帰ってくる。週末に女が訪ねてくることもある。十キロほど離れたボンヌヴィルに住むフランス語教師だ。ケンの行動パターンが決まっていて、スケジュールを先読みしやすいのは火曜日だ。普段より早めに帰ってくるとジムに直行し、二時間後に戻ってきて二十分ほど浴室で過ごし、そのあとテレビを観ながら夕食をとり、パソコンの前で少しだらだらしたあと就寝する。

というわけで、火曜の夜が好都合だ。そこでクライアントにメッセージを送る。〈月曜日、二十時？〉表記のルールは、〈決行日マイナス一日、決行時刻マイナス二時〉。かくしてクライアントは、火曜日の二十二時にアリバイをつくる。

決行日の一週間前にブレイクはケンの家にピザを宅配させる。配達人がチャイムを鳴らす。すぐさまドアを開けたケンは驚いて相手と押し問答し、配達人はピザの箱を抱えて帰っていく。ブレイクはこれで必要な情報をすべて手に入れる。

翌週の火曜日、今度はブレイクがピザの箱を持って玄関先に現われる。ひと気のない通りに一瞬目を走らせると、滑り止め防止のオーバーシューズを履き、手袋を確かめてしばし待つ。そしてケンがシャワーから出てきた瞬間にチャイムを押す。ケンがバスローブ姿でドアを開け、ピザの箱を手にした配達人をみとめてため息をつく。だが彼が言葉を発する前に空箱が落ち、ブレイクはふた股に割れた警棒型スタンガンを相手の胸に押しつける。電撃を受けたケンががくりと床に膝をつく。ブレイクもしゃがむと、それから十秒、ケンが動かなくなるまで警棒を押しあてつづける。メーカー公称出力は八百万ボルト。ブレイクはみずから実験台となって試してみたが、電極を一本あてただけであやうく失神するところだった。彼は泡を吹いてうめいているケンを浴室まで引きずっていくと、念のためにもう一度電気ショックを与え、ケンの頭、つまりこめかみのあたりを両手で挟んで持ち上げる。そしてたった一回、満身の力をこめてバスタブに激しく叩きつける（この動作は椰子の実を使って十回リハーサルした）。バスタブの縁にあたって頭蓋骨が砕け、衝撃のせいで菱形のタイルが割れる。マニキュアを思わせる深紅色の血がすぐにどろりと広がり、生温かい鉄錆の芳《かぐわ》しいにおいが立ちのぼる。ケンの口は呆けたようにぽかんと開き、かっと見開いた目は天井をじっと見据えている。ブレイクはバスローブの胸元をちらりと開けて確認する。電気ショックの跡は残っていない。それから彼は、不運にも足を滑らせたケンに重力が強いたであろう仮説の軌道に従って、できるだけそれらしく死体の姿勢をととのえる。

　だが立ち上がって自分の仕事をほれぼれと眺めていると、突然、猛烈に小便がしたくなる。想定外の事態だ。なにしろ映画のなかの殺し屋は小便などしない。あまりにもせっぱつまった尿意なので、とりあえずトイレを拝借し、ことがすんだら徹底的に掃除しようとまで考える。だが警察官がほんの少しでも頭を働かせたり、あるいはただ単に手順を踏んで漏れなく粛々と調べ出したりしたら、ＤＮＡが検出されるだろう。確実に。というか、少なくともブレイクはそう思う。というわけで、懇願しきりの膀胱を無視し、責め苦に顔をゆがめながら、そのまま計画を続行する。石鹸を手に取り、まずはケンの踵に押しつけ、次いで床にこすりつけて線を描くと、滑って飛んでいったと仮定される方向に放り投げる。すると石鹸は跳ね飛び、便器の背後に着地する。完璧だ。石鹸を見つけて警察官は顔をほころばせ、謎が解けたと有頂天になるだろう。ブレイクはシャワーをぎりぎりまで高温に設定して蛇口を開くと、蒸気を立てている湯を避けながらヘッドを死体の顔と胸に向け、浴室を出る。

　そして窓辺に走り寄ってカーテンを閉め、最後に室内をチェックする。身体が数メートル引きずられたことを示す跡はどこにもない。やがて赤みがかった湯が床を濡らしはじめる。パソコンはつけっぱなしで、モニターにはイギリスの芝生と花壇が映っている。ケンは園芸好きだったようだ。ブレイクは集合住宅を出ると手袋を脱ぎ、二百メートル先に駐《と》めておいたスクーターまで慌てずに歩く。そしてスクーターを発進させ、一キロ走ると、スクーターを停めてようやく放尿する。くそっ、と思わず声が出る。黒い綿のオーバーシューズを脱ぐのをうっかり忘れていたのだ。

二日後、心配した同僚が警察に通報し、サミュエル・タドレールが不慮の事故で死んでいるのが発見される。ブレイクはその日のうちに残金を受けとる。

それらはみな、ずっと昔の話だ。以来、ブレイクはふたつの人生を築いてきた。一方の人生の彼は目につかない存在で、二十のファミリーネームと二十のファーストネームを持ち、そのそれぞれに対応するさまざまな国籍のパスポートを所有している。そのなかには本物の生体認証がついたパスポートもある。そう、そうしたものをつくるのは、一般に考えられているよりたやすい。もう一方の人生の彼は〝ジョ〟という名で、ベジタリアン料理の宅配サービスを手がけるしゃれたパリの会社を遠隔経営し、ボルドーとリヨンのほか、いまではベルリンとニューヨークにも子会社を持っている。事業のパートナーのフローラは彼の妻でもあり、彼女とそして夫婦のあいだに生まれたふたりの子は不満たらたらだ。それというのも父親が頻繁に、しかもときに長期にわたって旅に出るからで、それは確かにほんとうだ。

★

二〇二一年三月二十一日
ニューヨーク州、クォーグ

この三月二十一日、ブレイクは旅先にいる。小糠雨のなか、濡れた砂浜を走っている。長い金髪、バンダナ、サングラス、黄色と青のトレーニングウェア。いかにもジョガーらしい派手派手しさで、逆に目につかない。ニューヨークにはオーストラリア人名義のパスポートで十日前に着いた。大西洋を横断する空の旅は荒れに荒れた。ブレイクが本気で死を覚悟し、これはこれまでさんざん死を請け負ってきたことに対する天罰だと観念するほどに。飛行機が底なしのエアポケットに落ちたときには、金髪のカツラが吹っ飛びそうになった。そして続く九日のあいだ、彼は毎日ウォーグの灰色の空の下、ビーチを三キロ走っている。海岸線に並ぶのは、少なく見積もっても一千万ドルは下らないバラック小屋の別荘群。開発業者は砂丘を整備し、通りにわかりやすく〈砂丘ロード〉という名を授け、一帯に松と葦を植えた。どの別荘も隣家から見えないように、どの所有者も海を独り占めしていると信じて疑わないようにするための配慮だ。ブレイクは小さな歩幅でゆったりと走る。そしてこれまで毎日同じ時刻にしてきたように、大きなガラス窓と海に通じる階段のついたテラスをそなえ、セコイアの幅広の帯板を張った美しい平屋根の家の前でつと足を止める。そこで息を切らしたふりをし、脇腹の痛みを装って上体を屈め、これまたそれまで毎日してきたように顔を起こし、遠くにいる男に手を上げて挨拶する。相手は五十がらみの小太りの男で、庇の下、手すりに肘をついてコーヒーを飲んでいる。一緒にいるのは、もう少し若くて大柄な、褐色の髪を短く刈りこんだ男だ。板壁に背をつけて控えているこの男は、警戒するような面持ちで砂浜に目を光らせている。ホルスターを装着しているのだろう、ジャケットの左側の布地が膨らんでいる。ということは右利きか。今日もブレイクは微笑みを浮かべると――この週二度目だ――、ふたりに近づくため、背の低い草とエニシダのあいだに延びる砂地の小道をのぼる。

　ブレイクは慎重にそろそろと伸びをすると、あくびをしてリュックからタオルを取り出し、顔の汗を拭き、水筒を出して冷たい紅茶を長々と飲む。そして年嵩の男が声をかけてくるのを待つ。

「やあ、ダン。調子はどうだ?」

「ハイ、フランク」〝ダン〟ことブレイクはまだ息を喘がせながら答える。脇腹が痙攣しているふりをして顔をしかめる。

「走るにはうっとうしい天気だな」男は言う。一週間前の初めての出会い以来、口ひげと灰色の顎ひげが伸びっぱなしだ。

「それを言うなら、うっとうしい一日ですよ」ブレイクはふたりの男から五メートルほどのところで立ち止まって言う。

「今朝、きみのことを考えたよ、オラクル社の株価を見てね」

「その話はよしてくださいよ。今後数日の値動きをわたしがどう予測してると思います、フランク?」

「どう予測してるんだ?」

　ブレイクはゆっくり丁寧にタオルをたたむとリュックにしまい、それからゆっくり丁寧に水筒も収める。そしてさっとすばやくピストルを取り出す。そして若いほうに即座に三発お見舞いする。衝撃で男は後ろに弾き飛ばされ、ベンチにひっくり返る。そのあと、驚愕しているフランクに三発。

彼はほんの一瞬身体を震わせると、がくりと膝をつき、手すりに倒れこんで動かなくなる。ふたりとも胸に二発、額のど真ん中に一発。一秒で合計六発、使用したのはシグ・ザウエルP226。消音器《サイレンサー》付きだが、どのみち波音が雑音をすべてかき消した。またひとつ、瑕疵のない完璧な契約遂行。やすやすと十万ドルが転がりこむ。

ブレイクはシグ・ザウエルをリュックにしまうと、砂の上に散らばった六個の薬莢を拾い集め、いともたやすく仕留められたボディガードに視線を投げてため息をつく。ここにもひとつ、駐車場の警備員の名目でズブの素人を雇って二カ月仕込み、いきなりガチな現場に送りこんだ不埒なセキュリティ会社があるらしい。この哀れな男がまともに仕事をしていたら、彼は〝ダン〟という名前とブレイクがふと漏らした〈オラクル〉の社名を、望遠レンズで撮影したブレイクの写真をつけて上司に報告していただろう。そして会社の上層部は、〈オラクル・ニュージャージー〉のロジスティクス部門のサブ・ディレクターを務める、長い金髪をしたダン・ミッチェルなる人物の身元を確認してこのボディガードを安心させることができたはずだ。この人物はブレイクにかなり似ているのだが、それもそのはず、ブレイクは何十もの会社組織図をあたり、幾千もの顔のなかからこれぞと思える自分のそっくりさんを探しあてていた。

そのあとブレイクはふたたび走りはじめる。雨脚が強くなり、足跡がぼやける。トヨタのレンタカーは二百メートル離れたところに駐めてある。ナンバープレートは先週、ブルックリンの路上で見つけた同じ型の車から引っぺがしたものだ。彼は五時間後には新たな名義でロンドン行きの飛行機に乗りこみ、ユーロスターでパリに戻ることになる。帰りの便が十日前のニューヨーク行きの便ほど荒れなければ、言うことなしだ。
ブレイクはいまやプロ中のプロで、仕事の最中に尿意を催すことなどもはやない。

★

二〇二一年六月二十七日(日)、十一時四十三分
パリ、カルチェ・ラタン地区

ブレイクにたずねてみるがいい。確かにサンジェルマン界隈で一番うまいコーヒーを飲めるのは、セーヌ通りの角にあるこのバーだ。うまいコーヒー。ブレイクが言わんとするのは心底うまいコーヒーで、それは良質の豆、つまりここでは焙煎されたばかりのニカラグア産コーヒー豆を細挽きしたものと、濾過してまろやかにした水と、エスプレッソマシン——まさにこの場合は毎日きちんと洗浄がなされたチンバリ社製——との親密なコラボレーションから生まれ出る奇跡である。

ブレイクがオデオン座の近く、ビュシ通りに宅配専門のベジタリアンレストランの一号店をオープンして以来、彼はこの店の常連だ。どうせ浮世のあれこれを嘆くのなら、パリのテラスでかこつほうがいい。というわけで、この界隈にいる彼は、ジョナタンかジョゼフかジョシュアを略した〝ジョ〟という人物で通っている。従業員さえも彼を〝ジョ〟と呼び、彼の名前はどこにも出ていない。おそらく商業登記簿に記載された、彼の会社を所有する投資会社の資本保有者の名義欄をのぞいては。ブレイクはつねに秘密主義に徹することを、あるいはいわば人目につかないようにすることを信条としており、あらゆる物事がその信条の正しさを日々証明している。

ここではブレイクも警戒を緩めている。買いものをし、ふたりの子を学校まで迎えに行き、加えて四軒ある店のそれぞれにマネージャーをひとりずつ置いてからは妻のフローラと一緒に劇場や映画館に出向くようにさえなった。まさに平々凡々な暮らし。たまに怪我をすることもあるが、それはポニーに乗る娘のマチルドに付き添ったとき、うっかり馬房の扉に額をぶつけるくらいのかわいいものだ。

彼のふたつのアイデンティティを隔てる壁は完璧な気密性を誇っている。ジョとフローラはリュクサンブール公園からすぐのところにある瀟洒なアパルトマンのローンをすでに完済し、ブレイクのほうは十二年前、北駅の近くに1LDKのアパルトマンを現金で購入した。このアパルトマンはラ・ファイエット通りにあるこれまた瀟洒な建物のなかにあり、ドアと窓は金庫の壁と遜色がないほど強化されている。正式な借家人がこの部屋の家賃を支払っていて、その名前は毎年変わるが、もともと借家人など存在しないので、そのぶん変更の手続きはもっと楽だ。何事にも用心しすぎることはない。

というわけで、ブレイクはコーヒーを飲む。砂糖なし、気がかりなし。フローラから勧められた本を読むが、彼女には先の三月、パリからニューヨークへ向かう便でその本の著者を見かけたことは内緒にしている。時刻は正午。フローラはカンタンとマチルドを彼女の実家に連れていった。ブレイクは昼食をパスする。というのもまさに今朝方、本日十五時の約束を取りつけたからだ。昨夜、契約が一件舞いこんだのだ。稼ぎのいい、朝飯前の仕事。クライアントはかなり急いでいるようだ。いつもと同様、別人になるためラ・ファイエット通りに立ち寄る必要がある。そんなブレイクを、フードを被った男がひとり、三十メートル離れた場所から硬い表情でうかがっている。

ヴィクトル・ミゼル

ヴィクトル・ミゼルに魅力がないわけではない。面長の角張った顔は年月を重ねるうちに丸みを帯び、硬い髪、ローマ鼻、浅黒い肌はカフカを、四十歳を超えられたらそうなっていたであろう、壮健なカフカを思わせる。大柄で上背があり、職業柄、座ってばかりいるせいでいくらか贅肉はついてしまったが、それでもまだすらりと細い。

それというのも、ミゼルの仕事は物書きなのだ。ふたつの小説、『山々がぼくらを見つけに来る』と『不出来に終わった失敗』は批評家筋からの評判も上々で、いかにもパリっぽい文学賞を受賞したが、本を真っ赤な帯でくるんでも、残念ながら人びとがこぞって買い求めるといった現象を引き起こすまでには至らず、彼の著作が数千部を超えて売れることはこれまで一度もなかった。けれども本人は、たいしたことじゃない、落胆することと失敗することとは別物だ、と自分自身に言い聞かせていた。

ミゼルは四十三歳。うち十五年を執筆に費やしてきた。そんな彼にとって狭い文壇は、ペテン師が無能な車掌と共謀し、切符も持たずに一等車輛に騒々しく乗りこむ茶番の列車に見えた。そしてホームには謙虚な才人たち——もはや絶滅危惧種であり、ミゼルは自分がその一員だとは思っていない——が取り残されている。それでも彼の気持ちはすさまなかった。最後にはそうしたことを気にしなくなり、四時間で四冊の本にサインするだけのためにブックフェアのブースにじっと座っていることも甘んじて受け入れている。そしてとなりに座る、彼と同じく日の目を見ない作家が暇つぶしに話しかけてきたときには、快活に会話を交わす。ミゼルは一見、うわの空でよそよそしい感じを与えることもあるが、〝いろいろ抱えていながらもユーモアのある男〟との評判を取っている。だがそもそも〝ユーモアのある男〟の呼び名にふさわしい人物は、〝いろいろ抱えていながらもユーモアを失わないからこそ当の呼び名を頂戴するものではないか。

ミゼルは生活の糧を翻訳から得ている。扱う言語は英語、ロシア語、ポーランド語。ポーランド語は幼少期に祖母から語りかけられていた言葉だ。これまでにウラジーミル・オドエフスキーとニコライ・レスコフを訳したが、どちらももうほとんど誰も読まない前々世紀の作家だ。途方もない仕事を引き受けることもある。たとえば——あるフェスティバルの依頼で——、『ゴドーを待ちながら』をクリンゴン語で、つまり『スター・トレック』に出てくる粗暴な異星人の言葉で翻案するといった仕事などだ。世話になっている銀行の担当者にいい顔をするために、文学に未成年者向け《マイナー》のマイナー芸術の地位を与えているアングロサクソンのエンタメ系ベストセラーの翻訳も手がけてくれている。翻訳業は彼に、大手とまでは言えないが、まずまず定評のある出版社の通用口を開けてくれた。自作の原稿では、そうした出版社の敷居をまたぐことができないでいるというのに。

ミゼルには彼独自の慣わしがあった。ジーンズのポケットにいつもレゴのブロックをひとつ忍ばせているのだ。一番ありふれた、四つの突起が二列に並んだ真っ赤なブロック。ブロックは城のセットの城壁の一部で、それをかつて彼は子ども部屋で父と一緒に組み立てた。けれども父が働いていた工事現場であの事故が起き、レゴの城は完成を見ることなくベッドのそばにそのまま置かれることになった。少年だったミゼルはじっと黙ったまま、銃眼や跳ね橋や、フィギュアや主塔を何度も眺めたものだ。ひとりで城を組み立てるのは、城を解体するのと同じくらい死を受け入れることを意味するように思われた。彼はある日、城壁からブロックをひとつはずしてポケットに入れると、城を壊した。三十四年前のことだ。これまでにミゼルは二度ブロックを失くし、二度ともまったく同じブロックで代替した。一度目には心が痛んだが、二度目はとくになにも感じなかった。昨年母親が死んだとき、彼はポケットのなかにあったブロックを棺に入れ、すぐに別のもので補った。もちろん、この小さな赤い直方体は父ではない。いわば思い出の思い出であり、父子の絆の、父への変わらぬ愛のしるしにすぎない。

ミゼルに子はない。恋愛の面で彼は失敗を繰り返してきたが、情熱は失われなかった。他人行儀なふるまいが多いせいで相手をその気にさせられず、しかも長い人生をともにしたいと思える運命の女性には出会えなかった。あるいはおそらく、人生をともにしないですむパートナーを故意に選んでいるのかもしれない。

いや、そうした説明には嘘がある。運命の女性にはすでに出会っているからだ。それはいまから四年前、アルルで開催された翻訳会議でのことだった。〈いかにしてゴンチャロフの作品のユーモアを翻訳するか〉をテーマにミゼルが講演したイベントで、その女性は最前列に座っていた。彼女だけに視線を向けないよう気をつけなければならなかった。イベントが終わるとミゼルは編集者に捕まり――ロシアのフェミニスト作家、リボフ・グレーヴィチは訳されないのですか？　どうでしょう？　素晴らしいと思いませんか？――、そのせいでその場を離れることができなかった。だが二時間後、ビュッフェのデザートへ通じる長い列についたミゼルの背後に、気がつくと彼女が微笑みを浮かべて立っていた。愛にまつわる真実、それは心がすぐさまそれを察知し、叫び出すということだ。けれどももちろん、〝愛しています〟と出し抜けに告白するわけにはいかない。相手は理解できないだろうから。そこで、すでに相手にとらわれてしまったことを隠すために会話を交わす。

モルテン・チョコレートケーキへと至る道のりの最終段階にまで達したとき、ミゼルは振り返り、声をかける。たどたどしく、〈英国のクリーム《クレーム・アングレーズ》（仏語でカスタードクリームの意味）〉は、英語《アングレ》でなんと言うのかたずねたのだ。というのも〈クレーム・シャンティイ（仏語でホイップクリームの意味）〉は、英語で〈フレンチ・クリーム〉と呼ばれているからだ。いや、わかっている、申しわけない、彼にはこれくらいしか思いつかなかったのだ。けれども彼女は礼儀正しく笑うと、彼には魅惑的に思えたかすれ声で〈アスコット・クリーム〉と答え、友人たちが待つテーブルに戻っていった。ミゼルが〈アスコット〉も〈シャンティイ〉と同じく競馬場の名前で、ただし前者はイギリスのそれだと気づくまで時間がかかった。

一度ふたりの目が合い、ミゼルはそれを誘惑のサインと受け止めようとした。そこで彼女がやってくることを期待して、これみよがしにバーに向かった。けれども彼女はおしゃべりに巻きこまれていた。ティーンエイジャーじゃあるまいし。彼はおのれの愚かさに気づいてホテルに戻った。会議の発表者たちの写真のなかに彼女の顔はなかったが、また会えるはずだと考え、翌日の午前中はずっと、さまざまな口実をつけてワークショップをめぐった。けれども無駄だった。翻訳会議の閉幕イベントにもその姿はなかった。彼女は忽然と消えていた。ホテルでの最後の朝食の席で、会議の運営にあたった友人に彼女の外見を説明して情報を得ようとしたが、〝小柄〟で〝ブルネット〟で〝魅力的〟だけではまるで埒が明かなかった。

そのあとミゼルは二年続けて翻訳会議に参加した。そしてそれは事実を直視して言うならば、まさに彼女に会うためだった。以来――これは職業上の重大な不正行為なのだが――、翻訳したテキストのなかにアスコット競馬場かクレーム・アングレーズを想起させる短い文章を滑りこませている。彼がこの悪事に初めて手を染めたのはリボフ・グレーヴィチの論説集を翻訳しているときで、冒頭のテキスト、〈なぜ女性にあらゆる権利と自由を与えなければならないのか〉に、〈自由とはチョコレートケーキにかけられたクレーム・アングレーズではなく、権利である〉という文章を差し入れた。目立たない一文ではあるが、ひょっとして、ということもある。それに彼女は同じロシアの作家、ゴンチャロフにとても興味を持っていたではないか。けれども空振りに終わった。たとえ彼女がこの本を読んだとしても加筆には気づかなかったのだろう。編集者にしてもそうで、そもそもひとりの読者も気がつかなかった。そしてミゼルはそのままなんの手も打たずに人生をやり過ごした。なんとももったいないことに。

今年の初頭、ミゼルはフランス大使館文化部の助成を受けているアメリカの仏米団体から翻訳賞を授けられた。彼が飯《めし》の種としている例のアングロサクソンのエンタメ系スリラー小説の翻訳のひとつが評価されたのだ。そこで三月初め、授賞式に出るため渡米する。だが彼を乗せた飛行機は、超弩級の乱気流に巻きこまれる。永遠にも思えるあいだ、嵐は機体をあらゆる方向にねじくりまわす。機長は乗客を落ち着かせようとアナウンスするが、乗客の誰ひとり、そしてミゼルはほかの人に輪をかけて、飛行機が海に墜落してバラバラになると信じて疑わない。長い長い数分間、彼は身体が揺さぶられないように椅子にしがみつき、筋肉に力をこめてひたすら耐える。窓のほうは見ないようにする。窓の向こうに広がるのは、雹《ひょう》が降る闇だ。そのときふと、彼の数列前、熟睡中でなにがあっても目覚めそうにないフード姿の金髪男からそう遠くない席に、あの女性の姿をみとめる。搭乗する際に気づいていれば、彼女からずっと目が離せなかっただろう。よく見ると完全にそっくりというわけではないが、その女性は、彼のあの消えた〝アルルの女〟を痛切に思い出させる。そのか弱さ、線の細い顔立ち、ほくろ、ほっそりとしたシルエットがまるで少女のような印象を与えている。けれども目のまわりに刻まれた細かい皺を見れば、三十代であるのはまちがいない。鼈甲《べっこう》縁のメガネの鼻あては、鼻の上で広がる儚いハエの翅《はね》のようだ。彼女はときおり、おそらく父親だろう、となりに座る年長の男に笑いかけている。ふたりとも飛行機の揺れを楽しんでいるようだ。まあそれも、気を落ち着けようと余裕のあるふりをしているのでなければの話だが。

けれども機体はふたたびエアポケットに落ち、そのとき突然、彼のなかでなにかが壊れる。彼は目を閉じ、身体を保持しようともせず、四方八方に揺さぶられるがままになる。激しいストレスにさらされたせいであらがうことをやめて死を受け入れる、あの実験用マウスの一匹になってしまったのだ。

いつ果てるとも知れないひとときが過ぎたあと、飛行機はようやく嵐を抜け出す。だがミゼルは茫然としたまま、すさまじい非現実感に絡めとられている。周囲では人生が再開し、人びとが笑ったり泣いたりしているが、そんなあれこれを彼は曇ったガラス越しに見ている。機長が〝着陸するまで座席を離れないでください〟と注意するが、エネルギーを使い果たしたミゼルはなんにせよ座席から離れることなどできない。飛行機のドアが開くやいなや乗客はいち早く外へ出ようとドア口に殺到するが、ほかの客がみな機外に出てもミゼルは窓側の自分の席に座ったままだ。客室乗務員の女性に肩を叩かれ、ようやく立ち上がる。そのとき、あの若い女性のことをふたたび考える。先刻よりも、もっとずっと強く。彼は、この不在の奈落から引きずり出してくれることができるのは彼女だけだ、と感じる。そこで目で彼女を捜すが、その姿はどこにもなく、入国審査の列にも見つからない。

空港まで迎えに来たフランス領事館の書籍部門の責任者は、無言のまま茫然としている翻訳家を気遣う。

「ほんとうに大丈夫ですか、ミゼルさん」

「はい。あれはほんとうに死の一歩手前だったと思います。でも大丈夫です」

その一本調子な口調に領事館の職員は不安を覚える。ホテルまでふたりはもうひと言も会話を交わさない。翌日の夕方、ミゼルをホテルまで迎えに来た同じ職員は、この翻訳家が一日中部屋から一歩も出ず、食事すらとっていないことに気づく。彼はミゼルに、シャワーを浴びて着替えをするよう強く言わなければならない。やがて五番街、セントラルパークの向かいにある書店〈アルベルティーヌ〉で授賞式が始まる。ミゼルは然るべきタイミングで、フランス領事館の文化担当官からしぐさで急かされる。そこで、感謝の意を伝えるためにパリでしたためてきたスピーチ原稿をポケットから取り出し、翻訳家の役割とは〝作品のなかに囲われた混じり気のない言語を移調し、これを解放することである〟とうつろな声で述べ、アメリカ人著者、つまりとなりで微笑みを浮かべている厚化粧の大柄な金髪女について心にもない賛辞を棒読みで並び立てると、唐突に黙りこむ。会場に気まずい空気が流れたので著者がすかさずマイクをつかみ、彼に熱烈に感謝する。そして、〝わたしの超大作スリラーファンタジーの続篇が新たに二巻、もうじき発売されます〟と宣伝する。そのあとカクテルタイムに移行するが、ミゼルはうわの空だ。

「ったく、この種のお祝いイベントにはカネがかかるんだから、ちょっとは努力してくれよ」フランス領事館の文化担当官が愚痴をこぼすと、書籍部門の責任者がミゼルを遠まわしに擁護する。ミゼルは翌朝、飛行機に乗る。

パリに着いた彼は書きはじめる。猛然と口述筆記でもしているような勢いで。そしてまさに、制御不能と化した機械を思わせるこの執筆作業を通じて、彼は苦悩の深淵に突き落とされる。作品は『異常《アノマリー》』というタイトルを付され、彼の七作目の著作となる。

〈私は人生でひとつの行為もなさなかった。私はつねに行為が私をつくり上げてきたことを、私のコントロール下でなされた行為はひとつもないことを承知している。私の身体は、私が引いたわけではない線のあいだを動くことに終始してきた。私たちが最小の力で進める曲線をたどっているのに、私たちが宇宙のあるじであるとほのめかすのはうぬぼれだ。境界線の境界。どんな飛翔も、私たちの空を決して押し広げはしない〉
濫書狂《グラフォマニア》と化したヴィクトル・ミゼルは、数週間にわたり叙情と形而上学のあいだで揺れ動きながら、百ページほどをこんな文章で埋めつくす。〈真珠に試練を与える牡蠣は、意識には苦しみしかないことを知っている。もっともそうした意識は、痛みを味わう愉悦にすぎない。［中略］枕のひんやりとした冷たさに私はいつも、私の血のむなしいぬくもりを意識する。私が寒さに打ち震えるのは、私の孤独の毛皮では世界を暖めることができないからだ〉
最後の数日はもはや自宅から出ることもない。出版社に送った原稿の最終段落で彼は、現実感を喪失したこの経験がいかに克服不能なものとなりかけているかを訴える。〈私が存在しなかったなら世界はどのように異なったか、私がより強烈に存在していたなら世界はどの岸辺へと動いたか、そして私の死が世界の動きをどのように変化させるのか、私にはわかったためしがない。私はここに存在し、道を歩いているが、道のどこにもない石ころが、私をどこにでもない場所へ導いている。私は生と死が一体となって溶け合う点、生者の仮面が死者の顔のなかで癒やされる点となる。今朝、晴れわたった空のおかげで、私は自分自身までをも見通している。そして私はみなと変わらない。私はみずからの生に終止符を打つのではなく、不滅に命を与えるのだ。徒労ではあるが、ここに至ってついに私は、先送りを目的としない最後の一文を書き記す〉
名状しがたい激しい苦悩に打ちのめされていたヴィクトル・ミゼルは、それらの言葉を書き連ねると、編集者にファイルを送信する。そしてバルコニーをまたぎ、落下する。あるいは別の言い方をすれば、身を投げる。遺書は一通も残さない。だが作品全体が彼をこの最期の行為へと導いている。

〈私はみずからの生に終止符を打つのではなく、不滅に命を与えるのだ〉

二〇二一年四月二十二日、時刻は正午。

リュシー

二〇二一年六月二十八日（月）
パリ、メニルモンタン地区

早朝の薄闇のなか、角張った顔の男がそっと寝室のドアを開け、おぼろにシルエットを浮かび上がらせているベッドのほうへ疲れた視線を向ける。ベッドには女が眠っている。ショットは三秒続くが、リュシー・ボガートは気に入らない。明るすぎるし、散漫すぎるし、動きがなさすぎる。撮影監督が居眠りしていたにちがいない。彼女は特殊撮影ではガンマやコントラストを微妙に調整し、存在感のありすぎる背景の画をぼかさなければならないことに気づいている。そこでヴァンサン・カッセルの顔の周囲を軽くリフレームしてわずかにズームをかけ、ショットに少しだけリズムを与えるため数コマ分スローダウンする。その作業に一分。これでオーケー。ずっとよくなった。そうした細部へのこだわりと映画づくりの勘のよさをそなえていたからこそ、彼女は大勢の映画監督から引く手あまたの映像編集者となったのだ。

まだ早朝の五時で、ルイは眠っている。二時間後に彼女はルイを起こし——wake woke woken——、朝食を用意し——eat ate eaten——、そして、そう、第五学年生（日本の中学一年生に相当）のルイが学ばなければならない英語の不規則動詞の復習に付き合うことになる。だがいまはとりあえず、マイウェン（フランスの女優、映画監督）の作品のこの室内シーンを急いで編集し直さなければならない。午前中に彼女とふたりでこのシーンを見直すことになっているのだ。首が凝り、目が乾いてきたので立ち上がる。マントルピースの上に取りつけてある大きな鏡に、ほっそりと小柄な女が映っている。少女のように軽やかなシルエット、青白い肌、線の細い目鼻立ち、ブルネットのショートカット。繊細なギリシャ鼻にのった大きな鼈甲縁のメガネがまるで大学生のような雰囲気を醸し出している。リビングの窓へと向かう。彼女はむなしさに襲われると、いつもこの冷たい窓ガラスに額をつけに行く。メニルモンタン地区はまだ眠りのなかだが、街が彼女を吸いこんでくれる。彼女が望むのは、自分の身体を捨て、外にあるすべてのものと溶け合うことだ。

微かにリンとメールの着信を告げる音がする。差出人にアンドレの名をみとめてため息をつく。彼女は怒りを覚えている。それは彼が執拗だからというよりも、執拗に迫ってはいけないとわかっていながら堪《こら》えられないからだ。あれほど聡明なあの人が、どうしてこれほど脆いのだろう。けれども愛とは、心が知性を踏みにじるのを防ぎえないことなのだ。

アンドレとは三年前、映画関係者の友人たちのパーティーで知り合った。彼女はパーティーに遅れて参加した。すると、帰りかけていた男が居残った。みながその男をからかった。ははん、なるほど、きれいなリュシーが来たから、アンドレはもう急いで帰らなくてもいいんだな……。つまりその男こそ、以前彼女が話に聞いていた建築家、ヴァニエ&エデルマン設計事務所のアンドレ・ヴァニエだった。長身痩軀、五十代に見えるが実際にはもっと歳がいっているのだろうと思わせる男で、その手はすらりと長く、悲しみと明るさを同時に湛《たた》えた瞳は永遠の若さを保っていた。彼女は会話を始めるやすぐに、自分が彼の心をとらえたことを感じとり、相手を虜にしたことに気をよくした。

アンドレとはそのあとすぐに再会した。言い寄ってこられたが、控えめな口説きだったので、この人は恥を掻いて笑われるよりも迷惑がられるのを恐れているのだと考えた。最初、彼女は彼をやさしく退けた。けれども、にもかかわらず、定期的に会いつづけ、向こうはいつも思いやりとユーモアと気遣いを見せた。彼が独身貴族を気どっていないことに彼女は気づいたが、そのことを指摘するたびに話を逸らされた。そのため、この人にはじつは愛人が大勢いて、恋愛の魔法とは縁のない人なのかもしれない、とも思った。

ある春の宵、彼女は彼の自宅で開かれた夕食会に招待される。そしてその交友関係の広さに驚く。コンセプチュアルアートの先端をいく画家、たまたまフランスを訪れていたイギリス人外科医、〈ル・モンド〉紙の記者、かなりの酒好きの司書、そしてアルマン・メロワなる魅力的で洗練された男。この男は――彼女は食事の席でそれを知ることになるのだが――、なんと、フランスの防諜機関の統括者だ。と同時にリュシーは、シンプルな家具が配されたオスマン様式の広々としたアパルトマンを見いだす。木と機能性が支配し、小説などの本があふれるそのアパルトマンは、建築家の家にありがちな剝き出しの冷たく殺風景な世界とはまるで別物だ。棚の上には派手な色で塗られたミッキーマウスの石膏像が置いてある。意外に思った彼女はその像をつかみ上げ、ためつすがめつする。アンドレが近づいてくる。

「ひどいしろものだよな」

リュシーは笑う。

「これを買ったのは、慣れにあらがうなにかを自分のなかに欲したからなんだ。人は醜さには慣れないものだから。この置物には人生を感じるよ。醜悪な人生、だけど人生そのものを」

パーティーのあいだ、リュシーはこのぞっとしないミッキーマウスの彫像に何度も視線を吸い寄せられる。そして突然、なぜかはわからないが、ウォルト・ディズニーの手によるこのネズミに話しかけられて、彼女はついこう答える。この人となら、ある種の幸せを手に入れることができそうだ、と。

彼女は彼に息子のルイを紹介する。アンドレに打算はない。つまり彼は思春期の入り口にいるこの潑剌とした愉快な少年をすぐに気に入るが、味方につけようとはしない。けれどもわかっている。リュシーの心を振り向かせようとするこの戦いで、わざわざ敵をつくる必要はないことを。

ある日、ふたりで昼食をとったあと別れの挨拶を交わし、彼女が道を横切るため一歩足を踏み出した瞬間、アンドレに腕をつかまれ思いっきり強く後ろに引かれる。その直後、眼前をトラックがすさまじい勢いで通りすぎる。腕を引かれたせいで肩が痛い。でも、冗談ではなく死ぬところだった。アンドレは色を失っている。ふたりはつかの間、並んで立つ。街の喧騒が急に大きく響いてくる。アンドレがすばやく息を吸う。彼女も同じように息を吸う。彼が息を吐きながら彼女を抱き寄せて言う。

「痛い思いをさせてすまなかった。怖かったよ、だって……。きみを心の底から愛している」

アンドレは口を衝いて出たこの言葉にぎょっとしたようにあとずさると、もごもごと謝罪の言葉を並べて立ち去る。彼女は遠ざかっていくその後ろ姿を見つめながら、彼がまっすぐ早足で歩くと、彼がまだとても若いことに初めて気づく。動揺したせいで、電話をするまで二週間あいだがあく。次にふたりが会ったとき、アンドレはもうこの話をしない。

けれども確かに言った。愛している、と。リュシーはこの言葉には用心している。ふたたびこれを耳にするのは時期尚早だ。彼女はある別の男を愛したが、その男は〝愛する〟というこの偽りの動詞を頻繁に、しかも不正に使い、彼女を侮辱し、傷つけ、姿を消しては戻ってきて、また姿を消した。彼女がアンドレに伝えたいのは、彼女の柔らかい肌、すらりと細い脚、血の気のない唇、彼らが彼女の美と呼ぶもの、さらには彼女と付き合うことで味わえるはずの愉悦に心を躍らせて彼女を欲しがり、彼女のなかにそうした要素しか見ようとしない例の男たちすべてに、彼女がうんざりしているということだ。ハンターとして近づいてくる男たちに、狩りの獲物をこれみよがしに壁に掲げるように彼女を飾りものにすることを夢見ている男たちに、うんざりしきっているということだ。わたしには衝動的な欲望以上の価値があり、もう男のゲームの対象にはなりたくない。彼女が彼に伝えたいのは、だから彼女は少しずつ彼に近づき、だからいま、この地点にいるということだ。それは彼が与えてくれた猶予、彼からにじみ出るやさしさ、そして彼がこちらの意思を尊重してくれたおかげだ。あの人を〝恋する物静かな年長者〟の地位から脱却させられることができたらいいのに、と彼女は思う。自分にもっと決断力があったらいいのに。あるいは肩の力を抜いて、あの人に身も心も委ねられたらいいのに。けれども彼女にできるのは、彼への強くなる一方の思慕にあらがいながら、自分の冷淡でときに残酷なふるまいを恥じることだけだ。

またひとつ冬が過ぎ、いまから四カ月あまり前、マレ地区にあるお気に入りの小さな韓国料理店〈キム〉で夕食を終えたあと、彼は改めて彼女に言う。〝知ってるだろうけれど、リュシー、ぼくはきみを大切に想っている。そしてぼくらのあいだに、ぼくらの前に、どんな壁が立ちはだかっているかも承知している。けれどもきみがいつか、きみが望むだけのあいだぼくと付き合ってもいいと思ったら、最初の一歩を踏み出すのはきみのほうだ……〟。その刹那に彼から向けられたまなざしは、歳を超越している。彼女はうろたえて微笑む。そしてもっと時間をかけなければとわかっていながらも、彼がこんなふうにむなしく待ちつづけることに疲れてしまうのではないかと怖くなる。だから彼女は、カイロス、つまりギリシャのチャンスの神さまの赤い髪をつかむことにする。自分自身の全存在に導かれて、長椅子に腰掛けている彼のとなりに移動し、やさしくキスをする。どんなイギリス流ラブコメでも、これほどベタでロマンチックなオープニングシーンを撮ろうとはしないだろう。けれども、彼女に悔いはない。

この奇跡のような瞬間から、彼女はアンドレと片時も離れない。

アンドレは二週間後の三月初め、〈シルバーリング〉の建設工事を監督するためニューヨークに赴かなければならなかった。一方、彼女は、三月初旬にちょうどフォン・トロッタ（ドイツの映画監督、脚本家、女優）の最新作の編集が終わることになっており、一カ月以上先に予定されているマイウェンの作品までスケジュールがあいていた。そこで彼は一緒に行こうと彼女を誘う。日程に余裕があるから、セントラルパークの鴨を表敬訪問できるし、グッゲンハイム美術館でクレーの作品も鑑賞できるし、ブロードウェイのミュージカルだって観られると思うよ。彼女はふたつ返事で誘いを受けた。その代わり、建設現場も見せてちょうだい。それは彼に、〝街の一部になりたい《アイ・ウォント・トゥ・ビー・パート・オブ・イット》〟と伝える彼女なりのやり方だった。そして帰宅するやいなや、まだ先の話なのにいそいそと荷造りに取りかかった。本はなにを持っていこう？　クッツェーにしようか。それに、そう、ロマン・ガリの〈プレイヤード叢書（仏ガリマール社刊行の世界文学全集）〉も。そんなに重くはないから。それと黒のワンピース、ええ、だってすごく似合うじゃない？　このスカートは丈が短すぎるけど、タイツを穿けばいい、今年はまだまだ寒い……。彼女は自分がまだこれほどまで心を弾ませられる事実を嬉しく思った。そして息子のルイは、しばらく祖母の家にあずけられることを受け入れた。

　行きの飛行機は大揺れで、背筋が凍るほどだった。機体はいつ真っぷたつになってもおかしくない状態で、彼女は恐怖に正気を失いかけた。けれどもその間《かん》ずっと、アンドレは笑顔で彼女に話しかけつづけた。彼女はニューヨークが気に入った。アンドレとちがい、彼女はこの街に詳しくなかったから新鮮だった。結局、一週間の滞在が二週間に延びた。イーストビレッジにある法外な料金の美容院で、彼女はブルネットの長い髪をばっさりベリーショートに切ってもらった。〝こんな髪型にチャレンジしたのはこれが初めて。新しい人生の始まりね〟。もちろん、髪を切って人生を一新するというのはいかにも型にはまったイメージだったが、アンドレがそれを指摘しないことに感謝した。彼と一緒で自分がどれほど安心できるか、どれほど互いを、そう、愛せるか、彼女はしみじみと感じた。

そのあとパリに戻り、そしてすべてがゆっくりと崩壊していく。アンドレの高揚、彼女を抱き寄せる彼の腕、〝どうしてもきみを紹介したいんだ〟と言って戦利品をひけらかすように引き合わせる友人たちの前でしょっちゅうキスを迫ってくる彼に、彼女は少しずつあとずさる。猫はなぜ、捕まえたネズミを生かしておいてはくれないのだろう？　彼女にはあれほどの侵略を受け入れる用意ができていなかった。彼女が欲していたのはおそらく、これほど無理やりではない、もっとゆったりとした穏やかな関係だった。彼の貪欲な男の手が彼女を怯えさせ、その手の息苦しいほどの欲望が彼女自身の欲望を封じこめる。アンドレは理解しようとしない。そして彼がこれまで巧みに隠してきた彼の弱さが、はっきりと目につくようになる。彼女は思う――そう、あの人をなだめて安心させようとしなくたっていい、そう、あの人の横暴な欲望に従わなくたっていい。たとえ歳から来るものであるにせよ、あの人の傷ついた自己愛を満たしてやらなくたっていい。〝ぼくを飼って、ぼくを飼って〟と涙目で訴える飼育場の子犬のようなまなざしに耐えなくたっていい。あの人はなぜ、自分の腕、自分のベッドのなかですでにわたしをとらえていることを認めようとしないのだろう？　わたしはなぜ、あの人を拒むことに罪悪感を覚えなければならないのだろう？　ほんの少しでもなにかを義務として抱えることこそ、わたしがもっとも望まないことなのに。

そして六月初め、あの最後の夕食をとる。すでにすべてが壊れてしまっているのに、アンドレが彼女を取り戻そうとする夕食だ。彼は、店はまた〈キム〉がいい、と言い張る。禅《ゼン》と江南《カンナム》スタイルを折衷したすでに年寄りじみた店の雰囲気が、彼女にふたたび魔法をかけてくれると期待しているかのように。食事の席で彼は、冷えてしまった〈ビオシュ・クリーム・パスタ〉を前にしゃべりにしゃべり、自分の話にしか耳を傾けず、言葉に言葉を重ねる野放図な欲望に溺れ、美しいせりふの一つひとつがこの別れをますます醜悪なものにする。彼女はそんな彼を眺める。彼は彼女の手を取る。彼女はそのまま握らせておくが、心のなかで望むのは、ここではない別の場所にいることだけだ。心にひやりと冷たいものが居座り、彼女はふたたび年老いてしまったこの魅力的な男に怒りもなく微笑む。どもこの人はなぜ、わたしがすでに去ってしまったことに気づかないのだろう？　たぶん、わたしに気力が足りなかったのだ、あるいはただ単に、愛が。愛——なんて胸の悪くなる言葉だろう。それでもアンドレは、傷が治るまでのあいだ、軟膏のような役割を果たしてくれた。けれどもこの軟膏は、傷が癒えたいまとなっては、ひどく不快で、饐《す》えたようなにおいを発している……。いいえ、そうじゃない、そんな考えはまちがっている。あの美しかった始まりを、終わりの苦々しさにもとづいて読み直してはいけない。わたしがあの人を利用したんじゃない。あの人が、あの人のほうだけが、わたしたちふたりの望みを叶えるだけの度量をそなえていなかったのだ。

彼女は割り勘にすることにこだわる。使える手をすべて使って、これからは〝わたし〟と〝あなた〟がいるだけで、〝わたしたち〟はもう存在しないのだと相手にわからせるために。すると、薄い一冊の本を手渡される。ヴィクトル・ミゼル著『異常』。どこかで聞き覚えのあるような名前だ、と彼女は思う。

「ほら、これ、気に入るんじゃないかな……」

彼女は無造作に本を開き、この一文を目にする。〈希望は私たちを幸福のドアロで待たせる。しかし望んでいたものを手に入れれば、不幸の控室に入ることになる〉。なにこれ、暗喩《メタファー》を読まされるなんて、のっけからうんざり。そしてその少し先には、この一文。〈いつの世も、心を奪うことはありふれた技であり、愛を終わらせることは大いなる芸術だった〉。じゃあ、わたしは芸術家ってこと？　そうとなれば、大いなる芸術を追求しなければ。

彼女は本を受けとって立ち去る。

それが三週間前、アンドレがムンバイに発つずっと前のことだ。ムンバイに赴いたのは、あのどうでもいい〈ソヤラタワー〉だか〈スヤラタワー〉だかの建設現場を視察しに行くためだった。彼はタワーの優美さを誇らしげに語ったが、彼女はそのときすでに、彼のつくるものには微塵の興味も抱けなかった。

モニター上では相変わらず、アンドレから昨日の日付で送られてきたメールが太字の青で表示されている。

彼女はようやくそれを開く。饒舌、空疎、滑稽に思えない文章はひとつもない。どんな言葉も彼女の胸を打たないが、おそらく彼女の胸を打てるものなど、もうなにひとつないのだろう。〈きみと一緒にできるだけ長い道を歩みたかった。長い道のなかでもとりわけ長い道を〉。陳腐なイメージ。〈ぼくがきみに注ぐ欲望に満ちた愛のまなざしを、結局きみが愛するようになってくれていたのかどうか、ぼくがこの先知ることはない〉。彼女はやれやれと天を仰ぐ。そして締めは、本心とは裏腹な、救いようのないこの言葉――〈ぼくは返事を待ってるわけじゃない〉。

どちらにせよ、返事を書く気は毛頭ない。

そのとき不意に電話が鳴る。番号は非通知設定。あの人からだ。月曜の朝のこんな早くに電話をかけてくるなんて、どうかしてる。しかもルイが部屋で眠ってるっていうのに。リュシーは頭に血をのぼらせながら、着信音を止めたい一心で電話に出る。けれども聞こえてきたのは女性の声だ。

「リュシー・ボガートさんですか？」

「ええ」小声で応じる。

「モーパ警部です。国家警察の」

「えっ……人ちがいじゃないですか？」

「一九八九年　月二十二日、モントルイユ生まれですよね？」

「ええ」

「それならまちがいありません。玄関先にいます。なかに入れてください」

「でも、どうして？　息子が起きてしまいます」

「なかで説明します。召喚状があります。いま、ドアの下から差し入れています。ドアを開けてください」

デイヴィッド

二〇二一年五月二十九日
ニューヨーク、三番街

イチジクの木は水を欲しがっている。茶色の葉が乾いて丸まり、枝はすでに枯れ、プラスチックの植木鉢のなかで悲痛を体現している。もっとも、〝体現する〟という動詞を観葉植物に使用する是非については議論の余地があるのだが。すぐに水をやらないと枯れるだろう、とデイヴィッドは思う。論理的に考えれば、連続した時間の流れのどこかに回帰不能点、つまりその先はなんにせよ、誰にせよ、イチジクの木を救えなくなる取り返しのつかない分岐点があるはずだ。木曜日の十七時三十五分に誰かが水をやり、植物は生き延びる。だが、木曜日の十七時三十六分に誰かが水の入ったボトルを持ってやってきても手遅れだ――ああ、せっかくだけど、ごめん、たぶん三十秒前だったらなんとかなったかもしれないけれど、マシンを再起動できる唯一の細胞がさ、ご近所に〝ほら、起きろ、しっかりしろ、動け、気合だ、あきらめるな〞と発破をかけられる勇敢な最後の真核細胞がさ、そう、最後の最後の細胞がさ、死んじゃったんだよ、なのにきみは、そんな情けないちゃちい水のボトルを手にいまごろのこのこやってきて、つまりは遅すぎなんだよね、チャオ、チャオ。そう、時間の流れのどこかに、回帰不能点があるはずなのだ。

「デイヴィッド？」

柔らかな男の声がして、デイヴィッドは植物をめぐる実存的な思索から現実に引き戻される。そして立ち上がり、彼より少しだけ年長だがすでに白髪で、DNAがあらかた同じであるため当然自分と似ている五十歳前後の長身の男を抱きしめる。

「やあ、兄さん」

「調子はどうだ、デイヴィッド？　ジョディは一緒じゃないのか？」

「彼女は身体があいたらすぐに来る。ゲーテ・インスティトゥートで授業があって。休講させるのは忍びなくてね」

「そうか、デイヴィッド」

デイヴィッドは兄のあとについて診察室に入る。フランスのエンパイア様式のデスク、オーク材の書棚、アール・ヌーヴォー様式のクリスタルの壁灯、深紅のベロア地の重厚なカーテン。窓の外に広がるのはレキシントン街を見晴らす美しい眺望で、正面遠方、三番街の角には、金曜日にふたりで楽しんでいるスカッシュクラブの入り口が見える。部屋のしつらえだけを見たら、ここが腫瘍医、しかも名医のひとりとされる医師の診察室だとはとても思えない。

「デイヴィッド、コーヒーにするか、それとも紅茶？」

「コーヒーを頼む」

ポールはエスプレッソマシンにカプセルを入れ、注ぎ口にしゃれたイタリア製のカップを置く。これでさらに数秒は弟の視線を避けることができる。兄に何度もファーストネームで呼びかけられて、デイヴィッドはもしかしたら悟ってしまっただろうか、とポールは思う。戦争映画では血まみれの兵士に軍曹が、〝大丈夫だ、ジム、きみは大丈夫だよ、ジム〟と声をかけた場合、それは大丈夫ではない証拠だ。親愛の情にあふれる言葉遣いも、クリーミーな泡を立てているイタリアンエスプレッソも、なんとか話を先延ばしするための手段であり、それらはみな最悪の知らせの先触れだ。

「ほら、どうぞ」

デイヴィッドはうなずくと機械的にカップを受けとり、すぐにデスクに置く。

「話してくれ。聞く準備はできている」

「わかった。憶えてるかな、デイヴィッド、昨日、超音波内視鏡検査をしたとき、生体検査もしたんだ……。その結果が出た」

ポールはカップを脇に押しやると、封筒から画像を取り出して弟の前のデスクに置く。

「懸念していたとおりだった。膵臓《すいぞう》の尾部、ここ、十二指腸の反対側にできた腫瘍は悪性だった。つまり、癌だ。腫瘍が周辺の血管やリンパ管を侵しているだけでなく、肝臓と小腸に転移が見られた。臨床的にはステージ4だ」

「ステージ4と言うと？」

「膵尾部切除術、つまり膵臓と脾臓《ひぞう》を切除する手術を検討するには進行しすぎているという段階だ」

デイヴィッドはショックを隠しきれない。息遣いが荒くなる。ポールは用意しておいた水のグラスを手渡す。弟がこちらを見上げてくる。ポールはこの病気に特徴的な黄色く濁った弟の白眼に気づき、検査を受けさせたのだ。デイヴィッドは深く息を吸い、たずねる。

「予後は？」

「手術はできないから、腫瘍を小さくするため化学療法と放射線療法を同時におこなうことになる」

「兄さん、予後は？」

「なんて言ったらいいのか、とにかく嫌な病気だ」

「どういう意味だ？　生存の確率は？」

「五年生存率二十パーセント。確率的にはそうなる。だが確率に意味はない。それ以上のことをするつもりだから。セカンドオピニオンを得られるよう、ドクター・ソールのところに予約を入れておいた。彼は権威だ。すぐに来いとのことで、早速明日診てくれるそうだ。検査結果とＭＲＩ画像はすでに送ってある」

「その必要はない。兄さんの診断を信じてるから。言うとおりにしよう。いつから始める？」

「そっちの準備が整ったらすぐに。今日から最低三ヵ月、仕事は休みだ。すぐに会社に連絡しろ。医療保険のほうは問題ないな？」

「たぶん。なにしろこれまで確認する機会がなかったから。でも、うん、大丈夫だ」

デイヴィッドは立ち上がり、数歩歩く。怒りに震えている。だが、これは怒りなのか？　全身が平静でいることを拒んでいる。主よ、人はなぜ、いつも少し前に立ち戻ってしまうのですか？　みずからの無分別の度合いを測らずにはいられないのですか？　なにも知らないまま最後の至福のときを気ままに過ごしていたあの日々、自分は食事をしたり、冗談を言ったり、子どもたちを映画に連れていったり、ジョディとセックスしたり、ポールとスカッシュを楽しんだりしていたが、ひょっとしたら、たとえば三カ月前にでもCT検査を受けていれば診断が下されて、ひょっとしたら、助かったのかもしれない。デイヴィッドは自問する。自分はうっすら感づいてはいなかったか？　感づいていたくせに、知るのを拒んではいなかったか？

「これはいつ頃できたものなんだ？」

「わからない、デイヴィッド。時期は特定できない。腫瘍ができたのは一年前のことかもしれないし、二カ月前かもしれない。誰にもわからないんだ。膵臓癌は人それぞれだから」

「二カ月前だったら手術できたのか？　パリからニューヨークに帰ってくるときの、雹に見舞われたあの地獄のようなフライトのあと、すでに少し疲れてたんだ。憶えてるか？　おしっこの色もひどく濃かったし。だけど、検査を受ける暇がなかった」

「わからない。確実に言えるのは、いまできることに集中しなければならないってことだ。できることはまだまだたくさんある」

「新しい治療法はあるのか？　薬は？」

「ああ、あるものはすべて試してみよう。それにもしよければ、治験段階にある薬も。まだ市場に出てないい画期的なやつだよ」

ポールは嘘をついている。というのも、〝いや、デイヴィッド、新しいものなんてなにもない、繰り返しになるが、嫌な病気さ、まったくのお手上げだ、奇跡の治療法なんて存在しないし、患者によってなぜこの治療法が効いてほかのはだめなのか、その理由すらわからないんだ〟と言うよりましだからだ。

「これは苦しむ癌だよな？」

「治療中、痛みを最小限に抑えるためにあらゆる手立てを講じるよ。もちろん、好ましくない影響も出ると思う。どうしたってね。効果を得るには我慢も要る」

好ましくない影響。よく言ったもんだ。そうだよ、デイヴィッド、そうだ、おまえはこれから腹の中身を、上からも下からも出しまくることになる。髪も眉毛も失くし、体重も二十キロ失って、それでいったいどうなるかって？　そんなこんなの苦しみは、そうだな、たぶん、二、三カ月余計に生き延びるためさ。五年生存率二十パーセント、確かに二十パーセントだが、弟よ、おまえの場合は生存のチャンスは十にひとつもない、くそっ、ひどいじゃないか、あんまりだ……。ポールは座っていた自分の肘掛け椅子を引きずってデイヴィッドのとなりに移動する。デイヴィッドは打ちのめされて消沈し、もう微動だにしない。ポールはすでに放心状態にある弟の腕に手を置く。弟を襲った血の凍る衝撃をやわらげることを期待してのことだ。だがこうして手をあてることで、黒々とした病巣を吸引してひねり潰したいとも願っている。というのも、そういうものだからだ。ばかげたことだが、何年診察にあたってきても、患者が死ぬのを何百回と目にしてきても、理性の塊のような脳みその奥底に、魔法にすがろうとする思いが相も変わらず湧いてくるのを抑えることができないのだ。そして唐突に、いまのこの瞬間に、なんとも場ちがいな思い出の切れはしがよみがえる。なぜいま？　ピオリアのボーリング場でめちゃくちゃなフォームで投げたデイヴィッドのボールがまぐれでストライクになったときに弾けた笑い声――うっそ、マジで!?――、リュナ叔母さんの家のガスレンジでピンク色のマシュマロを焼いたときのにおい、兄弟そろって首ったけだった小柄なプラチナブロンド娘デボラ・スペンサーがつけていたベリー類の甘い香水。結局デボラはオツムの弱い巨獣のトニーとできてしまったのだが、でも、なんだってあいつにはあのときすでに〝巨獣〟なんてあだ名がつけられていたんだろう？　それにおれの最初の結婚式――とはいえ、フィオナとの結婚は完全なる失敗に終わったのだが――でデイヴィッドがしてくれたスピーチ。あれはぶっ飛んでいて、ばかばかしくておかしくて、それがあまりにもばかばかしくておかしかったものだから、とてつもなく感動的だった。それから同じくデイヴィッドと名づけられたおれの息子が誕生したとき、眠っている小さなデイヴィッドを腕に抱きながら叔父のデイヴィッドが産科病棟で感きわまって流した涙。そのあとポールの頭に、これから台なしになるだろうあれこれや、癌の黒々とした渦にのみこまれてしまうだろういろいろな事柄が頭に浮かび、突然涙がこみ上げてきてどうしようもなくなる。くそっ、泣き出す腫瘍医がどこにいる？　ポールはくるりと後ろを向くと、ティッシュをつかみ、騒々しく鼻をかむ。

診察室に陽光が射しこむ。理想のタイミングではないが、それでも陽が射し、デイヴィッドを金色の光で包む。それは命の光であり、罰あたりな太陽が西側、つまり三番街にそびえるふたつの高層ビルのあいだを十七時二十一分に通過することから生まれ出るつかの間の奇跡で、夏も冬もこの奇跡はきっかり十二分しか続かず、十七時三十三分には終わってしまう。

「なあ、デイヴィッド、今日はもう患者は来ないから、このままジョディを待とう。そのあいだ、治療計画について説明する」

ポールは長々と説明し、デイヴィッドは無言のまま聞く。だが翌日、ポールはもう一度同じ説明を繰り返さなければならない。デイヴィッドの頭になにも残っていないからだ。それは彼が説明を聞くあいだ、ジョディの顔を、その瞳に浮かぶ名づけようのない悲しみを、ふたりの子に〝パパはとても具合が悪いんだ〟と説明しなければならないときに見つめ返してくる彼らの瞳を――大好きなグレース、大好きなベンジャミン、ふたりともしっかりするんだよ、ママの手伝いをたくさんするんだよ、いい子でいるんだよ、わかったかい？――思い浮かべていたからだ。それに医療保険について考えていたからだ。確かに保障内容は充実しているが、誰かが調査して、十五歳から二十五歳までの十年間の喫煙歴を隠したとして責められることになるあの保険について。あるいは逃れられない苦痛、衰弱する最後の日々、火葬、さらには葬儀の際に友人たちに聴かせる音楽についても――とにかく兄さん、ロックでもブルースでもなにか感じのいいやつを頼む、どこぞの誰かがつくった辛気臭いレクイエムはごめんだぞ……。教育費のこと、繰り上げ返済した住宅ローンのこと――くそっ、死んだら保険がローンを肩代わりしてくれるのに、早まっちまったよ――、これからのことも、そのあとの先々のことも。そして、妙なことまでも。

「ところで、兄さん……、待合室にある……」

「んっ?」

「イチジクの木だが、あれは水をやらないと」

十七時三十三分。太陽が姿を消す。

★

二〇二一年六月二十四日(木)、二十二時二十八分
ニューヨーク、マウントサイナイ病院

ポールのクリニックの待合室にあるイチジクの木は枯れてはいない。だがディヴィッドはそこを再訪しておらず、高層ビルのあいだを横切る太陽も、太陽そのものも、もう目にすることはない。マウントサイナイ病院の344号室は真北に向いているし、数日後にはおそらくそこを明け渡すことになるからだ。彼のやせ衰えた顔には死が居座っている。

痛みに対処するため医師団は、モルヒネの補完物としてフランスで開発されたナノ医薬品を試してみる。服用量を増やしつづける必要のない薬だ。癌そのものに対しては、すでに白旗を上げている。強力で転移性が高く、進行しすぎていたせいだ。

誰かが病室のドアをノックするが、返事をする者はいない。昏睡するディヴィッドのそばで、連日の徹夜の看病に疲れ果てたジョディが肘掛け椅子に座って眠っている。子どもたちは三日前からポールの家にあずけられている。そっとドアが開き、黒いスーツに金バッジをつけたふたり組の男が入ってくる。そして無言のまま、一番目の男がデイヴィッドに屈みこみ、口の端から採取棒でよだれをぬぐいとって試験管にしまい、すぐに病室を出る。二番目の男は携帯電話を取り出すと、チューブにつながれた瀕死の病人の写真を撮り、画像を送信する。そして椅子に座り、肉の削げ落ちた病人の顔を食い入るように見つめつづける。

洗濯釜

二〇二一年三月十日
アメリカ東海岸、国際水域
北緯四十二度八分五十秒、西経六十五度二十五分九秒

穏やかなフライトはみな似ているが、荒れたフライトはみなそれぞれに荒れている。十六時十三分、カナダ・ノバスコシア州の南方を飛んでいたパリ発ニューヨーク行きエールフランス006便の前方に、うっすらと巨大な積乱雲の壁が立ちはだかる。雲の前面が尋常ではないスピードで立ちのぼっている。雲はまだ十五分ほど飛んだ先にあるが、円い弧を描いて北でも南でも数百キロにわたって広がっており、その頂はすでに高度四万五千フィート近くに達している。三万九千フィートを飛行し、ニューヨークに向けて降下を開始しようとしていたボーイング787にこの巨大な雲を逃れるすべはなく、コックピット内にはにわかに緊張が走る。副操縦士のジド・ファヴローが各種の地図と気象レーダーを見くらべる。大型の寒冷な雲に関する予報は出ておらず、ファヴローは驚きを通り越して本気で不安になる。

まぶしい太陽の光を受けて頂を虹色に輝かせた不透明な積乱雲の灰色の壁は、薄い雲の層を猛然とのみこんでこれを糧《かて》と支えにしながら猛烈なスピードで迫ってくる。マークル機長はボストン管制センターの周波数に合わせ、計器を確かめる。気象レーダーの画像では百二十海里先が赤く染まっている。ボストン管制センターから連絡が入ったので、彼はうなずき、コーヒーを置く。

「ボストン管制センターの周波数にいる全機に連絡する。東海岸の異常気象を理由に、ニューヨーク・ケネディ空港をのぞくすべての飛行場が現在閉鎖されている。この三十分、東海岸からの離陸はおこなわれていない。状況のあまりの急変に、どの機にも事前に警告を発することができなかった。現在、ケネディ空港のカナージールートでのみ着陸可能」

「ボストン管制センター、おはようございます。こちら、エールフランス006、高度三万九千フィートをケネバンクに向けて飛行中。目の前にモンスター級の雲あり。この先の八十海里について針路三百五十度を要求します」

「エールフランス006、こちらボストン管制センター。ご自由にどうぞ。今後は周波数一二五・七でケネディ管制センターと交信してください。バイバイ」

マークルは顔をしかめると、無情にも北から南までびっしり切れ目なく行く手を塞いでいる雲の壁を見つめる。大西洋を横断する前々回のフライトでは、大空から美しく忘れがたい思い出を授けられたというのに……。ケネディ空港の管制センターと交信がつながったので、呼びかけに応じる。

「ケネディ・アプローチ、こちらエールフランス006、燃料はじゅうぶんあるので、南に針路を変更してワシントンまで雲の前線に沿って飛行したいのですが」

カチリと音がして、最初に出た管制官とは別の女性の低い声がする。

「すみません、006、それはできません。ノーフォークのずっと先まで状況は同じです。いまは南のほうがひどいかもしれません。可能なときに一万八千フィートまで降下し、ふたたびケネバンクを目指してください。パラメーターは保持すること」

マークルはやれやれと頭を振り、交信を切ると、機内放送のマイクを握り、落ち着いた声音で乗客に向けて、最初は英語、次にまずまずのフランス語で語りかける。

「当機の機長より連絡します。乗客のみなさまにはすぐにご自分の席に戻り、シートベルトを締め、すべての電子機器の電源をお切りくださるようお願いします。当機はこれから非常に大きな乱気流を通過します。繰り返します。非常に大きな乱気流です。カバンやパソコンは前方の座席の下か、専用のスペースに収納してください。飲みものなどは一切手元に置かないようにして、座席のテーブルもたたんでください。客室乗務員は乗客と客室の安全を確認し、すぐに自分の席に着いてください。繰り返します。乗客の安全を確認したら、ただちに着席してください」

積乱雲が近づいてくる。いわゆる超巨大積乱雲《スーパーセル》だが、通常の規模をはるかに超えている。上空の高所に立ちのぼっているのは単独の鉄床雲《かなとこ》ではなく、数十もの雲が見えない手で持ち上げられているかのようにぐんぐん上昇し、対流圏界面で合流している。海上では船舶がすさまじい低気圧に翻弄されているはずだ。マークルが長距離航路のパイロットとなって二十年、これほどのものを目にしたことはない。少なくとも今年一番の嵐になるだろう。成層圏を越えた雲のドームは高度十六キロにも達している。たとえ二本の雲の柱のあいだをすり抜けられたとしても、すぐに別の柱に突入してしまうはずだ。気象レーダーはいまや真っ赤な斜線の帯を表示している。つまりこの先、水と氷の壁が待ち受けているということだ。

「それにしても、とてつもない速さで発達してるな」副操縦士のファヴローが心配そうに言う。「雲の脇腹に到達した途端、とんでもない下降気流に巻きこまれそうだ。無事に通り抜けられたら奇跡だよ」

ファヴローには長距離航路のキャリアが三年しかなく、しかも大西洋を横断するフライトの経験はたった一年だけだ。それでも彼が懸念するのももっともだ、とマークルは思う。彼はもう一度機内放送のマイクのスイッチを入れ、乗客の不安をやわらげようと茶目っ気のある口調で呼びかける。

「ハロー、みなさん《フォークス》、ふたたび機長のマークルが失礼します。もう一度お願いしますが、それぞれ座席に着き、シートベルトを締めてください。おとなりにいるお子さんのシートベルトを確認することもお忘れなく。繰り返しになりますが、電子機器の電源をお切りください。これより一分以内に、おそらく非常に高い確率でエアポケットに入ります。客室乗務員は安全が確保されたら、ただちに自分の席に着いてください……安全確認の連絡を待っています」

「全員が安全な状態にあること、確認しました」女性のチーフパーサーの声が返ってくる。

「オーケー。強烈な乱気流が予想されますが、思い出深い体験となるでしょう。とにかくシートベルトをしっかり締めていれば大丈夫。絶叫アトラクション好きにとっては、ジェットコースター気分を味わえることにな……」

温暖前線にたどり着くより前にボーイングは突如、機体を支える空気を失って急降下する。コックピットと客室を隔てるドアには防音措置が施されているが、マークルとファヴローはコックピットの内部にまで乗客の悲鳴が聞こえてきたような錯覚に陥る。

機体は長い長い十秒のあいだにすとんと一気に落下したあと、手動操縦から切り替わった操縦支援システムが機体に強いた三十度という恐ろしい角度で傾きながら最悪のポイント、つまり雲の柱の南西側で積乱雲に突入する。すぐにボーイングは雲の渦に巻きこまれ、これまたすぐにコックピットの照明がつく。暗闇に、それも墨を流したような真っ暗闇に包まれたからだ。と同時に、ガッガッと激しい音がする。何百もの巨大な雹がフロントガラスを打ち、強化ガラスのあちこちに跡をつけている。果てしなく続くと思われた一瞬が過ぎると、竜巻の突風にもかかわらずボーイングは暖かい上昇気流にぶつかり、少しばかり揚力を得る。そのせいで今度は、ジェットコースターがのぼっていくときのように身体がぐっと押し潰される強烈な感覚に襲われる。

マークルはシートベルトをしっかり締めたまま、ゼネラル・エレクトリック社製のエンジン二基の出力を最大にする。それというのも、そう、このとんでもない雲は熱帯収束帯にも匹敵するしろものだからだ。リオからマドリードまで飛ぶ際に赤道付近でこういうものに出くわすのならまだわかる。だが、北大西洋の真んなかに現われるとは、いったいどういう了見だ？　ったく、ひどすぎる。最強のエンジンととびきりしなやかな翼をそなえてるっていうのに、よもや模型のように真っぷたつ、なんてわけないよな。そんなこと、あってはならない。シミュレーター訓練では、エンジンが故障しようが、減圧が起ころうが、コンピューター類が故障しようが、トラブルを何十回となく無傷で切り抜けられた。だがな、ちくしょう、実機でクラッシュするわけにはいかないんだよ。

マークルは子どものことも、妻のことも考えない。いまはまだ。そもそもたぶんパイロットは、これまでの人生が走馬灯のように脳裏を駆けめぐる間もなく死ぬのだろう。さらにマークルは乗客のこともまったく考えない。ただひたすら、重くてウスノロなこのどでかいボーイングを救おうとする。頭に叩きこんだ動作を何度も何度も繰り返し、反射神経と二十年の経験を恃《たの》みにする。しかしそれにしても、ほんとにとんでもないしろものだ。

マークルとファヴローは揺さぶられ、手荒に扱われながらも蒼白な顔でしゃにむに機器と向き合い、嵐と戦う。のちに知ることになるのだが、これは過去十年間でもっとも強力でもっとも突発的に発生した嵐だ。左のタービンランプが十五パーセントの出力低下を示すが、そもそも強い電界が機内の電子機器を掻き乱している。とはいえ、機体はこの雲の大渦によく耐え、多少なりとも水平を保ち、最終的には安定飛行に入る。その一方で降雹の勢いは収まらず、フロントガラスの表層は星をちりばめたようになる。だが幸い、ガラスの第二層には懸念される微小なひび割れは見あたらない。

マークルは揺れが少し収まるとすぐに客室にアナウンスする。客室は悲鳴に包まれているが、彼は大声を張り上げないよう注意する。

「みなさん、乱気流でご迷惑をおかけしてすみません。当機はこのまま積乱雲を突っきってニューヨークに向かわなければなりません。つまり、この洗濯釜のなかにあと最低でも……」

不意にコックピットがふたたびまぶしい太陽に照らされ、機体が急加速し、静寂が戻り、すぐに嵐が後方に消え去る。

マークルは計器類を確認して驚く。飛行機は正常な轟音を立てて、これ以上なく安定して飛行している。けれども計器がすべて狂っている。ゆうに五分間、機体は派手に落下しつづけたというのに、高度計はふたたび三万九千フィートを表示しているし、気象レーダーには荒天が一切表示されていないし、見かけの針路は二百六十度を示している。彼は客室にアナウンスするため再度機内放送のマイクに向かう。

「すでにお気づきでしょうが、当機は無事に雲を抜け出ることができました。それほど大きな損傷を受けることもありませんでした。とはいえ、次の指示があるまで引き続きお座席から離れないようお願いします。また電子機器はすべて電源を切ったままにしておいてください。客室乗務員は席を離れてかまいません。客室のようすを報告してください」

マークルはマイクを切ると、トランスポンダに緊急事態を意味するスコークコード、〈7700〉と打ちこむ。そしてヘッドフォンを着け直し、ケネディ空港の管制センターと通信を試みる。

「メーデー、メーデー、メーデー、ケネディ・アプローチへ、こちらエールフランス006、積乱雲と猛烈な降雹のなかを飛行し、機体が激しく揺れたものの、怪我人はいません。けれども計器類がすべて、高度計も速度計も作動しておらず、レーダーも故障し、フロントガラスに激しい損傷を受けています」

ケネディ空港の管制センターから、今度は男性の驚いた声がする。

「エールフランス006、メーデー、受信しました。スコークコードは〈7700〉でまちがいありませんか?」

「ニューヨーク、こちらエールフランス006。スコークコードは〈7700〉です」

まったく理解不能だと言わんばかりの口調で、男の声が繰り返す。

「エールフランス、こちらケネディ・アプローチ、スコークコードは〈7700〉ですか? そもそもエールフランス006でまちがいありませんか?」

「その通り、エールフランス006です、メーデー。スコークコードは〈7700〉。降雹を伴う巨大な雲を通過しました。フロントガラスにひびが入っています。レドームも損傷したはずです」

通信がしばらく途切れる。マークルは唖然としてファヴローに向き直る。彼は三回、トランスポンダにスコークコードを入力した。だがケネディ空港の管制センターではそれを識別できていない。

突然、通信が再開される。今度は女性の、だが最初の声より重々しい声がする。しかもあまり友好的ではない声音だ。

「メーデーを宣言したエールフランス006、こちらケネディ・アプローチ。航空管制室です。機長のお名前をどうぞ」

マークルはふたたび唖然とする。これまでのキャリアを通じて、航空管制官がパイロットの名前をたずねてくるのは初めてだ。

「メーデーを宣言したエールフランス006、こちらケネディ・アプローチ。繰り返します、機長の名前を教えてください」

ソフィア・クラフマン

二〇二一年六月二十五日（金）
ニューヨーク州、ハワードビーチ

カエルのベティを見つけるのはリアムだ。ある金曜日の午後、キッチンのシンクの近くにあるラジエーターの裏で。カラカラに乾いて身体が透けかかり、羽根のように軽くなってしまったそのカエルは、トレーシングペーパーをくしゃくしゃに丸め、脚と水かきの部分だけをそれらしくととのえてつくった下手くそな紙工作みたいに見える。リアムは妹に言う。こいつは死んでるな、うん、まちがいなく死んでるな。リアムは心底愉快がり、腕を振り上げて躍り出す。死ーんじゃった、死ーんじゃった、おまえのベティは死んじゃった。ソフィアは泣き出す。

三週間前、ベティは飼育ケースから逃げ出した。閉じこめられていることに飽き飽きしたにちがいない。飼育ケースのなかにはソフィアが選んだ湿ったきれいな苔と、つやつやの緑の草と灰色の丸い小石と、半分に割った椰子の実の殻に水を入れてつくった池があったというのに。そしてなによりも夕方、学校から帰ってきたソフィアが黒々とした活きのいいハエを与えていたというのに。ソフィアは飼育ケースをベッドの近くのローテーブルに置いていた。そして毎晩ベッドから身を起こして毛布にくるまり、草のなかでじっと動かないカエルにその日の出来事を小声で語ってきかせた。ソフィアが望んでいたのはベティの安全と幸せだったが、なかでも一番に望んでいたのは、捕食者から守られて安全に過ごせることだった。ソフィアは最近学んだこの〝捕食者〟という言葉を気に入っている。それはたぶん、まさに少し不穏なその響きのせいだ。それなのにカエルは逃げてしまった。暖かくて湿った場所を求めて、そこら中を跳ねまわったにちがいない。そして最終的にたどり着いたのが、一階にあるキッチンのラジエーターの生暖かい金属板の裏だった。すきっ腹を抱え、喉も渇いていたはずだ。皮膚は何日も雨が降らない庭の地面のようにひび割れており、死に閉じこめられたベティは、カエルの心霊体《エクトプラズム》になっていた。

ソフィアは怖くてベティにさわれない。もっともリアムにしてもそうだ。ちっぽけな亡骸のまわりを、はしゃいでぐるぐる駆けているというのに。母親が兄妹に、うるさいわね、ちょっと静かにしなさい、パパが起きちゃうでしょ、と注意するが、すでに父親が階上《うえ》からTシャツ姿で下りてくる。そして怒鳴りつける。なに騒いでんだ、エイプリル、おめえな、〝パパが休暇のあいだだけでも静かになさい〟ってガキたちに言い含めることもできねえのか、それに買いものはどうした？クラーク・クラフマン中尉はそこまで言うと、正真正銘死んでいるベティとめそめそ泣いているソフィアに気づき、楽しそうに言う。あれあれ、ソフィア、おめえのカエルときたら傑作だな、干からびた餃子にしか見えねえぞ！

クラークは二本の指でカエルの片方の脚をつまみ上げ、スープ皿にポイと投げ入れる。

クラフマン家の者はみな、ベティは埋めるしかないとあきらめる。ベティがどんな宗教を信じているかは不明だが、エイプリルは自分たちと同じバプテスト派とみなすことにする。ベティはバプテスト派の信者が受ける本物の浸礼、つまり全身を水に沈める儀式を受けてはいないが、結局のところ、ほとんどの時間を水にとっぷり浸かって過ごしていたのだから、バプテスト派にしておけば話が早い。そうして信徒として生まれ変わったカエルは、カエルの天国へと旅立つだろう。あるいはクラークがトイレに流してしまえば、それもそれで話が早い。

ベティはソフィアの六歳の誕生日プレゼントだった。ベティのおかげでソフィアはカエルについて詳しくなった。たとえばカエルは三億年前から存在していること、恐竜たちと同時代を生きたこと、数千もの種類が存在すること、皮膚がいろいろなものをよく透《とお》すので、〝虫を食べる役に立つ生きもの〟とされているにもかかわらず、殺虫剤に含まれる〈アトラジン〉という成分に命が脅かされていることなどだ。さらにカエルは、ヒキガエルでもなんでも、サンショウウオと同じく両生類であることも。そもそもベティはヒキガエル、正確には〈アメリカミドリヒキガエル〉で、ソフィアは〝ベティ〟とつけたその名前をブリストル紙に丁寧に書いて飼育ケースに貼った。もっとも、実際にはオスの可能性もある。というのも、性別についてはペットショップの販売員もよくわからなかったからだ。お嬢ちゃん、とアンディ（〝アンディ〟で正しいのかどうかはわからないが、とにかくソフィアは販売員がつけているバッジの文字をそう読みとった）はため息をつきながら言った――ごめんね、このヒキガエルはほんの親指ほどの大きさしかないから、オスかメスか見分けられないんだ、だから〝モーガン〟とか〝マディソン〟とか、どっちにつけてもおかしくない名前にしたほうがいいよ。けれどもソフィアはそんなことにはおかまいなく〝ベティ〟と呼んでいる。ベティは、ソフィアが飼育ケースに近づくと、穴のなかや石の下にさっと隠れる。掃除機の音にも怯える。ラガーディア空港を離陸し、ハワードビーチの上空を飛ぶ飛行機の轟音にも。とにかくありとあらゆるものに怯えているので、ベティはまるで姿を見せない。ったく、ふぬけた野郎だぜ、とある日、クラークはばかにした。リアムやソフィアの前でそんな言葉を使うのはやめて――エイプリルはため息をついた。

というわけで、このクラーク・クラフマンがベティをスープ皿にぞんざいに投げ入れる。するとソフィアが大声を出す。

「ママ、ベティが動いた！　ベティが動いたよ！」

「えっ？　ううん、ちがうのよ、ソフィア、パパがお皿を傾けただけ」

「動いたってば。ほら、見て。お皿の底に残ってた水のおかげだよ！　水のおかげで目が覚めたんだ！　ママ、ママ、水を足してよ！」

エイプリルは肩をすくめるが、グラスを手にして水道水を入れ、ベティにかけてやる。するとカエルは片脚を、次いでもう一方の脚をぴくりと震わせ、ついには息を吹き返す。スポンジのように水をぐんぐん吸収し、皿の底でぴくぴくうごめき、皮膚もまた、失っていた緑色を少しずつ取り戻す。

「こいつはたまげたな」クラーク・クラフマンが驚きもあらわに言う。

「日照りのときのメキシコサンショウウオ（〝アホロートル〟〝ウーパールーパー〟とも言われる）とおんなじだ」ソフィアが言う。

「ママ、憶えてる？　メキシコサンショウウオ、見たよね。あれとおんなじことをしたんだ。わざとこんすいして、雨の季節が来るのを待ってたんだ」

「たまげたよ」クラークは繰り返す。「こんなの、初めて目にしたぜ。さっきまでこのすっとこガエルは百パーセントおっ死《ち》んでたのによ、今度はくねくね身をよじって、盛りのついた売女《ばいた》みてえだ。たまげたよ」

「クラーク、お願い、子どもたちの前では言葉遣いに気をつけてちょうだい」エイプリルがたしなめる。

「おい、おれは自分んちにいるんだぜ、好きにしゃべってなにが悪い？　おめえらにとっておれはいったいなんなんだ？　毎月のローンを支払うために、どこぞのあほんだらの国までわざわざくたばりに行く金稼ぎマシンってか？　えっ、どうなんだ？　うんざりだぜ、エイプリル、うんざりだ。おい、聞いてんのか？」

　エイプリルは床に視線を落とし、ソフィアとリアムは身をこわばらせる。クラークの怒りで周囲の空気が固まる。

　クラークはぎりぎりとこぶしを握りしめて心を閉ざす。そうするか、すべてをぶち壊すかのどちらかだ。くそっ、アフガニスタンでは十回も死にかけたっていうのによ、こんな扱いを受けるなんてあんまりじゃねえか。ああ、十回だ、少なく見積もってもな。みんなでいつも自嘲してたさ、

〝おれたちゃ、くたばるのもやっとこさだ〟って。だが、これが政治家のせがれだったらわけがちがう。あいつらとんまな小僧どもは、ベトナムのときからもう、ちゃっかり州軍にもぐりこんでたじゃねえか……。確かに連隊では去年、あの〝車輪のついた棺桶〟こと高機動多用途装輪車輌《ハンヴィー》とおさらばし、統合軽戦術車輌《オシュコシュ》——13ミリ弾も防げるっていうあの見てくれのいい〝バッドボーイ〟を導入したさ。だが徹甲弾にはまるでお手上げで、あれじゃ、砂色に塗った段ボールと大差ねえ。

　カエルのベティが奇跡の復活を果たす二週間前、アフガニスタンのバグラム空軍基地からカブールに移動する際、オシュコシュは機銃掃射を受けた。その音から、使用されたのはシリアでおなじみのザスタバ社製の半自動小銃と思われた。そのうちの一発が左後部ドアの窓を、絶対に割れないという触れこみの窓ガラスを貫通してトンプソンの胸に収まり、トンプソンは突如、弾丸がいかに身体にめりこみやすいように設計されているかを痛感し、地獄の罪人のように絶叫しはじめた。トンプソンは民間軍事会社〈アカデミ〉の社員で、イカれているというよりも間の抜けた気の毒な男だった。ゼネラルモーターズ社の子会社で働いていたのだが、同社の点火プラグを気の毒な別の工員が時給三十セントでつくってくれる別の国に工場が移転したため、あえなくそのしがない職を失った。彼がなにより大事にしていたのは、モンタナ州に所有するコテージで、その維持のためにアルベマール社のエンジニアたちの接近警護を請け負っていた。エンジニアたちは四カ月のあいだ、カブール・セレナホテルにほぼ籠ったままリチウム鉱脈の探査活動をおこない、四カ月のあいだ、中国のガンフォン・リチウム社に先駆けて開発契約を締結しようと躍起になった。だがトンプソンにとって不運だったのは、アカデミ社の支援車輌が彼を置いてカブールに向けて出発してしまったことだ。彼はオシュコシュに同乗させてもらうにあたり、二百ドルを支払った。十年続いた戦火で荒廃したみすぼらしい郊外の、穴ぼこと瓦礫とトタン波板を乗り越えて突き進む二時間のドライブのためだけに。

クラークは、白目を剥いて喘ぎながら血を吐いているトンプソンの手当てをジャック軍曹に任せると、回転式の砲塔の内部に滑りこんだ。そして弾が発せられたと思われる地点に向けて、知っているかぎりの罵詈雑言をわめきながら機銃掃射を開始した。何百発もの弾丸が、低い禿山に建つ日干し煉瓦の二棟の小屋をめがけて飛んでいき、哀れな建物は二棟とも衝撃で粉々に崩れ落ちた。

オシュコシュは猛スピードでバグラムに引き返した。空軍基地の手術室のスタッフが怪我人の到着を待っていたが、病室はすでに満杯だった。前日、清掃作業にあたっていたアフガン人の臨時雇いのひとりが、食堂の近くで〝アッラーフ・アクバル（アッラーは偉大なり）〟と叫びながら自爆ベルトを作動させたのだ。死者二名、負傷者十名。それもこれも、酔っぱらった兵士たちがバドワイザー十本分ほどの小便をコーランにひっかけたからだと言われていた。

おそらくほんとうの話だろう。実際、グアンタナモでは囚人の檻にハムのスライスを投げこんでいたぐらいだから。クズどもはつねに愛国心に逃げ場を見いだす。いずれにせよ、トンプソンのためにベッドを確保する必要はなかった。着いたときにはすでにこと切れていたからだ。車内は血でべったり汚れていた。ここでひとつ確実に言えるのは、トンプソンに水をかけることはいつでもできたが、それによって彼が生き返ることはなかったはずだということだ。だからクラークはなんとも思わない。子どもたちの前で〝ふぬけ野郎〟や〝盛りのついた売女〟などと口にしても、申しわけないがまったく屁とも思わない。いつかは子どもたちも、自分たちが住むこの世界がどれほどくそまみれか学ばなければならないのだから。

「おめえらのばか騒ぎのせいで、こっちはへとへとだ」クラークは言う。「エイプリル、おめえはそのむかつく買いものとやらにとっとと行ってこい。ぼうずを連れてくんだぞ。リアム、おめえはろくでもねえビデオゲームばっかやってねえで、少しは母親の手伝いをして買いものの荷物でも運べ。さあ、ソフィア、カエルを飼育ケースに戻すぞ」

ソフィアは母親のほうを見る。エイプリルは黙って車のキーを手にすると、ぶつぶつ文句を言っているリアムの手を引く。ソフィアはスープ皿のなかで完全に元気を取り戻したベティと一緒に、父親のあとについて階上へ行く。

飼育ケースのなかには、小石の上にくっつけた小さなエッフェル塔も置いてある。四カ月前、結婚記念日を祝うため、家族でフランスのパリを訪れたのだ。一家はベルヴィル地区に1LDKのレジデンスを予約し、子どもたちはリビングのソファベッドで寝た。四人でノートルダム寺院と凱旋門を訪れ、モンマルトルの丘とシャンゼリゼ大通りを歩いた。だがそんな名所の数々にもかかわらず、ソフィアは〝両生類〟を見に行きたいと言い張った。そこでエイプリルはしかたなく娘を植物園に連れていき、娘はそこで初めて、目玉やさらには脳の一部までをも復元できる驚異の生きもの、メキシコサンショウウオを目にした。

そのあとエイプリルはソフィアとリアムを連れてまっすぐニューヨークに戻ったが、ニューヨーク行きの定期便は最後の三十分、子どもたちが泣きわめきつづけるほど揺れに揺れた。クラークは家族と一緒に帰るわけにはいかなかった。新たな任務を命じられ、パリからワルシャワ、そしてワルシャワからすぐにバグダッドへ向かったのだ。そしてそのときには軍用大型長距離輸送機〈C17〉で戦車〈エイブラムス〉二輛と大規模爆風爆弾兵器《MOAB》一弾、つまり〝すべての爆弾の母〟と呼びならわされる重さ十トン、長さ十メートルの怪物の移送に従事した。クラークは九週間の軍務に就き、ようやくハワードビーチに帰ってきた。トンプソンの生温かくて金臭い血のにおいをまだ身にまとったまま。

　エイプリルはソフィアの賢さを誇りに思っている。けれどもその一方で、わが娘《こ》に、わが娘の活力と好奇心に嫉妬し、嫉妬している自分を責めている。ソフィアの歳の頃、彼女は母親にべったりで、動物の塗り絵、とくに子馬の塗り絵ばかりしていた。最近、頭に変調をきたした母を施設に入れなければならなくなって姉妹と実家を整理したとき、彼女は塗り絵を何百枚と見つけた。それは驚きのひと言だった。赤紫色の子馬、藍色の子馬、緑色の子馬、橙色の子馬。虹の構成色が次々に現われたが、塗られているのはいつも子馬ばかり。エイプリル自身は記憶になかった。そもそも彼女はあの頃のことをなにひとつ憶えていない。そしてその後、若くして親元を離れ、虚弱で繊細で思いやりのある若者、ノートから破りとった紙にすてきな詩を書き、自分の大胆さにまごつきながら無言で彼女にその紙切れを差し出してきたあの金髪で長身の若者と結婚したのだ。

　ベルを鳴らそう
かくれんぼをしよう

ぼくは四月《エイプリル》の頬に口づけした

そう、当時のクラークには思いやりがあった。学位を持っていなかったので、まずは不動産業の、次いで自動車教習所の教官の職に就いたが、ぐずぐず迷う客やおたおたした初心者の運転にすぐにいらつき、どちらの仕事も長続きしなかった。そんな彼に軍隊は箍《たが》をはめ、誇りを取り戻させた。そして十八に見えるこの二十二歳の若者を坊主頭にし、黒いベレー帽と、なにより一万五千ドルの特別手当を与えた。エイプリルはこれを頭金にし、月々の給与が保証されていることを強みに住宅ローンを申請し、不動産不況の真っただなかで叩き売りされていたハワードビーチの家を手に入れた。家を追い出されたばかりの前の持ち主は破産者で、退去の際には怒り狂い、洗面台、シンク、キッチン設備はもとより寝室の間仕切り壁に至るまで、壊せるものは余さず壊してまわった。数年後、南極のスウェイツ氷河、つまりフロリダ州と同じほどの面積を持つ厚さ二キロの巨大な氷の塊が陸地から切り離されて溶け出せば、この海沿いの家は水に浸かってしまうだろう。けれどもクラークとエイプリルにはそんなことなど知るよしもなく、彼らは家を隅々まで修復し、エイプリルは身重の大きな腹を抱えながらたったひとりでペンキを塗り直した。

やさしい四月、影を帯びた四月
おお、ぼくの甘美で残酷な女性
パステル色に花咲く四月

歳月とともにクラークは自信に満ち、居丈高にすらなった。そんな彼にエイプリルはもはや、かつて彼女に詩を書いてくれたあの心やさしい若者の面影を見いだすことはできなかった。軍の訓練は彼を筋肉質の頑強な男に変えた。セックスをするときも、クラークは若い女性の身体にとまどい恥じらっていたあの若者ではなく、乱暴で自分勝手な男に変わっていた。そのときだ、エイプリルが夫を恐れはじめたのは。けれどもクラークが訓練を終え、軍の最終試験に合格したときにはもうリアムが生まれていたし、ソフィアを身ごもっていた。

凍てつく嵐にとらわれた四月
甘美な四月、まどろみを誘う暖かさ

そしてさらに数年後、やさしいエイプリル、影を帯びたエイプリルは、姉の家にあった本をたまたま開き、岸辺に打ち上げられた鯉のようにぽかんと口を開くことになった。あの詩、彼女のためだけに書かれたあの美しい詩は、じつはイギリスのある忘れ去られた詩人による「四月に焦がれて」という作品を写したものであり、初めてのデートでクラークに手渡され、四つ折りにして財布のなかにいまも後生大事に取ってある紙切れは、授業で習ったその詩を彼が苦労して書きとったものだったのだ。子どもたちを連れて自宅に戻った彼女は、決定的に損なわれたあの過去の甘美なイメージと、ノートから破りとった紙片を思春期特有の無器用さで手にしていたクラークとのいまや踏みにじられた思い出を前に、その日はひと晩中、怒りと悲しみの涙に濡れた。

四月、ぼくはきみに焦がれている

★

クラークが飼育ケースの格子の蓋を持ち上げてスープ皿を傾ける。するとカエルは皿から落ちて苔の上で跳ね、すぐに椰子の実の殻の池に飛びこむ。

「パパ、ベティに食べものをやらなきゃ。おなかがすいてるはずだよ」

「まずは休ませてやれ。おめえも風呂に入って、ベティみたく風呂桶でぱちゃぱちゃやるんだな」

ソフィアは返事をしない。階下《した》のドアが閉まる音がする。それから母親と兄の遠ざかる足音、車のドアのバタンという音、車が走り出す音。クラークは蛇口を開くとお湯の温度を確認し、香りのついたバスソルトをぱらぱらと振り入れて靴を脱ぐ。ソフィアはぐずぐずしている。クラークは眉をひそめる。

「さっさとしろ、ソフィア、ほら、風呂に入るんだ。パリにいたときとはちがって、時間がたっぷりあるわけじゃねえんだぞ……」

玄関のチャイムが鳴り、父親の言葉が途切れる。ふたたびチャイムが鳴る。ドアノブがくるりとまわされる音がする。クラークが天を仰ぎ見る。

女性の声。

「クラフマンさん？　奥さん？　連邦捜査局《FBI》のチャップマン捜査官です」

「チッ、ちょっと階下に行ってくる。おまえは風呂に入れ。泡に浸かって、お湯が風呂桶の半分までたまったら蛇口を閉めろ、いいな」

父親が浴室を出ていく。やがて一階から声が響いてくる。父親のがなり声、それに毅然と答える男の声、そしてもうひとつ、別の男の声。口論が続くなか、誰かが浴室のドアをノックする。

「ソフィア、入ってもいい？」女性の声だ。

「はい、マダム」少女は返事する。

女性がひとり、にこやかな笑顔で入ってくる。黒人で、髪はつやつやのストレートのショートカット。ママとおんなじ髪型だ、とソフィアは思う。けれどもママほど疲れているようには見えない。FBI捜査官は膝をつき、少女の頬をやさしくなでる。これもプロの仕事のうちだ。脳科学的に、スキンシップは子どもを安心させて落ち着かせるのにとても有効だと証明されている。

そのあと捜査官はタオルを手渡す。

「こんにちは、ソフィア。わたしはヘザー。ヘザー・チャップマン捜査官。急いで身体を拭いて服を着てちょうだい。外の廊下で待ってるね、オーケー？　ところでママはどこに行ったか、知ってる？」

「リアムといっしょに買いものに行きました」

女性捜査官は浴室を出ると、携帯電話で連絡する。

「ソフィア・クラフマンと一緒にいます。エイプリル・クラフマンを捜してください。おそらく一番近い〈メイシーズ〉にいるものと思われます。車は黒のシボレー・トラックス。ナンバープレートの番号はご存じですよね。息子のリアムも一緒です」

廊下で待っていた女性捜査官は、服を着て出てきた少女に手を差し出す。階下は静かで、父親の姿はもうない。

「いらっしゃい、ソフィア。ママとリアムのところに行きましょう。それからみんなでドライブするの」

「そのあと、おうちに戻ってくるよね？　ベティに食べものをあげないと」

「ベティ？」

「あたしのカエルです、マダム。死んじゃったって思ったんだけど、乾いてただけだった。メキシコサンショウウオみたいに」

女性捜査官は手にしていた携帯電話をしまう。

「カエルのことは任せて。こっちでちゃんと世話するから。大丈夫、すべてうまくいく。わたしのことは〝ヘザー〟って呼んでくれる？　いいわね、ソフィア」

「はい、マダム」

ジョアンナ

二〇二一年六月二十五日（金）
フィラデルフィア

「ジョアンナ」ショーン・プライアは言う。「あなたの脳みそはゴシック様式の大聖堂だ」

弁護士のジョアンナ・ワッサーマンはショーン・プライアの視線を受け止めて、驚きを隠す。なんですって？　大聖堂？　ゴシック様式？　それならせめてフランボワイヤン・ゴシック様式にしてちょうだい。それにしてもタージ・マハルやピラミッドやラスベガスのシーザース・パレスではなぜだめなのだろう？　彼女は一瞬面食らったが、なんとかうまい切り返しを思いつく。

「男の脳みそと言われるよりはましですね」

「失礼、なんだって？」

「シモーヌ・ド・ボーヴォワール。彼女は父親からいつも、おまえは〝男の脳みそ〟を持っていると言われていたんです」

ヴァルデオ社の最高経営責任者《CEO》は訳知り顔でくつくつと笑う。まるでシモーヌと彼女の父、そして父娘の飼い犬の親友であるかのように。ジョアンナは内心で冷笑する。プライアはこの嫌味なシモーヌが何者であるかぼんやりわかるぐらいの教養しか持ち合わせていない。とはいえ、売上高三百億ドルを誇る巨大製薬会社を率いるこの男に隙があってはならない。それにしてもゴシック様式の大聖堂とは……。貧弱な発想だこと。

ジョアンナはフィラデルフィアにあるヴァルデオ社の本社に、案件のフォローを担当するのと同時に案件の運び屋、つまりカバン持ちも務めている若い男性の勤務弁護士《アソシエイト》とともに出張してきた。この製薬会社がデントン&ラヴェル法律事務所のクライアントとなって七年、事務所はおもに税務や買収にかかわる問題を扱っている。ジョアンナは三カ月前にヴァルデオ社を担当することになったのだが、二カ月前からはプライア直属の顧問弁護士を務めている。初対面の席でプライアは、彼が培ってきたテキサス流のゆったりとした話し方と、絶対王者たる大型肉食獣の余裕の笑みでこうたずねてきた。

「ところで先生、わたしがなぜ、おたくの事務所のぼんくらどものなかから先生を指名したかご存じですか?」

「ちょっと考えさせてください、プライアさん。そうですね、わたしがスタンフォードを首席で卒業したからでしょう、たぶん。それと、わたしが若い女性だからでしょう、おそらく。さらに、わたしが黒人だからです、きっと。加えて言えば、あなたのハーバードの御学友である白人のご老人たちを相手に、わたしが軒並み勝訴を勝ちとってきたからでしょう」

　プライアは笑い声をあげた。

「ええ、そのとおりですよ、先生。それに、こんな返答を口にする勇気があるのはあなただけだからです」

「わたしのほうは、プライアさん、あなたをクライアントとして受け入れたのは、あなたならわたしに耐えうるからです」

　そう言われて、プライアは負けじと付け加える。会話のオチを自分でつけないと気がすまない性質《たち》なのだ。

「まあ、とにかく、わたしがカーネギーメロン大学も出ていることをお忘れなく」

　勝負は引き分けに終わった。この舌戦以来、ジョアンナ・ワッサーマンとショーン・プライアは地球上で一番仲のよい友人同士のふりをし、対等に会話を交わしている。プライアはそうすることで自分の名誉が維持できると考えている。なにしろ大富豪の家に生まれた彼にとってこれは社会との、そして異なる人種とのごく限られた融和を目指すひとときなのだから。彼は優秀きわまりないこのしがない黒人娘、つまり電気技師の父とお針子の母を持つヒューストン出身の、積極的格差《アファーマティブ》是正措置《アクション》を受けるに値した元奨学生――彼はジョアンナに関する情報をすべて掻き集めさせていた――を相手に、尊大さを微塵も見せることなく議論を交わせる自分を誇りに思い、楽しんでさえいる。

　ふたりは双方を隔てるさまざまな要素――三十三歳の年齢差、二十億ドルのストックオプション、光り輝く入れ歯――をものともせずに互いにファーストネームでの呼びかけを乱発し、それが会話を洗練された毒々しい偽善のタッチで彩っている。ふたりがラテン系であれば、敬語抜きの親しげな口調になっていただろう。庭師と友人であることを公言するブルジョワジーとして、プライアはこの友情のフィクションを信じているが、ジョアンナのほうはだまされない。プライアのつくり笑いのなかに、彼が抱え持つあのいわく言い難い南部の雰囲気を、人種間の関係すべてに染みこんでいるあの象徴的なサインやニュアンスを感じとり、例のさりげない鷹揚な態度を読みとっている。そうした態度は、髪をきれいにセットした白人の裕福な婦人が黒人の運転手に輝くような笑顔を向けることを可能にするものだ。そしてその笑みは、この奴隷の子孫が生まれながらにして劣っていると確信する傲岸《ごうがん》さをにじませた、親しみを装う満面の笑みだ。『風と共に去りぬ』以来寸分も変わっておらず、ジョアンナが子ども時代を通じてつねに目にしてきた、お針子である母の顧客、つまりあの白粉《おしろい》を塗りたくった白人顧客の顔に浮かんでいた毒のある笑みだ。

ある日――二十世紀が終わろうとしていたある日――、中学校の校門前で少女だったジョアンナがスクールバスを待っていると、黒塗りの大型セダンが目の前に停まり、後部座席のスモークガラスがするすると下りて同級生の女の子が車に乗るよう誘った。その顔にはジョアンナともう少し一緒にいられることを素朴に喜ぶ笑みが浮かんでいた。

「ええ、ぜひ乗ってってちょうだい、ジョアンナ」友人の母親もあと押しした。「さあ、遠慮しないで。ちょっと遠まわりになるけれど、全然たいしたことじゃないから」

〝全然たいしたことじゃないから〟――ジョアンナは理解した。母親は娘の強引な提案にしかたなく応じたのだ。ジョアンナはドイツ製の大型セダンの後部座席に乗りこみ、友人と並んで座った。ハンドルを握る母親は、礼儀をわきまえていることを示そうと娘の友人に話しかけた。

「ジョアンナは大きくなったらなにになるつもり？　まさか、お母さまみたいにお針子ってことはないわよね」

ジョアンナはなにも言えなかった。家に帰ると、泣きながら母の胸に抱きついた。それからノートを取り出した。そして友人の母親が口にしたこの傲慢な言葉に彼女は逆に感謝し、誰よりも勉強熱心な女子学生になった。

それから二十年が経ち、ジョアンナはいま、自分が歩んできた道とこれから歩むべき道をしっかり把握している。とくに〈ヘプタクロラン〉をめぐる今回の裁判では、この化学物質の取り扱い者の多くが女性、それもそのほとんどが有色の女性であることから、ディフェンスラインを動かして相手方の攻撃を食い止められるのは、闘志あふれる黒人女性弁護士であることを承知している。とにかくプライアはそれを期待している。デントン＆ラヴェル法律事務所は、あきらめてもらおうとジョアンナがべらぼうに高い報酬額をふっかけたにもかかわらず彼女を採用した。そのため彼女は、自分が雇われたのはプライアからじきじきの指名があったからではないかとさえ疑っていた。というのも彼女は入所後すぐにクライアント企業を任され、しかもその専任となったのだが、それがヴァルデオ社だったからだ。そのうえ事務所は、彼女を即座に共同経営弁護士《パートナー》に昇格させる破格の人事をおこなった。

プライアのオフィスは一九三〇年代に建てられた高層ビルの最上階にあり、大きな窓からデラウェア川を見下ろせる。来客があるとプライアは、持てる者の満足感に包まれながら室内をのし歩き、腕を組んでつんと顎を上げるというムッソリーニスタイルで川の景色に見入っているふりをせずにはいられない。そのたびにジョアンナは彼に、瞑想しているように見えるこの長々とした休息タイムを与えている。とくに今回は、事務所からふたり連れで彼のオフィスにまで出向き、そのため一分で百ドルを稼ぐことになるのだからそのままにしておくほうが得策だ。彼女はある日そのことをプライアに指摘した。すると相手は記憶の奥底から、気の利いた皮肉っぽいせりふを引っ張り出してきた――〈金銭がこれほど過大に評価されていなければ、人がそれに与える価値はより少なかっただろう……〉。自分で考えた言いまわしではないが、そもそもプライアは引用を好む。文学の素養が場ちがいとなる経済界で、彼は文学からの引用を強力で象徴的な支配のツールとしてきた。そして、各種の試験で万全に検証することなく売り出した殺虫剤〈ヘプタクロラン〉をめぐり刑事訴訟の可能性が浮上してきたことについて会社の理事会が懸念を表明したとき、プライアは〝予防の原則〟をこの冴えわたるスピーチで粉砕した。〝親愛なる同僚諸君、わたしが日頃心に刻んでいるのはラルフ・ウォルドー・エマソン（米国の思想家、作家、詩人）によるある美しい詩で、それはこんなふうに終わります――〈敷かれた道を進むより、道なきところにみずから道を拓《ひら》いて進め〉。というわけで、そう、人類の腹を満たすための終わりなき戦いにおいて、われわれはみずから道を拓いて進まねばならないのです〟。

ヘプタクロラン……。ジョアンナがこのオフィスにいるのは、一部の昆虫を幼虫の段階より先には進めなくするこの活性分子のせいだ。ヴァルデオ社がこの分子の合成に成功したのが二〇〇〇年代で、そのあと特許が切れ、いまではほかのいくつかの会社でも生産されている。だがこの分子は低用量でも発癌性が非常に高く、しかも内分泌攪乱物質でもあることが判明している。オースティン・ベーカー法律事務所が集団訴訟を開始したいま、ヴァルデオ社には数億ドルもの支払いを命じられる恐れがあった。

「よろしければ裁判について話しましょう、ショーン。これまでに六十五人の患者が非予防的だったとしてヴァルデオ社を訴えており、われわれにとって非常に高くつく恐れがあります」

ジョアンナは〝非予防的〟という言葉、つまり意図の欠如を想定しているこの新語をとても気に入っている。さらに、自分の所属する法律事務所がクライアントの利益といまや分かちがたく結びついていることを意味する〝われわれ〟という言葉も嫌ではない。彼女は続ける。

「ショーン、おたずねします。相手方のオースティン・ベーカー法律事務所によって、ヴァルデオ社がこの分子の危険性を承知していたにもかかわらず、薬剤を取り扱う人たちにそのことを隠していたという証拠が提出される可能性はありますか？」

「いったいどうしたらそんなことができるのか、見当もつかん」

「裁判で似たような質問をされたら、〝どうしたらそんなことができるのか、見当もつかん〟という答えだけは絶対にしないでください。すでにお伝えしましたが、こうした質問はひっかけで、わたしは異議を差し挟むことになるでしょう。答える際には、〝この分子は無害です〟と繰り返すことから始めてください」

「もちろんこの分子は無害です。われわれが当時おこなった臨床試験では、オースティン・ベーカー事務所が言及している第三者機関による試験とは相反する結果が出ています」

「完璧です。とにかく裁判でもこのとおりに言ってください。ショーン、これは専門家対専門家の勝負になるでしょう。われわれの悩みの種は、御社の元エンジニア、フランシス・ゴールドハーゲンです。なにしろ彼は、ヘプタクロランの有毒性を証明した彼の分析結果をヴァルデオ社が考慮しなかったと主張しているのですからね」

「彼の分析手法を疑問視していたんだよ。それでその結論を採用しなかったのさ。しかもうちの調査によれば、彼の私生活は彼が嘘をつける人物であることを証明している。少なくとも自分の妻には」

　ジョアンナはため息をつく。こうした手を使って勝訴することは、中期的に見て事務所のイメージダウンにつながりかねない。だが敗訴することは、短期的に見て選択肢のうちにも入らない。

「わたしはそのようなやり口でフランシス・ゴールドハーゲンの信用を失墜させることはしたくありません。ヴァルデオの評判を汚しますし、正義を損なうことにもなります」

「ジョアンナ、いいか、正義とは母性愛のようなものだ。母性愛や家族愛には誰もがほぼ異を唱えない……。そうだ、家族で思い出したが、ジョアンナ、妹さんは元気か？」

　彼は知っている、とジョアンナはすぐに察する。当然だ。プライアのことだ、お抱え弁護士の弱みについて調べさせたにちがいない。そして先の二月に、末の妹が原発性硬化性胆管炎と診断された事実をつかんだのだろう。エレンのような若い大学生が医療保険に入るときには当然、よくある基本的な保険を選ぶしかなく、そうした保険が原発性硬化性胆管炎といった希少疾病をカバーしていないことを知って愕然とすることも承知しているはずだ。プライアはジョアンナがデントン&ラヴェル法律事務所の高給取りのポストを引き受けたのは、ひとえにこのエレンのためなのではないかと踏んでいるのだろう。二十万ドルの肝移植がなければ、エレンはとっくに死んでいたはずだから。そしてこれからは毎年最低十万ドルが必要になる。今後たとえば十年、あるいは十五年、ただ生き延びるためだけに。そしてそのあいだ虚弱な身体が胆管炎に耐え、治療法が見つかるまで持ちこたえてくれるよう祈るしかない。けれどもプライアは読みまちがえている。確かに稼ぎは大事だが、ジョアンナが望んだのはこの最高ランクの地位、トップが手にする報酬の山であり、彼女はそのてっぺんに立ち、みずからが果たした雪辱の広大な裾野を眺めわたしたかったのだ。

プライアはできうるかぎりのもったいをつけ、深刻な声で続ける。

「妹さんはほんとうに大変な試練に見舞われた。わたしは心からあなた方ご家族を支えたいと思っているんですよ」

「それは……感謝の念に堪《た》えません」

「妹さんに必要なものがあれば、なんでも遠慮なく言ってください、ジョアンナ。当社ならあなた方を助けられる。病院、薬、新しい治療法……」

「ありがとうございます、ショーン。いまはただ移植した肝臓が定着するのを待つのみです。でも、お申し出は心に留めておきます。よろしければヘプタクロランに対する集団訴訟の話に戻りましょう。同僚のスペンサー弁護士が防御方針についていつまんで説明いたします」

若いスペンサーが説明を終えるやいなや、ショーンは顎を軽く動かして、デントン&ラヴェル法律事務所の弁護戦略に賛同の意を示す。そして彼にとって会議は終わったと告げるために、ふたりの弁護士の手を握る。彼は、スペンサーに続いてオフィスを出ようとしたジョアンナを引き止めて言う。

「ジョアンナ、きみにひとつ、チャンスを授けたいんだ。あすの土曜の夜、〈ドルダークラブ〉の会議が開催されるんだが、それに参加しないか？　ドルダーは知ってるだろ？」

ジョアンナはうなずく。ドルダーなら知っている。手本とした〈ビルダーバーグ会議〉に輪をかけて秘密主義がはびこる閉鎖的なクラブだ。だがビルダーバーグでは毎年、財界や政界から百人ほどの大物が密室に集うのに対して、ドルダーに参加するのは〝巨大製薬会社〟の貴族たち、つまり二十人の経営者だ。この半世紀来、この会議がいつ開催され、なにが話し合われているのか知る者はいない。薬価が交渉されている可能性も、友人同士のちょっとした取引がなされている可能性も、業界の長期的方針が決定されている可能性もある。というわけで、ドルダークラブは陰謀論者の恰好のネタとなっている。プライアは笑顔で言う。

「わたしの個人的なアドバイザーとしてきみを紹介しよう。わたしにしてみれば、まさにそのとおりだからな。年次会議は今年、ここアメリカで開催される。というわけでアメリカ人であるわたしが、開会のスピーチをする名誉にあずかった。会議のテーマに興味を惹かれると思うよ。なにしろ〝死の終焉〟だからね。ユリウス・ブラウン、そう、あのノーベル賞候補者が胚の系統学に関する彼の研究について講演する予定だ。そのあとふたりが登壇することになっているが、彼らのプレゼンにきっと驚くはずだ。お誘いがぎりぎりになってしまって申しわけない。だがご存じのとおり、この業界は被害妄想気味で、情報の漏洩を極端に恐れているんだ。場所はマンハッタンのアッパーイーストサイドにあるホテル〈ザ・サリー〉の〈ヴァン・ゴッホの間〉。二十時頃来られるだろうか？」

ジョアンナはどうしたらこう返答できるか思案する——ええ、とても光栄です、ショーン、ですが、残念ながらあまりにも急なお話で、申しわけないのですが……。けれどもそうは答えずに、原始的な守りの動作、つまり本能的に腹部に手をあてる動作をする。というのもひとつ、プライアが知らないことがあるからだ。それはジョアンナが身ごもっていることだ。

ちょうど七週間前のこと。寿司《スシ》をつまむ慌ただしい食事と事務所のパートナーたちとの打ち合わせの合間を縫って、彼女は職場のトイレでテストした。そして細い棒に小さな暗紅色の線が二本表示されたとき、喜びで胸が張り裂けそうになった。

ジョアンナが愛する男は新聞社のイラストレーターだ。昨年の十月末、あるネオナチのリーダーが彼のイラストの一枚を侮辱的だと告訴した。彼女は新聞社の代理人として裁判に挑み、KO勝ちを収めた。〈ケラー対ワッサーマン〉裁判はいまや判例となった。イラストその他の内部に、〝白人至上主義者には脳みそが足りない〟と書き記すことは侮辱ではなくひとつの意見、さらにはひとつの見立てであるという判例だ。たやすい勝利だった。その日の夜、アビィ・ワッサーマンはジョアンナを、彼にとっては法外に値の張るレストラン〈トンバス〉のディナーに招待した。そして食事の最後に、つまり本気度を示した高価な食事の最後に、たいそう口ごもりながらジョアンナに、来たる数世紀についてどう考えているかたずねた。さすがに、ぼくはきみを愛するために、きみについていくためにつくられたんだ、と伝えるのは差し控えた。心の底からそう思っていたにもかかわらず。もっともジョアンナも心の底から同じように思っていた。アビィはプレゼントの万年筆を差し出しながら言った。ほら、ジョアンナ、ウォーターマンの万年筆だよ、ぼくのドイツ系の苗字とそれほどちがわない、えっと、その……、ぼくはきみにぼくの苗字を名乗ってほしいんだ、もちろんぼくもきみの苗字を名乗りたい。ジョアンナは万年筆を手に取り、キャップを開け、白い綿のナプキンにただ〝ジョアンナ・ウッズ＝ワッサーマン〟と書いた。涙がこみ上げたが、泣きじゃくらないように堪えた。店のオーナーはナプキンを持ち帰ることを許してくれた。

ふたりはすぐに子どもを欲しがり、そのために必要なことをした。とても頻繁に、とても時間をかけて、それこそさまざまな場所で。医師は受精の時期を断言した。それによれば、三月初めにジョアンナがヨーロッパから帰国したあと――無事に生還できたら彼と結婚すると心に決めた、あの血の凍るフライトのあとから四月初めの結婚式までのあいだのことらしい。その期間にふたりの生殖細胞が出会い、すぐさま合体することにしたのだ。白人至上主義には感謝してもしきれないだろう。ユダヤ人のエイブラハム、略して〝アビィ〟にしても、生まれてくるのが男の子だったら、名前はアドルフにしようと提案した。せめてミドルネームにしてね――ジョアンナは笑って釘を刺した。そしてすぐに、妹がこれから緩慢な苦しみに耐えながら生きていかなければならないというのに喜びにうつつを抜かしている自分を恥じた。とはいえ、数グラムの幸せが彼女のなかで育ち、すべてをのみこんでいた。

プライアが念を押す。

「ジョアンナ、ドルダーに来てくれるね？」

明日の夜？　ことは単純ではない。明晩は自分の両親を交えて妊娠三カ月のお祝いをする予定なのだから……。とはいえ、悪魔と会い、ダンスを踊ることに興味がないわけではない。

けれども決断を下す間もなく、重厚な黒電話、あのベークライト製の骨董品がプライアのオフィスに鳴り響く。彼はすぐに受話器を取ると、いら立ちもあらわに言う。

「邪魔しないでくれと言っただろう……。そうか……彼女に伝えよう」

プライアは当惑の笑みを浮かべてジョアンナに向き直る。

「驚くと思うが、ジョアンナ、ドアの向こうできみを待っている人がいる。ＦＢＩのふたり組の捜査官だ。いずれにせよ、明日はきみを待ってるよ。むろん、連中がきみを解放してくれたらの話だが」

ミゼル旋風

四月二十二日、つまりヴィクトル・ミゼルがバルコニーから落下する日は木曜だ。クレマンス・バルメールはカフェ〈ル・ロスタン〉でのランチの約束が延期になり、近所のリュクサンブール公園を散歩しようと考える。そこで支度をととのえていると、ミゼルから送られてきたメールが彼女のコンピューターの着信音を静かに鳴らす。ミゼルはクレマンスのお気に入りだ。才能豊かな作家で、思いつきで筆を走らせているような印象を与えながらもそのじつ、熟考を重ねて書いている。作品はどれも堅牢な構成をそなえ、するする読めるうえに洒落た文章で綴られ、しかもそれぞれに味わいが異なる。ミゼルはクレマンスに仕事をする喜びを与えてくれる存在だ。栄光はえてしてぐずぐずと足踏みし、なかなかやってこないものである。なるほど、そのとおりだ。でも、たぶん、いつかは一般の読者も……と彼女は願う。成功を免れうる人などいないのだから。だがいずれにせよ、ミゼルは気にしていない。前作『不出来に終わった失敗』はメディシス賞、ゴンクール賞、ルノードー賞の第一次選考に残ったが、二週間後には第二次選考のリストから消えていた。クレマンスはミゼルを慰めようと、怒りと無念を胸に電話をかけたのだが、数秒後には逆に慰められている始末だった。さらにオデオン座の招待チケットが一枚余っているとのことで、〝明日、あいているか？〟と予定をたずねられた。いや、とにかくミゼルの場合、鴨の羽の表面を水がするりと滑り落ちるように、すべてがたやすく流れ去る。

クレマンスは編集者の習い性から、添付ファイルを即座に電子書籍リーダーに転送する。だが『異常』という、彼のこれまでの作品のどれよりもハードで切れ味のいいタイトルに興味を惹かれ、しかも作品を紹介するメッセージがついていなかったため、すぐにファイルを開く。そして驚く。

クレマンス・バルメールは商売柄読むのが速く、一時間で読み終える。『異常』はミゼルのこれまでの著作とはまるでちがう。小説ではなく、告白でもなく、輝かしい文章やきらびやかな寸言を脈絡なく並べたものでもない。ずきずきとうずくようなリズムをそなえた、一度読みはじめたらやめられなくなるような風変わりな作品で、彼女はその背後にジャンケレヴィッチ（フランスの哲学者）からカミュやゴンチャロフに至るまで、ミゼルに影響を与えた多くの作家の影響をみとめる。そのノワールなテキストでは作品と作家のあいだに距離がなく、揶揄でさえも痛々しい。〈宗教的精神からどれほどの愚劣がにじみ出ていることか。確信という確信がこぞって知性を抉《えぐ》っている。死を単なる災難のひとつにせんがために、信ずる者は理性を失った。疑念が私を人生の独習者に仕立てたが、それがゆえに私は、一瞬一瞬をより深く味わっている。たとえ栄光に満ちた雲の輝きを目にしても、私は神秘の感動に溺れることはない。溺れ死にしそうになりながら、泳ごうと試みる。だがそれでも、アルキメデスの原理にすがろうとは思わない。そして私が沈みこんでいるこの日、私の双眸《そうぼう》は、どんな原理も通じない深淵をひたと見据えている〉。
ふとクレマンス・バルメールは不安に駆られ、すぐにミゼルに電話する。まずは携帯電話に、それから固定電話に。受話器を取るのは警察だ。そしてミゼルがなした行為を知り、衝撃を受け、打ちのめされる。警察官の質問に答えながら、正真正銘の悲しみに襲われる。と同時に、暗い怒りにも。最後にヴィクトルに会ったのはいつだっただろう？　三月初め、例の翻訳賞の受賞を祝うために〈リップ〉でディナーを食べたときのことだ。ヴィクトルはあのいつものアンドゥイエット（モツ入りソーセージ）を、自分はパリ風サラダを注文し、ワイン〈ピック・サン・ルー〉を飲んだ。だがなんのきざしにも気づけず、友人の発した言葉のなかになんの手がかりも読みとれなかった。彼女は『異常』を、この惨事の先触れとして読み直す。そして彼が〈Victør Miesel〉と署名していることに気づく。〝0〟ではなく、空集合を意味する記号〝ø〟を使って。これは悲痛な自己顕示だ。
クレマンスは知りうるかぎりの関係者に連絡を入れる。ミゼルの両親はすでに他界しており、兄弟姉妹もいない。知らせるべき相手に東洋言語文化学院《ラング・ゾー》で教えている若いロシア語教師、イレナ・レスコヴァがいたが、彼女はミゼルと波風の多い一年間の恋愛関係を経て彼のもとを去った人物で、しかも彼が翻訳を手がけたニコライ・レスコフの姪の孫娘だった。イレナは〝まあ、なんてこと《ボージェ・モイ》！〟、〝恐ろしい！〟、〝どうしてそんなことに？〟を明らかな確信をこめて繰り返し、そそくさと電話を切る。クレマンスは読んだばかりのミゼルのこの一文を思い出す。〈人が他人《ひと》をどれほど気にしていないかに気づくほど長生きできる人はいない〉
クレマンスは編集者として、友人知人への電話連絡、埋葬――もちろん無宗教による埋葬だ――

などすべてを一手に引き受け、〈ル・モンド〉紙の訃報欄に掲載する死亡広告を発注する。

出版社〈ロランジェ〉の
クレマンス・バルメール以下、スタッフ一同より
作家、詩人、翻訳家にして
われわれの友人だった
ヴィクトル・ミゼルが他界しましたことを
ここに悲しみとともにお知らせいたします。

彼女はAFP通信に送る長大なプレスリリースを作成し、そのなかで彼の名高い訳業と批評家から好意的な評価を受けた小説について触れる。さらに近々、彼のすぐれた作品が刊行されることと、その原稿をミゼルは最期の行為に及ぶ直前に書き上げたことを付け加え、『異常』からの三カ所の抜粋を差し入れる。そして普段はアルコールを嗜まないのに、その日ばかりはグラスの底にウイスキーを注ぎ、ちびちびとゆっくり時間をかけて飲む。口にしたのは、ミゼルの愛したシングルモルトのスコッチウイスキーだ。

翌朝、ロランジェ社の〝選抜スタッフ会議〟――これは社内のちゃかした言いまわしだ、というのも研修生ふたりも含めて社員全員が参加するのだから――の席で彼女は、テキストの冒頭を確信を持って読み上げる。すると編集部長ふたりがそろってその価値を認め、販売部長が一刻も早く刊

行すべきだと主張する。あえて触れないが、これは明らかに死を売りものにする商法だ。批評家も読者も、著者が身投げする直前にこの原稿を出版社に送ったというエピソードに魅了されるのは確実だからだ。販売部長の頭にあるのは十三年前にあった前例だ。あの著者、なんて名前だっけ？ 書店担当責任者が〝せめてタイトルだけでも、この悲劇的な結末を予感させるようなものに変更したらどうでしょう？〟と提案する。いえ、変更なんてできません。クレマンス・バルメールはすげなく却下する。ならば、帯かジャケットでなにがしかの演出を施すことは？ それもできません。とにかく〝Victør〟だけは〝Victor〟としたいんだが、どうだろう？ そのほうが〈エレクトル〉（フランスの書誌情報データサービス）で検索される場合にはるかに実用的じゃないか？ いえ、できません。

原稿は週末のうちに校正され、月曜日にレイアウトが組まれ、初校ゲラのコピーがすぐにメディアに送られ、その週の終わりには印刷所に校了が伝えられ、印刷所は当日のうちに印刷を開始する。その日はちょうどミゼルがペール＝ラシェーズの火葬場で焼かれる日だ。そして彼の遺灰がまだ撒かれないうちに、完成した本が販売業者に発送される。これは記録的なスピードで、出版業界がこれほどすばやく動くのはそうめったにあることではなく、ダイアナ元妃の自叙伝刊行時以来だ。そして五月の第一水曜日には『異常』が全国各地の書店で平積みにされる。クレマンスは作品にできるだけチャンスを与えるため初版部数を一万部とし、〝ミゼル〟とだけ記した青いシンプルな帯をつけた。

作品はすぐに大きな成功を収める。〈リベラシオン〉紙の文化部は約束していた見開きの紙面をこの本に割く。ミゼルの作品をこれまでことごとく黙殺してきた〈ル・モンド〉紙の書評付録〈ル

・モンド・デ・リーヴル〉は、罪滅ぼしにミゼルを絶賛する長い追悼記事を掲載し、〃ミゼルの著作を刊行したロランジェ社の英断は祝福に値する〃と持ち上げる。さらに文芸トーク番組〈ラ・グランド・リブレリー〉はミゼルが映っている貴重な映像を探し出してきて人となりを紹介する特集コーナーを組み、ラジオ局〈フランス・キュルチュール〉は彼をテーマにした三本の番組を放送する。ミゼル旋風の到来だ。クレマンスは前作『不出来に終わった失敗』のみならず、五年前に発表され絶版寸前になっていた『山々がぼくらを見つけに来る』も緊急増刷する。

さまざまなイベントも開催され、クレマンスはそのうちのいくつかに参加する。書店では俳優たちが『異常』の一部を読み上げる朗読会が開かれる。パリの文化センター〈メゾン・ド・ラ・ポエジー〉で開催された〈ミゼルの夜〉では詰めかけた聴衆を前に、同書に〃衝撃を受けた〃と語る低音の美声を誇る有名俳優が四時間かけてテキストの全篇を朗読し、客席にいたイレナ・レスコヴァは涙する。各種の文芸賞レースが秋口に始まることに鑑みれば、五月の刊行は決して理想的ではないのだが、それでもミゼルは――選考委員のあいだでつぶやかれている言葉を借りれば――〃無視できない〃存在となる。〃メディシス賞最有力〃といった言葉もすでにささやかれはじめる。

同じ五月には〈ヴィクトル・ミゼル友の会〉が設立される。これはミゼルの友人とファンが集う異種混交のグループで、そこには明らかにミゼルをよく知らない人や、読んだことすらない人もまじっている。いつもぴっちりタイトな黒のジャケットに身を包み、甲高い声でしゃべる伊達男のムッシュー・Tから、クレマンスがこれまで一度も名前を耳にしたことのなかった自称〃ミゼルの旧友〃ことサレルノ――あるいはシルヴィオ、またはリィヴィオ――なる人物まで、ヴィクトル・ミゼルにはいまや〃親友〃が大勢いる。すぐにこの会は、まずは略して〈ヴィミ友〉、次いで〈異常《アノマリ》派《スト》〉と名称を変える。イレナはそのメンバーで、ミゼルとのごたごた続きの関係を甘美なラブストーリーに書き換えることで、悲劇に見舞われた正式な未亡人としての地位に少しずつのぼりつめていく。

クレマンス・バルメールはそうした出来事を冷めた目で眺めながら漠然と嫌悪を抱く。五十歳になって成功を手にするのもすでに遅すぎで、デザートの頃合いになってマスタードを持ってこられるようなものだ。なのに、よりによって死後に名声を得るなんて。クレマンスは打ちひしがれる。その悲嘆の度合いは、かつて生前のミゼルが不当に抹殺されていたとき以上だ。ヴィクトルはなんと書いていただろう？　〈おそらく徒競走で勝ち得たものをのぞき、栄光とは欺瞞《ぎまん》でしかありえない。だが思うに栄光を侮蔑する人はみな、ただそれを放棄せざるをえなかったことにいら立っているのだ〉。

スリムボーイ

二〇二一年六月二十五日（金）
ナイジェリア、ラゴス、エコアトランティック

ラゴスのイタリア領事、ウーゴ・ダルキーニはふらつく足取りでデザート菓子を目指す。ナイジェリアもアルコールも彼には合わない。ウーゴはつまずき、よろける。手にしているグラスからシャンパンが少しばかりこぼれ落ち、エコアトランティックホテルの桁はずれに大きいレセプションルームのエキゾティックな寄せ木の床を汚す。彼は酔ったかすれ声で謝罪する。

ウーゴは漂流者が救命ブイに飛びつくように、ビュッフェの近くにいたフランス領事に近づく。フランス領事が着ている、ユビュ親父（アルフレッド・ジャリの戯曲『ユビュ王』の主人公）の対数螺旋を思わせる金色の渦巻き模様が描かれたレモンイエローのドレスを見て、これは一種の催眠術だな、と思う。ナイジェリアの夜会でカラフルなダシキ（西アフリカの民族衣装）やヨルバ人の伝統的なアグバダがベルサーチのスーツやア

ルマーニのタキシードに取ってかわって以来、パーティー客に埋没しないようにするにはかなりの工夫が必要だ。フランス領事と話しこんでいた三人のナイジェリア人は、やってくるイタリア領事に気づくとすぐに、ペスト患者が近づいてきたかのように慌てて辞去する。ウーゴはドレスの渦巻き模様に視線を吸い寄せられながら、軽い吐き気を催す。

「ボナセーラ、エレーヌ。これはまたずいぶん形而学超的《タパフィジック》な……いや、形而超学的《パタフィジック》なしゃれたお召しものですね。言いまちがえてすみません。これでもまだ二杯しか飲んでないんですが」

「ボンソワール、ウーゴ。どうしたか心配してたのよ。あんなことのあとだもの、イタリアに帰ったのかな、って。お嬢さまが奥さまと一緒にシエナに戻られたのは知ってたんだけど」

ウーゴ・ダルキーニは口をゆがめてつくり笑いを浮かべる。いや、エレーヌ・シャリエにわかるわけがない。十四歳のわが娘《こ》を取り戻すためにヤク中の誘拐犯と交渉した日々がどんなものか、レナータがどんな目に遭っているのか恐ろしくて想像だにできず、頭のネジがはずれた誘拐犯のひとりが七万ドルを少しでも早く手に入れようと娘の指を切り落とすのではないか、耳を削ぎ落とすのではないかと気が気でなかった日々がどんなものか、想像できるわけがない。身代金は〝セキュリティ・コンサルタント〟のタイウォに託した。ひどく怪しげな人物だったが、エニ社の石油探査副部長に薦められた。タイウォは二年前、副部長の息子が誘拐されたときに仲介役を務めた男だった。ナイジェリアのギャング集団〈エリアボーイズ〉との取引は、カラシニコフを二丁、左右の肩から斜めに担いだ恰好で、波止場の近く、〈行く先々で祈りを〉のネオンサインが瞬く福音派教会に面したアパパ街の路地でおこなわれたらしい。当時はまだ五万ドルだった。なにもかもが値上がりしている。

とはいえ、首都アブジャにいる大使から領事館の電話交換手に至るまでみながみな、彼に注意してくださいと言う――領事どの、お嬢さんがインターナショナルスクールに行くときには重々気をつけてください、ここの人たちは一日一ドルで暮らしています、だから誘拐はビジネスのひとつ、それもかなり実入りのいいビジネスなんです。だが一、二年後のアテネ赴任を目指すなら、ラゴスの領事職はどうしても果たさなければならない務めだった。妻のマリアは家族連れの転勤にこだわった。レナータにアフリカを経験させたいのだ、と言い張って。一日、たった一日だけ彼は、厳重に警戒された家の敷地の外に娘が武装したボディガードを伴わずに外出するのを許してしまった。たった一日だけ。

「イタリアに帰って正解だと思う」フランス領事がため息をつく。「だって自信を持って言えるけど、ここラゴスでは状況が日々悪化してるから。電気にしたって、三十分ついたと思ったら突然停電して何時間もそのままでしょ。地元の人は冷蔵庫なしでどうやって食料を保存してるんだろう。領事館では発電機がなければ仕事にならないし、貯水タンクがないと水にも困る。すべてがこんな感じ、ウーゴ、すべてが《トゥット》」

そう、すべてがこんな感じだ。ウーゴは知っている。彼が飛行機の窓から茶色のスモッグを通して初めて目にしたラゴスの風景は、数平方キロにもわたって延々と連なる密集したバラック小屋、何百万もの錆びたトタン屋根、碁盤の目状に広がる混沌であり、あまりにも危険なので行政が禁止しようと試みつつもうまくいかない、あの数千台のミニバスがつくり出すコロラドハムシの黄と黒に彩られたとてつもない大渋滞だった。そして毎夏、豪雨の季節がやってきて街路が悪臭ぷんぷんたる沼に変わると、ラゴスはポルトガル語で〝潟湖《せきこ》〟を意味することをみなが思い出す。街は何十年にもわたって放置され、行政は腐敗しきっている。それは公共事業を手がける外国企業が、地元の役所との一切の契約の締結を拒むほどだ。国でさえもこの都市から手を引き、この五年のあいだに当地に足を運んだナイジェリア大統領はひとりもいない。

ウーゴは悲惨な話を毎日ひとつは耳にする。たったひとつしかない飲料用水栓にまで行くため十代の少女がハイウェイを歩いて横切ろうとして車に撥ねられ、倒れた少女の身体の上を車が十台、次々に通りすぎていったという話。道でてんかんの発作に襲われて倒れこんだ男がいたのだが――昨日のことだ、ウーゴの家の料理人のナルマがその目でしかと見た――、痙攣して口から泡を吹いているその男性を通行人が路上に置き去りにし、もしかしたら死なせてしまったかもしれないという話。スラム街のオシディ地区の老人が三着の服を守ろうとしてブルドーザーのキャタピラの前に身を投げ出し、ブルドーザーには停止する間もなかったという話。

タフを自認するやつは、一度ラゴスに来てほしい。ほんとうにタフかどうか、来ればわかるはずだ。

フランス領事のエレーヌはグラスを置くと、緋色のダシキのドレスに身を包んだ長身のグラマラスな若い黒人女性を呼び止める。相手はこちらまで来てフランス領事に熱烈なキスをする。

「あっ、エレーヌ！　〈ラゴス・ファッションウィーク〉のディレクターを捜してるんだけど、見つかんなくて……」

「スワヒラ、こちらはウーゴ・ダルキーニさん。イタリアの領事なの。彼女はスワヒラ・オディアカさん。一年前からうちの領事館の文化担当官を務めてる」

スワヒラはにっこりと笑みを浮かべると、ウーゴが力なく差し出した手を握る。レセプションルームの入り口でカメラのフラッシュが次々に焚かれ、嬌声《きょうせい》があがる。

「あっ、スリムボーイだ！」スワヒラが興奮した声で言う。「二時間後にヴィクトリア島で彼のライブがあるんだ。エレーヌ、スリムボーイのことはもちろん知ってるよね？」

いや、エレーヌは知らない。スワヒラは笑顔で口ずさむ。

「〈カネは割に合わねえ《マネー・ノット・ワース・イット》、合わねえ《・ワース・イット》、合わねえ《・ワース・イット》……〉。エレーヌはユーチューブとか見ないの？　三、四カ月前から地元じゃ有名だったんだけど、ここにきて「ヤバ・ガールズ」で人気に火がついちゃって、たった二、三週間で再生回数が十億回を超えたんだって。十年前の韓国人ラッパーみたいに大ブレイクを果たしたってわけ。スリムボーイ、イタリアの領事さんはご存じ？」

ウーゴは丁重に答える。

「申しわけありません、マダム、わたしも存じ上げませんでした。わたしはどちらかと言うとヴェルディやプッチーニ派で、ぎりぎり許せるラインがパオロ・コンテなんですよ」

今度はスワヒラのほうが——ちょっとした仕返しに——そんなもの、知らない、という顔をする。

「「ヤバ・ガールズ」はすごくヒップホップR&Bのリズムで、っていうか、アフロポップっぽい感じかな。ファッション街のヤバ地区で店を出していた彼のお母さんに捧げる歌なんだって」

そう言うと、ふたりをしぐさでうながす。

「さあ、行こう。記者会見が始まっちゃう。スリムボーイは先の三月にパリで公演したんだけど、フランス文化省もライブのひとつを後援したんだよね」

ふたりの領事はスワヒラのあとをついていく。スワヒラはどんどん密になっていく人垣を嬉々として押しのけながら、スリムボーイとガールフレンドのいるところ、ファンとパパラッチの金切り声が響く場所までずんずん進んでいく。

「スリムボーイ！　スリムボーイ！　写真を撮らせてください！　スオミにキスして！」

アフリカンポップの帝王はカメラマンの指示に従い、フラッシュの光のなか、若い女優にひざまずいてキスをする。膝をついたのは、彼が並はずれて長身で、新しい恋人が並はずれて小柄だからだ。彼はカメラマンを気遣って、そのままじっとおとなしくポーズを取る。幸せとはたぶん、こうしたことを指すのだろう。

スリムボーイ、本名フェミ・アフメド・カデュナはまだ狐につままれたような思いだ。三カ月前、彼の知名度はロンドン南部の〝リトル・ラゴス〟ことペッカム地区と、せいぜいヒューストン郊外のウエストチェイスに限定されていたからだ。そしてフェラ・クティ（ナイジェリア出身のミュージシャン。アフロ・ビートの創始者で黒人解放・反体制活動家）の熱狂的な人気を誇る曲をいくつか自己流にカバーし、パリと次いでニューヨークでライブを開催したのだが、どちらも大成功を収めるには至らなかった。

スリムボーイはパリからニューヨークへ向かうあのフライトの最後の一時間に、つまり死を覚悟し、嘔吐袋を大量に使いこんだあとに、「ヤバ・ガールズ」のアイディアを思いついた。それは彼が子ども時代を過ごしたヤバ地区と〝針とハサミ〟の使い手である若い女性たちへの愛をシンプルな言葉で語る歌だった。彼はその歌に、市場で首飾りを売っていた彼の母親、彼のために毎日祈り、先日他界した母への幼かった頃の感謝の気持ちをこめ、胸に沁みる甘く切ないメロディーで彩った。

そしてラゴスに戻る飛行機のなかで心に決めた。ビデオクリップのなかで今度ばかりは大型車もクルーザーもひけらかすまい、半裸の美女たちがビーチで踊るシーンも、ゴージャスな別荘のベッドで彼女たちと抱き合うシーンも、これみよがしにゴールドのチェーンをじゃらじゃらさせたり、ドル札をにんまり数えたりするシーンも登場させまい、と決めたのだ。いや、そんなことはみんながしてる、ほかのことをしなけりゃだめだ。というわけで、くたびれた労働者や仕事中の売り子、仕立て屋、アイロンがけ屋など尊い庶民を登場させ、気温四十五度の日陰で笑って踊る彼らの姿を撮ることにする。色彩のアクセントをつけるのは、華やかなアフリカンプリントの生地だけだ。そして彼、スリムボーイは、白い服を着て薄汚い通りを歩きながら英語とヨルバ語で歌い、かつて子どもだった彼がその幸せな子ども時代に敬意を捧げるように、路地にいる一人ひとりにうやうやしく、さらにはへりくだった物腰で挨拶する。彼、スリムボーイは、アフロラップのコードを破り、オートチューン、リバーブ、ディレイその他の使い古されたサウンドエフェクトを避け、メロディーにサックスの対旋律を被せてやさしいスイングをつくり出す。演奏者もすでに決めている。カナダ人ラッパー、ドレイクとたびたび共演しているケベック出身の名サックス奏者で、あのやせぎすで頭髪のまばらな高齢の白人が旧世界から新世界へのバトンタッチを象徴することになる。

ビデオクリップはヤバ地区の路地を舞台に二日間で撮影され、その後すぐにネットにアップされた。曲はすぐさま全世界を駆けめぐり、すでに「ヤバ・ガールズ」にはマイケル・フランクスによるものも含めて四種類のリミックスが存在する。スリムボーイはコーチェラ・フェスティバルのサプライズゲストに呼ばれ、ビヨンセのとなりで歌い、エミネムとコラボレーションしたり、オプラ・ウィンフリーの番組に出演したりした。そう、幸せとはたぶん、こうしたことを指すのだろう。

彼は五月のイギリスツアーから帰国すると、なんだかんだ言っても結局は黄色のランボルギーニと、まだ着工すらしていないエコアトランティックタワーの最上階に設けられる広々としたマンションを購入した。それというのも、本性を根っから変えるのは難しいからだ。とにかくそうしたものがナイジェリアの若者の夢であり、人が彼らに売る夢だ。若者はレーシングカーでシャンパンを飲むことを、ペントハウスから海を見晴らすことを夢見ている。毎朝、廃タイヤと死んだネズミに囲まれたトタン屋根の薄汚いバラック小屋で目覚めていても、富と栄光は道を曲がったすぐ先にある、というメッセージを欲しがっている。そう、たとえそれが百万分の一の確率であっても、そんなことは気にしない。チャンスを手にする可能性を持つのは、まちがいなく彼らなのだから。

領事ふたりと文化担当官はスリムボーイが立つステージの近くにまでたどり着く。質問はよく聞きとれない。けれどもスリムボーイはマイクを前にして考えこむと、こう答える。

「おれが望むのは、エコアトランティックタワーがラゴスとナイジェリアにとって特大のチャンスになることさ。そんでもって、そのまわりで暮らしてるみんなに、アフリカでもっとも野心的なこの海上都市の建設から生まれる恵みが行きわたることだ」

フランス領事のエレーヌはかぶりを振ってため息をつく。どうやらこのばかげたトリクルダウン理論は、この先もまだまだ幅を利かせつづけるようだ。彼女はイタリア領事に向き直る。

「ねえ、ウーゴ、新しいビルを次々つくり、オープンセレモニーでビュッフェのデザートをたらふくお腹に詰めこむおぞましさをどう思う？」

イタリア領事は顔をしかめる。そう、エコアトランティック、海を埋め立ててつくったこの人工島は醜悪だ。いまはまだ広大な空き地にすぎないが、今後はラゴスの超富裕層二十万人がここに建つきらびやかな高層ビルに避難してくることになる。ビルに通じる橋には武装警備員が張りつき、ビル街は巨大都市ラゴスの暴力から守られる。この要塞には自前の発電所と浄水施設も整備される予定だ。レストラン、豪華ホテル、プール、ヨットを停泊させるマリーナも……。

「ここは〝アフリカのドバイ〟って称されてる」エレーヌ・シャリエは続ける。「海水面の上昇にそなえて、土地を数メートル嵩上げすることまでした。豪勢な高層ビルの高みから、ラゴスの街とそこに住む四千万人が溺れ苦しむのを見物するために。クラモビーチからマココ地区のスラムにまで広がる、あの蓋なしの下水道そのものの街を……。ごめんなさい、ウーゴ、わたしには悪趣味のきわみに思えてならなくて。なにが最悪かわかる？　それはね、そんなのが明日の世界だってこと。みんながすでに降参して、それぞれなんとか抜け出そうとしてるのに、誰ひとり助からない。ラゴスが文明から遠ざかってるんじゃなくて、わたしたちが、わたしたちみんなが、そこら中でラゴスに近づいてる」

「ちょっと大げさなんじゃないですか、エレーヌ」

「そうだといいんだけど、ウーゴ」

不意に記者会見場のざわめきがやむ。記者のひとりがスリムボーイにある質問を投げかけたのだ。

「〈パンチ〉誌のエゼ・オニェディカです。新曲をドクター・フェイクと歌うっていうのはほんとうですか、スリムボーイ？　それは同性愛を支持する歌になるんでしょうか？　あなたは同性愛者ですか？」

　レンガのように重い静寂に包まれる。アフリカ全土が同性愛者にとっての地獄だとしたら、ナイジェリアはその第九圏、もっとも罪深い人が送られる地獄のどん底だ。その証拠に、同性愛者に十四年の刑を定めた法律があるし、同性愛者を摘発して金品を巻き上げる警察が存在するし、嫌悪と憎悪で彼らを締め出す国民がいる。そしてその国民に憎しみと風聞を垂れ流しているのが、南部では福音教会の司祭や説教師であり、北部ではシャリア法を適用するイスラム教徒だ。若者が殺されたり、リンチを受けたりしない日は一日もない。歌手、俳優、アスリートが恐怖に声を震わせながら、〝自分はゲイではない〟と主張しない日は一日もない。だからそう、最高にクールなドクター・フェイクが三カ月前、同性への性的指向を明確にこそしなかったものの、陳腐でありながらも深読み可能な歌詞の「自分らしくあれ《ビー・ユアセルフ》」を発表したのはタブーを破る行為だったのだ。

「一度にずいぶんたくさんの質問だな」スリムボーイは答える。「ああ、ドクター・フェイクと一緒に歌うってのはほんとうさ。楽曲のタイトルは、「真の男たちが真実を語る《トゥルー・メン・テル・ザ・トゥルース》」。けど、そこに意味なんてねえし、これは〝同性愛推進〟の歌じゃねえ。同じようにおれが「マイ・ノリウッド（ナイジェリア版ハリウッド）・ガール」を歌うとき、愛を歌ってるわけで、〝異性愛推進〟の歌を歌ってるわけじゃねえもんな。このニュアンス、わかってくれるか？　それとひとつ、ビッグなニュースがある。数分前に知ったんだが、近々ロンドンでエルトン・ジョンとレコーディングすることに決まった。あさって、彼のプライベートジェットが迎えに来るらしい」

記者は食い下がる。

「でも、スリムボーイ、あなたはゲイですか?」

「おれとデートしたいってか?」

記者たちのあいだで笑いが起こり、スリムボーイはさらにやりこめる。

「同じ質問をなぜスオミにしない?」

若い女優はにっこり笑みを浮かべると、すぐに本気とも演技とも取れる激しさでスリムボーイの唇に自分の唇を押しつける。けれども、記者たちの拍手喝采に包まれたこの口づけは長く続かない。スリムボーイがやさしくスマートにキスを切り上げて、こう付け加えたからだ。

「だがな、キスしただけで説教師に糾弾された十六歳の若者ふたりを、村人が石打ちの刑で殺したなんて記事を新聞で目にすると、おれたちの国にも変えなきゃならねえことがあるって思うんだ。この点についてスオミとおれの意見はおんなじだ。誰も誰かを力ずくで変えたりしちゃだめだ。寛容ってものが、愛ってものが必要なんだ。ほかの人を苦しめて、幸せになれるわけねえだろ?」

記者たちが一斉に質問を口にし、会場全体が騒がしくなる。不安げな顔をしているマネージャーにスリムボーイが目配せし、マネージャーが会見を切り上げる。だがもしスリムボーイに内なる心の声に従う勇気があれば、トムを襲った運命について、十五歳のときに初めて付き合ったあの恋人について、目の前で大勢の暴徒に焼き殺されたトムについて、パニックに駆られて裸足で逃げまどったあの夜についていまこの場で語るだろう。血まみれの顔、憎悪を剝き出しにした群衆に追われてイバダン地区を駆けたこと、いまでは危険でつかの間のものとなってしまった男たちとの逢瀬、ナイジェリアやほかのアフリカの地域のゲイたちの絶望について、結局は逃げるしか、かろうじて生きる権利だけは認められているあの冷淡な白人たちの国へ永久に追放されるしかないゲイたちについて語るだろう。確かに「トゥルー・メン・テル・ザ・トゥルース」をドクター・フェイクと歌うことにはなっているが、なんたる皮肉、なんたる欺瞞、そしてなんたる裏切りだろう! ラゴスに住みつづけようとするならば、別の人生をつくり出すしかないのをスリムボーイは知っている。だからノリウッドの人気上昇中のスター、スオミと共犯契約を結ぶことまでしたのだ。魅力たっぷりのスオミはもちろん、彼が男性を好きなのと同じくらい女性が好きだ。

エレーヌ・シャリエはふと、ダークスーツを着た長身の黒人男性に気づく。男はそっと目立たないようにステージの袖に立ち、若いミュージシャンに目を光らせている。彼女はウーゴに向き直ると、その男を顎で指し示す。

「ねえ、あそこに携帯電話で写真を撮ってる男性がいるでしょ? あの人、イギリスの貿易担当官のジョン・グレイよ。ジョン・グレイが本名かどうかは怪しいけれど、イギリスの情報機関の職員だってことは断言する。しかもひとりじゃない。あとふたり、イギリスの領事館の保安要員が来てる。ほかにも、見たことのない謎の男が五、六人。MI6の職員だと思う」

「ずいぶんと日がいいんですね、エレーヌ。もしかして、あなたもフランスの情報部員なんですか?」

「まさか、ウーゴ、そんなわけない。それにどっちにしたって、〝まさか、そんなわけない〟の答えしか期待してないでしょ?」

「確かにそうですね。そうそう、エレーヌ、ソ連で——〝ソ連〟なんて言うと、古い人間だと思われてしまいますが——任務に就いていたスパイが出頭しようとした話、知ってます？　スパイがルビャンカに赴く話ですよ」

「どこですって？」

「ルビャンカ……モスクワにあった国家保安委員会《KGB》の本部ですよ……。とにかくそいつは、こう言うんです——〝わたしはスパイで、出頭したいんですが……〟どこのスパイだ、と受付の男がたずねます。〝アメリカ合衆国です〟〝なら、二番の部屋に行け〟アメリカのスパイは二番の部屋に行って言います——〝わたしはアメリカのスパイで、出頭したいんですが……〟〝武装してるのか？〟〝はい、武装してます〟〝なら、三番の部屋に行け〟彼は三番の部屋に行って言います——〝わたしはアメリカのスパイで、武装していて、出頭したいんですが……〟〝任務中なのか？〟〝はい、任務中ですと答えながらアメリカ人スパイはいらいらしはじめます。〝なら、四番の部屋に行け〟彼は四番の部屋に行って言います——〝わたしはアメリカのスパイで、武装していて、任務中で、出頭したいんです！〟〝ほんとに任務中なのか？〟〝はい〟〝なら、そのしょうもない任務を遂行しろ、労働者の邪魔をするんじゃない！〟」

　ウーゴは自分のジョークに笑う。

「秀逸ね」エレーヌはうなずく。フランスの防諜機関の本部〈ラ・ピシーヌ〉でも語られていたジョークだから、エレーヌも当然これを知っていた。そもそも彼女はラゴスの領事に任命される前、ケニアと南アフリカで治安総局のスパイとして働いていた。

謎の男たちは、その場からじっと動かずにスリムボーイをひたすら監視している。

「いったいなんのためなのか、さっぱりわからない。イギリスの情報機関が、アフロポップやR&Bにいったいいつから関心を持つようになったかも」

エイドリアンとメレディス

二〇二一年六月二十四日（木）
ニュージャージー州、プリンストン大学、ファインホール

学生たちはプリンストン大学数学科が入る、すでに歴史の趣を感じさせる赤レンガとガラスの洗練されたモダニズム建築物の前にテーブルを広げ、とんがり帽子の白いサーカステントを設置し、バーベキューコンロの火をつけた。そこでは大量のソーセージに見守られて、タニザキ氏のフィールズ賞の受賞が祝われている。確率論研究者のエイドリアン・ミラーは、自分が引きつった笑みと愚かな感傷をにじませた表情を交互に浮かべながら同僚のメレディス・ハーパーに見とれていることをじゅうぶん自覚している。初めてメレディスを見たとき、率直に醜いと感じた。そうした印象は一瞬のものにすぎないと、すぐれた作家なら彼に請け合っただろう。位相幾何学研究者であることのイギリス人女性が当地にやってきて二カ月。いまやメレディスはその細すぎる脚、地味すぎる茶色の髪、長すぎる鼻、黒すぎる瞳、そしてつねによそよそしい態度で、彼を理不尽に惹きつけている。

エイドリアンは彼女に話しかける勇気を得ようと、ビールを一本、また一本と立てつづけにあおる。しらふのときにはたまに相手が目の錯覚を起こすこともあるが――彼はメレディスからある日、〝ハゲかけて劣化したライアン・ゴズリングみたい〟との褒め言葉を頂戴した――、いまはただの酔っ払いにしか見えない。彼は成功の確率を二十七パーセントと見積もる。これほど酒臭くなければその数字は四十パーセントに達するのだろうが、反面、酔いは拒絶から生まれる痛みを約六十パーセント減じてくれる。というわけでエイドリアンは、それほど高い確率があるなら、酔っ払ったほうがいいとの結論を引き出した。

エイドリアンは人生のほとんどを、確率の研究とたまさかバッハとビーチボーイズを聴くことに費やしてきた。家庭は築いておらず、彼の苗字を名乗る子もいない。もっとも、難解な定理を子どもに格上げしてカウントすれば話は別だ。メレディスはそんな彼が久方ぶりに恋愛感情を抱いた相手であり、いま彼はいくらか大げさに、これは初恋だ、とさえ思いこんでいる。彼女は黒い綿のロングワンピースに身を包み、アカシアの大木の下にひとり優雅に陣取っている。エイドリアンは彼女のほうへなんとかまっすぐに歩いていこうと試みる。

「飲みすぎちゃったよ」挨拶抜きで話しかける。

「そうみたいね」とメレディス。彼女は確かにエイドリアンの足取りが覚束ないことに気づいていた。

「それにビール臭くて、申しわけない」

「申しわけないのはお互いさまじゃないかな、エイドリアン。わたしもそうだから」

彼女は持っていた空ビンをこれみよがしに掲げると、魅力たっぷりの危なっかしい身ごなしで上体を傾げ、彼の鼻に向けてホップのにおいがする生温かい息を吹きかける。

「嗅いでみて、エイドリアン。これがいら立ちと倦怠の香り」

それというのも、メレディスはプリンストンで倦怠を覚えているからだ。ロンドンっ子の彼女は、日本食レストラン――一応、〝遅くまで〟開いている店だ――が夜の九時半には閉店を知らせるネオンを点滅させるこのアメリカの田舎町を好きにはなれない。十九世紀につくられた中世風の主塔や鐘楼を利用してホグワーツに似せようとしているこのキャンパスも気に入らないし、家柄のよさを鼻にかけ、親が六万ドルの学費を払っているのだから当然だとばかりに、グロモフの非圧縮定理に関する愚にもつかない質問を時間かまわずメールで送ってきて、すぐに回答をよこせと要求するここの学生たちにもなじめない。そんなものは、ったく、ウィキペディアのうまくまとまった関連ページを読めばわかることなのに。さらに、上から目線で接してくる教授陣も虫が好かない。セント・アンドリュース――彼女の出身大学だ――がプリンストンと肩を並べられるものかね？　まさか。なぜなら、このわれわれがここプリンストンにいるのだから、よって証明終わり《QED》。だがエイドリアンはちがう。彼がこれほど鈍くなければ、メレディスが彼を好ましく思っていることにとっくに気づいただろう。確率論研究者にしては夢想家で、ゲーム理論家のようなロン毛スタイルなのに数論家のように見える緑色の瞳をし、論理学者を思わせるトロッキー風の小さなメタルフレームのメガネをかけ、服装は代数学者が着るような穴のあいた古ぼけたTシャツ――いま着ているやつは、とりわけくたびれていて情けない――が定番だ。彼女はエイドリアンを優秀だと認めている。彼がよこしまな人間だったなら、とうの昔に金融界に転身していただろう。優秀ではあるが引っこみ思案でもあり、〝メレディス、ちょっとたずねたいことがあって……ええっと……きみの関心は……局所的に対象な空間と、それから……〟と、もたもた話しはじめたエイドリアンを遮って彼女は言う。

「いいえ、エイドリアン、それはちがう。わたしの目下の関心は、ひたすら酔うことだから。ええ、タニザキとスタンフォードのあのマッチョなブレナーが位相幾何学と代数幾何学の境界領域に関する問題でフィールズ賞に輝いたのはめでたいことよね。この分野の彼らの論文のほとんどでわたしは共同執筆者になってるんだけど、そんな論文、こっちは書いた憶えがないんだけど。しかもわたしはトレントンのぼろっちいバンガローに住んでいて、出てくるお湯はある日は冷たく、ある日はぬるくて、トヨタのハイブリッド車はたぶんバッテリーかなんかのせいで六日前から壊れてて、運命の人――とにかく、わたしは運命の人だって思ってた――とは一年前に別れてて、だから、ええっと、数えさせてちょうだい、そう、もう四カ月もセックスとはご無沙汰なわけ。待って、いまは六月末だっけ？　ってことは、ちがうちがう、六カ月。六カ月か……しかもたいしたセックスじゃなかったし。で、エイドリアン、あなたはどう、順調？　家とか、車とか、セックスとか？」

会話はのっけからエイドリアンにとって不安な成り行きを見せはじめる。彼は滑舌をよくしようと、最大限の努力をする。

「えーっと、車は壊れてはいません。お湯も出ますし、それに……」

「じゃあどうしていつも、餌入れのなかで溺れてるコッカースパニエルみたいに哀れな顔をしてるの？　このビールを終えたら、もう一本飲もうかな」

「手っとり早く人事不省になりたいんだったら、メレディス、〈チューリングの間〉の戸棚のなか、フェルトペンの後ろにテキーラがあるんだけど」

「すてき」

　メレディスは瓶を置くと、芝生を千鳥足で歩いてホールのドアまで行き、よたよたと押し開ける。エイドリアンは少し心配になりながらも、階段を勢いよくのぼっていく彼女の尻を見ないように——あまり見ないように——してあとをついていく。メレディスは部屋のドアの前でつと足を止め、壁に背をつける。

「わたしはイギリス人よ、エイドリアン。だから言っておくけど、わたしをレイプしようとしたら、そのままやらせてあげる。そしてわたしは、女王陛下のことを考える」

「飲みすぎだよ、メレディス」

「あなたのほうは飲み足りない」

　メレディスはドアノブをまわす。そしてくるくるとターンしながら室内に入ると、あやうく倒れそうになるのをこらえてふらふらと椅子に腰を下ろす。そして周囲を見まわす。

「テキーラはどこ？」

「飲まないほうが賢明だと思うんだけど……」

「となりに座ってちょうだい。確率過程の話は勘弁して。関心ゼロだから」

エイドリアンはその言葉に従って腰を下ろすと、面食らったまま相手をまじまじと見る。

「えいっ、こら、エイドリアン、キスしなさい。死ぬほどキスしたいんでしょ。だったらすぐにキスしなさい。こっちはどんな木偶《でく》の坊にキスをされても、へっちゃらなんだから」

「メレディス、ほんとに……、でも、きみのことが好きで、だけど……」

「はいはい、あんまりロマンチックじゃないな、なんなの、これ？　笑い話のネタにするしかないみたい。将来、わたしたちの子どもに話してきかせる笑い話のネタに。ねえ、キスしなさいってば。しないと泣いてやる。ってか、叫んでやる。〝ひっ、助けて！〟」

「メレディス、お願いだ」エイドリアンは不意に大きな不安に駆られて言う。「からかわないでくれ」

「はい、わたしの勝ち！　いえ、これは冗談。男はなぜ、女がイニシアティブを取ると急に無能になってしまうわけ？」

メレディスはいきなりエイドリアンを引き寄せて、自分の唇を相手の口に押しつける。キスは苺の味がする。唇を離すと彼女は目を閉じ、ふたりはしばらくそのまま、もうキスもせずにただ身体を寄せ合っている。と、そのとき、エイドリアンのジャケットの内ポケットが振動し、やかましい呼び出し音が鳴る。エイドリアンは、彼と同じぐらい驚いているメレディスからとっさに身を引き剝がし、メタリックグレーのスマートフォンを取り出して茫然と見つめる。

「奥さんから？」すぐにメレディスはたずねる——たとえ妻からだとしても、彼女にはどうでもいい。

「結婚はしていない」

呼び出し音が三回鳴ったあと不意に音がやみ、五秒ほど静寂が続く。そしてふたたび音が鳴り、スマートフォンが振動する。今度の呼び出し音は一回だけ。エイドリアンはスマートフォンから目が離せない。いまなのか、マジで？

「奥さんじゃないにしても、ずいぶんとまあ、しつこい人だこと」

「ちくしょう、ちくしょう、申しわけない、急用だ……、メレディス、行かなきゃ……」

慌てて部屋の外に出て、数学科の廊下を駆ける。十秒後にもう一度電話が鳴る。まずは呼び出し音が三回、次に一回、次に三回。取り決めどおりだ。電話に出る。いかにも軍人らしい、抑揚のない自信に満ちた男の声。

「エイドリアン・ミラー教授ですか？」

「ええっと、はい」おずおずと応答する。

「トト、ここはなんだか……」

声は待つ、じっと待つ。エイドリアンはうつろな声で言う。

「……もうカンザスじゃないみたい」

〝トト、ここはなんだか……もうカンザスじゃないみたい〟――いやはや。これについては自分を、子どもっぽいユーモアの持ち主だった二十年前の自分を責めるしかない。『オズの魔法使い』のなかにあるこのせりふを選んだのはまぎれもなくエイドリアン自身で、当時はまさか、身元確認のためにこれの後半部分を口にしなければならなくなる日が来るとは想像だにしなかった。と同時に、二十年前から彼は、定期的に交換される携帯電話を持たされ、月千ドルと引き換えに、つねに電源を入れて肌身離さず持ち歩くよう義務づけられていた。その目的は、エイドリアンがいかなる状況でも例外なく呼び出しに応答し——今回がそのいい証拠だ——、即座に求めに応じられるようにすることだ。以来二十年、この電話が鳴ったためしは今日の今日まで一度もなかった。

「エイドリアン！」メレディスの叫び声が聞こえてくる。「奥さんからの電話でも平気、キスしに戻ってきて！」

「ミラー教授、ご用意願います」声が続ける。「警察の車輛が一台、一分以内に〈ファインホール〉の前に到着し、コンタクトポイントまでお連れします」

「〈ファインホール〉の前だって？　こっちの居場所を知ってるのか？」

「もちろんです、ミラー教授。教授の位置情報は誤差三メートルで常時取得されています。ご移動中、こちらから折り返し電話して、オペレーション本部におつなぎします」

「エイドリアン！」〈チューリングの間〉からメレディスの叫び声が聞こえてくる。「最低、エイドリアン、あなたって最低！」

エイドリアンが〈チューリングの間〉のドアロまで走っていくと、メレディスは相変わらず椅子に座ったまま髪を振り乱し、怒りの表情を浮かべている。

「ごめん、メレディス。すごく重要なことなんだ。あとで……あとで説明する」

エイドリアンは階段を大急ぎで駆け下りる。メレディスが〝確率論研究者なんぞ血祭りにしてやる、地獄に堕ちろ〃とかなんとか叫んでいるが、彼はすでにロビーにいる。

★

この日、つまり二〇二一年六月二十四日にエイドリアンが特別仕立ての保護カバーに入ったメタリックグレーのスマートフォンの呼び出しに応じなければならない理由を知るには、二〇〇一年九月十日、つまりロバート・ポッツィ教授の確率論チームの最年少博士研究員《ポスドク》だった彼がマサチューセッツ工科大学で二十歳の誕生日を祝った日にまで遡らなければならない。その翌日、日本で狂牛病が確認され、アルカイダのチュニジア人メンバーふたりによるマスード司令官の自爆テロ暗殺事件を受けて種々の政治声明が出され、マイケル・ジョーダンのワシントン・ウィザーズへの復帰が発表される。だがなにはともあれその日は、ベン・スライニーの仕事始めの日だ。アメリカ連邦《F》航空《A》局《A》本土管制本部長に就いたばかりの彼は、歓迎会のコーヒーとドーナツを腹に収めた二時間後、四千二百機の飛行機を地上にとどめ置くという前代未聞の決断をひとりで下すことになる。人生にはそんな日もあるのだ。

九月十一日、午前八時十四分。ボストン管制センターのスタッフのひとりが、アメリカン航空11便のトランスポンダが切断されていることに気づいて不安になる。その六分後、同機の客室乗務員が連絡のつく番号、つまりアメリカン航空の予約受付番号に電話し、飛行機がハイジャックされたこと、および客室内で複数人が殺害されたことを伝える。八時二十五分、この客室乗務員の身元確認をおこなっているあいだに管制監督官が航空交通管理センターに通報する。そしてベン・スライニーと航空管制官たちは、レーダーエコーを使ってアメリカン航空11便がニューヨークへ向かって真南に飛んでいるのを発見する。ハイジャックが発生した場合――マニュアルによると操縦士（ここではナイフで刺されている）がトランスポンダに〈7500〉と入力することになっているのだが、その決まりは忘れよう――、民間航空本部に通報するよう規則で定められている。そして民間航空本部の〝ハイジャック専門〟のコーディネーターが国防総省のある部署に連絡し、その部署が国防長官府に連絡し、そこから国防長官に連絡が入り、国防長官の下した決定がまた同じ経路を通じて下りていく。そして最終的には国家軍事指揮センターの責任者たちが戦闘機をスクランブルさせ、飛行機を撃墜することが可能になる。冷戦後、出動態勢にある空軍基地の数は二十六から七に減り、東海岸にあるのはわずかに二カ所、ボストン近郊のオーティスとワシントン郊外、中央情報局《CIA》の本部のあるラングレーだけとなっていた。

　二〇〇一年九月十一日、定められたプロセスの実行にひどく時間がかかったため、ボストン管制センターの監督官が緊急対応としてオーティス空軍基地に直接連絡を入れる。だがオーティス空軍基地からは、管轄外であるため、ニューヨーク州ロームにある北東空域防衛管区に通報するよう要求される。そこでそちらに通報すると、そこでもまた所定のプロセスに従っていないとの指摘を受ける。とはいえ、ロバート・マール大佐はことの重大性を認識し、彼もまた国防総省の許可を得ずに行動する。

　国防総省では〈9・11調査委員会〉の正式な結論が出るずっと前から、あの日、意思決定系統のすべてが機能していなかったとの認識を持つ。そこで、危機的状況下における新たな意思決定プロセスの提言を目的に、省内に作業部会を立ち上げる。そしてその作業部会は、定式化にかかわる業務の一切をマサチューセッツ工科大学《MIT》の応用数学科に委託する。そこでエイドリアン・ミラーの登場と相成るのだ。

　エイドリアンは当時、弱冠二十歳。MITの応用数学科を率いるポッツィ教授の研究室に所属する若き確率論研究者で、博士号を取得したばかりだ。博士論文で論じたのは、マルコフ連鎖、ケンドールの記号などなど……。手っとり早く言えば待ち行列が関心のテーマで、お気に入りは〈安定した系において、平均待ち行列数は、平均到着率と平均待ち時間の積に等しい〉とするリトルの法則だ。だがここは飛ばして先に進もう。

　研究室のメンバーはみな多忙で、ポッツィ教授は国防総省との契約にひどくいらつく。そこで新人いじめのひとつとして、介入プロセスの阻害要因をモデル化し、介入ステップと介入時間を減じるための方策を探る仕事がエイドリアンに押しつけられることになる。エイドリアンはグラフ理論について心許ない部分があるため、ポッツィ教授の門下生であるすこぶる優秀な博士課程の学生、ティナ・ワンに助力を仰ぐことにする。ふたりは食事もそこそこに夜遅くまで寝る間も惜しんで働き、国防総省の悪口をしこたま言い合い、もうなにもかもが無理に思えると、エイドリアンのおんぼろホンダを走らせて年中無休二十四時間営業の〈ラッキー・ストライク・ソーシャル・ボストン〉へ行き、真夜中のボーリングに興じる。ある夜、エルゴード仮説と定常分布について口論になったあと、もののはずみでことに及ぶことになるのだが、それは官能よりも性欲に裏打ちされた行為だ。とまあ、いろいろ大変ではあったが、いまとなってはいい思い出だ。

ここで肝要なのは、エイドリアンとティナが航空交通に影響を与える恐れのあるすべての変数を割り出し、それらに統計値を割り当て、災禍をもたらす――あるいは単に航空交通を乱す――恐れのあるすべての事象を特定し、国防総省の期待を上まわる成果を出すということだ。ふたりのモデルは出来事の連鎖、通信方法、言葉の行きちがい、単位の相違――フィート、あるいはメートル？――、操縦ミス、機械の故障、技術障害、天候、破壊行為、ハイジャック、コンピューターハッキング、針路制御の欠陥、整備の不具合およびその他もろもろ……を遺漏なく完全に考慮に入れている。彼らは三十七の基本プロトコルを設定し、そのそれぞれに七から二十の割当てルートを想定することで、ベースとなる約五百の状況に対して同じ数だけ対応法を提示する。それによれば、たとえば二〇〇一年十二月にリチャード・リードが靴底に爆発物を隠してセキュリティチェックをくぐり抜けることに成功したケースにはプロトコル12Aの変形が用いられることになる。同様に、イギリスのバーミンガム空港からスペインのマラガ空港へ向かった飛行機のコックピットのフロントガラスが吹き飛んだ事故ではプロトコル7K、降雪のためカナダのハリファックスで着陸時に滑走路を飛び出したエアバス機の事故には4F、アイスランドの山が噴火し、上空が火山灰に覆われたせいで飛行機が離陸不能となった事態には13E、うつ病を患っていたパイロットがジャーマンウィングス機を山肌に激突させたケースには25Dが適用される。

五カ月に及ぶ作業のあと、ふたりは提言をおよそ千五百ページからなる防衛機密文書にまとめ、〈民間航空交通：危機管理診断、意思決定系統の最適化およびレスポンス／セキュリティプロトコル〉というシンプルなタイトルをつけて提出する。そしてふたり合わせて四十一歳にしかならないというのに（というか、おそらくそれゆえに）、〈Pr T. Wang & Dr A. Miller & *alii* マサチューセッツ工科大学応用数学科、グラフ理論科、確率理論科〉と共同署名する。〈Pr T. Wang & Dr A. Miller & *alii*〉の〝*alii*〟は、研究室で飼っているハムスターの名前だ（〝& *alii*〟は〝その他〟の意）。そう、ふたりともまだほんの子どもだったのだ。

ティナとエイドリアンはなにひとつ見落とさない。仮に国防総省がふたりに、〝コイントスについて考えられうる可能性をすべて提示せよ〟と命じたら、ふたりは表と裏だけでなく、コインがその縁を下にして垂直に立つ稀なケースも含めて三種類の可能性を検討するだろう。とはいえ、報告書の提出から十日後の二〇〇二年四月、国防総省は彼らに提言書を差し戻す。赤ペンで質問の一文を差し入れて――〈検討された状況にあてはまらないケースが発生した場合には？〉。

ティナは天を仰ぐ。つまり、投げたコインが空中に浮いたまま落ちてこないケースについても考慮しろ、ということらしい。

ふたりは五日かけて、この究極の〝検討された状況にあてはまらないケース〟に対する最終プロトコルを付加する。ティナとエイドリアンはほかのプロトコルについて、文民であれ軍人であれ、単独の責任者によって管理されることを提言していたが、〝当該プロトコルを正当化する事象は非合理的性格を有するものであることを理由に〟、ティナはこのプロトコルの管理についてはふたりの科学者に任せることにし、自分の名前とエイドリアン・ミラーの名を書き入れる。さらに、このふたりの科学者、つまり自分たちに特別仕立ての保護カバーに入った当該プロトコル専用の携帯電話を支給し、電源を入れたままにして常時持ち歩かせることを推奨する。加えて、エイドリアン・ミラーがダグラス・アダムスの『銀河ヒッチハイク・ガイド』の大ファンで、そのなかで提示されている〝生命、宇宙、その他もろもろについての大いなる疑問〟に魅了されており、その疑問について史上二番目に大きいコンピューター〈ディープ・ソート〉が七百五十万年にわたる計算の末に〝42〟という解答を導き出していたことにちなみ、その最終プロトコルに〝42〟の番号を割り振る。

さらにエイドリアンは、本気からか冗談からか、はたまた本気の冗談を楽しんでいたのか、次のような初期設定コードのシーケンス・フレーズも追加した。

①オペレーター：トト、ここはなんだか……

②管理責任者：……もうカンザスじゃないみたい

エイドリアンが研究室を出ると、ソーセージがこんがり楽しそうに焼けているバーベキューコンロの真ん前に警察車輛がすでに待機している。警察官がエイドリアンにまるで軍の大将に敬礼するように挨拶したので、同僚の視線が一斉に彼に注がれる。エイドリアンは警察官に向かってぎくしゃくとそれっぽい挨拶をすると、車のルーフの端に頭をぶつけながら後部座席に乗りこむ。サイレンを鳴らし、回転灯を点滅させて車輛が走り出し、エイドリアンはメレディスとのセックスから遠く離れた見知らぬ場所へと連れ去られる。

ということは、誰かが銀河のどこかでコインを投げ、それがほんとうに宙に浮いたままになってしまったのだ。

ジョーク

アメリカ東海岸、国際水域
北緯四十一度二十五分二十七秒、西経六十五度四十九分二十三秒

マークルはマイクを確認するが、もはや反応はない。ケネディ管制センターが通信を切ったのだ。通信回線内でカチリと音がしたあと長々とした静けさに包まれる。やがて別のさらに低い声が響いてくる。

「メーデーを宣言したエールフランス006、こちらはルーサー・デイヴィス、ア《F》メリカ連邦航空《A》局《A》の特殊オペレーション司令官です。もう一度お名前をどうぞ。それと、トランスポンダに〈1234〉と入力してください」

マークルは顔をしかめ、副操縦士のジド・ファヴローが指示されたコードを入力する。FAAの特殊オペレーション司令官と会話を交わす機会などそうそうあるものではない……。ふたたび通信が途切れるが、ほどなくして声が戻ってくる。

「ありがとう、こちらＦＡＡのルーサー・デイヴィス。マークル機長、生年月日と出生地を教えてください」

マークルはため息をつきながら指示に応じる。

「一九七三年一月十二日、イリノイ州ピオリア」

「搭乗クルー全員の氏名もお願いします」

「ご存じかどうか知らないが、こっちはいま、破損したボーイング７８７を着陸させようとしているのだが……」

ふたたび長い沈黙、通信の切断、そして別の女性の声。

「エールフランス００６、こちらノーラッドのキャサリン・ブルームフィールド、聞こえますか？」

ノーラッドって、まさか、あの北アメリカ航空宇宙防衛司令部《NORAD》か？　マークルは眉をひそめる。

「こちらエールフランス００６、なぜノーラッドが？」

「安全上の理由から、機内のＷｉ－Ｆｉを切ってください」

マークルは四の五の言わずに従う。声は続ける。

「ありがとうございます。さて、今度は乗客全員に携帯電話その他の電子機器の電源を切るよう命じてください」

「すでにそうさせている、ノーラッド。乱気流を通過しなければならなかっ……」

「それならけっこう。ファヴロー副操縦士、これから数分以内にクルーと協力して、外部と通信可能なすべての、いいですか、すべての電子機器を回収してください。タブレット、電話、医療用ポケベル、ゲーム機、コンピューターなどすべてです。拡張現実《AR》メガネやコネクティッドウォッチもお忘れなく。ひとつも見逃しがあってはいけません。マークル機長、わたしたちは航行システムを狙った外部からのハッキングという非常に深刻な脅威にさらされています。電子機器が中継器として利用される恐れがあるのです……。そうした情報を乗客に伝えてかまいません。それで協力を得られるのであれば」

「ですが、かえって乗客を不安にさせると思うのですが……」

「そうなってもしかたありませんね。電子機器はニューヨークに着陸したあと一時間でお返しすると請け合ってください。ファヴロー副操縦士、乗客に反論されたら、飛行機の安全と飛行機器への干渉リスクを強調してください。あなた方には電子機器を回収する権限が与えられています。わたしたちは明確なプロトコルに従って行動していますから」

「でも……集めた電子機器を……どうやって保管しろと？」ファヴローはある懸念に思いあたる。

「携帯電話なんてどれも似たりよったりですよ。どうやって区別するんです？」

「嘔吐袋があるでしょ。それに座席ナンバーをペンで書きこめばすむはずです。頭を使ってくださいね。乗客の不安を鎮めるため、着陸後に返却すると強調してください」

　ファヴローは承知した旨、喉の奥でもごもご言うと立ち上がり、客室乗務員に命令を伝えに行く。そのあいだマークルは機内放送のマイクに向かい、たったいま受けた指示をひとつも落とさず客室にアナウンスする。ファヴローは客室で抗議の声が沸き起こるのを覚悟するが、乱気流の恐怖がまだ冷めやらないせいか、あるいは電子機器を狙ったハッキングの脅威に怯えたのか、はたまた反論を許さない機長の毅然とした口調が功を奏したのか、乗客の圧倒的多数がこの要求に素直に従う。稀に反抗的な人がいると、周囲の客がたしなめるほどだ。困難が予想されたこの作業は、意外にもわずか数分で終了した。客室内の電子機器が集められ保管されたとの連絡を受けて、ノーラッドの士官が言う。

「この措置は搭乗クルーにも適用されます。そして機長にも。みなさんの携帯電話やパソコンも回収してください。マークル機長、あなたには機内における全権限が授けられています。ですから、あなたから命令して……」

「わたしは機長だぞ、マダム・ノーラッド！」マークルはいきり立つ。「わたしが当機内の全権限を持つのは明らかだ。なのにあなたが……」

「マークル機長、国の安全保障にかかわる事態が生じているのです。これからわたしたちはプロトコル42に従うことになります」

マークルは啞然とする。プロトコル42など聞いたことがない。

「エールフランス006、目的地を変更していただきます。ニュージャージー州のマクガイア空軍基地に向かってください。繰り返します、ニュージャージー州のマクガイア空軍基地です」

マクガイア空軍基地……。あそこは一九三七年にドイツの飛行船〈ヒンデンブルグ号〉がマストに係留する際に炎上、大破した場所だ。マークルはゆっくりと南東に機首を向けながら、しぶしぶ客室にアナウンスする。〝すみません《ソーリー》、みなさん《フォークス》、機体が大きな損傷を受けたため、当機はニュージャージー州に向かいます〟。これには抗議の声が次々にあがり、ブーイングも巻き起こる。ちょうど日暮れどきだから、マンハッタンの摩天楼は美しくきらめいていることだろう。これ見よがしに、彼らをあざ笑うかのように。マークルは乗客の気を紛らわすために〈ヒンデンブルグ号〉の悲劇的な逸話を披露しようかと思ったが、本能的にいまこの話を持ち出すのはまずいと思い自重した。

ニューヨークのケネディ空港の管制センターからふたたび連絡が入る。

「こちらふたたびケネディ・アプローチ。マークル機長、国防総省の国家軍事指揮センターとつなぎます」

マークルが応答する間もなく別の男性の声が響いてくる。鼻にかかった声で語尾を引き伸ばす、きついヤンキー訛り、きついニューハンプシャー訛りだ。

「マークル機長。こちら国家軍事指揮センターのパトリック・シルヴェリア将軍だ。わたしはいま国防長官の権限のもとに話をしている。これから三分後に海軍の戦闘機二機が合流する。たったいま、空母〈ハリー・S・トルーマン〉を離陸したばかりだ。当該二機があなた方の飛行機を領海まで護衛する。逃亡を試みたり、戦闘機の命令に従わなかったりした場合、当該二機はあなた方の飛行機を撃墜するよう命じられている」

いくらなんでもやりすぎだ。マークルは笑い出す。なるほど、そういうことか。

「マークル機長？　こちらは国家軍事指揮センターのシルヴェリア将軍だ。聞いてるか？」

マークルは笑いが収まらず、涙まで出てくる。それにしても、なんて大がかりなジョークなんだ。

ったく、あいつら、ケネディの航空管制官《ティン・プッシャーズ》ときたら、そろいもそろってイカれてる。まんまといっぱい食わされるところだった。ノーラッド、プロトコル42、そして挙句の果てには国防総省とは……。彼は通信装置に向かう。

「やあ、くそったれのシルヴェリア将軍！　これで全部か？　正直、ころりとだまされてしまったが、飛行機を撃墜する話、あれはいくらなんでもやりすぎだ。こっちはひどい嵐に見舞われたばかりなんだぞ、タイミングが悪いって思わなかったのか？　それにそっちはひとつミスを犯してる。おれの最終フライトはあさってだ、今日じゃない。まあ、餞別に出来損ないのキャロットケーキをもらうよりは嬉しいが」

「エールフランス006、こちら国防総省国家軍事指揮センターのシルヴェリア将軍。空母〈ハリー・S・トルーマン〉と通信をつなぐ」

「はい、はい、当方、〃こちら機長です《キャプテン・スピーキング》〃のおしゃべり機長です。おい、フランキーか？　それにしてもずいぶんひどいヤンキー訛りだな……きみらときたらほんとに……。そっちのいたずらのせいで、こっちは客室の携帯電話をひとつ残らず集めちまったんだが。乗客たちにおれたちをボコらせようっていう魂胆か？」

　通信装置から今度はテキサス訛りの高い声が聞こえてくる。

「エールフランス006？　こちら〈ハリー・S・トルーマン〉のジョン・バトラー提督だ」

　マークルは苦笑いを浮かべたままだ。

「よう、ろくでなしのジョン・バトラー。もういい、フランキー、訛りはこのへんでやめにしろ。

もう笑えない」

「マークル機長？　バトラー提督だ。あなた方の飛行機は現在、〈F／A－18ホーネット〉二機に護衛されている。一機はあなた方の真後ろを飛んでいて、撃墜態勢にある。そしてもう一機は……右側を見てほしい」

マークルは天を仰ぐが、とりあえず首をめぐらせる。すると、右翼の端部の数メートル先をホーネットが飛んでいる。空対空ミサイル十発を搭載して。ホーネットのコックピットにいる操縦士が手を上げて挨拶する。

「さて、これからはこちらの指示に従ってもらおうか」

アンドレ

二〇二一年六月二十七日（日）
インド、ムンバイ

〝フォトグラフェ・ヴォセー・ナ・ミニャ・ホレフレックス……〟ホテル〈グランド・ハイアット・ムンバイ〉の広々としたホールにはスタン・ゲッツ、アントニオ・カルロス・ジョビン、ジョアン・ジルベルトによる甘いボサノヴァが低音量で流れている。この歌は肩を落とし、息を切らしてエレベーターから出てきた男と同い年だ。男は先刻、蛍光灯のどぎつい照明に照らされたエレベーターの庫内の鏡に六十過ぎの自分の姿をみとめて目を背けた。

アンドレ・ヴァニエは眠れなかった。回復しない時差ぼけ、悲しみ、陰々鬱々とした思念。ホテルの部屋を出る前、彼はリュシーに宛てて途方もなく長いメールをしたためたが、送信することは自制した。リュシー宛ての文章を綴るのは、いわば瓶に入れて海に流すために手紙を書くような愚かな行為にほかならない。なにしろ電話でリュシーにうんざりした声で、まだ夜の明けないパリから、〝わたしはもう、人生の新しいページをめくったの〟とはっきり告げられたのだ。彼はリュシーにメールを書きながら、そんなことをしても無駄だと、そしてなにより逆効果だとわかっていた。だがリモコンが電池切れになると、人はついボタンを強く押してしまう。人間とはそんなものだ。

アンドレは国際色豊かなホテル――ここには力強さの感じられないフォルム、洗練とは無縁の建材、仰々しくて圧迫感のあるボリュームなど、建築家のアンドレが嫌悪するものすべてがそろっている――を出て、つまりエアコンがつくり出す北極を離れ、インドの熱帯の夏の炎暑に絡めとられる。突如、耳をつんざくような騒音に襲われ、空気はその名に値しない息苦しいものに変わる。ムンバイの街には焼けたタイヤと息を喘がせる排気ガスのにおいが充満している。車があふれかえるパイプライン・ロードで薄汚い緑の三輪タクシー《リクシャー》を呼び止める。するとリクシャーが彼の真ん前で急停止したので、車十台のクラクションがけたたましく鳴り響く。アンドレはカマシプラ地区にある建設現場の住所を伝え、気前のよい料金を提示すると、まだすらりと細い長身を三つ折りにでもするかのように思い切り屈めて狭い座席に乗りこむ。リクシャーはよたよたと急発進すると――ふたたびクラクション――渋滞の車列に割りこみ、行き方は心得ているのだろう、アンドレの知らない道順をたどっていく。

「どうしていつもリクシャーを利用するんですか?」彼は前日、ニールセンにたずねられた。「タクシーのほうがずっとストレスが少なくてすむのに」

ごもっとも。だがニールセンは、つまりブロンドの髪を長く伸ばし、筋肉質のアスリート体型にフィットした非の打ちどころのないヒューゴボスのスーツに身を包み、入社二年とまだキャリアが浅く、いわばまだ学校を出たばかりのこのニールセンは——そう言えば彼は、〝グランド・ミシシッピー・センター建設プロジェクト以来、ヴァニエさん、わたしの夢はヴァニエ&エデルマン設計事務所で働くことでした〟のせりふの主でもある——、リクシャーで味わうあの息苦しい何分かがアンドレにとっては贅《ぜい》のひとときであることをまだ知らない。リクシャーの凹んだ後部座席で彼が探し求め、ときおりふたたび見いだしているもの、それはスリランカで過ごした二十年の歳月だ。当地ではあのキュートでクレイジーなナポリ出身の女の子と付き合っていたが、名前がすぐに出てこない。ずっしりと重い乳房にまばゆい笑顔。ジュリアだっただろうか、そう、ジュリア。アンドレはなんとか思い出す。

リクシャーは急な加速と甲高いクラクションを武器に、スーリヤ・タワーの建設現場を目指して騒音と悪臭に包まれた車列のあいだを縫っていく。アンドレはリクシャーが周囲の車のフェンダーを傷つけていないことと、サイドミラーがしぶとく生き延びていることに気づいて驚く。リクシャーのドライバーは今回だけは珍しく、あの疲労困憊のティーンエイジャー、つまり数人で三輪オートを購入し、交通法規など端から無視して三交代制で乗りまわし、自分たちの命運をカーナビアプリ〈Waze〉に委ねているあの若者たちのひとりではない。そうではなく、幅広のサングラス〈アビエーター〉をかけたずんぐりむっくりの年齢不詳の男だ。その男が、トラックと車のあいだを積極果敢にスラロームし、襲いかかる何十台もの車にもひるむことなく大胆に白線を越えていく。この密集する車のあいだを無傷で突き進んでいくのは奇跡にほかならず、ハンドルに貼りつけている半透明のプラスチックのブッダもその奇跡にひと役買っているのだろう。

スーリヤ・タワーはヴァニエ&エデルマン設計事務所が落札したきわめて野心的なプロジェクトのひとつで、完成すればテクノロジーと美を誇示する建造物となる。その証拠に、この高さ八十メートルのビルはガラスと竹を使用し、要所要所を長い鋼材で補強して建設されるうえ、北側のファサードで水を凝結させ、それを東にある緑化壁面の灌漑《かんがい》に利用するほか、南西側の壁には採光窓とソーラーパネル――そもそも〝スーリヤ〟とは〝太陽〟の意味だ――を交互に配し、建物内の電力を賄《まかな》う。タワーはミュージアム地区と大学地区をつなぐ橋のような存在で、イメージ重視のスタートアップ企業が入る予定であり、全フロアがすでに予約で埋まっている。シンプルな外観を損なう装飾はひとつもなく、引き算を重ねて生まれる完璧な美が体現される。これには中国の競合他社も屈服するしかなかった。

だが現地の下請け業者が基礎のコンクリートの品質をごまかし、気の毒なニールセンがそれに気づいたときには時すでに遅しで、工事にいまや二週間の遅れが生じていた。アンドレ・ヴァニエはこの二日間の滞在を脅しと交渉と裁定に利用するつもりでいる。あいにく日曜だが、しかたあるまい。そして午後のうちにニューヨークの建設現場〈シルバーリング〉へ飛ぶ。

〝わたしはもう、人生の新しいページをめくったの〟――アンドレは、リュシーがきわめて確かな直感にもとづいて選んだこの言いまわしを激しく嫌悪している。それは葬り去った過去、冷えきった状況を含意する言葉で、彼は〝新しい〟が意味するところについて考える。それはおそらくすでに具体的な形を取っているのだろう。リュシーが目論んだのは残酷さだ。というのも彼女はもう、ふたりのあいだに決定的で手の施しようのない溝が広がることしか望んでいないのだから。彼女はふたりがともにした三ヵ月というわずかな時間を、ありふれたつかの間の新しい経験に矮小化しようとした。老いた肌と、誰もまだ子どもにつけようとはしない時代遅れの名前を持つものの、まだ少しは消費に耐えうる老人とベッドをともにするという経験に。もっともそんなまとめ方は、リュシーが手加減して出す総括よりもひょっとしたら手厳しいのかもしれないが。

リュシーとは三年前に知り合った。ブルム家のディナーパーティーでのことだ。退屈して帰ろうとしたとき、若い女性がやってきた。遅れてしまってごめんなさい、映画のワンシーンの光の調整に手間取って。リュシーは映像編集の責任者だった。気づかれないように努めたが、アンドレはリュシーから目が離せなかった。それほど彼女は〝タイプ〟だった。その力強い声に魅了された。彼女が声のトーンを上げることは一度もなく、思慮深く落ち着いたようすで一文一文を発し、言葉にはつねに重みがあり、集中して思考を展開する段になると、こめかみの細い青筋が脈打った。あとになって彼は、リュシーが二十歳で男児を、つまりルイを産み、ずっと女手ひとつで育てていることを知った。ひとり親としての責任感が、浮わついた感じがまるでないあの特別な雰囲気を生み出したのだろう、とアンドレは考えた。

そう、決して大げさではなく彼はリュシーに心を奪われた。二十歳若かったら、子どもをつくろうと提案しただろう。歳の差のせいですべてが非現実的に思われた。娘のジャンヌはじきに誕生日を迎えてリュシーと同じ歳になる。それに少し前に彼はある女性にジョークで、〝きみはぼくの未亡人になりたいのか？〟とたずねたほどだ。未亡人候補とされた相手の女性は、この冗談ににこりともしなかった。それにしてもなぜ、自分の付き合う女性はいまやみな若いのか？　友人はともに老いていくが、愛する女性はそうではない。自分は逃げているのだ。恐れているのだ。迫りくる死と食事をともにすることはできるが、ベッドをともにすることはできない……。

二年のあいだ彼はリュシーと会いつづけた。会わないですますことなどできなかった。そしてあの奇跡の日、彼女は彼に口づけし、奇跡は数カ月続いた。

彼はリュシーのふるまいを振り返り、そのなかから少しずつ奇跡をすり減らしていった要素を並べ立て、要するにこれは肉体の問題なのだ、という結論を引き出す。前方に死の影がちらつくようになって以来、つまりだいぶ前から、彼は欲望を彼が愛と呼ぶものの中心に据えてきた。一方、リュシーは明らかにそれを周縁に置いていた。

アンドレは、長時間の編集作業に疲れきって帰宅したリュシーを抱きしめようと微笑みを浮かべて立ち上がるたびに、相手のしぐさの一つひとつにやんわりとした拒絶を感じた――それはおそらく疲労のせいだけではないだろう。彼はふたりでベッドに入ったとたん、リュシーの領域を侵すような動きをひとつでもすれば彼女が逃げ出してしまうのではないかと不安に駆られた。彼の夜はリュシーから遠く離れたところで流れていき、彼女は自分の〝生存圏《エスパス・ヴィタル》〟から彼を遠ざけた。〝生存圏〟という言葉は明らかに、リュシーの世代にとってはナチスの〝生存圏《レーベンスラウム》〟を連想させる言葉ではなくなっていた。彼女が眠りに落ちると、彼は早くも彼女を恋しがった。そして、いびきをかいて新たにひとつ彼女に不快の種を与えてしまうのではないか、あるいはさらに悪いことに、うっかり眠りこけてしまい、先に目を覚ました彼女が、口を開け、くさい息を吐きながらとなりでまどろんでいる醜い老人を目にすることになるのではないかと不安を覚え、憂鬱に沈んだ。

朝、目覚ましが鳴るとリュシーはすぐに起き出した。目覚めのキスはなかった。彼は朝まだきの薄明のなか、あのひどく蠱惑的な身体がシャワーを浴びるために寝室を出ていくのを、メガネのレンズを通さないぼやけたまなざしで見つめた。長々と水が流れる音を聞き、目をつむって熱いシャワーを浴びている彼女の裸体を思い浮かべ、痛みと、おそらく屈辱で胸が締めつけられた。

仮に自分が三十歳で、まだ永遠のものに思われたあの引き締まったハリのある肌、皺も死も恐れていないあの肌と、まだコシのあるあの黒々とした髪を持っていたならば、リュシーは麗しい恋人のもとを慌ただしく離れ、朝のシャワーへと駆けていっただろうか？　これがあのハンサムなニールセンだったら——そう、あのニールセンだ、不都合はあるまい——どうだっただろう？　そう考えたとたん、逞しいニールセンの肉体が愛しいリュシーに覆いかぶさっている図が頭に浮かび、身体が震える。彼は先刻の問いにみずから答えを出し、その答えに慄然とする。

それでもときおり、リュシーがアンドレのものに手をあて、肉の円筒が硬くなっていることを確かめたうえで彼にまたがることもあった。彼は彼女のなかに深く入り、そしてその体勢では少しもキスができないため、相手を自分のほうに引き寄せようとした。けれども彼女はさっと上体を起こし、あっという間に達した。そうなると彼は、リュシーにその汗ばんだほっそりとした身体で、さあ、今度はあなたの番よ、いますぐ果てて、と急かされている気がした。アンドレは彼女を乱暴につかみ、自分自身を解き放つ高みへすぐに行き着こうとした。だが行為の頻度も行為のリズムも、まるで自分のものではなかった。

情欲、悲哀、苦悩がアンドレに少しずつ慎重さを失わせていった。そして彼は何度も不器用に迫った。けれども、迫るという行為はもとより不器用なものであり、器用に迫ることなど可能だろうか？　存在を否定され、満たされない肉体を抱えていた彼は、心の重心をどこに置けばいいのかもはやわからなくなった。男でいられる時間はあとどのくらい残されているのだろう？　十の位にこの憎々しい六が居座る自分の歳のせいで、彼は気弱になった。いまの彼にリュシーが揺るぎのない真の欲情を感じていないのなら、今後の何年かで彼が彼女の欲望をそそる存在になることなどありえない。

リクシャーはためらうことなく建設サイトに侵入し、騒音を撒き散らしながらぬかるみと木板のあいだをジグザグに進み、ヴァニエ&エデルマン設計事務所の〈V&E〉のロゴがでかでかとあしらわれた大きなプレハブの仮設事務所の建物まで行き着く。アンドレが二階にある広々とした部屋へのぼると、ニールセンが待っている。リュシーがニールセンと？　まさか。彼はすでにそんな想定をありえないものとして片づけている。

「シン・サンセット建設の技術者がすでに来ています」ニールセンがひと言、そう告げる。

「待たせておけばいい。少し時間をくれ」

アンドレはブラックコーヒーをカップに注ぐと窓に面して座り、スーリヤ・タワーの建設現場に視線を走らせる。時刻は十時。打ち合わせは九時からの予定だった。だがすべて計算ずみだ。相手を待たせるという無礼も、サンダル履きでやってきたことも、色あせたジーンズにネルー襟の白の綿シャツ、それに布製のリュックという出で立ちもすべて意図してやったことだ。彼が現場を訪れることはずいぶん前に決まっていた。けれどもニールセンと彼は下請け業者に、彼らと話し合うためにわざわざインドまで出向いてきたことにしていた。

シン・サンセット建設会社の技術者たちが同社の社長を囲んで座っている。細身の六着のブラックスーツ、きちんと結ばれた六本のネクタイ、緊張した六つの面持ち。アンドレが部屋に入ると一斉に立ち上がる。アンドレは迷うことなく社長のシンのほうへまっすぐに歩を進める。一度も会ったことはなかったが、ニールセンに写真を送ってもらっていたから顔は知っていた。髪は白髪まじりの直毛、筋肉質でやせぎすの五十がらみの男で、眼光が鋭い。社長は胸の前で手を交差させるインドの伝統的な挨拶のしぐさをしながらお辞儀しようとしたが、アンドレはそうさせる前に相手の手を力強く握る。そして、これまた計算ずみのモーリス・シュヴァリエ風アクセントで言う。

「グッド・モーニング、ミスター・シン」

「お会いできて光栄です、ミスター・ヴァニエ、大変光栄です」

「ミスター・シン、二時間で問題を解決しなければなりません。夕方、ニューヨークへ発たなければならないので。これはゆゆしき問題です。それも非常に。おわかりでしょうね。とにかくまずは一緒に現場を確認しましょう」

「ミスター・ヴァニエ、今回の件に関するわたくしどもの見解は……」

アンドレは相手の話を最後まで聞かずにくるりと背を向け、部屋を出る。全員がそれに倣う。足早に歩くアンドレにニールセンが追いつく。ふたりのあとを下請け会社の技術者たちがぞろぞろとついてくる。ニールセンがアンドレに顔を向け、耳打ちする。

「今朝方、小口径杭《マイクロパイル》に使用されたコンクリートのサンプル試験の結果が届きましたが、圧縮強度は要求されている規格、つまりC100／115に遠く及ばないもので、C90か、それを若干下まわっています。問題のマイクロパイルは完全に放棄して、新たに杭を打てばなんとか対処できると思います」

アンドレはうなずく。ニールセンはインドでの彼の秘密兵器だ。この青年がムンバイに赴任して一カ月。この一カ月のあいだ彼は連日、完璧な技術英語を駆使して現地の業者と現場で丁々発止のやり取りを続けている。この一カ月のあいだ、オーストラリアの脳天気なサーファーのような顔をしたこの若者は、周囲で話されているヒンディー語の会話に耳を傾けつづけている。というのも彼は、幼少期をゴア、つまり母親がいまもゲストハウスを経営しているインド洋に面したビーチリゾートで過ごしたおかげで、ヒンディー語を完全にマスターしているからだ。ニールセンはヴァニエ＆エデルマン設計事務所がスーリヤ・タワー建設工事を落札した二週間後に事務所に採用されたが、ヒンディー語の素養がその決め手となったことを本人は気づいているのだろうか？

建物の基礎部に到着すると、アンドレはリュックを開けて、パソコン、衛星受信機、レーザー測距計を取り出す。そして接続作業をおこない、データをチェックし、測距計を五回、十回と操作し、計算し直し、測距計をふたたびマイクロパイルの一本の上端に向け、さらにもう一本にも同じ動作を繰り返す。そのあいだ、サンセット・シン社のメンバーたちは太陽の下で汗みずくになっている。アンドレは作業に必要以上に時間をかけると、注意深く丁寧に、ゆっくり慌てず機材をしまい、それから全員で作業員の宿舎にもなっている仮設事務所の建物に引き返す。

アンドレは椅子に腰を下ろし、みなにも座るよう身振りで伝える。そしてそのましばし間を置くと、急に訛りの消えた英語で話し出す。

「ミスター・シン、工事には瑕疵《かし》があり、すでに影響が出ています。いますぐ対処しないと手遅れになります。建築とはゲームです。複雑なゲームではありますが、とにかくゲームです。まあ、この話はよしましょう。一方、建設工事はゲームではありません。力を合わせて一緒に物をつくり上げることです……おわかりですか？　力を合わせて一緒にです……」

シンはうなずく。

正午、アンドレは得たかったものすべてを手に入れた。シン・サンセット建設会社は新たな工期を約束し、ヴァニエ＆エデルマン設計事務所は同社に、鑑定費用と弁護士費用をカバーするためだけの少額の違約金を課すにとどめた。浅瀬の真んなかで持ち馬を殺すわけにはいかないからだ。午後からすぐに新たな掘削が開始され、夜の涼しい時間帯に圧力をかけてコンクリートが注入されることになる。緊急性を考慮して、アンドレは規格Ｃ１１５のみならず、汽水にも耐えるＸＳ２も要求した。この暑さなら一週間で乾き、三週間で建物基礎として用をなすようになるだろう。

新しい工程表を検討しながらシン・サンセット建設会社の技術者たちが口論しはじめたのを潮に、アンドレはインド式のお辞儀をしてニールセンとともに部屋を出る。

ふたりは建設現場を離れ、移動販売人から冷えたビール〈キングフィッシャー〉を二本買い、埠頭の方へと歩く。ニューヨーク行きの飛行機の出発までまだ三時間ある。気遣いがあるところを見せようとしたのだろう、ニールセンが唐突にたずねる。「ところで、アンドレ、リュシーはお変わりありませんか？　手がけていたフォン・トロッタの編集作業、あれは無事に終わりましたか？」
アンドレは微笑む。というより、顔をゆがめる。そして話を逸らし、回答を避け、自分がリュシーとの別れを隠していることに気づく。ニールセンに告げれば、別れがいま以上に決定的なものになってしまうと恐れているかのように。彼は屈辱を覚え、人生で初めて老いを実感し、人生が与えた不当な仕打ちを恥じる。

リュシーはまぎれもなく彼のもとを去り、彼は彼女の言葉を心の裡で繰り返す――〝わたしはもう、人生の新しいページをめくったの〟。かくのごとく過ぎ去りぬ《シック・トランジット》。アンドレもすでにわかってはいる。もろもろの事柄を勘案すれば、もうそばにはいない女性を日々恋しがることのほうが、そばで眠りながらも、彼から何光年も離れた場所で生ぬるい無関心の暗闇にこもっている女性を絶えず求めつづけることよりも苦痛は少ないはずだ、と。

ニューヨークに向かうユナイテッド航空の飛行機のなかで、アンドレはリュシーに贈ったあの薄い本、つまりほんの二カ月前までは名前も知らなかった作家、ヴィクトル・ミゼルの『異常』を読み直す。それから仕事をしようとするが、十度目となる絶望のメールを書くことをやめられない。彼は地べたに倒れこんでいる。まさか自分がこんなふうに派手に墜ちてしまうとは。

苦悩をあらわにして綿々と訴えたことでリュシーをいら立たせ、最終的にはそれが彼女を失わせることになったのだが、彼にはほかにどうしようもなかった。失敗の痛手に直面したアンドレは自分を責め、自分の堪え性のなさを呪う。彼はみずからをやさしくて知的な望ましい恋人だとみなし、セックスでリュシーを引き止め、彼女にとって甘美な快楽を象徴する存在になることを夢見ていた。だが愚かにも——というのも、スピノザが人生の真髄だとさえみなしている欲望よりも愚かなものはないのだから——彼は絶えず彼女をベッドに連れ戻そうとし、結局、彼女はベッドを避けるようになったのだ。

〝あなたの欲望が息苦しい。あなたはわたしの欲望を押し殺してしまった〟リュシーは彼にそう告げて〝休憩時間〟を求めたが、もちろんそれは永遠に続く休憩時間となった。

ミス・プラトンとドクター・スピノザの対決は、スピノザの敗北に終わった。チェックメイト。

けれどもアンドレはそんなこんなをしたためているわけではない。いや、そうではなく、どこからどう見ても愚かしいメールを書いている。〈きみと一緒にできるだけ長い道を歩みたかった。長い道のなかでもとりわけ長い道を〉。そうした言葉の一つひとつに、自分でも虫唾が走る。なのにどうしても書いてしまう。そして送信する。パリはいま何時だ？　日付はすでに月曜日。リュシーはまだ寝ているにちがいない。

それから彼は、服用したメラトニンの効果で夢のない眠りに落ちる。ニューヨークのケネディ空港に着き、寝ぼけたまま入国審査に臨むと、係官がパスポートをスキャンし、彼をしげしげと観察し、その場にしばし引き止める。そうしているあいだにふたり組の男女がやってくる。ふたりとも若く、カジュアルシックな装いで、男は黒の、女はグレーのスーツを着ている。ＦＢＩの職員だと一発でわかる服装だ。加えて彼らは、青を基調にした身分証と連邦法執行官の金色のバッジを見せる。バッジには、プレイモービルの人形の顔を借りた正義が左右の手に天秤と剣を携えている図柄があしらわれている。

「アンドレ・ヴァニエさんですね」女が言う。

うなずいた彼に女はスマートフォンの画面にある写真を見せる。

「この人物をご存じですか？」

リュシーだ。黄色い蛍光灯に照らされた小さな部屋に座っている。怯えて震えているようだ。そう、彼女の姿勢、彼女のまなざしからそうとわかる。なにやらおかしなことが起きているらしい。

「ええ、知っています、もちろん。リュシー・ボガート、知り合いです。リュシーになにかあったのですか？　彼女はパリにいるのでは？」

「ヴァニエさん、われわれはあなたを連れてくるようにという命令しか受けていません。本来であれば、お国の領事館のスタッフがここであなたを出迎えるはずでした。その方とはこれからお連れする場所で合流します。あなたには拒否する権利がありますが、そうなると、われわれは勾留ゾーンで領事館のスタッフを待つことになります」

アンドレはうなずく。もちろん拒否しない。

空港を出て、黒いリムジンへと向かう。男が待機していて、アンドレのスーツケースを受けとり、トランクに入れる。アンドレとFBIの職員は後部座席に乗る。座席に身を落ち着けたとたん、FBIの男が運転席と後部座席を隔てるスモークガラスを叩く。車がすぐに発進する。アンドレはそのとき、リムジンの窓のすべてにスモーク加工が施されていることに気づく。

「携帯電話の電源を切ってこちらにお渡しください」女が言う。「申しわけありませんが、そういう手順になっているので」
アンドレは従う。彼も不安に駆られる。リュシーの身を、そしてわが身を案じて。

最初の数時間

二〇二一年六月二十四日（木）
ニュージャージー州、トレントン、マクガイア空軍基地

機体に損傷を受けたボーイング７８７が二番滑走路の端、ヘリコプター〈ブラックホーク〉とアメリカ空軍の灰色の大型双発プロペラ機からそう遠くない場所に駐まっている。飛行機のすぐそばに待機しているのは三台の装甲車だ。エニシダやセージがはびこる空き地に海のにおいを含んだ暖かい夜の闇が落ちている。

倉庫の近くを軍用トラックが列をなしてせわしなく往来している。巨大な格納庫内では、数百人の兵士が慌ただしくもてきぱきとなんらかの準備を進めている。格納庫には先刻まで巨大貨物機〈ロッキードＣ－５ギャラクシー〉が整備のために収まっていたのだが、急遽退出させられた。格納庫の大きな引き戸の扉の近くに、小さな人影が三つ浮かび上がっている。シャネルスーツの下手なまがいものを身に着けた女とメン・イン・ブラック（UFOや宇宙人の目撃者などの前に現われて警告や脅しを与える黒ずくめの男たち。都市伝説の一種）風のダークスーツを来た男の物腰は、このふたりがほぼ疑いの余地なく情報機関の人間だということを物語っている。一方、三番目の人影は変わり種だ。若干脂ぎった長い髪、鼻にずり落ちたメタルフレームの丸メガネ、〈アイ♡ゼロ、ワン、アンド・フィボナッチ〉と書かれた穴のあいたTシャツ。しかも少々汗臭く、かなり酒臭い。

エイドリアン・ミラーは水を二本飲んだが、それでもまだ頭がくらくらしている。警察の車を降りるとすぐにこのふたりがやってきて自己紹介された。もっとも彼は、CIAの男の名前もFBIの女の名前も即座に忘れてしまった。エイドリアンは元気を装うこともせず、ふたりに力なく手を差し伸べる。

CIAの男は差し出された手を、腐りかけたムツゴロウのぬめぬめする鰭《ひれ》にでも触れるかのように指の先でためらいがちにぎこちなく握る。

「率直に申し上げて、ミラー教授、驚きました、教授がこれほど……これほど……お若かったなんて」

目力のある整った顔立ちをしたラテン系の三十代のFBI捜査官のほうは、数学者を無言で値踏みする。そしてまず、ジョン・キューザック、というか、貧乏くさくて締まりのないジョン・キューザックのようだという印象を持つが、いや、そのレベルにすらないと考え直す。それでも驚きと敬意をこめて言う。

「ミラー教授、教授の報告書は諳《そら》んじられるほど読みこませていただきました。卓越したお仕事です。わたしたちは教授のご経験に大きな期待を寄せています。想像しますに、ブルースター＝ワン博士と教授はプロトコル42が適用されるような事態にすでに遭遇したことがおありなのでしょうね」

　エイドリアン・ミラーは判然としないうめき声で〝いや〟と否定する。ティナからほとんど便りがなかったから、彼女の人生にブルースターなる人物が入りこんでいたとは初耳だった。そして、そう、彼はこれまでプロトコル42が適用されるような事態に遭遇したことはただの一度もない。さらに彼の知るかぎり、〝適用可能性が低い〟種々のプロトコルが前提としている事象によって航空交通に麻痺をきたした事実もない。たとえば、地球外生命体の到来といった事象だ。これには三種のプロトコル――〝未知との遭遇〟、〝宇宙戦争〟、〝謎の意図〟――に加え、そのそれぞれに十二ほどのバリエーション（ティナを喜ばせるためにゴジラの襲来も入れた）が想定されている。さらに、五種のプロトコルが用意されているゾンビやヴァンパイアの空中侵攻――ここにはエボラ出血熱やコロナウイルスのような恐ろしい感染症ウイルスの散布も含まれる――といった事象も発生していない。加えて言えば、邪悪な人工知能《ＡＩ》が交通管理を牛耳るといった事象――ＡＩが独断で交通管理をおこなっている場合にはプロトコル29、外国の勢力がＡＩを遠隔操作している場合にはプロトコル30――も。これに関しては、発生の可能性は徐々に増してはいるが、幸い、まだ現実のものとはなっていない。

　だが、まさかプロトコル42とは……。これを適用しなければならない事象が起こることなどありえないのに。エイドリアンはひと口水を飲むと言う。

「ご存じですか、ミズ……、すみません、おふたりの名前を失念してしまったもので」

「わたしは上級捜査官のグロリア・ロペス。そしてこちらは、わたしのCIAのカウンターパートのマーカス・コックスさん」

「それでは、あの、グロリア・ロペス上級捜査官、じつを言うとプロトコル42というのは……なんと申し上げたらいいか……」

エイドリアン・ミラーはさらにもうひと口水を飲むが、言葉に詰まる。これは数学オタクの趣味の悪いジョークにすぎないのだ、とはさすがに言えない。なにしろこのジョークにはすでに五十万ドルの税金が費やされているのだ。しかもそれは特別仕立ての保護カバーに入った、決して鳴るはずのない携帯電話を常時持ち歩くことへの対価として国がいたずらオタクコンビに二十年間支払いつづけてきた報酬だけを勘案した金額だ。エイドリアンは強力な投光器で照らされている、アルミニウムの巨大な葉巻を思わせるボーイング機をまじまじと見つめる。

「いまわたしたちがここにいる正確な理由はなんですか？　この飛行機のどこが特別なんですか？　確かにフロントガラスはひび割れてますし、鼻も潰れていますが」

「レドームです」CIAの特殊工作員が訂正する。「飛行機の鼻にあたる部分、あれは〝レドーム〟と呼ばれるものです」

FBIの上級捜査官がふたりを遮って言う。

「ミラー教授、わたしたちもたいしたことは知りません。ブルースター＝ワン教授を乗せたヘリコプターが近づいてきましたよ。ほら、北のほうに黒い点が見えますよね」

「ところで、ミラー教授、この書類の一番下にご署名願います」ＣＩＡのコックス工作員が封筒を開けながら言う。「機密保持契約書です。教授にお伝えする情報はすべて機密事項です。署名を拒否すれば、国家安全保障違反の罪で軍事法廷にかけられることになるでしょう。さらに署名後にこれに違反すれば、合衆国法典第十八篇第七十九条にもとづき国家反逆罪に問われる可能性があります。ご協力ありがとうございます」

★

少なくともアーサー王とその騎士たちの時代より、軍人は円卓を囲んで集まるのが好きだ。それはおそらく円陣になれば、現実に存在する上下関係をなんら隠すことなく功績の対等性を強調できるからだろう。というわけでマクガイア空軍基地の地下にある、照明のぎらつく指令室の中央には大きな丸テーブルが置いてある。そして壁を飾るのは、ずらりと並ぶ大型モニターだ。そのうちのいくつかには、地上にとどめ置かれているボーイング７８７を一群のカメラがさまざまなアングルからとらえた映像が映し出されている。

ティナとエイドリアンは、勲章をつけた将軍や、およそ想像しうるかぎりのさまざまな組織から派遣されてきた一ダースもの男女と相まみえるにあたり、ふたりで並んで座る選択を下した。着座している人の前には、アクリル樹脂のスタンドに名前と所属を記したカードが挟んであり、そこにはＦＢＩ、国防総省、国務省、アメリカ空軍、ＣＩＡのほか、国家安全保障局《NSA》、北アメリカ航空宇《NOR》

宙《A》防衛司令部《D》、ア《F》メリカ連邦航《A》空局《A》など、エイドリアンが聞いたこともないような略号を持つ組織の名称が並んでいる。エイドリアンとティナにも氏名と肩書が入ったカードが用意されており、そこにはふたりのどちらももう働いていない〈マサチューセッツ工科大学〉と書かれてある。

ティナ・ワンはあまり変わっていない。博士課程の学生だった頃のゴシックファッションからもっとおとなしめな服装に変わったぐらいだ。彼女は会議が始まるまでのわずかな隙を利用して、もう教壇には立っていないこと、それから、そう、コロンビア大学のカフェテリアで知り合った物理学者のゲオルグ・ブルースターなる男と結婚したこと、そしてエイドリアンはもう、『薔薇の名前』のクリスチャン・スレーターとはあまり似ていないのですぐに彼とはわからなかった、といったことをニヤリと笑いながら耳打ちする。ティナは現在のエイドリアンを見て、キアヌ・リーブスを薄毛にした感じ、との印象を持つが、そうした感想は胸の裡にとどめることにする。

不意に室内のざわめきを圧する力強い声が響く。声の主は長身痩軀の男だ。彼にはウエストポイントの陸軍士官学校とコロラドスプリングスの空軍士官学校での成績や、シリアのホムスやソマリアのモガディシオで挙げた戦績を誇示する必要はない。白髪の刈り上げ頭、意志の強そうな顔立ち、筋肉質の体型、そして襟に刺繍された三つの黒い星が彼の履歴書そのものだからだ。灰緑色の迷彩服に身を包んでいるが、木材を人工的にあしらったこの部屋で迷彩服はかえって目立ち、本来の目的を果たしていない。

「みなさん、わたしは国家軍事指揮センターの将軍、パトリック・シルヴェリアと申します。国防長官府の代表として全権を委任されております。現在直面している状況は秘密に付されねばならず、そのため大統領はこのままリオに滞在し、日程を変更しないことに決められました。しかし大統領には常時報告が上がっている旨、お知りおき願います。さて、まずはお集まりくださったメンバーをご紹介しましょう。わたしの左にいるのがブキャナン将軍。当マクガイア基地の最高責任者で、これから数日間、われわれを受け入れてくださいます。そしておそらくここにいる誰ひとりご存じないかと思いますが、右どなりにおられるのがミラー教授とブルースター＝ワン教授です。おふたりは数学者で、9・11以降われわれが採用している危機管理プロトコルはこのおふた方に負うものであります」

賞賛の声があがるなか、エイドリアンとティナはぎこちなくお辞儀する。シルヴェリアは続ける。

「ミラー教授はプリンストン大学で教鞭をふるい、ブルースター＝ワン教授はNASAとグーグル社のコンサルタントを務めておられます。おふたりにはプロトコル42を実行するための一切の裁量が与えられ、わたしはそのオペレーションの調整役を務めることになります。CIAには国内で活動する権限が付与されていないではないかとのご指摘が入る前に、当該プロトコルではすべての組織の協力が要求されている旨、申し添えておきます」

士官が一人ひとりに〝機密情報〟と記された分厚いファイルとタブレットを配っているあいだ、シルヴェリアは参加者を順繰りに紹介しつづける。FBIの上級捜査官、CIAの特殊工作員、NSAのデジタル監視責任者（SNSの創設者を思わせる、オタクの風貌をした生意気そうな三十前後の若者だ）、そしてFBIに所属する心理作戦専門家……。この専門家はまだ四十そこそこなのに雪のように白い髪をショートカットにし、澄んだ柔らかい声で話すジェイミー・プドロスキーという名の小柄な女性だ。参加者すべてがそれぞれのあり方でプロトコル42の実行にかかわっている。エイドリアンは関与する政府機関、会議の参加者の階級、さらには議題に及ぶまでティナ・ワンとふたりですべてを仔細に定めて報告書内に記したことを思い出す。

「われわれのチームは数時間のうちに大幅に強化されます」シルヴェリアは続ける。「こうしているあいだにも、さまざまな分野の多くの専門家が当基地に向かっており、われわれがこの状況に対処するのに力を貸してくれることになっています。プドロスキー特別捜査官、FBIの心理作戦部では職員を何人ぐらい派遣してくる予定ですか？」

「百人以上になるでしょう。ニューヨークにあるFBIのオフィスからも作戦遂行にあたります」

「ありがとうございます。さて、まずはこちらのモニターをご覧ください。われわれが把握している状況が具体的に映し出されています。滑走路に駐まっているこのボーイング787こそ、みなさんに本日ここにお集まりいただくこととなった元凶です。同機は本日、六月二十四日のちょうど十九時三分にニューヨークのケネディ空港と通信を開始し、その際、みずからをパリ発ニューヨーク行きのエールフランス006便だと明言しました。同機はまた、機体に甚大な損傷を被っている旨を報告し、その数分後に当基地に向けて針路を変更しました。機長はデイヴィッド・マークル、副操縦士はジデオン・ファヴロー、客室乗務員と乗客の氏名についてはリストが作成されておりますのでそちらをご覧ください。というわけで、ここでNSAのブライアン・ミトニックくんにバトンタッチしたいと思います。ミトニックくん、タブレットについて簡単に説明してもらえますか？」

立ち上がったミトニックは、座っているときにも増して子どもっぽく見える。黒くて平べったい長方形の機器を振りかざしているその姿は、興奮したティーンエイジャーそのものだ。

「みなさん、こんばんは。みなさんのお手元にはこれと同じようなタブレットがありますよね。みなさんのは個人用で、ロックはかかっていません。トップページにあるのは、ボーイング787の機内の図面です。座席をタップすると、客室乗務員のものも含めて、そこに座っている一人ひとりの名前がポップアップウィンドウに表示されます。NSAではこの飛行機の搭乗者それぞれについて新しい情報が入るたびに、リアルタイムでみなさんのタブレットをアップデートしていきます。新しいページに飛ぶために画像やテキストの一部にリンクが貼られた場合はすぐに青で表示されます。リンクをタップすれば当該のページに移動できます。戻りたいときは〈戻る〉の矢印をタップしてください。とても簡単ですよ。さあ、それでは実際に操作画面を見てみましょう」

ミトニックは指をさっと動かしてマークルとファヴローの写真と、続けて客室乗務員の写真をスクロールする。ミトニックがタブレットをいじって遊んでいるあいだにシルヴェリアがふたたび話し出す。

「プロトコル42が発動されたのは、本日、もうひとつ別のエールフランス006便がいまから六時間前に定刻通りに、つまり十六時三十五分にニューヨークのケネディ空港に着陸したからなのです。このフライトは別の飛行機で運行されており、操縦にあたっていたのも別の機長と別の副操縦士でした。一方、〈エールフランス006〉という同じフライトナンバーを割りあてられたエールフランスのボーイング787については、滑走路に駐機しているものとまったく同じように損傷し、同じマークルが機長を、同じファヴローが副操縦士を務め、同じ客室乗務員と同じ乗客が搭乗し、つまりいまみなさんが目にしているのとまったく同じ飛行機が確かにケネディ空港に着陸しているのですが、しかしそれはなんと、三月十日の十七時十七分のことなのです。いまからちょうど百六日前の」

室内がにわかに騒然とする。だがCIAの工作員が挙手をして発言を求めたのを機に静寂が戻る。

「どういうことかよくわかりません。同一の飛行機が二回着陸したというのですか？」

「ええ、そういうことです。繰り返します。同一の飛行機です。整備士のひとりが認めています。四カ月ばかり前にまさに同じ787を点検したと。その整備士によれば今回のほうが損傷がひどく、その度合から降雹のなかを飛んでいた時間が四カ月前の半分ほどだったのではないかと推測されるらしいのですが、それでもフロントガラスが何カ所か衝撃で破損し、レドームその他にもいくつか損傷があると断言しています。これから機長と通信をつなぎます」

司令室にわずかにキーンとハウリングの音が鳴る。

「こんばんは、マークル機長、ふたたびパトリック・シルヴェリア将軍です。こちらにはいま、緊急参謀本部のメンバーが集まっています。申しわけありませんが改めて自己紹介を願えますか？氏名と生年月日をもう一度教えてください」

マークルの声が部屋に響く。疲れきった声だ。

「デイヴィッド・マークル、一九七三年一月十二日生まれ。シルヴェリア将軍、乗客は我慢の限界だ。飛行機を降りたがっている」

「まもなく機外に出ていただきます。最後の質問です、マークル機長。いまは何月何日の何時でしょう？」

「あいにく計器類が故障していて……。日付は三月十日です。わたしの時計では現在、二十時四十五分です」

シルヴェリアは通信を切る。電光時計は六月二十四日、二十二時三十四分を表示している。突然、一番大きなモニターに病院のベッドでチューブにつながれている病人の姿が映し出される。

「これは十分前にＦＢＩの捜査官がマウントサイナイ病院の３４４号室で撮影したものです。この患者の氏名もデイヴィッド・マークル。先の三月十日のエールフランス００６便を操縦していた人物です。ここに映っているデイヴィッド・マークルはひと月前に診断された膵臓癌で、現在、危篤状態にあります」

シルヴェリアは言葉を失っているエイドリアン・ミラーとティナ・ブルースター＝ワンに向き直る。

「なぜわれわれがプロトコル42を発動させたか、これでおわかりですね？　それでは、次にとるべき方策についてご教示ください」

第二部

人生とはいわば、夢のようなもの

［二〇二一年六月二十四日～二十六日］

存在は本質の先を行く。しかも大きく水をあけて。

――ヴィクトル・ミゼル『異常《アノマリー》』

その瞬間

二〇二一年六月二十四日（木）
ニュージャージー州、トレントン、マクガイア空軍基地

武装した黄色い防護服姿の兵士たちが左右に立ち並ぶなか、乗客たちが数珠つなぎになって格納庫へと向かう。彼らは放射線量測定ゲートと除菌ルームを通り抜け、ひとり、またひとりと巨大なドームに入っていく。内部では一列に並んだ兵士たちが乗客の氏名と座席ナンバーを書きとっている。抗議する人はほとんどいない。いら立ちと、次いでこみ上げた怒りは、いまや疲労と不安に置き換わった。まだ気力が残っているのは、憤慨しきりの女性弁護士だけで、周囲に自分の名刺を配りまわっている。

格納庫内には兵士たちによってシャワーと移動式トイレのほか、百張りほどのテントと長テーブルが設置されていた。温かい料理も用意され、乗客の一部はテント内に据えられたマットレスに横

になって休もうとするが、子どもの叫び声や口論の声が響くうえ、鋼鉄の丸天井の下ではどんな小さな物音も増幅される。数十人の兵士が見まわりをし、往来を逐一チェックする。北側の隅には医療用ラボとして無菌テントが設置され、看護師十数人が乗客一人ひとりから唾液のサンプルを採取している。東側の隅に置かれた建設現場用の仮設事務所のなかでは、ぞくぞくと到着した心理作戦部の専門家たちが質問票にもとづいて対面聴取を始めている。質問票はエイドリアンとティナが急遽作成したものだ。プロトコル42はこの数時間のあいだに大幅に補強された。

　格納庫の西側、地上五メートルの場所に大きな金属製のプラットフォームが設けられている。緊急参謀本部のメンバーたちはそこにある部屋のひとつに移動した。ガラス窓越しに、ざわめく混沌とした人群れを見下ろすことのできる部屋だ。タブレットに新しい情報が次々に表示される。国家《N》安全《S》保障局《A》は三月十日のパリ発ニューヨーク行きのフライトを利用した乗客の大半と乗員全員の居場所を突き止めた。すでに百人ほどが自宅で警察の監視下に置かれている。生物学者たちが彼らのDNAを調べた結果、そのそれぞれが格納庫に収容されている乗員乗客のものとまったく同一であることが判明した。マクガイア基地に駐まっている飛行機も、四カ月弱前に着陸した飛行機とまったく同一のものだ。

　NSAのオタク青年ミトニックが、飛行機の客室内の画像をモニターに映し出す。

「ファーストクラスに取りつけられているカメラが撮影した画像をふたつ並べてみました。左が三月十日、つまり最初の飛行機のもの、右が本日着陸した飛行機のものです。ちょっと一時停止しますね……。画像のタイムコードはどちらも十六時二十六分三十秒を表示しています……。ふたつの画像はまったく同じに見えますよね。飛行機はちょうど乱気流のなかを飛んでいます。では、次にひとコマずつ見てみましょう……」

　すると十六時二十六分三十四秒プラス百分の二十秒でふたつの画像のあいだに相違が生まれ、二分割されたモニターは七つのまちがい探しゲームと化した。たとえば左側の画像では女性の乗客のメガネがはずれて空中を舞っているが、右側の画像では鼻の上にのっている。さらに一方の荷物入れの扉が開いているが、もう一方は閉まったままだ。そして最大のちがい、それは左側は暗いままなのに、右側の画像では太陽が明るく客室内を照らしていることだ。つまり一機目は三月十日の激しい嵐のなか大揺れの飛行を続け、二機目は六月二十四日十八時七分の穏やかな空へ飛び出したのだ。

　緊急特別チームのメンバーたちが一斉に騒ぎ出したので、ミトニックは大声を張り上げなければならない。

「そんなわけで」興奮したその声はどこか嬉しげだ。「すべてはこの瞬間、つまり十六時二十六分三十四秒プラス百分の二十秒に起きたんです……。ありえないことはまだまだ続きますよ。ぼくらはボーイング７８７の内部カメラのうち三台を、つまり前方、中央、後方のカメラを選びました。それぞれのカメラのあいだには十メートルの距離があります。時速九百キロメートルで飛行すると、秒速は二百五十メートルになります。つまりボーイングはこの十メートルの距離を二十五分の一秒で飛び、そしてなんとなんと奇跡的に、これらのカメラは一秒間に二十五コマ撮影しています……。ここまでは大丈夫ですか？」

うんともすんとも反応がないので、ミトニックは続ける。

「画面を三分割してみますね。左側のは前方の、中央は真ん中の、右側は後方のカメラの画像です。でもって、十六時二十六分三十四秒プラス百分の二十秒で前方のカメラがいきなり日射しをとらえます。中央のカメラも日射しをとらえますが、けれどもそれは次のコマ、つまり十六時二十六分三十四秒プラス百分の二十四秒のものです。そして後方のカメラ、すなわち右側の画面の映像では、日射しは十六時二十六分三十四秒プラス百分の二十八秒にとらえられています」

「それで？　これはつまり？」シルヴェリアがうながす。

ミトニックは勝ち誇ったように言う。

「三台のカメラのあいだには二十五分の一秒、つまり百分の四秒の差があります。二番目の飛行機が不動の垂直パネルのようなものを突き破って出現したと考えると、この時間差の説明がつくかもしれません。パネルの手前は嵐の空、先は青い空。この架空のパネルがあったとされる正確な場所は、三月十日の観測衛星のデータによれば北緯四十二度八分五十秒、西経六十五度二十五分九秒。ですが二機目は本日、もうちょっと南西に出現していて、その差は約六十キロメートルです」

「で、そこからどんな結論を引き出せるのだ、ミトニックくん？」

「結論を引き出す？　このぼくが？　そんなものありませんよ、これっぽっちも。こっちは追加のデータを出したまでです。プリンストンの大先生方にご検討いただくために」ミトニックはそう言ってふたりの数学者を見やる。

「これって、コピー機と同じようなものをイメージすればいいんでしょうか？　ある場所でスキャンしたものが別の場所で印刷されて、プリンターからぺろりと紙が出てくるといったようなものを」ティナ・ワンがたずねる。

ミトニックは言いよどむ。彼も同じようなことを思いついたのだが、不合理きわまりないので口に出すのははばかられたのだ。

ふたたび沈黙が落ちる。部屋にエアコンはまだ用意されておらず、じとじとと蒸し暑い。ミトニックの携帯電話が振動する。メッセージが入ったのだ。彼はそれを読んでため息をつく。

「大統領がNSAに、〝三月十日に、わが国の大西洋沿岸近辺でロシアか中国の船舶がタイムスリップの実験をおこなった形跡がないか調べろ〟と言ってます……」

シルヴェリア将軍はいら立ちと同時にどっと疲れを覚え、窓ガラスに頭をつける。そして煌々《こうこう》と照らされた格納庫内を見下ろす。

「それにしても、いったいどこからこの飛行機は飛び出してきたんだ？」そう言ってため息をつく。

「ワン教授、当然、なにかしらの理論は頭におありですよね？　教授というものは必ず理論を持っているものです。犬が必ずノミを持っているのと同じで」

「すみません、いまのところはノミ一匹持ち合わせていません」

「とにかく四十八時間以内になんとか全員を見つけ出したいものだな」シルヴェリアは言う。「三月十日以降に国に帰った外国籍の客も含めて、問題の飛行機に乗っていた全員を。それまでになんらかの説明をひねり出さないと」

「科学チームの助っ人が必要です」エイドリアンは訴える。「専門家が要るんです。量子物理学、天体物理学、分子生物学などの専門家が……。夜明けまでにそろえてください」

「招集してほしい科学者のリストを三十分後にお渡しします」とティナ・ワン。「哲学者も二、三人必要です」

「えっ？　それはなぜだ？」シルヴェリアがたずねる。

「なぜって、なぜ科学者だけがいつも夜なべ仕事をしなきゃならないんです？」

シルヴェリアは肩をすくめる。

「とにかく、どんな大御所でも尻ごみせずにリストアップするように。こっちには国内にいるノーベル賞受賞者全員をしょっぴく権限が授けられているのだから。正確に言えば、〝合衆国大統領の断固たる要求に協力するよう要請する権限〟ってやつが」

「さまざまな仮説を検討するために使う部屋も用意してください。共同で作業ができる大きな部屋がいいですね。いろんなスペースがあって、いくつかのテーブルと肘掛け椅子とソファと、それに黒板とチョーク、それから、えーっと……」エイドリアンが要請する。

「黒い板ではなくて白い板でもかまいませんね？　インタラクティブホワイトボードなら用意できるので」シルヴェリアは皮肉なしで言う。

「それと眠気覚ましの薬もお願いします」

「モダフィニルをたっぷり差し上げましょう。在庫が何百箱とありますから……」

「空間の連続性とグラフ理論を専門としている女の人も必要です」エイドリアンは思いきって持ちかける。

「なぜ女性に限定するんですか？　すでに誰かを想定してるんですか？」

エイドリアンはすでに誰かを想定している。

「プリンストン大学のハーパー教授。メレディス・ハーパーさんです。数時間前にぼくらは一緒にいて、ちょうど……議論してました……幾何学におけるグロタンディーク・トポスについて」

「その教授のもとにすぐに軍の車輛を向かわせます。その女性は……確かな人物なんですね？　つまり、国の安全保障の面で信頼できる人物なんですね？」

「もちろんです。それに彼女はイギリス人です。それがなにか問題でも？」

シルヴェリア将軍はどうだろうと考えこむ。

「まあ、どちらにせよ、このお騒がせの飛行機にはイギリス人が十三人乗っていたからな。ロシア人か中国人かフランス人でなければどこの国の人でもかまいませんよ。それにどのみち、イギリスの情報機関と協力することになるでしょうから」

「それとコーヒーマシンもお願いします。エスプレッソが淹れられる、本格的なやつを」エイドリアンは付け加える。

「不可能な要求は控えてください」将軍は顔をしかめる。

★

二十三時少し前、格納庫の北側の隅から灰色の煙の渦が立ちのぼる。最初はうっすらとしていた煙は次第に黒く変わり、やがてもうもうと周囲に立ちこめる。男の声が〝火事だ！〟と叫ぶ。たちまち人びとのあいだにパニックの波が広がる。みなが閉じた扉に殺到し、見張りの兵士たちと押し合いになる。治安部隊が兵士の援軍に駆けつける。

火はすぐに消し止められるが、シルヴェリアはマイクをつかんで呼びかける。

「将軍のパトリック・シルヴェリアより連絡します。どうか落ち着いて行動してください。これから下に行き、みなさんにきちんとご説明します」

格納庫がどよめきに包まれる。

「どんな説明をするつもりです？」プラットフォームから下りていこうとしているシルヴェリアを捕まえて、ティナ・ワンがたずねる。「〝もうひとりの自分がすでにどこかに存在してるから、あなた方はこの地球では用なしです〟なんてことは言わないほうがいいですよ……」

「なんとでも適当に言い繕いますよ。それに、自分がこのろくでもない惑星でなにをしてるかわかってる人などいるんですかね？」

シルヴェリアはマイクを握り、二百人以上の乗客を前に国の安全保障、ハッカー行為、公衆衛生といった言葉をちりばめた嘘だらけの説明を繰り出す。そのあいだに兵士たちが火災の現場検証をおこなう。火元はテント内にしつらえられたベッドの下で、すぐにテント全体に燃え広がったらしい。誰かが意図的に火をつけたのだ。

しかも、問題のテントから三十メートル離れた場所にある狭い金属製の扉がバールでこじ開けられている。外部に通じるその扉に張りついていた兵士たちがパニックに対処しようと持ち場を離れたため、監視の目が緩んでしまったのだ。さらに十分後、基地をぐるりと囲む金網フェンスが車によって五メートルほど突き破られているのが発見される。現場に残っていた塗料から車の色はグレーと断定されたが、車が盗まれたと考えられる格納庫のそばの駐車場にはグレーの車がずらりと三百台以上も並んでいるため、どの車が盗まれたのか容易にはわからない。

つまり乗客のひとりが逃亡し、夜の闇に姿を消したのだ。

★

真夜中、さまざまな分野の専門家から構成される科学者チームのリストが出来上がる。リストに挙がっているのは、ノーベル賞、アーベル賞、フィールズ賞の受賞者および受賞候補者たちの名前だ。そしてその三十分後にはＦＢＩの職員がドアのチャイムを鳴らしはじめ、おおむね睡眠を主とする夜間活動を中断させる。その際には、〝合衆国大統領の断固たる要求に協力するよう要請する〟という言いまわしと、暗闇を貫いて光る回転灯が威力を発揮する。そして午前一時にもならないうちに、車輌、ヘリコプター、ジェット機が科学者たちをマクガイア基地へ慌ただしく移送しはじめる。

そうして運ばれてきた人のなかにはメレディスもいる。ウオッカと歯磨きのにおいですぐに彼女とわかる。そのようすから察するに、ベッドのなかから引きずり出されてきたのはまちがいない。エイドリアンが状況説明を――要領を得ない説明を――しはじめたとき、メレディスの怒りはもはや過去のものとなっている。眉根を寄せて話に聞き入り、収容されている人びとを無言で見下ろす。エイドリアンは驚く。

「あれ、なにか訊きたいことは？」

「訊いたところで、答えがあるわけ？」

エイドリアンはとまどいながらかぶりを振り、モダフィニルの錠剤を手渡す。そして、眠くならないようにのんだほうがいい、と言い添えようとするが、その必要もなくメレディスはすでに薬をのみ下している。

「ねえ、エイドリアン、自分は秘密工作員だって正直に言ってくれなきゃだめでしょ」

「それは……そういうのとはちがうんだ。えーっと、とにかく行こう、作戦司令室に」

「チッ、チッ。プリンストン大学の数学教授だなんて、スパイの隠れ蓑にしてはずいぶん奇天烈だこと……」

エイドリアンが作戦司令室のドアを押し開くと、メレディスは内部のしつらえを目にしてしばし呆気にとられる。

「うわぁ、エイドリアン、これはすごい。『博士の異常な愛情』のセットみたい」

モニター上には新しいデータが次々に表示され、ありえない事態を裏づけている。滑走路に駐まっている飛行機はどこをとっても三月十日に着陸したあの７８７と同じだ。確かに機体は修理され、確かに乗客たちは成長するか、あるいは年老いた。その証拠にまさにその晩、シカゴではある赤ん坊の月齢六カ月が祝われたのだが、格納庫ではその同じ子が月齢二カ月の赤ん坊として派手に泣きわめいている。二回の着陸を隔てるこの百六日のあいだに、乗客二百三十人と乗員十三人のうち女性ひとりが出産し、男性ふたりが亡くなった。そして二重に存在する乗客と乗員は、それぞれ遺伝子的に同一人物だ。シルヴェリアはエイドリアンら数学者たちを尻目に、限られた少人数のメンバーで状況整理を試みる。

「尋問のほうはどうなってる？」

「現在、ワノ教授とミラー教授が作成した質問票を補足する作業に取りかかっています」心理作戦の専門家、ジェイミー・プドロスキーが説明する。「質問のなかにちょっとしたまちがいを差し入れて、身元の裏づけになるような反応を引き出すんです。それよりなにより、乗客の名前を世間に知られないようにしなければなりません」

NSAのミトニックがふたたびタブレットを振りかざす。

「うちのスタッフが〝ボーイング〟から〝マクガイア〟までいくつかキーワードを設定し、アラート機能を使ってSNSを監視してますよ。そうすれば、やっかいな事態になりそうなときには発信者を特定して情報の拡散を抑えられますからね。だけど中国やイランじゃないので、ネットを遮断することまではできません。これまでに一件、基地の兵士が問題の飛行機について触れているページが見つかりましたが、こちらで削除しておきました。神に感謝です……」

「神と言えば……」とプドロスキー。

神という言葉には静寂を生み出す力がある。急に静まり返った部屋でプドロスキーが頭をさっと振り、照明の下、黒髪の細い三つ編みが一本、きれいにセットされた白髪ヘアのあいだで揺れる。

「なんと申しましょうか……神そのものが問題となる懸念があります。この国でもほかの多くの国々でも、今回の出来事について神の介入の可能性が示唆されるでしょうからね。神、あるいは悪魔の。迷信が暴走したり、狂信者たちが愚かな行動に出たりするのを食い止めることはできないでしょう。そこでわたしの独断で、宗教指導者たちを集めた評議会をすでに招集しました。大統領の宗教顧問はみな福音伝道派ですが、この評議会については多様な宗教から広く指導者を集めたので、福音伝道派ばかりというそしりを受けることはないでしょう。そもそも問題の飛行機にはキリスト教徒、イスラム教徒、仏教徒などが乗っていましたしね。わたしたちは時間との闘いを強いられていますし、信者というものは元来、ときに予測のつかない反応を示すものなので、先手を打って勝手にことを進めた次第です」

「ジェイミーさん、それでけっこう」とシルヴェリア。「なにしろあなたには白紙委任状が授けられているのですから。それに九十億ドルの予算を与えられているＦＢＩのことだ、きっとなにがしかの成果を出してくれると期待していますよ」

「ところで、フランス人をはじめとするヨーロッパ諸国の乗客や中国人その他をどうするつもりですか？」ミトニックがたずねる。「各国の大使に連絡するんですか？」

「おたくの国民を不法に拘束している、と伝えるためにか？　当面はなにもしない。大統領の指示待ちだ。ほかには？」

　部屋の奥からエイドリアンが発言を求めておずおずと人差し指を立てる。

「三月に着陸した一番目の飛行機に乗っていた人と、二番目の飛行機に乗っていた人たちを区別するための識別コードが必要だと思うんですが？ 〝その一〟と〝その二〟とか、〝アルファ〟と〝ベータ〟とか。色の組み合わせでもいいですね。〝青〟と〝緑〟、または〝青〟と〝赤〟とか？」

「あるいは〝トム〟と〝ジェリー〟？ それとも〝ローレル〟と〝ハーディ〟？」とメレディス。

「どれも素晴らしいアイディアだが、残念ながらボツだ」シルヴェリアはきっぱり言う。「ここはシンプルにいこう。三月に着陸した最初の飛行機に乗っていた人たちは〝三月《マーチ》〟、六月の飛行機に乗っていた人たちは〝六月《ジューン》〟だ」

★

時間はなにより貴重だとブレイクは心得ている。彼は十五分で格納庫のセキュリティシステムのほころびを突いて逃げ出す。そして七分で基地の駐車場から平凡きわまりない年季の入ったピックアップトラック〈フォードF〉を盗み出し、ニューヨークへ向かう。荷物はいつものリュックひとつだ。言わずもがな、パリで買った使い捨ての携帯電話を客室乗務員におめおめ差し出すような愚かなまねはしなかった。それに当然、DNAの採取もすり抜けた。彼は午前二時にニューヨークに着き、往路で使ったオーストラリアのパスポートを道端のごみ箱に投げ入れ、暗い通りにピックアップトラックを乗り捨てると、痕跡をひとつも残すまじとハンドルと座席を拭き、さらに念には念を入れて車に火を放つ。

正真正銘の夏の夜のようだ。真夏と言えるぐらいの。ブレイクは新聞に〝六月二十四日〟とあるのを見て、腰を抜かしそうになる。とはいえ六月末なら、この暑さもうなずける。マンハッタンにある二十四時間営業のネットカフェに行き、ここ数ヵ月のニュースを調べる。そして三月二十一日にクォーグで、フランク・ストーンなる男が殺されたことを知る。彼が請け負った契約を、誰かが代わりに遂行したらしい。彼は秘密の銀行口座の残高を確認しようとするが、暗証番号が変更されている。自分が経営するパリの宅配専門のベジタリアンレストランのフェイスブックのページと、次いで妻フローラのページを訪ねる。六月二十日に投稿された写真では、ブレイクと瓜ふたつの男が彼の娘を膝にのせている。男の額には包帯が巻いてあり、フローラがキャプションをつけている。〝犯人は凶暴なポニー〟。ブレイクは自分の額を確かめるが、傷もあざもない。彼はその事実に気づく直前まで、出来の悪いありきたりの説明ではあるが、すべて記憶喪失のせいだと思っていた。だが額に傷痕がないとなると、どうやらそうではないらしい。

ブレイクはいつものように現実路線で考える。まず必要なのは、自分の拠点に戻ることだ。そこでタクシーに乗り、ケネディ空港へ赴く。そしてもうひとつ別の名義のパスポートを使い、ヨーロッパ行きの始発便のチケットを現金で購入する。ベルギー行きのその飛行機は六時十五分に離陸する。そして土曜日の二十一時、彼はふたたびヨーロッパの地を踏み、一時間おきに出ているパリ行きのバスに乗る。パリまでは数時間。眠る時間はある。あるいは理解する時間、少なくとも考える時間は。

七人に対する聴取

デイヴィッド・マークルに対する聴取の抜粋

機密の種類：防衛機密／プロトコルナンバー：42
聴取者：特殊作戦司令部《SOC》、心理作戦担当、チャールズ・ウッドワース士官
聴取日：二〇二一年六月二十五日／時刻：午前〇時十二分／場所：マクガイア空軍基地
姓：マークル／名：デイヴィッド・バーナード／識別コード：六月《ジューン》
生年月日：一九七三年一月十二日（四十八歳）／国籍：アメリカ合衆国
乗員ポスト：機長／座席ナンバー：ＣＰ１

チャールズ・ウッドワース士官（以下、聴取者）：二日目、深夜〇時十二分。こんばんは、マークル機長。当方はアメリカ陸軍特殊作戦司令部のチャールズ・ウッドワース士官です。あなたはデイ

ヴィッド・バーナード・マークルさん、生年月日は一九七三年一月十二日、出生地はイリノイ州シカゴでまちがいありませんね？　ちなみにあなたの許可を得て、この会話はすべて国家安全保障局《NSA》により録音、管理されます。
デイヴィッド・バーナード・マークル（以下、ＤＢＭ）：わかりました。ところで、わたしの出生地はピオリアです。シカゴじゃなくて。
聴取者：ご指摘、ありがとうございます。あなたは一九九七年にデルタ航空でパイロットとしてのキャリアをスタートさせた。その後、二〇〇三年三月にエールフランス航空に移籍。三年間は短距離路線でエアバスＡ３１９、３２０、３２１の乗務にあたり、そのあと長距離路線を担当してＡ３３０、３４０に、そして現在はボーイングＢ７８７に搭乗している。まちがいありませんか？
ＤＢＭ：まちがいありません。
聴取者：マークル機長、直近のフライトに関して再度お話をおうかがいしたいと思います。積乱雲と乱気流についてもう一度ご説明いただけますか？
ＤＢＭ：ニューヨーク時間の十六時二十分頃、カナダ・ノバスコシア州の南で天気図に載っていない積乱雲を通過しなければなりませんでした。モンスター級の大型積乱雲で相当な幅がありました。雲の頂は高度一万五千フィートを超えており、三月としては異例のものでした。飛行機は二十五度以上の角度で急降下し――千メートルほど降下したと思います――、激しい雹《ひょう》に見舞われましたがなんとか水平飛行を取り戻しました。そして五、六分後にいきなり積乱雲を抜け、青空に包まれました。

聴取者：あなたはピオリアで小学校に通いましたね？
ＤＢＭ：はっ？
聴取者：質問にお答え願います、マークル機長。小学校の名前は憶えていますか？
ＤＢＭ：ケラー小学校です。すみません、これからもそんなふうにずっとタブレットの画面とにらめっこを続けるつもりですか？
聴取者：プロトコルのせいです。意図的に個人情報にかかわる質問が設定されていて、回答がライブで検証されているんです。担任の教師の名前を憶えていますか？
ＤＢＭ：なにしろ半世紀近くも前の話ですからね。えーっと、そう、プラチェット先生です。
聴取者：ありがとうございます、機長。［……］趣味で絵を描きますか？　楽器を演奏しますか？
ＤＢＭ：いいえ。
聴取者：雲から抜け出たとき、身体の不調や違和感はありましたか？
ＤＢＭ：いいえ。
聴取者：耳の奥で心地よいメロディーがずっと鳴り響いていますか？
ＤＢＭ：いいえ。
聴取者：偏頭痛など頭痛の症状はありますか？
ＤＢＭ：いいえ。
聴取者：目や鼻がムズムズすることは？
ＤＢＭ：はい、ときたま。なんなんですか、この質問は？

聴取者：プロトコルに従っているまでです、マークル機長。顔にかゆみやほてりはありますか？
DBM：いいえ。
聴取者：たったいま受信したばかりの写真、つまり目の前のモニターに映っている写真の若い女性が誰だかわかりますか？
DBM：わかると思います、はい。
聴取者：名前を教えてください。
DBM：プラチェット先生だと思います。
聴取者：五十年ほど前、この人はパメラ・プリチェットという名前でした。プラチェットではなくて。現在八十四歳で、いまもピオリアに住んでいます。
DBM：あなたの上官とお話ししたいのですが。それと妻に連絡したい。ひどく心配しているはずですから。
聴取者：すぐに連絡できるようになります、マークル機長。最近、健康診断を受けましたか？［……］

聴取終了：二〇二一年六月二十五日、午前〇時四十三分

★

アンドレ・ヴァニエに対する聴取の抜粋

機密の種類：防衛機密／プロトコルナンバー：42
聴取者：特殊作戦司令部《SOC》、心理作戦担当、テリー・クライン中尉
聴取日：二〇二一年六月二十五日／時刻：午前七時十分／場所：マクガイア空軍基地
姓：ヴァニエ／名：アンドレ・フレデリック／識別コード：六月《ジューン》
生年月日：一九五八年四月十三日（六十三歳）／国籍：フランス
乗客グレード：エコノミークラス、客室2／座席ナンバー：K02

テリー・クライン中尉（以下、聴取者）：二日目、七時十分。おはようございます、わたしはアメリカ陸軍特殊作戦司令部のテリー・クライン中尉です。あなたはアンドレ・ヴァニエさん、生年月日は一九五八年四月十三日、出生地はパリでまちがいありませんね？
アンドレ・フレデリック・ヴァニエ（以下、AFV）：はい。
聴取者：ヴァーエさん、保安上の理由からこの会話を録音します。
AFV：事務所のパートナーに連絡したいのだが。ニューヨークで建設工事を進めているんです。ここで拘束されていることをパートナーに伝えないと。
聴取者：いまはなにもお約束できません、ヴァニエさん。
AFV：なるほど、そういうことなら、ル・ケ・ドルセーに連絡してくれないか。

聴取者：ル・ケ、なんですって、ヴァニエさん？
AFV：ル・ケ・ドルセー、フランス外務省のことだ。あなたの上司の特殊作戦司令部のトップにそうするよう伝えてくれ。アルマン・メロワを知っているはずだから。
聴取者：伝えておきます。フライトのようす、とくに乱気流がどんなふうだったか教えてください。
［……］

聴取終了：二〇二一年六月二十五日、七時二十五分

★

ソフィア・クラフマンに対する聴取の抜粋

機密の種類：防衛機密／プロトコルナンバー：42
聴取者：特殊作戦司令部《SOC》、心理作戦担当、メアリー・タマス中尉
聴取日：二〇二一年六月二十五日／時刻：午前八時四十五分／場所：マクガイア空軍基地
姓：クラフマン／名：ソフィア・テイラー／識別コード：六月《ジューン》
生年月日：二〇一四年五月十三日（七歳）／国籍：アメリカ合衆国
乗客グレード：エコノミークラス、客室1／座席ナンバー：F3

メアリー・タマス中尉（以下、聴取者）：朝の九時十五分前、今日は二日目。おはよう、ソフィア、わたしはメアリー、軍の士官よ。今朝の調子はどう？
ソフィア・テイラー・クラフマン（以下、STK）：はい、だいじょうぶです、マダム。
聴取者：わたしのこと、メアリーって呼んでね。よく眠れた？　朝食は食べた？
STK：はい。
聴取者：しっかり食べないとね。昨日のフライトはとっても疲れちゃっただろうから。これからいくつか質問させてね。答えは目の前にあるタブレットに記録するよ。それと、わたしたちの会話も録音するけど、かまわないよね、ソフィア？
STK：あの、あたし、なんか悪いこと、したんですか？
聴取者：そんなこと全然してないから、心配しないでね、ソフィア。あとで一緒に遊び場コーナーに行ってみようね。夜のうちに遊び場コーナーができたんだよ。この格納庫にはソフィアみたいな子が三十人ぐらいいるから。それにアニメだって観られるよ。いいかな？
STK：はい。iPadで遊ぶこともできますか？　iPad、持ってたんだけど、取られちゃったんです。
聴取者：もうすぐ返してもらえると思うよ。ところで、ソフィアはいま何歳？
STK：六歳。あと二カ月で七歳です。
聴取者：あっ、そうなんだ、楽しみだね。お誕生日はなん月なん日？

STK：五月十三日。
聴取者：五月十三日って、いまから二カ月後かな？
STK：はい。
聴取者：プレゼントはなにが欲しい？
STK：カエルをもう一匹。ベティがひとりぼっちでなくなるから。
聴取者：ベティ？
STK：あたしのカエルです。おうちでおるすばんしてます。
聴取者：いまからママが撮った写真を見せるね。自分のおうち、わかるかな？
STK：はい……。
聴取者：写真に写ってる人が誰だか、教えてくれる？
STK：はい。学校のお友だちです。この子はジェニー、この子はアンドリュー、サラ……。
聴取者：そうなんだ。ほら、ソフィアが言ったことは全部書きとめてるんだよ。大事なことだから。これはね、お誕生日のパーティーなの。ケーキに立っているろうそくは何本だか、数えられるかな？
STK：えっと……七本。
聴取者：ありがとう、ソフィア。飛行機ではきっとすごく気持ち悪かったよね？
STK：あっ、うん、とっても揺れたから。
聴取者：音楽が聞こえるような気がすることって、ある？

ＳＴＫ：そんなこと、ないです、マダム。
聴取者：わたしのこと、メアリーって呼んでいいんだよ、ソフィア。頭が痛くなることは？
ＳＴＫ：えっ、ううん、あんまり。
聴取者：目がかゆくなることは？
ＳＴＫ：ううん。
聴取者：よかった。顔がかゆくなることは？　ほっぺとか、おでことか。
ＳＴＫ：ありません。
聴取者：ママと弟のリアムくんと旅行してたんだよね？
ＳＴＫ：リアムは弟じゃなくて、お兄ちゃんです。
聴取者：そうだ、ごめんね、お姉さんがまちがえちゃった。それで、パパは一緒じゃなかったの？
ＳＴＫ：はい。パパはヨーロッパに残りました。
聴取者：ヨーロッパの旅行は楽しかった？
ＳＴＫ：はい。あたし、なんにも悪いこと、してないよね？
聴取者：ええ、ソフィア、悪いことはなんにもしてないよ。パパは軍人さんなんだよね？
ＳＴＫ：はい。パパも、なんにも悪いこと、してないよね？
聴取者：ええ、ソフィア、悪いことはなんにもしてないよ。ねえ、泣かなくてもいいんだよ。ほら、このハンカチを使って。心配することないからね、ほんとに。ママに来てもらおうか？
ＳＴＫ：ううん、だいじょうぶ。

聴取者：ほら、フェルトペンと画用紙を用意してきたんだよ。ソフィアはお絵描きは好き？　なにか描《か》いてくれる？
STK：なにを描けばいいんですか？
聴取者：なんでも好きなものを描いていいんだよ、ソフィア。

聴取中断：二〇二一年六月二十五日、午前九時二分
聴取再開：二〇二一年六月二十五日、午前九時九分

聴取者：ありがとう、ソフィア。じょうずな絵だね。全部黒ペンで描いたんだ。いろんな色のペンがあったんだけど、気づいてた？
STK：はい。
聴取者：この大きな男の人は誰？
STK：これはパパ。
聴取者：となりにいるのは？
STK：あたし。
聴取者：自分のこと、ぐしゃぐしゃに描いてるけど、どうして？
STK：（沈黙）
聴取者：これって、ソフィアのお口かな？

STK：（うなずく）
聴取者：ママは？　ママはいなかったの？
STK：うん。
聴取者：ソフィア、この絵について、もう少し話を聞かせてもらいたいんだけど。話を聞くのに、よかったらもうひとり女の人を連れてくるね。かまわないかな、ソフィア？
STK：うん。［……］

聴取終了：二〇二一年六月二十五日、九時十九分

★

ジョアンナ・ウッズに対する聴取の抜粋

機密の種類：防衛機密／プロトコルナンバー：42
聴取者：特殊作戦司令部《SOC》、心理作戦担当、デイミアン・ヘプスタイン中尉
聴取日：二〇二一年六月二十五日／時刻：午前七時二十三分／場所：マクガイア空軍基地
姓：ウッズ／名：ジョアンナ・サラ／識別コード：六月《ジューン》
生年月日：一九八七年六月四日（三十四歳）／国籍：アメリカ合衆国

乗客グレード：ファーストクラス／座席ナンバー：D2

デイミアン・ヘプスタイン中尉（以下、聴取者）：二日目、七時二十三分。おはようございます、ウッズさん。わたしはアメリカ陸軍特殊作戦司令部のデイミアン・ヘプスタイン中尉です。あなたの許可のもとにこの会話は録音されます。
ジョアンナ・サラ・ウッズ（以下、JSW）：わたしは許可しません。
聴取者：ウッズさん、国の安全保障にかかわる問題に対して協力を拒むことは疑わしき行為とみなされます。あなたのお名前はジョアンナ・ウッズ、生年月日は一九八七年六月四日、出生地はボルチモアでまちがいありませんね？
JSW：ヘプスタイン中尉、わたしは不合理な抑留を禁じる修正第四条で保護されています。勤務先の法律事務所に電話させてください。
聴取者：現在の状況はあなたを対象とする移動制限措置を正当化しうるものである旨、断言できます。
JSW：ヘプスタイン中尉、拘禁要請書に署名した判事はひとりもいません。署名の入った要請書があれば見せてください。あなた方にわたしたちをこんなふうに抑留する権利はありません。これは人身保護法《ヘイビアス・コーパス》が適用される事案です。
聴取者：わかりました、ウッズさん。ですが、数時間以内にもろもろの説明があるでしょう。
JSW：わたしはいま、連邦レベルの、さらには国際レベルの集団訴訟をおこなうために証拠集めをしています。すでに四十七人の乗客がわたしの事務所を代理人とすることに同意しています……。
聴取者：それはそちらの権利です。いくつかおたずねしたいことがあるのですが、よろしいですか、ウッズさん？
JSW：いいえ、拒否します。あなたの上官と話をさせてください。［……］

聴取終了：二〇二一年六月二十五日、七時二十七分

★

リュシー・ボガートに対する聴取の抜粋

機密の種類：防衛機密／プロトコルナンバー：42
聴取者：特殊作戦司令部《SOC》、心理作戦担当、フランチェスカ・カロ中尉
聴取日：二〇二一年六月二十五日／時刻：午前七時五十二分／場所：マクガイア空軍基地
姓：ボガート／名：リュシー／識別コード：六月《ジューン》
生年月日：一九八九年一月二十二日（三十二歳）／国籍：フランス
乗客グレード：エコノミークラス、客室2／座席ナンバー：K03

フランチェスカ・カロ中尉（以下、聴取者）：二日目、七時五十二分。おはようございます。アメリカ陸軍特殊作戦司令部のフランチェスカ・カロ中尉です。ボガートさん、通訳は必要ですか？
リュシー・ボガート（以下、LB）：いいえ。
聴取者：安全保障の観点からこの会話は録音されています。いま言ったこと、理解できましたか？
LB：わたしは英語を話せます。さっきそう言ったばかりですが。
聴取者：あなたはリュシー・ボガートさん、一九八九年一月二十二日にリヨンでお生まれですね？
LB：どこでですって？　いいえ、リヨンじゃありません。モントルイユです。
聴取者：ご訂正、ありがとうございます。ボガートさん、アメリカ合衆国にはどういったご用事で？
LB：プライベートな用事です……、あの、わたしには十歳の男の子がいるんです。どうしてもあの子に電話しなければなりません。でも携帯電話を返してくれないんです。
聴取者：すみません。すぐに連絡できるようになるはずです。
LB：昨日のうちに電話しなければならなかったのに。きっとすごく心配しているはずです。あなた、お子さんはおありですか？
聴取者：落ち着いてください、ボガートさん。
LB：わたしたち、なんの情報ももらってないんですよ。何時間も拘束されてるっていうのに……。
聴取者：いくつか質問させてください。
LB：ルイに電話するって約束してください。ほら、これが番号です。

聴取者：わかりました、ボガートさん。フライトのようすや乱気流のなかを飛んだときのことをお話し願います。［……］

聴取終了：二〇二一年六月二十五日、七時五十九分

★

ヴィクトル・ミゼルに対する聴取の抜粋

機密の種類：防衛機密／プロトコルナンバー：42
聴取者：特殊作戦司令部《SOC》、心理作戦担当、フレデリック・ケネス・ホワイト士官
聴取日：二〇二一年六月二十五日／時刻：午前八時二十分／場所：マクガイア空軍基地
姓：ミゼル／名：ヴィクトル・セルジュ／識別コード：六月《ジューン》
生年月日：一九七七年六月三日（四十四歳）／国籍：フランス
乗客グレード：エコノミークラス、客室2／座席ナンバー：L08

フレデリック・ケネス・ホワイト士官（以下、聴取者）：二日目、八時二十分。ミゼルさん、アメリカ陸軍特殊作戦司令部のフレデリック・ケネス・ホワイト士官です。安全保障の観点から、あな

たの了承を得てこの会話は録音されます。あなたはヴィクトル・セルジュ・ミゼルさん、生年月日は一九七七年六月三日、出生地はフランスのロリアンでまちがいありませんね？
ヴィクトル・セルジュ・ミゼル（以下、VSM）：生まれたのはリールです。ロリアンじゃなくて。
聴取者：ご訂正いただきましてありがとうございます、ミゼルさん。
VSM：なにが起きているのか、説明してもらえませんか？
聴取者：すみません。アメリカ合衆国を訪れた理由は？
VSM：ある小説を翻訳して賞をいただいたんです。
聴取者：翻訳者なんですか？　作家じゃなくて？
VSM：まあ……小説も書いています。長いのも短いのも。それにどちらにしても、翻訳だって文学作品です。ですから翻訳者も作家ですよ。それにしても……、なぜそんな質問を？
聴取者：フライトについてお聞かせください。とくに乱気流について。
VSM：飛行機が急降下して、ひどく揺れました。騒音もすごくて。乗客はみんな死ぬかと思いましたよ。で、唐突に嵐が収まった。そんなところです。
聴取者：いま小説を執筆なさっていますか？
VSM：いや、アメリカ人作家のファンタジー小説を訳しています。ティーンエイジャーの吸血鬼たちが出てくるやつです……。
聴取者：でも、もっと個人的な作品を、『異常』というタイトルがつくことになる作品を書いていませんか？

VSM：『異常』？　いや。なぜそんな質問を？
聴取者：ミゼルさん、絵は描きますか？　楽器の演奏は？
VSM：いや。
聴取者：心地よいメロディーが耳の奥でずっと鳴り響いていますか？
VSM：いや。
聴取者：頭痛や偏頭痛といった症状は？
VSM：いや。
聴取者：目や鼻のムズムズ感は？
VSM：ちょっと……わたしをかついでるんですか？　これは『未知との遭遇』のまねごとですか？
聴取者：おっしゃる意味がわかりません、ミゼルさん。
VSM：スピルバーグのこの映画をわたしは二十回も観てるんですよ。だから中身は憶えています。あなたがいました質問は、フランソワ・トリュフォーがリチャード・ドレイファスにしたのとほぼおんなじです。こんな質問、どこのまぬけが考え出したんですか？
聴取者：なにをおっしゃっているのかわかりかねます。これはこの種の状況において国防総省が従うことになっているプロトコルに準じた質問です。
VSM：この種の状況ってなんですか？　わたしが地球外生命体と遭遇したとでも思ってるんですか？　で、これからわたしに、額や頰がかゆくないか、日焼けによるほてりがないかたずねるつもりですか？
聴取者：あ――っ、そうですね……、顔にかゆみやほてりはありますか？［……］

聴取終了：二〇二一年六月二十五日、八時五十三分

★

スリムボーイこと、フェミ・アフメド・カデュナに対する聴取の抜粋

機密の種類：防衛機密／プロトコルナンバー：42
聴取者：特殊作戦司令部《SOC》、心理作戦担当、チャールズ・ウッドワース士官
聴取日：二〇二一年六月二十五日／時刻：午前九時八分／場所：マクガイア空軍基地
姓：カデュナ／名：フェミ・アフメド／識別コード：六月《ジューン》
生年月日：一九九五年十一月十九日（二十五歳）／国籍：ナイジェリア
客室グレード：エコノミークラス、客室2／座席ナンバー：N04

チャールズ・ウッドワース士官（以下、聴取者）：二日目、九時八分。アメリカ陸軍特殊作戦司令部のチャールズ・ウッドワース士官です。あなたはフェミ・アフメド・カデュナさんですね？ 生

年月日は一九九五年十一月十九日、出生地はナイジェリアのイバダンですか？
フェミ・アフメド・カデュナ（以下、FAK）：ああ。でも生まれたのはラゴスだ、イバダンじゃねえ。
聴取者：カデュナさん、アメリカ合衆国にはなんのために？
FAK：みんなには〝スリムボーイ〟って呼ばれてんだ。バンドのリーダーやってて、ほかのメンバーはひと足先に着いた。明日、ニューヨークでライブをやる予定なのさ。こんなふうにとどめ置かれると困るんだけどな。
聴取者：わかります、カデュナさん。
FAK：スリムボーイって呼んでくれ……。
聴取者：コンサートの日付はいつですか、スリムボーイ？
FAK：明日だ、言っただろ？　マーキュリーラウンジで二十二時。
聴取者：つまり日付は？
FAK：三月十二日……。
聴取者：これから「ヤバ・ガールズ」という曲を聴いてもらいます。ヘッドフォンをつけてください。

聴取中断：二〇二一年六月二十五日、九時十五分
聴取再開：二〇二一年六月二十五日、九時十九分

聴取者：この曲を知ってますか？
ＦＡＫ：いや。でも、悪くねえな。ヤバ・ガールズ？　ヤバって、ラゴスの地区の名前だぜ。ナイジェリアのバンドか？　だけど妙だな、このバンドのこと、知らねえなんて。
聴取者：カデュナさん、耳の奥で心地よいメロディーが鳴り響いてはいませんか？
ＦＡＫ：鳴り響いてるさ、そりゃもちろん。おれはミュージシャンなんだから。［……］

聴取終了：二〇二一年六月二十五日、十時七分

デカルト2・0

二〇二一年六月二十五日(金)
マクガイア空軍基地、仮説検討室

人は疲れると、いらいらしてけんか腰になる。だが疲れ果てると、けんかをする気力も消え失せる。朝の六時、エイドリアンとティナ、そしてすでに到着した二十名の専門家が仮説検討室に陣取る。七時、ヘリコプターがマクガイア基地に専門家を次々に運んできたのに合わせて、そこに集う人の数は四十名となる。室内にはソファとインタラクティブボードが用意され、兵士がエスプレッソマシンを設置している。

状況説明には一分しかかからない。そのあと十分間の質疑応答が続き、ティナとエイドリアンはありえない話をただただ繰り返す──ええ、格納庫にいる人たちは、同じ飛行機で百六日前にすでに着陸した人たちとまったく同じなんですよ……。エイドリアン・ミラーとリカルド・ベルトーニ

——暗黒物質の研究で二〇二一年のノーベル物理学賞受賞が有力視されている——とのやりとりが、専門家たちの反応を端的に物語っている。

「ミラー教授、これはドッキリかなにかですか？」

「だったらいいんですが」

午前九時。仮説検討室でティナ・ワンを進行役に多様な分野の専門家たちによる討議が進められているあいだ、エイドリアンは緊急参謀本部のメンバーのところへ行く。メレディスのほかに、長身痩軀で茫々たる白髪と青灰色の目の男も一緒だ。シルヴェリア将軍が、いくつかおなじみの顔が並ぶテレビ会議の画面を指差して言う。

「ミラー教授。リオにいる合衆国大統領とつながっています。国務長官と国防長官もテレビ会議に出席しています」

「大統領、これは異常な現象です」エイドリアンは咳払いをして話しはじめる。「ですが、アーサー・C・クラークの言葉にあるように、〈高度に発達した技術は魔術と見分けがつかない〉ものです。われわれは十の仮説を立てました。そのうち七つはジョークのたぐいでしたが、三つがわれわれの関心を惹き、ひとつが過半数の支持を得ました。もっとも単純なものからご説明します」

「では、お願いします」シルヴェリアがうながす。

「ひとつ目の仮説は〝ワームホール〟です。この先は、位相幾何学を専門としているメレディス・ハーパーさんに説明してもらいましょう」

メレディスは机の上にあった黒鉛筆と一枚の紙を手にすると、紙を半分に折る。そうしながら彼女は、自分がいま、低予算でつくられるSF映画の先生役を演じているような気がしてならない。けれども気にしないことにする。

「ご紹介ありがとう、エイドリアン。さて、まずは空間がこの紙のように折り曲げられると仮定しましょう……。ですが、これはわたしたちがアクセスできない次元、わたしたちが知っている三つの次元のどれでもない次元での話です。この宇宙がもしほんとうにひも理論に支配されているとしたら、宇宙は十、十一、あるいは二十六次元の超空間です。このモデルによるとそれぞれの素粒子は、ぐるぐると巻かれたり折りたたまれたりしている次元においてそれぞれちがうふうに振動するひもです。ここまでは大丈夫ですか？」

大統領はあんぐりと口を開けている。その姿は、金髪のかつらを被った肥えたハタのようだ。

「というわけで、空間が折りたたまれると、そこに〝穴〟をつくることができます……」

メレディスは鉛筆の芯の先端を紙に突き刺し、あいた穴に人差し指を通す。

「……するとわたしたちは、わたしたちの暮らす三次元の空間のある地点から別の地点に、いとも簡単に移動することができるようになるのです。これがアインシュタイン－ローゼン橋、あるいは負の質量を持つローレンツ型ワームホールと呼ばれるものです……」

「なるほど」眉をひそめながら合衆国大統領は言う。

「これは古典物理学の法則に従うものです。わたしたちのアインシュタイン的な空間では、わたしたちが光の速度を超えることはありません。でも超空間に渦巻きの穴をあければ、一瞬にして銀河間を移動できます」

「小説でよく使われるアイディアですよ」エイドリアンが補足する。メレディスの説明では抽象的すぎると考えたのだ。「たとえばフランク・ハーバートの『デューン』なんかで。さらにこうしたアイディアはクリストファー・ノーラン監督の『インターステラー』でも採用されています。あるいは『スター・トレック』の宇宙艦〈USSエンタープライズ〉でも」

「スター・トレック！　観たぞ、観た、観た！」突然、大統領がはしゃぎ出す。

「この場合、通常は――〝通常〟というのはあくまで言葉の綾ですが――」メレディスが続ける。

「人は時空間を瞬時に移動するだけで、なにかが複製されることはありません。ですが、なぜかここには飛行機が二機存在するわけで……」

「〈USSエンタープライズ〉が宇宙空間の二カ所に出現したようなものですよ」エイドリアンが声を弾ませる。「でもって、ふたりのカーク船長、ふたりのミスター・スポック、ふたりの……」

「ありがとうございます、ミラー教授」シルヴェリアがエイドリアンの言葉を打ちきる。「わかりました……。では、第二の仮説とは？」

「われわれはそれを〝コピー機仮説〟と呼んでおりまして、前に一度、国家安全保障局《NSA》のブライアン・ミトニックさんとともにこれについて触れました」

名前を出されて少なからず誇りに思っているのだろう、ミトニックは口もとを引き締め、聞き分けのよい生徒よろしく無言でうなずく。

「みなさんご存じのように」エイドリアンは続ける。「バイオプリンティング革命がすでに始まっています……」

「バイオプリンティング革命？　すみません、どんなものか具体的に説明してください」大統領がいらいらするのを見越して、シルヴェリアは無知を装う。

「生体材料を3Dプリントするんです。現在では一時間でマウスほどの大きさの人間の心臓をつくることができます。ここ十年で解像度が二倍になり、印刷速度も複製物のサイズも二倍になりました。これらの点が今後も指数関数的に進化し、進化のスピードが保持《コンサバティブ》されれば……」

「わたしは保守派《コンサバティブ》だが」大統領がいきなり口を挟む。エイドリアンは一瞬、これはジョークなのかと首をひねるが、そのまま続ける。

「つまり、今後二世紀もしないうちに、問題の飛行機のような物体を瞬時にスキャンし、同じく瞬時に原子レベルの解像度で複製することができるようになるのです。ですが〝コピー機仮説〟に立つと、ふたつの疑問にぶちあたります。疑問その一、プリンターはいったいどこにあったのでしょう？　その二、飛行機とそれに乗っていた人たちを作製するための材料はいったいどこから入手されたのでしょう？」

「それに……まさに〝コピー機〟をイメージした場合」メレディスが発言する。「オリジナルとコピーがあることになります。そしてわたしたちのオフィスにあるコピー機で考えると、最初に出てくるのはつねにコピーのほうです」

「なるほど」シルヴェリアは声に出しながら頭のなかを整理する。「となると、三月十日に着陸した飛行機のほうが〝コピー〟というわけか。そして着陸したばかりのほうが〝オリジナル〟。その場合、あとに着陸した人たちの取り扱いが理不尽だな。コピーのほうが……」

「……先に出てきてしまったせいで……」メレディスがあとを引きとる。

「最後の、つまり第三の仮説について述べたいと思います」ミラーがふたたび言う。「この仮説は幅広い支持を集めていますが、もっとも衝撃的でもあります」

大統領はモニター越しに頭を振り、眉をひそめてじっと考えこむような表情を浮かべると、こうたずねる。

「その仮説というのは、神の御業を唱えるものだな？」

「えーっと、ちがいます、大統領……。そのような仮説を主張した専門家はひとりもいません」エイドリアンは驚く。

シルヴェリアは額の汗をぬぐう。

「第三の仮説について説明してください、ミラー教授」

「わたしたちはそれを〝ボストロム仮説〟と読んでいます。ニック・ボストロム、オックスフォード大学で哲学を教えている人です。その彼が今世紀の初めに提唱したのが……」

「こりゃまた、とんと昔の話だな」大統領はため息をつく。

「今世紀の初めです。正確には二〇〇二年。ここから先はコロンビア大学の論理学者、アーチ・ウェスレー教授に説明をお願いします」

長身蓬髪の男がインタラクティブボードに近づき、数式を書く。

$$f_{sim} = (f_P f_I N_I)/((f_P f_I N_I)+1)$$

そして、高揚感をにじませたにこやかな笑顔でモニターに向き直る。

「おはようございます、大統領。この数式について説明する前に、まずは〝現実〟についてお話ししたいと思います。現実とはすべて構築であり、再構築でさえあります。われわれの脳は頭蓋内の暗闇と静寂のなかに密閉されており、目、耳、鼻、皮膚というセンサーを通じてのみ世界とつながっています。われわれが見たり感じたりするものはすべて、電気ケーブル、つまりシナプスと……神経細胞を通じて脳に伝達されるのです、大統領」

「それぐらいわかっている。ありがとう」

「もちろんそうですよね。そして脳は現実を再構築します。シナプスの数にもとづくと、脳は一秒間に一京回の演算をおこなっていることになります。コンピューターには遥かに劣りますが、相互接続の数では負けていません。とはいえ、数年後には人間の脳をシミュレートすることができるようになり、そうしたプログラムはある種の意識を持つようになるでしょう。ナノテクノロジーの専門家、エリック・ドレクスラーは十万の人間の脳を複製できる角砂糖サイズのシステムを想像しています」

「べらぼうに大きな数を持ち出すのはやめてくれ。さっぱりわからん」大統領が言う。「政府の多くの人間もそうだ。数字をはしょって説明を続けろ」

「わかりました、大統領。それではまず、すこぶる優秀な知能を誇る者たちがいると考えてください。われわれの知能がミミズの知能のレベルに思えてしまうほどの……。それはたぶんわれわれの子孫かもしれません。さらに、そうした者たちがすこぶる強力なコンピューターを持っていて、仮想世界を再現することができ、その世界で彼らの〝先祖たち〟を精密に生き返らせ、先祖たちがさまざまな運命に従って進化していくようすを観察できると仮定してください。この仮定に立てば、小さな月ほどの大きさのコンピューターで、ホモ・サピエンス誕生以後の人類の歴史を十億回もシミュレートできるのです。これがコンピューター・シミュレーション仮説です……」

『マトリックス』みたいなものか？」理解不能といった口調で大統領はたずねる。

「いいえ、大統領」ウェスレーは答える。「『マトリックス』においてそれは、本物の人間の身体エネルギーを利用するマシンでした。生身の人間を奴隷化していたのです。マシンは人間を架空世界のなかで暮らさせていた。われわれの仮定ではその逆です。われわれは現実の存在ではないのです。われわれ自身は自分を人間だと思いこんでいますが、そのじつ、プログラムにすぎないのです。非常に高度なプログラムですが、それでもプログラムにすぎません。『マトリックス』のエージェント・スミスのようなものです、大統領。ただ、エージェント・スミスは自分がプログラムだと自覚していました」

思わずシルヴェリアはたずねる。

「ということは、いまこの瞬間、わたしはテーブルでコーヒーを飲んでいるわけではないということですか？　わたしたちが感じるもの、嗅ぐもの、見るもの……そのすべてがシミュレートされたものだと言うのですか？　すべてが偽物だと？」

「将軍、たとえそうだとしても、いまこのテーブルで将軍がコーヒーを飲んでいるという事実は変わりません。変わるのは、コーヒーやテーブルがいったいなにから構成されているのか、ということです。なに、難しいことではありませんよ。人間の最大感覚域の幅はそれほど大きくありませんからね。音、イメージ、手ざわり、においなどすべてをシミュレートするのにかかるコストはごくわずかです。われわれを取り巻く環境を偽造するのはそれほど複雑なことではありません。まあ、どれぐらいのレベルの細部まで追求するかにもよりますが。〝シミュレートされた人間〟は仮想環境の異常には気づかないでしょう。そして人間は自分たちの家、自動車、犬、ついでにコンピューターさえ持つことになるのです」

「イギリスのドラマ、『ブラック・ミラー』のようにですよ、大統領」エイドリアン・ミラーは言い足す……。

大統領は眉間に皺を寄せる。ウェスリーは説明を続ける。

「そもそも、宇宙にまつわる知見が深まれば深まるほど、宇宙は数学の法則にもとづいているように見えます」

「お言葉ですが、教授」シルヴェリアが割って入る。「これがただのホラ話であることを、実験を通じて証明することはできないのでしょうか？」

「無理でしょうね」ウェスリーは笑う。「われわれをシミュレートしている人工知能《AI》が、〝シミュレートされている人間〟のひとりが自分たちを取り巻く微小な世界を観察しようとしていることに気づくでしょうから。ＡＩにとってはその場合、その小さな世界に、〝シミュレートされた〟細部を適量追加すればすむ話です。エラーが発生した場合は、異常に気がついた〝仮想の脳〟の状態を再プログラムするだけです。あるいは〝取り消し《アンドゥ》〟操作のようなものを実行して数秒前に戻り、問題を回避する形でシミュレーションし直せばいいのです……」

「あんたの話していることは愚の骨頂だ」大統領がいらいらを爆発させる。「わたしはスーパー・マリオみたいなものじゃない。それにわが国民に、〝いいか、あんたらは仮想世界のプログラムだ〟などと説明できるわけないだろうに」

「わかります、大統領。しかし一方で、どこからともなく飛行機が出現し、しかもそれが別のある飛行機とまったく同一で、乗っている人はおろか、カーペットについたケチャップの染みまで同じだというのは、にわかには信じられない話でもあります。というわけで、先ほどわたしがボードに書いた数式を説明させていただけませんか？」

「説明しろ」憤慨したようすで大統領が命令する。「だが手早くやれ」

「大まかなイメージを説明しましょう。みなさんにお示ししたいのは、われわれがシミュレートされた意識の一部である可能性はじゅうぶんあるということです。技術をそなえた文明がたどる道は三つしかありません。まずは当然、テクノロジーが成熟に達する前に文明が滅びる可能性が挙げられます。その最たる例がわれわれの文明であり、公害、地球温暖化、〝六度目の大量絶滅〟などによってわれわれは絶滅の危機に瀕しています。個人的見解を申し上げれば、シミュレートされていてもいなくても、われわれはいずれ絶滅するはずです」

大統領は肩をすくめるが、ウェスリーは続ける。

「しかし言いたいのはそのことではありません。そうした論点は脇に置き、千の文明のうちひとつが自滅しないで生き延びると仮定してみましょう。その文明はポストテクノロジーの段階に達し、想像を絶する演算能力を保有するようになります。そしてさらに、生き延びたそうした文明のなかで千にひとつが、〝先祖たち〟や〝先祖たちの競合者〟をシミュレートしたいという願望を覚えると仮定しましょう。するとこの百万にひとつの文明それだけで、言うなれば十億もの〝仮想文明〟をシミュレートしうるのです。そしてこの〝仮想文明〟とは何十万年もの仮想歳月を意味し、そこでは何百万もの仮想世代が互いを引き継ぎ、思考能力を持つ何千億ものこれまた仮想の存在を生み出します。たとえば人類の五万年の歴史のなかで、この地球上を歩いたクロマニョン人は一千億にも満たないとされています。これは単に演算能力の問題です。クロマニョン人、つまりわたしたちをシミュレートするための。ここまでは理解できましたでしょうか?」

画面の向こうで大統領は天を仰ぐが、ウェスリーはモニターには目もくれずに説明を続ける。

「要するに、ハイパーテクノロジーを駆使した文明が〝偽りの文明〟をシミュレートする確率は、本物の文明が存在する可能性よりも千倍高いのです。これはつまり、大統領でもわたしでもとにかく誰かが偶然〝考える脳〟を持ち合わせた場合、千分の九百九十九の確率でそれが仮想の脳であり、千分の一の確率でそれが本物の脳であることを意味します。言い換えれば、デカルトが『方法序説』で記した〈われ思う、ゆえにわれあり〉は時代遅れで、むしろ〈われ思う、ゆえにわれはほぼ確実にプログラムなり〉と言えるのです。そうした主張を唱える学派に属するある位相幾何学専門家はこれを、〝デカルト2・0〟と名づけています。ここまでは理解できましたでしょうか、大統領?」

大統領は無言のままだ。ウェスリーは、怒ったように意固地な表情を崩さない大統領を見て話をまとめにかかる。

「いいですか、大統領、わたしはこの仮説を知っていて、今日の今日まで、われわれの存在がハードディスク上のプログラムにすぎないという可能性は十にひとつと見積もっていました。ですが、今回の〝異常〟な事態を通じて、わたしはこの可能性が現実であることをほぼ確信しました。そもそもこれは〈フェルミのパラドックス〉を説明するものでもあります。つまり、わたしたちが地球外生命体にこれまで遭遇したことがないのは、シミュレーションのなかに彼らの存在がプログラミングされていないからなのです。個人的には、これはわれわれに課された試験のようなものなのではないかとさえ思っています。さらに言えば、おそらくわれわれがいまや自分たちをプログラムされた存在ではないかと考えられるようになったからこそ、シミュレーションがわれわれにこの試験を課したのではないか、とも。であれば、この試験にパスするか、あるいは少なくとも興味深い結果を出したほうが得策でしょう」

「それはなぜです?」とシルヴェリア。

「なぜなら、試験に失敗すれば、このシミュレーションを実行している管理者たちがスイッチを切ってしまう恐れがあるからです」

十四番テーブル

二〇二一年六月二十五日（金）、八時三十分
マクガイア空軍基地、格納庫B

いやはや、連中は本気で『未知との遭遇』ごっこをしてるのか？　聴取から戻ってきたヴィクトル・ミゼルは、怒るべきか笑うべきか混乱する。明日のことはまるでわからない。というわけで、この格納庫で起きている出来事を長大なカタログふうに冷静に書きとめようと考える。それにしても〝格納庫《アンガール》〟とは、なんとも珍妙な響きを持つ単語だ。〝取り乱した《アガール》〟にも〝偶然《アザール》〟にも似ている。

彼は手帳と万年筆を取り出すと、叫び声や騒音を無視して手帳に書きつける――〈およそありそうもない場所を実況中継する試み〉。いや、だめだ。なぜペレック（ジョルジュ・ペレック。フランスの作家。著書に『パリの片隅を実況中継する試み』などがある）の影を追う？　なぜ手本とした先達の影響から抜け出せない？　図太いくせに、なぜ先生に認められようとする子どものようにふるまうのだ？

ヴィクトルは心を落ち着かせ、手帳に〈機内モード〉と書き入れる。

〈日付：二〇二一年三月十一日〉

〈この格納庫にはじつに多くのものがある。たとえば、百張りの黄土色のテント、移動式病院、列をなす長テーブル、即席のバスケットコート、数十のプレハブ小屋、共同トイレ、二列に並べられた鉄柵、案内人のいない〝案内〟センター、六言語表記の看板を掲げた〝世界教会主義《エキュメニズム》コーナー〟、四台の給水機、その他もろもろ〉

〈天気：この時期にしてはかなりの高温多湿〉

〈目につくものだけを集めた簡単なリスト：まずはアルファベット。格納庫の一方の壁に記されたAからEまでの文字、〝病院〟を示す大文字のH、〝エールフランス〟という言葉（客室乗務員の制服の胸ポケットに刻まれている）、乗客の服を飾るブランドのロゴ、床に記された〝アメリカ空軍〟、電気ボックスにある〝危険〟、〝高圧〟の文字。そして壁に書かれたスローガン――〝高きを目指せ、飛び、闘い、勝利せよ〟、〝天より死が舞い降りる〟、アメリカ空軍の標語〝素晴らしきことをなせ〟〉

ミゼルは慌てずに淡々と書いていく。これまで大量に読み、訳し、そして美しさの背後にあるくだらないものをさんざん目にしてきたせいで、この世界にさらにひとつ戯言《たわごと》を押しつけるのは厚かましいと考える。彼は華麗な文章が〈紙片の上で筆を走らせた〉だけで湧き出したかどうかなどうでもいいと考えているし、〈文章に対して全能である〉とも思っていないし、〈目を見開いているために目をつむる〉ことも、魂のぬくもりを欠くこの場所で〈おのれの血迷いを刻みつけるために世界から逃れる〉ことも論外だと感じている。それにそもそも、暗喩《メタファー》を警戒している。トロイア戦争はこんなふうに、つまり修辞に凝ったがために始まったにちがいない。とはいえ彼は、自分がしたためる文章のうちひとつでも自分より知的なものがあればそれでじゅうぶんで、その奇跡が彼を作家にしてくれるとわかっている。

ミゼルは格納庫《アンガール》――まったくもって珍妙な言葉だ――という桁はずれに大きいペトリ皿のなかに散らばるあれやこれやの存在を、動きまわるあれやこれやの気がかりを観察するが、そのうちのどれに視線を定めればいいのかわからない。彼は自分以外の他者の人生に魅せられる。そのなかからひとりを選びとり、その人物について語るための正確な言葉を見つけたいと思う。見当ちがいを記さないように、その人との距離をしっかり詰めたと確信できるほどになりたいと願う。そうしたうえで別の人物に移る。そしてまた別の人物に。扱うのは三人がいいだろうか？　それとも七人？　二十人？　読者は同時に進行する物語を、いったいいくつまでなら集中して読み進められるだろう？

十四という番号がついた彼のテーブルには、数人の乗客のほかに機長がいる。ミゼルにとって機長は彼の父親を彷彿させる人物だ。同じ灰色がかった緑の目、同じ鷲鼻、同じＭ字形に後退した額――Ｍ字の切れこみはどんどん深くなり、いずれはごわついた白髪との闘いに勝利するだろう――、同じ頑強な上半身。ミゼルは本能的に手をポケットに差し入れ、赤いレゴブロックの滑らかな手触りを確かめる。財布には死んだ父の写真も入れている。アルバムから剥がしてきた一枚で、まだアルバムが存在した時代、多すぎる写真が写真を無価値なものにすることなどなかった時代のものだ。

写真のなかの父は二十歳で、魅力たっぷりの笑みを浮かべ、まっすぐなまなざしをしている。ある日、父は笑いながら息子に言った――〝当時はまだ若かった。一切合切がうまくいかなくなり出したのがいつなのか、わからない〟。そう、夜明けの光のなかで見るマークル機長は、ミゼルとはほとんど似ていないあの父とよく似ている。

前日はまだ、人びとの目にエールフランスの紺色が心強いものに映ったのだろう、制服姿の彼のもとに不安を抱えた人たちが集まってきた。と同時に、現状のひどい扱いを招いた責任を押しつけようといきり立つ人たちも。けれどもいまはもう、機長は敵意の対象ではない。機長が乗客と同じく憤慨しているのを目にした人はそれぞれ、彼が特別扱いを受けているわけでも、秘密の情報を得ているわけでもないと認めるに至ったのだ。乗客と同じであることを示すためか、あるいは単に着心地を重視したのか、機長は制服を脱ぎ、ビジネススーツに着替えていた。地上でのデイヴィッド・マークルはもはや神に次ぐ唯一の支配者ではなく、人びとが同情を寄せたくなるような感じのよいふつうの男にすぎず、自分の部隊に見捨てられたデュムーリエ将軍（仏革命政府の軍人。のちに反革命に転じてパリに進撃しようとするが兵士たちに拒まれる）、とはいえ、人好きのするデュムーリエ将軍でしかない。彼は今朝、ほかの十数人の乗客と一緒になんの説明もないまま、一連の健康診断を受けさせられた。

十四番テーブルにはとても背の高い黒人男性もいる。憂いを帯びた深みのある美しい目をした青年で、短く刈られた髪は、アルハンブラ宮殿のモザイクタイルの柄としても使えそうな幾何学文様を描いている。彼は〝ジャーニー〟を〝ジョニー〟、〝ユー・アー〟を〝ユワ〟、〝ヴィジョン〟を〝ヴィション〟と発音する。ナイジェリア人のギタリスト兼シンガーらしい。明晩ブルックリンのホールでライブをやる予定なのだが、ここから出すようしつこく迫っても無駄だとあきらめ、彼もまた抗議するのをやめている。それでも飛行機の荷物室に収められていた〈テイラー〉の十二弦ギターを取り戻すことには成功し、ギターを爪弾きながら、甘いリズムに乗せて即興で歌い出す。

　昨日のきみの瞳を憶えてる
　眩しそうに笑ったきみの姿を

ギターは丸みのある豊かな音色を奏で、声はハスキーで温かい。すらりとスリムな青年で、自分でつけたというアーティスト名がぴったりだ。彼はミゼルに笑いかける。

「エフェクトをかけずに生で歌うのは久しぶりさ」

そして、新たなコードを押さえてふたたび歌い出す。


　だけど、軍服姿の美しい男たちに、きみを禁じられてる……


「軍服姿の美しい男たち《ビューティフル・メン・イン・ユニフォーム》？」ミゼルは扉を監視している兵士たちを指差しながらたずねる。

「ああ。歌のタイトルもそれだな」

それから、はとんどささやくように歌い出す。

光へと向かう光の道へと向かう光の道へと向かう道

テーブルの端からつぶやきが漏れる――〝わたしの敵、それはあなたの名前だけ〟。シェイクスピアだとミゼルは即座にわかる。〝モンタギューの名を捨てても、あなたはあなた〟

どうやらここにジュリエット・キャピュレットがいるらしい。若い娘で、せりふの稽古をしている。〝モンタギューって、いったいなに？　手でも足でも腕でもない、顔でもない、人間の身体のなかのどの部分でもない……。だから、どうか別の名前になって！　名前って、いったいなに？　バラと呼んでいる花を別の名前で呼んでも、芳《かぐわ》しい香りはそのままよ。だからロミオだって、ロミオと呼ばれなくても、彼の非の打ちどころのなさは変わらない……〟

ためらいを覚えるほど熱く、彼女は必要とあらば自分が涙を流して演じられることを知っている。来週、オーディションなの、と彼女はミゼルに打ち明ける。いろんなテストが終わったら、ここから出られるんじゃないかな。そもそもあの人たちがここでわたしたちにしてることって、テストよね？　こんなふうに閉じこめておくことなんて、誰にもできないもの。ここは自由の国だし、なんてったって法律があるんだから。

〝ええ、法律がある〟銀色のバレッタで髪を後ろでまとめた、繊細な目鼻立ちの若い黒人女性が言う。弁護士の彼女は、恣意的逮捕、恣意的勾留、財産の違法な押収、四十八時間を超えてもなお弁護士への連絡を禁ずる扱いなど、およそ六種の違法行為にかかわる集団訴訟を起こすために五十人分の署名を集めた。彼女が勤務先の法律事務所と連絡を取れるようになるまでの一分一分の対価として、いったいいくら請求するつもりだろう？　恋人アビィの声を聞くことができず、彼が気も狂わんばかりに心配しているのではないかとやきもきする彼女自身の苦しみに、どのようにして値段をつける気だろう？　勾留されたことへの損害賠償を一日ひとりあたり二千ドルしか請求しないのは、アメリカ空軍と政府に対するプレゼントなのか？

なんの話をしようとしてたんだっけ？　ああ、そうだ。悪魔が弁護士のところに行き、こう持ちかける話だ――〝やあ、おれは悪魔だ。あんたと取引したい――どんな取引でしょう？――あんたを世界一リッチな弁護士にしてやる。その代わり、あんたの魂をよこせ、あんたの両親、あんたの子ども、あんたのよき友人五人の魂もだ〟。弁護士は意外な表情を浮かべながら悪魔を見て言う――〝承知しました。で、この取引の落とし穴はいったいどこにあるんです？〟

弁護士の若い女性は顔をしかめる。いや、彼女はまったく、このジョークに出てくる悪徳弁護士なんかじゃない。それでもこの世界には、相手の財布を攻撃しなければならないときもある。それしか相手にわからせる手立てはないのだから。弁護士はもう一度小さな女の子から画用紙とフェルトペンを借り、もう一度文書をしたためる。女の子の金髪の母親はためらう。

「夫は軍で働いてるんです。あの人に迷惑はかけられません」

「逆ですよ。あなたの夫は戦争の英雄で、戦闘で負傷したっておっしゃいましたよね？　そうした英雄には誰も手を出せません。しかもこの集団訴訟の書類に署名すれば、軍はあなたの夫を威嚇したり、脅したりできなくなるはずです。そんなことをすれば、またひとつ司法妨害を犯すことになりますからね。団結すれば、より力が増します。もうこれ以上ここに閉じこめられているわけにはいきません。お子さんふたりとご一緒なんでしょ？　今回の件の心理的ダメージは大きいでしょう。とくにお子さんたちにとっては」

「心理的ダメージ？」女性はそう言うと、タブレットを返してほしいともう駄々をこねることもなくテーブルに突っ伏して眠っている少年と、手足の長い奇妙でおどろおどろしい黒々とした生きものを描きなぐっては黒い線で消している女の子に目を向ける。

十四番テーブルにはほかにも、ミゼルがすでに気づいているあの若い女性がいる。三十代、ブルネット、蔓《つる》のようにか細い――すぐに彼はそんな常套句を使った自分を責める。彼女は数年前、翻訳会議で出会ったあの女性、彼の心を貫き、あれから会えずじまいとなってしまったあの女性を思い出させる。ノスタルジーは悪辣だ。人生に意味があると錯覚させる。ミゼルは引き寄せられたように彼女のとなりに座る。心を惹かれることの本質は、距離を詰めようとつねに欲することだ。

彼は二言三言、会話を試みる。いや、彼女もほかの乗客と同じだ、なにも知らない。疲れたように仏頂面を浮かべると、読みさしの本に戻る。彼女には連れがいる。エレガントな六十代の男性。父親ではないだろう、とミゼルはあたりをつける。こまごまとした気配りと、彼女に話しかけようとするときの目つきからそう判断する。その目つきには隠そうにも隠しきれない、一抹の動物的な不安が浮かんでいる。ミゼルはその男性と自己紹介を交わす。男は建築家だ。名前だけは聞き憶えがあるが、手がけた建物については知らない。ミゼルにとってコンクリートとガラスからなるあの世界は退屈だ。翻訳でときおり、建築関係の専門用語――軒縁、下地板……――が出てきて調べる必要に迫られるが、すぐに忘れてしまう。ミゼルは相手を観察し、醜いとまでは思わないが、皮膚の薄い手や皺の刻まれた額にすでに老いが表われているのを見てとる。彼の歳がいくつであるかは、おそらく彼女の主観が決めているのだろう。彼女は彼のいったいどこに惹かれたのだろう？　男に対する女の欲望を、彼はしっかり把握しているのだろうか？

建築家が立ち上がり、若い女性にコーヒーを飲むかとたずねる。というのも、軍がドリンクコーナーを設置したのだ。女性はかぶりを振り、男はゆっくりとその場を離れる。ミゼルはそのようすを見て、これは相手に息抜きさせるための彼なりのスマートなやり方なのだと考える。この閉ざされた状況にはすでにかなりの圧迫感がある。そのうえかいがいしく世話を焼けば、彼女は窒息しかねない。

おや、彼女が読んでいるのはクッツェーだ。その作品をミゼルはまだ読んでいない。

それ、いいですか？　彼はたずねる。えっ？　クッツェーの本ですよ。ああ、ええ、でも、『恥辱』には勝てません。そうでしょうね、とミゼル。あれは彼の最高傑作だ、でしょ？　ええ、傑作です。彼女はそう認めると、ミゼルから顔を背ける。ミゼルは自分が相手を煩わせていることを察し、それ以上話しかけることはしない。そしてふたたび手帳に向かい、皮肉抜きで、〈恥辱〉と書きつける。

それでも地球はまわる

二〇二一年六月二十六日（土）、九時三十分
ワシントン、ホワイトハウス、危機管理室

　ジェイミー・プドロスキーと彼女のチームは、ホワイトハウスの地下にある危機管理室に十二人ばかりの男を集結させた。全員が全員、自分はありがたいことに正しい宗教のもとに生まれついたと確信している者ばかりだ。カトリックの枢機卿ふたり、ユダヤ教のラビふたり——伝統派とリベラル派——、東方正教会の司祭、ルーテル派の牧師、バプテスト派の牧師、モルモン教の宣教師、イスラムの三宗派——つまりスンニ派、サラフィー主義、シーア派のそれぞれを代表する導師《イマーム》、そして金剛乗と大乗仏教の僧侶。テーブルにはたっぷりのコーヒーが置いてある。プドロスキーはホワイトハウスまでヘリコプターで移動する四十分のあいだに睡眠を勝ちとるという離れ業に成功していたが、それでもコーヒーは欠かせない。

心理作戦を率いるプドロスキーは懸念を抱いている。まっすぐに延びる道は地面にあいた穴をきらうし、暗愚は説明のつかないものへの憎悪を生む。そして神の不動の法は、宇宙のワルツや知の進歩と執拗に衝突する。モーセ五書《トーラー》、新約聖書、コーランその他もろもろの啓典のどこかに、三カ月前に着陸した飛行機とあらゆる点で同一のもうひとつ別の飛行機が空から現われ出ることを預言したり、正当化したりした文章がひとつでもあっただろうか？　そうした現象を匂わせた曖昧なスーラや不可解な節が存在しただろうか？

　アメリカ大陸の先住民が高い代償を払ってコロンブスと、次いで彼を先触れとする征服者《コンキスタドール》の大群と出会ったとき、カトリック教会はその教典内にそうした先住民の存在を説明する文章を見つける必要に迫られた。確かにパウロの言葉を信じるならば、福音は〈世界のはてにまで及んだ〉。とはいえ、いったいどうやってノアの三人の息子、セム、ハム、ヤペテは、地球上のすみずみまで人間を行きわたらせたのか？　この倅《せがれ》たちは、なにをどうすれば西インド諸島にまで自分の子孫を送りこむことができたのか？　新大陸で発見された民は、はたしてイスラエルの失われた支族なのか？　あの者たちは第四エズラ書、つまり神学者テルトゥリアヌスが言及した外典の黙示録のなかで語られている例の支族だというのか？　最終的に教会は、ヨハネの福音書からうってつけの一文を引っぱり出してきた。イエスが語ったこの言葉だ――〈わたしにはまた、この囲いにいない他の羊がある〉。

　ジェイミー・プドロスキーはカトリックの父親とユダヤ人の母親のもとに生まれた。一九八〇年一月、ボストン出身のアシュケナージ（東欧に居住していたユダヤ人を祖先とするグループ）の医学博士がボルチモア出身の異教徒の警官に熱をあげ、そのあとすべてがこじれてしまった。幼いジェイミーは文句ばかり言い合っているふた組の祖父母に挟まれて育った。母方の祖父母はユダヤ系ドイツ人、父方の祖父母はカトリックのポーランド人。度重なる言い争いは彼女を質問の多い子に仕立てた。そして問いはいつしか疑いに変わり、ついにはどんな宗教にも反発心を抱くようになった。とはいえプドロスキー家の祖父母によって――秘密裏に――洗礼を受けさせられた。けれども聖体拝領は拒み、その翌年にはバト・ミツバー（十二～三歳の女児を対象とするユダヤ教の成人式）の儀式も拒否した。政治的にも彼女にはこれといった信条がなく、選挙ではとりあえず民主党を支持している。

心理作戦を担当する部署の採用面接では、面接官が心理学者であるジェイミー・プドロスキーに信仰についてたずね、彼女は〝信じている宗教はありません〟と答えた。面接官は、架空のアンケート用紙の回答欄を埋めるかのように万年筆を宙に走らせながら、重ねて訊いた。〝ということは、無神論者なんですね？〟。プドロスキーは肩をすくめた。〝神なんて、わたしにはどうでもいいんです。トランプのブリッジみたいなものです。ブリッジについて考えたこともありません。ですので、ブリッジに関心がないという事実にもとづいてみずからを定義するつもりはありませんし、自分たちはブリッジに関心がないという事実について議論している人たちとつるむつもりもありません〟。この受け答えが採用の決め手となった。六年後、四十歳にもならないうちに彼女はＦＢＩの心理作戦の一部署を任され、その後、軍の特殊作戦部署に派遣されて同様の仕事を担うようになった。

ジェイミー・プドロスキーは宗教問題を専門とし、いまではこの部屋にいる男たち全員について熟知している。部屋にいる女性はプドロスキーだけだが、彼女はもちろん、〝レディーズ・アンド・ジェントルメン……〟と呼びかけることから始める。殿方のうちひとりでもこの皮肉に気づいてくれるのを期待して。けれども当然、誰にも気づいたようすはなく、指摘する声はあがらない。そこで彼女は大きなモニターを指差す。そこには大統領が前日と同じ面子に囲まれて映っているが、今回はホワイトハウスの宗教顧問たちも一緒だ。

「大統領、言わずもがなではありますが、いつでも自由に発言していただいてけっこうです。それではみなさま、本日はお集まりいただきありがとうございます。わたしはアメリカ陸軍特殊作戦《S》司《O》令《C》部の上級十官、ジェイミー・プドロスキーです。このたびみなさまを招集いたしましたのは、みなさまがめいめい、この国で信じられているおもだった宗教を代表しておられるからです」

それからプドロスキーは居並ぶ高位聖職者をひとりずつ紹介するが、その際、夜明けに叩き起こされ、ホワイトハウス内にある危機管理室まで即座に引っ立てられてきたことについて文句を言う隙を誰にも与えない。

「これからみなさんにある状況を提示し、それについていくつか簡単な質問をさせていただきます。どうか倫理的な見解ではなく、神学的な見解をお聞かせください。それでは具体的にお話ししましょう。みなさんご存じかと思いますが、世界には現在、３Ｄプリンターで生体組織を作製する技術や、患者が拒絶反応を起こすリスクを回避するために幹細胞から筋肉や心臓などの人工生体物をつくり出す技術を獲得している研究室があります。さらに……」

伝統派のラビが話を遮る。

「ああ、この件については、すでにわれわれは全会一致で合意に達していますぞ。カトリックやイスラムの友人たちも含めて」

枢機卿たちがうなずき、サラフィー主義のイマームも同意する。

「イスラム法学者評議会において、命を救う目的であればイスラム教は遺伝子工学を認めるとの判断が下されています」

「みなさん、ありがとうございます。さてここで、わたしたちが誰か人間を完全に複製できると仮定してください」

「〝完全に〟というのはどういう意味です？」ルーテル派の牧師がたずねる。

「きわめて精微なレベルにおいて複製するという意味です。複製された人物はオリジナルと同じ遺伝子コードを持っていますが、それだけにとどまりません」

「完璧なカーボンコピーのようなものですか？」モルモン教の宣教師がさらに問う。

「そうです」プドロスキーはやさしく笑う。「カーボンコピーです」

「これは思考実験なのでございましょうか？」仏僧のひとりが、お定まりとも言えるあの東洋の穏やかな微笑みを浮かべて言う。

プドロスキーはたっぷり間を置く。この問いに慌てて答えたくはない。

「いえ、これは机上の問いではありません。わたしたちはある人物を聴取しました。仮にAさんとしておくと、そのAさんはある別の人物とまるで見分けがつかず、そもそもその人物は自分がAであると主張しています。そこでこのふたりを照合する作業をおこなったのですが、ふたりがまったく同一であることが判明しました。驚くべきことに」

「双子のようなものなのでしょうか？」

「いえ、そうではありません……。両者は同じ人格、同じ記憶を持っています。どちらも自分がオリジナルだと信じて疑わないほどに。ふたりの脳は化学的にも電気的にも原子的にも、同じようにコード化されています」

室内が騒然とする。冒瀆《ぼうとく》的な言いまわしや悪態のほか、神学にまつわるというより糞便にまつわる単語が飛び交う。

「この不埒な行為の黒幕は誰ですか？」バプテスト派の牧師がどよめきを制して言う。

「それについては不明です。わたしたちはみなさんに倫理的な見解を求めているわけではありません。とにかくそうした人びとが存在するということです」

「グーグルか？」枢機卿のひとりがいきり立つ。「連中ときたら……」

「いいえ、猊下《げいか》、グーグルではありません」

「だが」枢機卿は食い下がる。「グーグルはイスラエルの３Ｄプリンティング会社に出資して……」

「いいえ、猊下、グーグルではありません。わたしからの第一の問いはこうなります——神の法に従うと、そのような……人物は、はたして神が創造したものなのでしょうか……」

プドロスキーはここで口をつぐむ。語るべき言葉を持たないからではない。これは修辞上のためらいで、黙して間を置くのは議論を掻き立てることを意図しているからだ。参加者たちのあいだにとまどいが生まれ、まずサラフィー主義のイマームが目の前のマイクにぐいと顔を寄せる。

「アッラーは人間と動物に、子孫繁栄という贈りものを授けました。そしてアッラーは人間に理性を与え、それにより人間は物をつくり出すことができるようになりました。だが預言者――かの御方にアッラーの祝福と平安あれ――はコーランの〈巡礼章〉のなかでこうも述べておられる。〈人びとよ、ひとつのたとえをもたらすので、よく聞きなさい。ほんとうにあなた方がアッラーを差し置いて祈りを捧げる者たちは、たとえその者たちがひとつになっても一匹のハエもつくれません〉。このたとえを通じて語られているのは、人間はたとえハエのものであれ、命を創造することはできないということです」

「ええ、そうですよね。ですが、いま問題になっているのは、ハエ以上のもっと大きな存在です」ジェイミー・プドロスキーは指摘する。

スンニ派のイマームが立ち上がる。

「言行録《ハディース》のひとつ、〈サヒーフ・アル＝ブハーリー〉ではアブー・サイード・アル・フドリー――アッラーのご満悦あれ――は、預言者――かの御方にアッラーの祝福と平安あれ――がこうおっしゃられたと記されてある。〈つくり出された者などいない、アッラーがそれを創造された〉。これは重要なポイントです」

「つまりあなた方によれば、これらは神がつくりたもうた存在であるということですね」

「ハエのたとえ話を繰り返すつもりはありません」とサラフィー主義のイマームがふたたび口を開く。「その者がつくり出されることをアッラーが望まなければ、アッラーはその者の存在を許さなかったはずです」

「なるほど」とプドロスキー。「なるほど、そうですか……」

それからまた黙りこみ、カトリックやプロテスタントからの言葉を待つが発言はない。伝統派のラビがいっとき逡巡したあと、やおら口を開く。

「それでもタルムード（社会全般の事柄に関するラビたちの口伝・解説の集大成）には創造神話が存在しますぞ。タルムードの〈サンヘドリン〉篇にはラヴァ――彼に祝福あれ――が魔力で人間をつくったと書かれてある。もっとも、どんな魔力かには触れられておらんが……」

「すみません、そのラヴァというのはいったい誰ですか？」プドロスキーはたずねる。

「四代目のラビだ……。とにかく、ラヴァは自分がつくった男をラビ・ゼラのもとに送り、ラビ・ゼラがある質問をするのだが男が答えんので、ラビ・ゼラは男が神によってつくられた存在ではなくゴーレムであることを見抜き、塵に還るよう命じるのだ」

「いくつかあるほかのバージョンでは」とリベラル派のラビが補足する。「ラヴァがつくったこの男は話をすることはできますが、子をなすことはできません。〈サンヘドリン〉の少し先では、ラヴ・ハニナとラヴ・オシャヤが羊をつくり、これを食したとも記されています……。これだけではなんとも不明瞭な話です……。ですので、たとえ話として読むべきでしょう。人間の虚栄心と神の全能性を示すための」

シーア派のイマームがため息をつく。

「とにかくコーランに話を戻しましょう。ここで使われているアラビア語の〝カラカ〟、つまり

〝創造する〟とは、〝無からつくり出す〟という意味です。そしてこれは――誰もが認めるように――アッラーだけがなしうる行為です。あなた方のおっしゃるラヴァなるラビでさえ、大地からつくり出しています。ですが、プドロスキーさんがおっしゃっているケースでは、その問題の……人物……は、無からつくり出されたのですか？」

「そんなことはありません。ですが、わたしたちは、その……製造プ、ロ、セ、ス……についてはなにも知らないんです」

リベラル派のラビがつかの間生まれた沈黙に乗じて説明しはじめる。

「モーシェ・ベン＝マイモーンの教えを思い出しましょう。神は人間にネフェシュ、つまり魂を授けましたが、法律と戒律も与えました。それは人間が自由意志を持っているものの、善き性向と悪しき性向をそなえているからです」

「いま話し合われている問題と自由意志とにどんな関係があるのか、とんとわからんな」伝統派のラビがいら立つ。「神学的な立場を問われているのに、当然ながらあんたときたら、いつものごとくズレまくった御託を並べ、あんたのマイモーンを持ち出してくるんだから！」

「はあっ？　わたしのマイモーンですと⁉」

「すみません、ちょっといいでしょうか」プドロスキーはふたりをなだめにかかる。「どうかご理解ください。創造の問題についてみなさんにご意見をうかがいたいのは、問題の人物が誰かに、悪魔《サタン》の創造物だなどと言われないようにするためなのです」

「サタンは創造などしません！」サラフィー主義のイマームが憤る。

「創造するわけがない！」伝統派のラビが加勢し、プロテスタントの牧師ふたりもうなずく。

「神がサタンをおつくりになったのだ」枢機卿のひとりが十字を切る。「人間を誘惑するために。そしてエデンの園でサタンは、神の創造物のなかでももっとも狡猾なヘビに化身した。だが、サタンに創造などできん」

「あっ、でも」プドロスキーは素直に驚く。「〝サタンの創造物〟という言い方を耳にしたことがあるような気がするのですが」

「それは言葉の乱用であり、大衆の卑俗な言いまわしです」サラフィー主義者が微笑むと、テーブルの端にいたシーア派が皮肉な笑みを浮かべて声を荒らげる。

「卑俗な言いまわし？　しかし、あんた方の神学者、ムハンマド・アル・ムナジッドはミッキーマウスを〝サタンの創造物〟と呼んだ気がするんだが」

「おお、ミッキーマウス！」まだ一度も発言のなかった大統領が、ここでいきなり反応する。

「アル・ムナジッドはあなたがおっしゃるように〝われわれの〟神学者ではありませんが」サラフィー主義者はため息をつく。「尊敬を集めている学者ではありますが、それだけです。それに彼は正確に言うと〝サタンの手先〟と呼んだんです。そして彼の言葉は不届き者や背教者によって、イスラム教を愚弄するために捻じ曲げられました」

「それでも、ミッキーマウス抹殺のファトワー（イスラム法学にもとづいて発せられる勧告や見解）を出したじゃないか」シーア派が皮肉な口調で問い詰める。「それにアル・ムナジッドは奴隷制にも奴隷と性関係を持つことにもなんら異を唱えていない」

「それはイジュマー（イスラム共同体の合意）であり、よってイスラムの学者たちの意見です」サラフィー主義者は躍起になる。「ムハンマド・アル・ムナジッドは彼らの意見を繰り返しているだけで、わたしは……」

「はっ！　そのうえ同性愛者なら焼き殺してもいいとおっしゃるんですか？」ルーテル派の牧師が問いただす。

　その言葉を聞いて、リベラル派のラビがあきれたように天を仰ぐ。

「うむ、ルターがそもそも同性愛者についてなんと言ったか、思い出してほしいものですね」

「みなさん、ちょっと」プドロスキーが断固とした口調で割りこむ。「話が脱線しています。わたしとしては、この第一の問いには答えが出たと考えております。つまり、問題の人物は悪魔の創造物ではないということで、みなさん、よろしいですね？」

「その人物は神の創造物にほかならず、それについてはわれわれ全員が一致していますぞ」伝統派のラビが一同を落ち着かせるような声音で応じる。

　すると、それまで沈黙してきた仏僧のうちのひとりが、いら立ちをにじませた表情で口を開く。

「あなた方がおっしゃる〝神の創造物〟について、ひと言言わせていただきたい……。わたくしどもはここまであなた方の口論に黙って耳を傾けておりましたが、しかるに世界の始まりとは、あくまで相対的なものでしかないのであります。というのも、それは無限のサイクルであるからです。つまり世界はぐるぐるとまわっておるのです。ブラフマーだけがなしうる創造の状態と、ヴィシュヌが支配する維持の時間と、シヴァが緩慢に、あるいは迅速にすべてを破壊する段階のあいだを循環しておるのです。そして破壊のあと、またすべてが始まる。わたくしどもにとって、問題の人物が悪魔の創造物であるか否かといった問いには、なんの意味もありませぬ。感じる力をそなえた人はみな、おのれのなかにブッダの存在を抱えており、悟りを開くことができるのです。仏教徒が〝サタンの創造物だ！〟などとわめき騒ぐ心配なんぞ、ひとつもございませぬ。わたくしどもはこの新しき存在を歓迎し、いつものように平和のメッセージを送る所存です」

「美しき平和のメッセージ、まったくもってけっこうですな」スンニ派のイマームが反応する。「あんた方の同宗者がミャンマーであの狂信的な坊主ウィラトゥを旗頭に、われらが同胞のロヒンギャを虐殺しておるというのに……」

「しかし……、あれはわたくしが実践する仏教ではありませぬ……それにそもそもおたずねしますが、バーミヤンの仏像を破壊したのは、どこぞのどいつでございましょう？　それにスリランカではいったい誰ぞが……」

プドロスキーがそっと割って入る。

「すみません、わたしはみなさんが善意にあふれていることを知っています。ですが――残念なことに――、この部屋で世界のさまざまな問題を解決することはできません。とにかくつまり問題の人物は神の創造物、またはブッダの存在を感じている人物、ということで、その点についてははっきりいたしました。さて、もうひとつ、おたずねしたいことがあります。ある概念について、つまり〝魂〟についてです」

「魂？」スンニ派が繰り返す。

「ええ。うまく定義できませんが、魂とは人間に欠かせない要素ですよね？」

「欠かせない要素ではあるが、複雑なものでもありますぞ」とスンニ派。「詳しく説明させてもらえますかな？」

「ど、どうぞ。時間はあるので……」プドロスキーはため息をつく。


会議はそれから二時間続き、二時間経ってもなにも決まらず、ジェイミー・プドロスキーはうんざりして議論を打ちきる。この調子ではたとえ一週間、いや一カ月かけてもなんの解決も見ないだろう。

「すみません、みなさん。みなさんで共通した立場を取ることはできますでしょうか？　そして声明を出していただきたいのです。できるだけ全員が一致した、当然のことながら暫定的なものではあるけれど、聖典の曲解から生まれるいかなる犯罪行為からも問題の人物を保護するような声明を」

「すこぶるうまいやり方だと存じます」仏僧のひとりが賛成する。

「妙案だ」リベラル派のラビもうなずく。「神がわたしたちに〈あなた自身のようにあなたの隣人を愛さなければならない〉と説いた、レビ記の十九章十八節の美しい言葉を援用することができるでしょう」

「あるいは、ヨハネの福音書の十三章三十四節に記された、〈互に愛し合いなさい〉とイエスが弟子たちに命じる言葉を」ルーテル派の牧師も提案する。

サラフィー主義のイマームはぐいと身を乗り出して、話をまとめにかかる。「〈善行をなしなさい〉と預言者――かの御方にアッラーの祝福と平安あれ――はおっしゃいました。〈アッラーは善行をなす者を愛する〉。われわれは問題となっている人物に苦難を与えることなくこの者を受け入れることで、悪をなさずにすむのです」

「ありがとうございます」ジェイミー・プドロスキーは言う。「さて、ここでひとつ、無視できない事実を付け加えさせてください。〝複製された〟人物はひとりではなく、複数います。正確には、二百四十三人」

「二百四十二人？」

プドロスキーは参加者たちが一斉にやいやいと騒ぎ出す前に先まわりする。

「みなさんには明朝、改めてお集まりいただくことになります。詳細はそのときにお伝えします。いずれにしても、議論の中身は変わらないと思います。こちらで本日の討議の概要をまとめ、多様な宗教のちがいを超えた統一決議案としてみなさんに提出いたします」

プドロスキーは参加者一人ひとりに長々と礼を述べ、その場を辞去する。そして基地に戻るヘリコプターに乗りこむと、エイドリアン・ミラーに電話をかける。

「で、会議の首尾は？」エイドリアンがたずねる。

「上々よ」プドロスキーはため息をつく。「上々」

携帯電話が振動し、大統領からショートメッセージが入る。

〈グレイト・ジョブ！〉

格納庫

二〇二一年六月二十六日（土）
マクガイア空軍基地、格納庫B

「なんだって!? 踊ってるだと?」格納庫の高所に設けられたプラットフォームで、シルヴェリアはつい大声を出す。

見ると、北側の隅、テーブルとテーブルのあいだを広げてこしらえたスペースで、確かに乗客たちが踊っている。若者、子ども、いやそれだけにとどまらず雑多な人がエド・シーランの最新ヒット曲に合わせて身体を揺らしている。曲のタイトルは「ソー・タイヤード・オブ・ビーイング・ミー」。R&Bとダンスホールレゲエを足して二で割ったような音楽だが、シルヴェリアはこの分野にとんと疎いのでよくわからないし、となりにいるプドロスキーとミトニックもまるで頼りにならない。

最後に踊ったのはいつだったか、とシルヴェリアは考える。もうずいぶん前だ。二年前、娘の結婚パーティーのオープニングであいつと踊ったときか？　たぶん、そうだ。あの日、ルイ・アームストロングの曲に合わせて娘とダンスしたのだ。おれは窮屈なスーツ姿、娘は純白のドレス姿。あいつは喜びにはちきれんばかりになっていた……。シルヴェリアはアフガニスタンから戻ってきたばかりで、笑いながらジーナとくるくるまわり、ジーナは笑いながら父親の腕のなかでくるくるまわり、彼の頭のなかでは戦争のおぞましいイメージがくるくるまわっていた。目を閉じても、ビールを三杯飲んでも、娘のフルーティーな甘い香りに包まれても、シルヴェリアの世界は、「この素晴らしき世界」からどんどん遠ざかっていた。とはいえ、娘と踊っているあいだ中、血と爆薬と砂漠を遠くへ追いやりながら、地獄の悪魔どもの面《ツラ》にひたすら唾を吐きつづけた。

「いったい誰が音楽をかけるのを許したんだ？」シルヴェリアはぴりぴりした声で問う。

「むしろいい取り組みだと思いますが」ジェイミー・プドロスキーは指摘する。「すでに子どもたちのために映画を上映していますし、ボードゲームやチェス盤、トランプも配布することになっています。ストレス低減に役立つはずです」

「なら、このまま踊ってもらうことにしよう」

シルヴェリア将軍は壁時計に目をやる。午後の二時。なのに宵の口と同じぐらい疲れている。いま立っているプラットフォームから見下ろす格納庫は、迷彩効果の高い砂色のテントと白いプレハブ小屋が並ぶ村、饐《す》えた脂と消毒剤のにおいが立ちこめる仮の集落と化している。軍の兵站部隊は、規律とは無縁の民間人に可能なかぎり合わせている。兵士たちは最小限の情報しか得ておらず、ほぼなにも知らないと言っても過言ではない。彼らが受けた唯一の指示は、日付にまつわる情報を一切明かすな、というものだ。その大半は扉口の厳重警備にあたっているが、子どもの相手をすることを許されている者もいる。シルヴェリアは兵士の数を三倍に増やした。そして部下たちがそわそわと落ち着かないようすでいるのを見て、携帯させる武器を自動小銃からテーザー銃に変えた。

確かにパトリック・シルヴェリアは疲労困憊だったが、と同時に、めったにない充実感に包まれて心が高揚している。彼は人生で初めて、〝自分はなぜ、空軍十字章、名誉戦傷章、勲功章を授与されたシルヴェリア将軍になってしまったのか？〟という問いとは別の問いの数々を心中で投げかけている。彼の子どもの頃の夢は、瀕死の母を治療するため医者になることだった。ティーンエイジャーのときには俳優を目指し、その後、理論物理学の勉強を始めた。けれども風向きはどんどん悪化した。ローレンス大学に入るための奨学金を得ることができず、父親は白血病で他界し、美人のミラは彼を捨てて三十五歳の年寄りに走った。そのあと彼は、なにくそ精神を発揮して陸軍士官学校の入学試験を受けて合格し、同期入学組のなかで親族に軍人がいない唯一の学生となった。以来、彼は運命と呼ばれるものについて絶えず自問している。もし十八のときにブロードウェイのあの警察ものの舞台の準主役に抜擢されていたら？　もしハンナがあんなにすぐに妊娠しなかったら？　二〇〇三年四月のイラク攻撃時に、モスルの上空であの憎たらしい〈ミグ25〉の撃墜に成功しなかったら？　そしてようやく彼はいま、答えを得た。この偶然が織りなした道は、ある日ロッキード社の軍用超大型長距離輸送機〈ギャラクシー〉の格納庫に設けられた鋼鉄のプラットフォームの高みに立ち、錆止め塗装を施された手すりに両手を置いてノーベル賞受賞者に囲まれながら、どこからともなく出現したこれらの群衆を見下ろすためだけに存在していたのだ。

「さて、獅子の穴に下りていくことにするか」シルヴェリアは肚《はら》をくくる。

「つい先ほど暴動になりかけたので、いま下りていったら八つ裂きにされかねませんよ……」プドロスキーが忠告する。

「おそらく白分でもそれを望んでいるんだと思う」

「そうそう、言い忘れるところでした」とミトニック。「乗客のなかにひとり、弁護士がいます……ジョアンナ・ウッズという人で、ぼくは法曹関係者じゃないのでわかりませんが、なんだかすごそうな書類をつくってます。とても……カラフルではありますが」

「カラフル?」シルヴェリアは怪訝な顔をする。

「軍が子どもたちに配った画用紙に嘆願文を書いてるんですよ。カラーのフェルトペンで」

シルヴェリアはため息をつく。頭のなかに、弁護士ネタのジョークが十ほど浮かぶ。もっとも笑えるのは、ダニと弁護士のちがいにまつわるものだ。だが、それらを口にするのは控える。言ったところで、雰囲気をやわらげる効果さえないだろうから。

「ウッズ弁護士との交渉をお望みでしたら、彼女は最前列にある十四番テーブルにいますよ。機長と一緒に」

驚いた表情を浮かべたシルヴェリアにミトニックは続ける。

「将軍、お手持ちのタブレットをもうちょっといじってくだされば、ぼくらが格納庫の壁に数百台の高解像度カメラと、これまた数百個の指向性マイクを取りつけたことに気づくはずです。それにインターフェイスとして、顔認識システムも組みこみました。全言語対応の自動翻訳付き発話分析システムも。乗客名をクリックすれば、ライブで発話内容が表示されます。それぞれのテーブルに置いてあるドライフラワー、あれは電子工学の粋を集めたお宝ですよ。それにテント内の会話も盗聴しています」

「脱帽ものだな。きみたちのことだ、トイレにもなにか仕掛けたとか？」

「みんなで検討しましたが、最終的にはやめときました」

そう言いながらミトニックは眉ひとつ動かさない。彼の言葉がブラックユーモアなのか、それとも真面目に言ってるのかわからず、シルヴェリアは首をひねる。

「これほど優秀なミトニックくんのことだ、脱走した乗客の画像も入手ずみなんだろうね？」

「いえ。カメラとマイクは彼の脱走後、昨日の午前中に取りつけたばかりですからね。それでもやつがパリで問題の飛行機にマイケル・ウェーバーという名で搭乗したことはわかっています。これは偽名で、彼はオーストラリアのパスポートを使って旅行していました。オーストラリアと言えば、いまだに生体認証に切り替えていない国のひとつです。オーストラリアにこの名前を持つ人物は何十人といましたが、問題のマイケル・ウェーバーはゴールド・コースト在住です。スクールバスの運転手で、街を出たこともないそうです。ボーイングの座席から指紋を採取しようとしましたが、シートが布地なのでうまくいきませんでした。食器、トレー、ナイフやフォーク類も回収しました。ですがほかの乗客すべてのDNAを排除しても、食事を用意した人たちのDNAが残るでしょう。それでもなんとか彼のDNAを特定できれば、肌や瞳の色、髪の質感、年齢、人相等を把握して遺伝子情報にもとづくモンタージュ写真を作成し、ソーシャル・ネットワーク上で捜すことになります。でも、奇跡は期待できませんね」

「機内の映像は？」

「彼が座っていたのは30Eで、どの監視カメラの画角にも入っていません。搭乗時の映像にも顔が映っているものはありませんでした。近くに座っていた乗客たちに訊いてみましたが、誰も彼にはほとんど注意を払っていませんでした。一応、モンタージュ写真はつくってみましたよ。でも牛乳瓶の底のようなメガネに長い髪、口ひげと、顔立ちの特徴から目を逸らせるディテールばかりが目立っています。しかも機内ではずっとフードを被っていたようです」

「パリのシャルル・ド・ゴール空港の監視カメラの映像は？」

「飛行機に乗りこんだのは三月の話です。映像はほとんど消去されていました。残っているわずかな映像にもまったく映っていません。これほど徹底してカメラを避けているとなると、相手はまちがいなくプロですよ」

「脱走にまつわる手がかりは？」

「おそらく彼が自分で小火《ボヤ》を引き起こしたんでしょう。そしてその騒ぎに乗じて扉をこじ開けたんでしょうが、扉の取っ手にも使用したバールにも指紋は残されていません。盗まれた小型トラックが昼にニューヨークで発見されましたが、燃やされていました。これは絶対にプロですよ」

「このまま捜索を続けてくれ。蟻だって痕跡を残すものだからな」

「翅《はね》を持つ蟻ならば、そうとも限りませんよ」ミトニックは苦々しく顔をゆがめる。

メレディスの疑問

二〇二一年六月二十六日（土）、七時三十分
マクガイア空軍基地

「自分がプログラムだなんて、ったく、冗談じゃない」メレディスは吐き捨てる……。「エイドリアン、このシミュレーション仮説が正しいとしたら、わたしたちは〈洞窟の比喩〉（プラトンがイデア論を説明するために用いた比喩）を地でいってるわけよね、それもめちゃくちゃ強烈な形で。そんなの、到底受け入れられない。わたしたちが現実の表層にしかアクセスできず、真の知識を得られないというのはまだしも、その表層でさえも幻想だとしたら、これはもう、バキュンと死ぬしかない」

「〝バキュンと死ぬ〟っていうのがプログラム的に可能かどうかわからないな」エイドリアンはなだめるように言うと、朝の三杯目のコーヒーを差し出す。

だがメレディスは怒りが収まらず、ますますいきり立つ。もっともそれは、眠気覚ましに六時間ごとにのんでいるモダフィニルの副作用かもしれない。エイドリアンはメレディスの質問の嵐に立ち向かうが、別に答えを求められているわけではない。メレディスの疑問はあちこちに飛ぶ。

「わたしがコーヒーを好まないという事実も、わたしのプログラムに組みこまれてるの？　昨日、テキーラでずぶずぶのスポンジみたくなったわたしを襲った二日酔いも、シミュレーションの一部だってこと？　プログラムが欲情し、愛し、苦悩するとしたら、欲情や愛や苦悩のアルゴリズムっていったいどんなしろもの？　自分がプログラムだと知って憤慨するためにわたしはプログラムされてるってわけ？　それでもわたしには自由意志があるって言えるの？　すべてが計画され、プログラムされ、不可避だってこと？　このシミュレーションにはいったいどれだけのカオスが配合されてるんだろう？　っていうか、少なくともカオスは配合されてるのよね？　なんだ、よかった、わたしたち、シミュレーションのなかにいるわけじゃなかったんだ、って証明する手立てはないの？」

難しいだろうな、とエイドリアンは答えようとする。シミュレーション仮説を否定する検証実験のやり方を見つけるのは難しいだろう、と。というのも、シミュレーションもばかではないから、仮説を否定する実験結果を提供するだろうし、それを踏まえると、どんな実験にも信頼を置けなくなるからだ。それでも学者たちはこの三十時間来、シミュレーション仮説の真偽を明らかにする実験の方策を見つけようと躍起になっている。たとえば宇宙物理学者たちは、最大級のエネルギーを持つ宇宙線の挙動を観察しようと試みている。彼らは〝リアルな〟物理法則にのっとって宇宙線を百パーセントの精度でシミュレートすることは不可能だと考え、仮に宇宙線の挙動のなかになんらかの異常が見つかれば、それによって現実が現実ではないことが証明されうるのではないか、との推論を立てたのだ。だがいまのところ、手がかりはゼロだ。

シミュレーションという考え方自体、エイドリアンは胡散臭く思っている。彼はおのれの科学哲学をカール・ポパーに拠っており、見識あるポパーにとって、反証されえない理論は科学的ではない……。その一方で、命題をさまざまな角度にひねくりまわしても、条件が同じであれば得てしてもっとも単純な説明が正解であることが多い。今回の場合、もっとも単純な説明は決して心穏やかではいられない説明だ。というのも、飛行機の出現がシミュレーションのバグであるはずがないのだから——バグであればただ単に〝消去〟して、数秒前に戻ればいいだけの話だ。いや、ちがう。これは明らかにテストだ。何十億のバーチャルな存在が、みずからのバーチャル性を知らされてどう反応するかを試すテストなのだ。

けれどもエイドリアンに議論を提起する暇はない。メレディスが疑問を次々にぶちまけてくるからだ。

「わたしたちは巨大なコンピューターのプロセッサーのなかで、見かけ上の一世紀がほんの一瞬しか続かないような、まるで錯覚でしかない時間を生きてるってこと？　だったら死はなにを意味するんだろう？　ソースコードに書かれた〈end〉に過ぎないの？

ヒトラーやショアは、わたしたちのシミュレーションのなかだけに存在しているの？　それともほかのシミュレーションのなかでも、六百万のユダヤ人のプログラムが数百万のナチスのプログラムによって殺されたの？　レイプはメスのプログラムを犯すオスのプログラムってこと？　被害妄想の強いプログラムは、ほかのプログラムよりもほんの少し物事を見通す力のあるすぐれたシステムってわけ？　このとち狂った仮説はひょっとしたら、実現可能な超特大の陰謀のなかでもとびきり周到に練られた陰謀論の最たるものなのかもしれない。

これほど愚かな者たちをシミュレートしたプログラムをつくる一方で、愚か者に囲まれても平気でいられるほどの知性をそなえた人たちをシミュレートするプログラム、音楽家をシミュレートするプログラム、芸術家をシミュレートするプログラム、ほかのプログラムに読ませる本や誰も読まない本を書く作家をシミュレートするプログラムをつくるなんて、ずいぶんひねくれてるって思わない？　いったい誰がモーセの、ホメロスの、モーツァルトの、アインシュタインのプログラムをつくったんだろう？　それに、ぼんくらなプログラムがどうしてこんなにたくさんあるんだろう？　そんなプログラムはその電子的な存在を通じて、複雑なシミュレーションになんにも、あるいはほとんどなんにも役立っていないのに」

「それに、それに……」と、メレディスはさらにヒートアップする。「わたしたちはネアンデルタール人がクロマニヨン人の世界をシミュレートして生み出されたものなの？　あの〝サピエンス〟種は一般に考えられているのとは裏腹に絶滅なんかしてなくて、いまから五万年前にこの世界のシミュレーションシステムをつくりだすことにほんとにほんとに成功したってわけ？　そしてネアンデルタール人たちは、アフリカから世界中に広がった超攻撃的な霊長類が、かわいそうに絶滅の憂き目に遭わなければいったいなにを成し遂げられたか見てみようって、そう考えたってわけ？　それなら目論見は成功したと思う。だってネアンデルタール人たちはいまや知ってるんだから。クロマニヨン人は救いようもないほどばかで、自分たちを取り巻く仮想環境を荒廃させ、森林を破壊し、海を汚し、非常識なほど繁殖し、化石燃料をせっせと燃やし、シミュレートされる今後のわずか五十年で、熱暑と愚行によってほぼ根絶やしになるってことを。あるいはそうだ、これは可もなく不可もない説だけど、ひょっとしたら恐竜たちのしわざかもしれない。恐竜は隕石で絶滅なんかしてなくて、恐竜の子孫がわたしたちの暮らすシミュレーションシステムをつくり上げ、哺乳類が支配する世界を観察して楽しんでる可能性もある。それともわたしたちは、DNA二重螺旋構造をベースに考案された、炭素を主要構成要素とする生物学のペテンのなかに暮らしていて、その世界は三重螺旋構造を持ち、硫黄原子を主要構成要素とする地球外生命体によってシミュレートされてるとか？　はたまた、はたまた、もしかしたらわたしたちは、ひとまわり大きなシミュレーションのなかで同じようにシミュレートされた別の存在によってシミュレートされていて、その別の存在もまた別の存在にシミュレートされてるのかもしれない。つまりシミュレートされた世界がネストテーブルみたいに入れ子状になっている……。

それに、自分の見てくれだってほんとのところはわからないんじゃない？　プログラム上では、わたしは白人女性で、それなりに若くて、茶色い髪で、ガリガリのやせっぽちで、長い髪で、黒い目ってことになってるけれど、シミュレーションはもしかしたら対話する相手ごとにわたしの顔や身体のバリエーションをつくっておもしろがっているのかもしれない……」

「それに、ほら、エイドリアン」メレディスはいまや憤慨のあまり息が詰まりそうになっている——。「よく考えれば、けっこう深遠な疑問も浮かぶ。それはつまり、偽りの死のあとに偽りの生が存在するのか、ってこと。そう、だって、すこぶる優秀な、すこぶる創意に富む者たちが自分たちのシミュレーションに安っぽい天国を付け加えたところで、痛くもかゆくもないはずだから。そして臆見《ドクサ》の命令に従った、ご立派で素直なみみっちいプログラムのすべてに報いてあげるの。イスラムの善きプログラムたち、つまりハラールなものしか口にせず、敬虔にも一日五回、アッラーに祈るためにメッカの方角を向くプログラムのために天国をつくってあげてもおかしくはない。日曜ごとにミサに行って告解をするカトリックのプログラムたちのための天国も。さらにはアステカの雨の神トラロックを崇めたてまつるプログラムたちのための天国も、ピラミッドのてっぺんで生贄にされ、蝶となって地上に戻ってくるプログラムたちのための天国も。

それに、背教者、異教徒、自由思想家といった恥ずべきプログラムたちを送りこむための地獄もたくさん存在するかもしれない。それらの解放された精神をそなえたプログラムたちを、果てしないバーチャルな拷問にかける地獄が。獰猛な口を持つ怪物に貪らせたり、業火で絶え間なく焼いたりして。それにこの茶目っ気あふれる天才たちが、信心深いプログラムにまちがった神を信じさせるいたずらを仕掛けないとも限らない。死んで初めて、〝えっ、なに、きみはバプテスト派を信じてたの？　んっ、仏教、ユダヤ教、イスラム教？　それはびっくり、だってきみたちの宗教はモルモン教なんだよ、まぬけだなあ！　じゃあ悪いけど、みんな地獄に行ってね〟なんて言われてしまういたずらを。

そもそもアステカの神々は世界を何度も創造し、何度も破壊したって言われてる。テスカトリポカは人間をジャガーに食わせ、ケツァルコアトルは猿に変え、トラロックは炎の海の下に埋め、チャルチウィトリクエは溺れさせて魚に変えた、って……」

以上が世界とアステカの神々について詳しいメレディス、あるいはメレディスのプログラムがみずからに投げかけた疑問だ。ついでに言えば、〝一神教にケチをつけるつもりはないけれど、この世界の機能不全は、神々同士の終わりのない争いによるものだと考えたほうがうまく説明がつくのでは？〟という疑問も。

メレディスは突然、好きでもないコーヒーを飲みたくなり、頑として動かないエスプレッソマシンと格闘する――憎たらしいったらありゃしない、自分たちのシミュレーションにエスプレッソマシンの故障までプログラムしちゃって、もう！――、そしてようやく泡立つ黒い液体が出てくると、エイドリアンのほうに静かに向き直る。

エイドリアンは心を燃え立たせて彼女にうっとり見とれている。まったくもって、なにからなにまで彼女のすべてが好ましい。怒りで紅潮した頰も、鼻の頭に浮かぶ汗の粒も、骨と皮だけの痩せた身体にゆったりとまとうシャツの着こなしも。ひょっとしたら彼女を想うこの胸のときめきもプログラムされたものなのか？　けれども、そんなことはどうでもいい。人生とはたぶん、自分に人生などないと悟ったときに始まるものなのだ。

いずれにせよ、たとえプログラムであったとしても、自分たちにとってなにがどう変わるというのだろう？　シミュレートされているにせよ、そうでないにせよ、人は生き、感じ、愛し、苦しみ、つくり、そして全員がほんのささやかな痕跡を残して死んでいく。知ることになんの意味がある？

科学よりもつねに闇を愛するべきなのだ。無知はよき友であり、真実は決して幸福を生み出さない。となれば、シミュレートされた存在のまま幸せになるまでだ。

　メレディスは苦いコーヒーをひと口飲んで微笑む。

「わたしをここに呼んでくれてありがとう、エイドリアン。わたしが強烈な怒りを覚えるのは、わたしたちがいま、強烈な体験をしているからだと思う。だってわたしはこの船に乗ってることを、あなたと一緒に乗ってることを、すごく嬉しく思ってるんだもの」

　そう言うとメレディスは笑い出し、その瞬間、彼女もまた、自分がシミュレートされた存在かどうかなどどうでもよくなる。そしてその喜びは、決してモダフィニルの副作用ではない。彼女は「サティスファクション」の替え歌を歌い出す。ストーンズのメロディーに合わせて踊り、スピンする。そしてエイドリアンが感きわまって棒杭のように突っ立っていることに気がつくと、その手をつかんで引っ張る。

「ほら、エイドリアン、置きものみたいにぼけっとしてないの！　さあ、一緒に歌って！　〝わたしはノーノーノー、シミュレーションであるわけない！〟」

　最高だ、とエイドリアンは思う。この女性《ひと》を好きになって、最高だ。

　唐突に彼はメレディスを引き寄せる。そして、愛と欲望に陶然としながら彼女をきつく抱きしめて口づけしようとしたとき、シルヴェリア将軍が部屋にずかずかと入ってくる。

「ミラー教授」将軍は気まずさを微塵も感じさせない口調で言う。「滑走路にヘリコプターが待機しています。すぐにホワイトハウスに向かってください。大統領がお待ちです」

最高権力者たち

二〇二一年六月二十六日（土）、十一時
ワシントン、ホワイトハウス、ウエストウイング

大統領は分厚い白絨毯に描かれた太陽光柄に視線を落としたまま、噴火中の火山のようにカッカとしながら執務室《オーバルルーム》を闊歩する。反時計まわりで部屋をぐるりと一周するが、そんな大統領にウィンストン・チャーチルの胸像はわれ関せずの冷めた視線を投げ、マントルピースの上の額縁に収まっているワシントンも、チャーチルほどではないにせよ、ほとんど注意を払わない。

大統領の執務机《レゾリュートデスク》に向き合う形で置かれている肘掛け椅子に座っているのは、特別顧問、国務長官、科学顧問、そしてエイドリアン・ミラーの四人だ。エイドリアンはレゾリュートデスクのフロントパネルに彫られている勇壮な鷲にすっかり見とれている。エイドリアンがホワイトハウスに到着するとすぐに、プロトコル責任者は彼にいいにおいのする清潔な白いシャツを手渡した。ミラ

ー教授、こちらに着替えてくださいお召しになっていたTシャツはざっと洗濯いたします……。

「あのフランス人に連絡するのは気が進まん」大統領は椅子に戻りながらごねる。

「とはいえ、フランス国籍を持つ六十七人を拘束していますし」特別顧問が説得を試みる。「それにエールフランスの便ですから、ここはひとつ、お電話していただかなくてはなりません、大統……」

「嫌だと言ったら嫌だ。まずはキンペイに電話しよう。中国人の乗客は何人いる？」

「二十人ほどです、大統領。ですが、そのあとすぐにフランスの大統領に連絡していただかないと」

「よかろう、あとでまた考えよう。ジェニファー、キンペイにつないでくれ。で、ミュラー教授、わたしがキンペイとちょっとばかり話したあと、あんたと替わるということでいいんだな？」

大統領はエイドリアン・ミラーに顔を向けると、こいつは『フォレスト・ガンプ』に出ていた俳優に似てるな、とうっすら思う。なんて名前だっけ、あの俳優？　あいつをいくらか若くした感じか……。

エイドリアンは答えない。徹夜続きの疲労のせいで身体がぐったり重い。彼は軽いめまいに襲われながら、自分が大統領と一緒にオーバルルームにいるなんて、これから中国の国家主席と話をするなんて、白いシャツを着ているなんて、クレイジーだ、クレイジーだ、と考える。

「ミュラー教授、あんたに話をしてるんだが……」

トム・ハンクス、そう、彼だ、こいつはトム・ハンクスに似てる……。

「はい、大統領」エイドリアンはうなずく。「ミラーです、大統領、わたしの名前はミラー」

「キンペイにつなぐから、あんたから説明しろ」

「ミラー教授はどんな質問にも漏れなく答えなければならないのでしょうか？」特別顧問がたずねる。

大統領が眉を吊り上げ、答えを求めて国務長官に視線を向けると、国務長官はうなずく。

「好きなように返事していただいてけっこうです、教授。どちらにせよ、たいしたことはわかっていませんから」

「大統領、中国の国家主席とおつなぎします」と女性の声。

そこから一万一千キロ離れた北京の中南海地区にある権力中枢施設の会議室で、受話器が取られる。

「ハロー、習近平国家主席」アメリカの大統領は言う。「こんな夜更けに申しわけない」

「まだ起きていましたから大丈夫です、大統領」

「それはけっこう、けっこう。じつはきわめて重大な件で電話した。われわれは前代未聞の状況に直面している。これは世界全体の問題だ。というわけで、あんたにいの一番に連絡した。いま、科学顧問がそばにいる。彼らがこの先ずっとサポートしてくれることになっている。つまりはこういうことだ。二日前、エールフランスの飛行機がわが国の領土に着陸した。ところがその飛行機はなんと、三カ月前にすでに着陸していた」

「それがなにか？　飛行機が何度も着陸するのはよくあることですよ」中国の国家主席は笑いをこ

らえながら言う。「とくにそれが定期運航便ともなれば……」

「話はもっと複雑だ。いま、うちの優秀な科学顧問のひとり、プリンストン大学のエイドリアン・ミュラー教授に替わる」

エイドリアンは立ち上がると、大統領が差し出した受話器をつかみ、〝エイドリアン・ミラーです、国家主席……〟ともごもごと挨拶する。そして、簡潔明快にして遺漏のない説明を試みる。電話の向こうから返ってくるのは、解せない、という反応だ。〝同じ飛行機が二度着陸した？〟国家主席はそうたずねると、重ねて問う。〝二度だって？〟会話は長引き、エイドリアンはもろもろの質問に答える。積乱雲について、乗客のDNA検査について、勾留状況について……。質疑応答がすむと、今度はさまざまな仮説を披露し、説明不能な事象を説明しようとする。相手の驚愕を前に、しばしば同じ説明を繰り返すはめになる。延々と十五分ほどやり取りしたあと、国家主席はマクガイア基地に収容されている中国人の名簿を要求する。

「お察しかと思いますが、向こうはすでに乗客のリストを持ってるはずですよ」もうひとりの科学顧問が小声で言う。「中国当局は全国民の現在地を把握してますからね。三月にパリからニューヨークに飛んだ自国民となれば、彼らの情報は当然……」

「この件に付随する細かな問題についてはわが国の関係機関に処理させます」国家主席が会話の最後に言う。「大統領によろしくお伝えください。一時間以内に電話します、とも」

そして中華帝国を率いる男は電話を切り、エイドリアンも受話器を置いてふたたび椅子に座る。アメリカ大統領は打ちのめされたかのようにぐったりと動かない。エイドリアンはこの教養のない男を眺めながら、個々の無知をいくら足しても集団の知はほぼ得られないという絶望的な見解の正しさを確信する。

「中国人たちは自国の〝重複者《ダブル》〟たちをすでに逮捕しに行っているはずだな」国務長官が頭に浮かんだ考えをそのまま声に出す。

「大統領、マクロン大統領に連絡を取りました。あと一分で電話に出ます」特別顧問が呼びかける。

「フランス人とはソリが合わん。とくにあいつとは。だが、しかたない。ジェニファー、あの生意気な小僧につないでくれ」

電話が鳴る。大統領はコップの水を飲むと、受話器をつかみ、無理やり笑顔をつくる。

「親愛なるエマニュエル、お話しできて光栄だ。元気でやってるか？　あのチャーミングな奥方もお変わりないんだろうな？　こうして連絡したのは、きわめて重大な件を伝えるためだ……」

そこから一万一千キロ離れた場所では習近平が〝新紫禁城〟、つまり中南海地区にある中海を静かに包む夜の闇に見入っている。彼は中海の岸辺に数百本のイチョウの木を植えさせた。眺めて瞑想するためだ。彼はこの原始の樹木につねに魅了されてきた。イチョウの木は恐竜が誕生する何百万年も前から存在し、しかも人類より長生きするだろう。まさに〈死を想え《メメント・モリ》〉の植物版。やがて習近平は会議テーブルに戻って座る。テーブルを囲むのは軍人、文民を合わせた十二人ほどで、じっと黙して座っている。彼らはエイドリアン・ミラーの説明をほとんどメモも取らずに聞いた。壊滅的な結果をもたらす恐れのある尋常ならざる出来事を〝黒い白鳥《ブラック・スワン》〟と言うが、今回の出来事はそのなかでもきわめつけに真っ黒な白鳥にほかならない。

党幹部らが集まる会議室のモニターは、世界中に展開している最新の地球観測衛星〈遥感30―06〉が撮影した画像を映し出している。解像度は文句のつけようのないレベルで、エールフランスのボーイングの機体番号もくっきり判別できるし、飛行機から格納庫へぞろぞろ移動する長い人の列もはっきり見えるし、ヘリコプターがせわしなく往来するようすも途切れることなく観察できる。さらには乗客一人ひとりの顔も映っている。中国の国家安全部はこの二日間、乗客について集めらるかぎりの情報を収集した。その有能さはアメリカの国家安全保障局《NSA》に決して引けを取らない。

「つまりはそういうことだ」習近平は状況を整理して言う。「つまり、彼らも同じ厄災に見舞われているということだ。北京から深圳《シンセン》へ向かった一月の便が四月にわれわれを陥れたのと同じ厄災に。アメリカ人は東海岸にある基地に二百四十三人を勾留している……。一方、あのエアバス機には何人乗っていたんだっけかね？」

「三百二十人です、習同志」将軍が言う。「そのほとんどはいまも恵陽《ケイヨウ》空軍基地に収容されています」

「このフライトのことをアメリカ人に知らせるべきでしょうか？」平服の女性がたずねる。

「当面その必要はない。というか、永遠にその必要はないだろう。あの飛行機にはアメリカ人が十五人乗っていたが、そのうちのひとりでも返せとは言ってこないのだからな。彼らにとって消息不明のアメリカ人がいるわけじゃないから当然だ」

「やはり連中にとっても……」勲章を四個ぶら下げた軍人が言う。「あのシミュレーション仮説がもっとも蓋然性が高いという……」

「ああ、彼らにとってもそうだということだ……」国家主席、つまり中国の十四億一千五百十五万二千六百八十九個のプログラムの頂点に君臨するプログラムかもしれない男はそう結論づける。

エイドリアンがホワイトハウスを出ようとしていると、プロトコル責任者が廊下で彼を呼び止める。そしてアメリカ合衆国の国旗がでかでかと描かれた黒い布袋を差し出す。

「ミラー教授、なかに教授のTシャツが入ってます。洗濯して、誠に勝手ではありますが……繕わせました。白状すると、フィボナッチについてネットでググらなきゃなりませんでした。Tシャツにある、〈アイ♡ゼロ、ワン、アンド・フィボナッチ〉の意味がわからなくて。小生が言うのもなんですが、とてもしゃれてますね。お召しになっているシャツはもちろん返却不要です。袋のなかにはホワイトハウスのロゴ入りパーカーも入ってます。大統領のサイン入りです。どうしてもあなたにサインしたいと言い張るもので」

エイドリアンがなにか言う前に、プロトコル責任者はさらりと付け加える。

「大丈夫ですよ、教授。水性ペンで書かせましたから、一度洗濯すれば落ちるでしょう」

国民には知る権利がある

二〇二一年六月二十八日（月）付け〈ニューヨーク・タイムズ〉紙の記事

米空軍、仏旅客機と乗員乗客のマクガイア基地内収容を否定

先の木曜日の夕方過ぎ、エールフランス航空のボーイング787がニュージャージー州にあるマクガイア空軍基地に強制着陸させられた。乗員乗客は彼らを収容するために内部を整えられた巨大な格納庫に秘密裏に留め置かれていると見られる。この件について本紙は軍と航空会社に再三説明を求めたが、両者とも情報の開示を拒んでいる。

【六月二十六日（土）、マクガイア空軍基地】六月二十四日（木）の夕方過ぎ、年金生活者のジョン・マデリック（六十五歳）と妻のジュディス（六十六歳）は目を疑った。夫妻がニュージャージ

ー州クックスタウンにある自宅の庭で夕食をとっていると、戦闘機二機に護衛された旅客機が一マイル離れた同基地に着陸したのだ。夫妻が当地で暮らして三十年、〝スーパーハーキュリーズ〟こと軍用輸送機〈C－130J〉や早期警戒管制機（AWACS）の往来は見慣れているが、同基地に民間機が降り立つのを見た記憶はないと二人は語る。軍人一人も含めたほかの目撃者たちの証言から、問題の飛行機がエールフランス航空のボーイング787であることが確認されている。

空軍のアンドリュー・ワイリー報道官は、情報の秘匿は一切ないとしながらも、二十四日（木）夜から二十五日（金）未明に派遣された第八十六歩兵旅団の戦闘部隊に所属する兵士たちの監視のもと、同基地が完全に封鎖されていることは認めている。具体的には、許可されていない人員の同基地への立ち入りを禁止し、二カ所――以前は七カ所あった――の通用ゲートに装甲車を配備して同基地に駐留する四千人の兵士の出入りをチェック。そのため車輌の通行に手間取り、周辺の道路で渋滞が生じている。

ケネディ空港の航空管制センターに勤務する関係者によれば、機体に損傷を受けたボーイング787がエールフランス航空のパリ発ニューヨーク行き便のフライトナンバーを誤って伝えながら領空内に侵入してきたとのこと。同機は即座に北アメリカ航空宇宙防衛司令部（Norad）の指示に従って東海岸にある軍の基地へ針路を変更した。同基地で働く複数の民間人が匿名を条件に取材に応じ、「二百人を超える乗員乗客が地上に降り、彼らを収容するために内部を整えられた巨大な格納庫に移動した」と語っている。また同機の着陸以降、基地内が騒然としていることが確認されている。問題のボーイング機は別の格納庫に収められたが、それまでに何枚か写真を撮られており、その画像から787‐8型機であることが判明した。なお、SNS上に投稿されたそれらの写真の一部は即座にアクセス不可となった。

一方、エールフランス航空はフランソワ・ベルトラン広報部長を通じて、「当社が保有する飛行機の中で行方不明になっているものは一機もない」と明言し、提携しているKLMオランダ航空のものも含めた六路線で運行している二十三機のボーイング787のリストを開示。それによればすべての機体の現在地が把握されている。参考までにボーイング社は現在、787‐8型機を全世界で三百八十七機納入しており、同社にとってエールフランス航空は欧州第二位の顧客となっている。ボーイング社は納入した飛行機の保守作業も担当しているが、同社もまた「行方不明の機体はない」と断言。加えて、米国東海岸にある空港で商業便に関連する事故を報告しているところはない。

だが、機体を撮った複数の写真から読みとれる問題の飛行機の特徴は、パリ発ニューヨーク行き定期便に従来より使用されてきた飛行機の特徴と一致している。エールフランス航空は、同社が保有する同型のボーイング787のうち一機が駐機を余儀なくされていることを認めている。同機は〝安全上の理由〟から土曜日の朝に米国当局に押収されてケネディ空港に留め置かれており、そこで多数の試験が実施されている模様だ。また同機は、先の三月に発生した〝十年に一度の大嵐〟による乱気流に巻きこまれて損傷を受けた機体と見られる。なおこの大嵐は、多くの航空機と船舶に甚大な被害を与えている。

とはいえ、マクガイア空軍基地に着陸させられた飛行機の正体は依然謎のままだ。二百人を超える乗員乗客はいまだに同基地内の巨大な格納庫に収容されているのだろうか？　軍当局に近い情報筋によると、収容は依然として続いているようだ。だが民間航空に関する国際法では、国内法で厳密に規定されたいくつかの特例をのぞき、裁判所の判断なしに民間人を拘束することは認められていない。そうした特例としてはテロ攻撃のほか、特には医学上の規定から乗員乗客に隔離措置が課されるケースが挙げられる。だが隔離の手続きは米国疾病対策センター（CDC）が勧告を出し、大統領が命令してはじめて発動されうるものである。この点について問われたCDCのケネス・ローガン所長は、「当センターが把握しているかぎり、国内において感染症に起因する問題は現在発生していない」と述べている。

もう一つ驚くべきは、飛行機が二日にわたって接収され、乗員乗客が拘束されているのに、抗議の声がどこからも一切あがっていないという点だ。ホワイトハウスは新任のジャナ・ホワイト報道官を通じて、アメリカ人にせよ外国人せよ、恣意的に拘束されている者は一人もいないと断言している。また、エールフランス航空のパリ発ニューヨーク行き便は通常、乗客の三割超がフランス人で占められるが、フランス大使館に問い合わせたところ、マクガイア空軍基地に強制的に収容されている同国人がいることを否定し、それ以上のコメントを避けた。

特別取材班
アンニャ・スタイン

"All the News
That's Fit to Print"

The New York Times

VOL. CLXVII . . . No. 58,039 © 2018 The New York Times Company NEW YORK, MONDAY, JUNE 28, 2021

DANIEL MARTIN SANCHEZ / ASSOCIATED PRESS

Mysterious Flight. Image of the Air France Boeing 777, taken on the morning of Saturday 26.
The aircraft is still immobilized at McGuire Air Force Base. The military base is now closed and under Army surveillance.

Against The Evidence, The USAF Denies Holding A French Airliner At The McGuire Base

John and Judith Madderick, 65 and 66, both retired, couldn't believe it. The couple was having dinner Friday night in their backyard in Cookstown, New Jersey, when an airliner, escorted by two fighters, landed at the USAF McGuire base a mile away. John and Judith are used to the comings and goings of the Super Hercules and AWACS, but they don't remember, in the thirty years they have lived here, that the base has hosted a single civilian aircraft.

Witnesses, including a member of the armed forces, confirmed

Early Friday evening, An Air France Boeing Was forced to land At Air Force Base In New Jersey.

that it was a Boeing 777 flying under the Air France flag. More than two hundred civilians were landed and installed in a large building set up for this purpose. The Boeing was then parked in a hangar, not without several shots being taken before his operation. Some, posted on social networks, quickly became inacessible.

Andrew Wiley, spokesman for the Air Force, denies any withholding of information, but the McGuire base is now completely sealed off, under the supervision of soldiers from the 86th Infantry Brigade Combat Team, who arrived on the scene during the night of Friday 25 to Saturday 27. Any visit is prohibited to any unauthorized personnel. For its part, the airline Air France, through its communications director François Bertrand, claims "not to be aware" of the disappearance of one of its aircraft.

Thick mystery surrounding the mobilization of scientists in the United States.

By PABLO LEVIN BECKER

ISLAMABAD, Pakistan — For a nation often in the news for all the wrong reasons — suicide bombings, horrific school massacres — Pakistan has reached a turning point that could possibly alter its dysfunctional trajectory.

Imran Khan, the cricket star and A-list celebrity whose political party won this past week's elections, could use his fame and

Saving the Amazon Rainforest At the Center Of Discussions Between Brazil And the United States

By IAN BERTI

Washington, DC. Brazil and the United States are "on the same wavelength" regarding the new fires in the Amazon, Brazilian Foreign Minister Ernesto Araujo said Friday after a meeting with Donald Trump at the White House. Jair Bolsonaro, for his part, said Friday that Europe has "no lesson to give" to Brazil on the fires raging in the rainforest.

The head of Brazilian diplomacy, Ernesto Araujo, and Eduardo Bolsonaro, the deputy son of the president and ambassador to Washington, went to the White House in search of support as Brazil has been under intense international pressure for a week. The two men spoke for about 30 minutes with the American president.

Ernesto Araujo welcomed the fact that the U.S. president is receiving officials without the rank of president or head of state. According to the Brazilian minister, "governments share the view that countries are sovereign over their territory" and that fires in the world's largest rainforest should not be "a pretext to promote the idea of an international committee to manage the Amazon.

The American president had congratulated Jair Bolsonaro on Saturday, considering that "he was working very hard" in the fight against the new fires in Amazonia, totally taking the opposite view from the other members of the G7. He expressed the "full support" of the United States tc Brazil.

Jair Bolsonaro also an nounced in the evening oı Twitter that he had had a "prc ductive" telephone conversa tion with German Chancellc

★

二〇二一年六月二十六日（土）、二十三時
マクガイア空軍基地

シルヴェリア将軍はリモコンをテーブルに戻す。モニターには〈ニューヨーク・タイムズ〉紙の記事が映し出されたままだ。

「記事は週明け、二十八日の新聞に掲載される。だがネット版は二十七日、つまりいまから一時間後に配信予定だ。NSAがどうやってこの記事を入手したのか、わたしに訊かないでいただきたい。だがとにかく、NSAはスクープをもたらしてくれた。それにしても、たった二日でこのざまだ。どでかいボーイングと二百人を超える乗客を長いあいだ世間の目から隠しつづけられるなど望むべくもない」

「噂はネット上でとんでもないスピードで拡散しますからね。今回の件に関連する投稿がすでに五百も見つかっていて、その数はうなぎのぼりですよ」ブライアン・ミトニックが指摘する。「NSAではエールフランスの合意のもと、あのフランスの会社の予約システム内にある三月十日のフライトの乗客に関するオリジナルファイルを破棄し、代わりに架空のリストを挿しこみました。さらにいま、ネットの航空券比較サイトのほとんどに介入し、すべてのフライトに関する利用者情報を

削除しています。飛行機の乗客の個人情報はまだネットに出まわっていませんが、全米各地で現在おこなわれている逮捕に言及するコメントがすでにちらほらアップされてますよ」

「専門用語を使えば、これは〝逮捕〟ではなく、〝国家安全保障上の拘束〟と呼ばれる措置だ」シルヴェリアは訂正する。

「それで、拘束された人たちはどこへ連れていかれるんですか？」エイドリアンがたずねる。

「ここに連れてこられるんだ。FBIとNSAが目立たない黒塗りのバンに乗せてな」シルヴェリアはムッとした口調で吐き捨てる。「こう言ってはなんだが、ジェイミーさん、そしてミトニックくん、きみたちの所属組織にしてはお粗末な対処法だな」

「ぼくからもこう言っちゃなんですが、将軍」ミトニックは反論する。「連れてきた人たちをひとところに、つまりホールHに集めるっていうのもお粗末な対処法だと思いますよ。一部の乗客はほかの乗客の顔に見覚えがあるはずですからね……。自分たちが三月に同じエールフランスの飛行機に乗り合わせた者同士だと気づくはずです……。そして非常事態が起きたのだと考える。ウイルスによる感染症とか、このなかにテロリストがまぎれこんでるかもしれないとか」

「FBIはカウンセラーを派遣して対面にそなえています」とジェイミー・プドロスキー。「準備を進めなければなりませんからね。乗客を……重複者《ダブル》に引き合わせるための準備を」

「もちろんその必要がある」シルヴェリアはため息をつく。「格納庫にいる二百四十三人を撃ち殺すわけにはいかないからな……。ミトニックくん、きみの言うとおりだ、お粗末な対処法だよ。だが、しかたない」

ミトニックは苦々しげな表情を浮かべる。

「さらに言えば、CNN、CBS、FOXテレビが基地周辺にちょっとした記者団を送りこんできましたよ。衛星中継車とサンドイッチとホットコーヒー付きで。それについさっき、〈CBSイブニングニュース〉でエレイン・キハノが番組ラストのゲストコーナーにラビと牧師を登場させました。このふたりはホワイトハウスが宗教関係者を招集し、そこで〝魂の本質〟について議論されたことを明かしたうえ、じきに重要な声明が出されるはずだと述べました」

「しゃべったのはリベラル派のラビね、絶対そう」ジェイミー・プドロスキーは顔をしかめる。「テレビに出るのが大好きな人だから。ったく、口が軽いったらありゃしない。それにまだあります。報道規制をかけたにもかかわらず、NBCが先ほど、著名な科学者数名と連絡がつかない状態にあり、さらに彼らの何人かが基地にいるとまで報じました……」

「ジャーナリストは情報規制と情報提供という相反する要求に対峙してますからね」ミトニックがもったいぶった口調で指摘する。「これは情報流出の始まりでし……」

「始まりではない、終わりだ」シルヴェリアはぴしゃりと言う。「三月の便と六月の便の乗客の対面は可能になり次第、すぐに始める。そして明日、つまり日曜の夕方か遅くとも月曜の朝にはこれら麗しき人びとを全員まとめてFBIに引き渡すつもりだ。なにか問題はありますか、ジェイミーさん？」

「いえ、将軍。どんな問題にも必ず解決策はあるはずですから」

第三部　無の歌

［二〇二一年六月二十七日以降］

著者が読者の本を書くことはなく、読者が著者の本を読むこともない。
両者が共有しうるのは、とどのつまり、最後の句点だけだ。

——ヴィクトル・ミゼル『異常《アノマリー》』

既知との遭遇

二〇二一年六月二十七日（日）
パリ、ラ・ファイエット通り

頬をつねられてブレイクは目覚める。冷たいスチールの椅子に裸でくくりつけられ、口を粘着テープで塞がれている。プロの手並みだ。なにしろ血管を圧迫することなく、けれども指一本動かせない状態できっちり身動きを封じられているのだから。取り囲んでいるのはシンプルで機能的なインテリア。ラ・ファイエット通りにある自宅にいるのだとわかる。身体を拘束しているテープにも見覚えがある。四月にみずから購入した、超強力布テープ。うっすら記憶がよみがえってくる。この1LDKのアパルトマンに入った瞬間、首の後ろに鋭い痛みを感じ、その直後に倒れこんだのだ。

いまいるのはかつて寝室だった部屋だ。狭いベッドがまだ残されているその部屋は、琺瑯《ほうろう》製の大きなバスタブが置かれた浴室に通じている。全体的にスタイリッシュなしつらえだが、なにより重視したのは実用性だ。顔を動かすことはできないが、そんなことをしなくても部屋全体が透明なビニールシートで覆われているのがわかる。そしてそれが意味するものを、ブレイク・マーチ——便宜上、そう呼ぶことにしよう——はじゅうぶん理解している。右手に見えるのは、きらめく道具の数々。『デクスター』シリーズに登場しそうなこの部屋にはぴったりの小物だ。メス、ランセット、小刀、電動ノコギリ、ハサミ、ヤスリ……。そうした三十種ほどの手術器具のなかには、これまで一度も使ったことがないものもある。たとえば頭蓋骨用ドリル。骨髄の詰まった牛の骨で試してはみたが、実際に使用したことはない。マーチは恐怖にわれを失っているわけではない。だがそれはおそらく、注入されたミダゾラムの作用でリラックスしきっているおかげだ。

つなぎの防護服を着こんだ男がひとり、マーチが目覚めるようすを帽子の庇の下からじっと見つめている。マーチが男の顔を認識するまで長い数秒が必要だ。やがて彼は驚愕のあまり目を剝く。いや、その衝撃は、驚愕などという言葉では到底言いあらわせない。

ふたりの男は長々と見つめ合う。ブレイク・ジューンは囚人をとくと観察する。彼はこの三日間、熟考し、合理的な説明を見つけようとしたが果たせなかった。とはいえ、不合理は現実路線を排除するものではない。というわけで、彼は罠を仕掛けた。ほかに方策はなかった。ハエが蜘蛛に約束を取りつけてのこのこ出向いてくることなどないのだから。

不意にブレイク・マーチが身体をくねらせ、うなり、うめき、超強力布テープの下からなにやら言葉を発しようとする。だがブレイク・ジューンは布テープを緩めることはせず、低い声音で耳打ちする。

「おれは御託を並べるつもりはない。なにが起きたか、あんたはわかっちゃいないだろうが、それはおれも同じだ。だがそんなことはどうでもいい。おれはあんたで、あんたはおれだ。ひとりの人間はふたりになれない。つまり、ひとり余分だ。それはあんたも重々承知してるはずだ」

ブレイク・ジューンは鉛筆とメモパッドを手にすると、電源の入ったパソコンのそばに陣取る。

「おれの銀行口座の暗証コードがすべて変更されている。あんたが変えたんだな、当然ながら。って言うのも、おれも三カ月ごとに変えてたから。暗証コードを思い出す方法はわかってるはずだ……。〝ウイ〟ならうなずけ」

ブレイク・マーチはうなずく。頭のなかでさまざまな考えが渦を巻く。疑問も湧く。これは夢なのか？　やけにリアルな夢を見てるのか？

「これから銀行口座にログインし、数字とアルファベットを読み上げるから、該当するものにうなずけ。一度目のミスで、爪を一枚剝ぐ。二度目のミスで、指の第一関節を砕く。あんたが何者かは知らないが、まちがいなくおれと同じ記憶を持ってるはずだ。ってことは、二年前のアミアンの契約を憶えてるな？　〝ウイ〟ならうなずけ」

マーチはうなずく。もちろん憶えている……。あれはアルバニア人たちにうってつけの仕事だった。だがクライアントはおそらく、アルバニアの連中にコネがなかったのだろう。あるいは連中に依頼することにビビったのだろう。あまりにも凄惨な契約で、断りかけたほどだ。膝にドリルを突き刺す、肘の骨を粉砕する、指を切り落とす、舌と性器を切りとる、鼓膜に穴をあける、そして最後のお楽しみに、瞳孔に酸を注入する。請負額は七万ユーロ。その半額にあたる残金を受けとるには、男を死なすわけにはいかなかった。

ジューンは続ける。

「あんたがおれだったら、まったく同じようにするはずだ。なんてったって、あんたはおれなんだから」

マーチが目をすがめて見つめてくる。ブレイク・ジューンは微笑むが、それは残忍な笑みというよりも、とまどいの笑みだ。というのも、アミアンのようなやり口は苦手なのだ。あれはいくらなんでもやりすぎだ……。

「あんたがひとつもポカをせず、おれが銀行口座の暗証コードをすべてめでたく手に入れたら、今後について、つまりおれたちのあいだで交渉可能な事柄について話し合おうじゃないか。わかったな？」

マーチはうなずく。ジューンはアル・カポネの言葉を思い出す――〈単に礼儀正しいよりも、武装して礼儀正しいほうが、実入りは多い〉。

「さて、始めるか。まずはファーストカリビアン投資信託だ」

マーチはうなずく。そして目を閉じて集中する。アルプスの夜空を六羽のピンクフラミンゴが飛んでいるシーンを思い浮かべる。

「暗証コードの先頭に置いたのはアルファベットか？　オーケー、アルファベットだな。小文字か？　わかった、大文字だな。Lより前にある字か？　ちがうんだな。Tより前か？　なるほど。読み上げるぞ。L、M、N、O、P、Q、R……Rだな？　よし」

ブレイクはRと書きつける。

「次、二番目。アルファベットか？　ちがう？　数字だな。1、2、3、4、5、6」

首が縦に振られる。

「6だな？」

ふたたび縦に首のひと振り。ブレイクはRのあとに6と書きつける。

十五分後、ブレイク・ジューンはすべての口座の暗証コードを手に入れ、新たにコードを設定し直す。やり方はこれまでと同じだ。三つの口座のそれぞれに、簡単にコード化できる一文をあてがうのだ。ファーストカリビアン投資信託に割りあてていたのは、〈Regarde six oiseaux de couleur rose!（ピンク色の六羽の鳥を見よ！）〉。たわいもない文章だが、″R6odcr!″というコードに簡単に変換できるし、六羽のピンクフラミンゴさえ憶えておけばこと足りる。ラトヴィア国際銀行には〈Ils traversent un ciel noir de Venise à Paris（それらはヴェネツィアからパリへと夜空を縦断する）〉で、得られる暗証コードは″It1cndVaP″。以下省略。

さらにジューンはダークウェブにある自分のサイトの変更されたログイン名およびパスワードと、携帯電話の暗証コードも聞き出す。そしてメッセージの履歴を読み、予定表を見て、自分――つまり″ジョ″――が、まるで面識のないティモテなる人物と複数回食事したことを知る。だがジューンはその事実にあまり興味をそそられず、説明を求めるためにマーチの口から超強力布テープをひっぺがすには至らない。マーチが助けを求めて大声を出すのを案じているわけではない。それというのもふたりともこの部屋の全体に、つまり四面の壁と床と天井に、防音措置が施されているのを知っているからだ。ジューンはただ、自分の心に迷いが生じるのを、二の足を踏むような事態になるのを避けたいのだ。

マーチはジューンが立ち上がるのを目にした瞬間、すべてを悟る。説明は要らない。当然、自分も同じことをするからだ。目を閉じる。ただそれがすぐに終わることを願う。ジューンはゆっくりとマーチの背後にまわりこみ、うなじにプロポフォールを注射する。意識を失うまでほんの数秒。無駄に苦しませるようなことはしない。ブレイクはそこまで自分をきらってはいない。一分後、筋弛緩剤がマーチの心臓を止める。すでにホメロスはこう述べている――〈死と眠りは双子の兄弟だ〉。

ブレイク――もうどちらのブレイクか区別する必要はない――は、身体を拘束していた布テープを切り、床に転げ落ちる前に死体をつかむ。そして浴室まで運び、脚を上、頭を下にした恰好で死体をバスタブに置く。それからシャワーの蛇口を開き、喉を掻ききって血を抜く。指紋を消すため、指先を酸に浸す。さらに電動の骨切りノコギリを使い、遺体を慎重にバラす。手や足など身元判明につながりかねない部位は入念に切り刻む。人体の切断について、彼は少々経験不足だ。背中に、彼自身の背中に、自分でも気づかなかったほくろをみとめる。輪郭がいびつなほくろだから、悪性のものかもしれない。今後注意が必要だ。性器を、彼自身の性器を切りとる際には、どうしても嫌悪がこみあげて肌が粟立つ。彼は三時間かけて、小分けにした部位を百枚ほどの密閉式フリーザーパックに詰める。残るは頭部だけだ。

そのとき絆創膏に気づく。くそっ。

そうだ、そうだった。こいつはポニーのせいかなんかで、怪我をしたんだった。傷痕がどうなったか、久しぶりに会う妻は確かめようとするだろう。彼はマーチの額に貼られていた正方形の絆創膏を剥がす。傷は化膿しないよう焼灼《しょうしゃく》されている。そこでメスを手に取ると、将来残る傷痕がそれらしきものになるよう自分の額の皮膚を軽く切り、消毒する。そして額に絆創膏を貼りつける。それからマーチの頭を、洗面器に用意した酸の液に漬ける。皮膚が溶け、硝酸の蒸気の渦が立ちのぼる。

時刻は十九時。明日にはすべて終わるだろう。浴室を掃除したあと、血しぶきがほとんど飛んでいない透明なビニールシートをはずして丁寧にたたむ。過剰な警戒だ。結局のところ、将来彼の家で血痕が発見されたとしても、それは彼自身のものなのだから。バスタブ内にフリーザーパックを積み上げる。思っていたよりも少ない。旅行バッグ八個分。旅で数えれば四回分。

使い捨ての携帯電話を使い、秘密の宛先にメッセージを送る。〈薪八束。トタル・クリニャンクール〉即座に返信が届く。〈オーケー。水曜日、十五時〉。水曜日マイナス二日、十五時マイナス二時。フランシスは明日、つまり月曜日の十三時に、ポルト・ド・クリニャンクールにあるトタル社のガソリンスタンドに四駆でやってくる。

ブレイクはアパルトマンを出て、玄関のドアに鍵をかける。これから再会するわが子たち、つまりカンタンとマチルドの背が少し伸びているのは知っている。死のあとにも生はある。とくに死人以外の者たちの生は。

★

二〇二一年六月二十八日（月）、二十一時五十五分
パリ、エリゼ宮

「準備は万端に整っていますよ、エマニュエル。あと五分で始まります。映像は各ニュースチャンネルとフェイスブックライブとユーチューブで流します。問題があった場合にそなえて、完全生中継ではなく一分遅れで配信します」

大統領は広報担当責任者の女性に微笑みかける。

「それでワシントンは？　全世界の注目を集めようと、例のあの人が抜け駆けしたなんてことはないだろうな」

「出遅れているくらいですよ。いまごろ躍起になってスピーチのリハーサルをしているのではないでしょうか」

「彼がスピーチのリハーサル？　ありえないな。いつも思いつくまま暴言を吐いている気がするからね。で、プーチンは？　習近平は？」

「わかりません」

「大統領」と男の声が呼びかける。

フランスの国家元首は防諜機関のナンバー2のほうへ首をめぐらす。小柄な禿頭《とくとう》の男が困惑した

面持ちで携帯電話を見つめている。

「メロワからか？　彼はいつアメリカから帰国する？」

「ムッシュー・メロワからではありません、大統領。ムッシュー・メロワを乗せた専用機はマクガイア基地を離陸したばかりですから。そうではなくて、ひとつ気になる情報が入ってきました」

「手短に頼む、グリマル」

「十日前、エアバス社の保守部門がある異変に気づきました。ドバイでエアチャイナのエアバス機が整備を受けた際、中国の国内線、具体的には北京と深圳《シンセン》を結ぶ路線を飛んでいる機体に搭載されているものと同じシリアルナンバーを持つ翼部品が発見されたんです。これは絶対にありえないことです。エアバス社は当初、部品の違法コピーを疑いました。ですがその一方でわが国の衛星がこの四月、北京〜深圳路線の航空交通の異常を知らせていました。正体不明の飛行機が一機、恵陽《ケイヨウ》空軍基地に誘導されていたのです。情報機関によると、中国もアメリカと同じように、なんと言えばいいのか、その……重複する飛行機を所有している模様です。そしてそのうちの一機を完全に分解し、部品を再利用しているようなのです」

「乗員乗客は？」

「いま申し上げたこと以外、情報はゼロです」

「なのにアメリカはこっちになにも知らせてくれなかったのか？」

「アメリカ側がこの情報を握っている気配はまったくありません」

広報責任者が近づいてきたのでふたりは黙りこむ。

「エマニュエル？　あと二十秒です」

大統領が椅子に座り、メイク担当者が額のテカリをぼかす。

「十……」

広報責任者が無言でカウントダウンを終える。大統領がカメラを見据え、プロンプター上に原稿が表示される。

――親愛なるフランス国民のみなさん。

――演説をするにはずいぶん遅い時間ではありますが、いまこの瞬間、ワシントンではアメリカの大統領が、ベルリンではドイツの首相が、モスクワではロシアの大統領が、そして世界のほかの多くの国でそれぞれの国家元首がわたしと同じように国民に向けてメッセージを発しています。

――じつは先週の木曜日に異常な出来事が発生しました。メディアやSNSで流れている噂の一部は事実です。いまからことの次第をお話しします。先の木曜日、アメリカ合衆国の東海岸沖の上空から飛行機が一機、出現し……。

フランスの大統領はそれから五分間ひたすらしゃべりつづけたあと、めったにないことに、ほかの人に発言の場を譲る。登場したのは大統領の科学顧問だ。理解不能な出来事に突飛な様相まで付け加える必要はないと判断したのだろう、科学顧問を務めるこの数学者は、今回ばかりはいつものマッドサイエンティスト風の装いを控えている。つまり、見る者を困惑させるあの赤紫色の大判蝶結びスカーフタイに代えて、首にベージュ色の細いシルクスカーフを巻いてきたのだ。とはいえ、ジャケットの襟には例の銀の蜘蛛のブローチをつけている。数学者は仮説をいくつか披露し、理解を助けるためにアニメーションを挿入する。そして、エリゼ宮のサイトにアクセスすれば詳細な説明が得られるし、ライブチャットも開催する、と告知する。

おそらく全国各地の家庭で、人びとがテレビを前に驚きで言葉を失う。ブレイクの家も例外ではない。フローラの口からわずかにつぶやきが漏れる。まさか、ありえない、ありえないでしょ、こんなこと。

〝ジョ〟ことブレイクは無言のままだ。だがフローラは夫の言葉を待っているわけではない。大統領が科学顧問に礼を言い、スピーチを再開する。

――親愛なる国民のみなさん、一九四五年八月、広島に原爆が投下されて世界が核の時代に突入し、人類が絶滅の恐怖に陥ったとき、アルベール・カミュはこう書き記しました。〈そしていま、われわれの前に、最終的なものとなる恐れのある新たな脅威が提示された。これは人類に与えられた最後のチャンスになるかもしれない。そして結局のところ、新聞が特別版を発行する口実になるかもしれない。だがそれはまちがいなく、いくばくかの熟慮と大いなる沈黙の対象とならなければならない〉。この美しい文章を、わたしたちの思慮の源泉としなければなりません。

――だからこそ、フランス国民のみなさん、昨年、感染症対策として都市封鎖措置《ロックダウン》が講じられていたあの長くつらい試練のときと同じように、これからの数日、数週間は、熟慮の時間、沈黙を見いだすひとときとしなければなりません。科学者は解釈し、理解し、説明しようとするでしょう。それは科学者の仕事です。ですが、わたしたち一人ひとりの答えは、わたしたち自身のなかに、わたしたち自身のなかだけにあるのです。

――ご清聴ありがとうございました。共和国万歳、フランス万歳。

「こんなのありえない」とフローラは繰り返す。「ねえ、ジョ、想像できる、自分がもうひとりいるなんて？」

女を見つめる男

二〇二一年六月二十八日（月）
マクガイア空軍基地、格納庫B

「ヴァニエさん？」心理作戦責任者のジェイミー・プドロスキーはふたたび建築家に呼びかける。アンドレ・ヴァニエと彼女は、格納庫の高所に設けられた司令室のマジックガラスの背後に立っている。ふたりの後方には、スチールの枠に色ガラスがはめこまれ、シンプルなガラスのドアが取りつけられた数十室の長方形のブースがずらりと並んでいる。ふたりの数メートル下方に見えるのは、格納庫に収容され、うごめきざわめく種々雑多な人びとだ。

「ヴァニエさん、状況を理解されましたか？」

「ええ、可能な範囲で」

「二機の飛行機の客室カメラが撮影した画像を紹介するビデオは観ましたね？　飛行機が分岐した

瞬間の画像も、仮説を紹介するために国家安全保障局《NSA》が制作した短いアニメーション動画もご覧になりましたね？　それに、この格納庫にもうひとりの〝あなた〟がいるという説明も受けましたね？　正確に言えば、ほかの二百四十二人の〝重複者《ダブル》〟と一緒に」

アンドレ・ヴァニエは返事をする代わりに両手を手すりに置き、群衆を見つめる。大勢のなかから一発で〝自分〟を見つけ出せるはずだと思っていたが、案に相違して自分自身のシルエットはなかなか見つからない。自分を目にしたのに自分だと気づけなかったのか、と不安にさえなる。

「さあ、こちらへ」ジェイミー・プドロスキーはそう言うと、彼をブースの一室へ導く。なかは楕円形のテーブル、椅子四脚、カメラ一台、壁掛けのモニターがそなえられているだけの簡素なつくりだ。オークルとワインレッドの透明なガラスパネルで仕切られているので監獄のような雰囲気こそないが、所詮は広めの独房のような部屋だ。プドロスキーはアンドレとともに椅子に座ると、おもむろにタブレットを操作しはじめる。

「記録を読むと、あなたが代表を務めるヴァニエ&エデルマン設計事務所はワシントンのFBI新本部ビル建設プロジェクトのコンペに応募していたようですね。資金不足でプロジェクトが頓挫したのは残念でした」

「ええ、コンペに参加したのは事実です。そちらはすべてご存じでしょう」

「残念ながらすべてではありません。たとえば、あなたがフランスの防諜機関のトップとお知り合いとは知りませんでした。そのようなご友人をお持ちの方がこのコンペを勝ちとることは絶対になかったでしょう……。フランスは同盟国ですが、何事にも用心しすぎることはありませんから」

「参加することが肝要なんです」アンドレはため息をつく。「メロワとわたしは高等専門大学校《グランゼコール》時代の友人です。その後わたしは建築の道、彼は外交の道に進みましたが」

プドロスキーがタブレット上で指をさっと動かすと、自分たちがいまいるブースの全体が画面に映し出される。

「わたしたちは違法に撮影しています。心苦しいかぎりですが、状況が状況なのでご理解ください」

アンドレはブースの中央に据えられたカメラを見て、すでにすべてが記録されていることを理解する。プドロスキーは申しわけなさそうにうなずき、話を先に進めようとする。

「NSAは高解像度カメラや指向性マイクといった機器も取りつけました。それも……相当な数を。格納庫に収容されている人たちは立ち上がって自由に移動できますが、専用のカメラが自動で追従しています」

プドロスキーはタブレットを操作しつづける。するとすぐにもうひとりのアンドレ、つまりアンドレ・〝ジューン〟が画面に現われる。さらに操作すると、画面がふたつに分割され、一方にリュシーが映し出される。

アンドレは胸を衝かれる。頭ではわかっていたが、実際に目にすると衝撃は大きい。

リュシーと〝彼〟はテーブルに座っている。手持ち無沙汰に会話を交わしている。プドロスキーがタブレットをいじるとふたりの声が聞こえてくる。会話の中身が即座に英語に翻訳され、画面に表示される。〝アメリカンコーヒー《カフェ・アメリカン》？〟アンドレ・ジューンが顔をしかめながらたずねる。すると、

〈アメリカ人はなにをした？〉という間の抜けた字幕が出る。〝カフェ〟が〝なにをした《カ・フェ》〟に取りちがえられたのだ。自動翻訳システムの精度はまだまだだな、とアンドレ・マーチは安堵する……。

「ちょっと席をはずしますね、ヴァニエさん」プドロスキーは立ち上がり、彼を画面の前にひとり残して立ち去る。

アンドレ・マーチは狼狽《ろうばい》しながらもうひとりのアンドレを食い入るように見つめる。肌の皺、乳白色とサファイアブルーを混ぜ合わせたようなグレーの瞳、白い無精ひげが生えた生気のない頰、まばらな髪に視線を凝らす。アンドレは毎朝鏡の前でひげを剃る。そして最終的に彼と鏡は互いを手なずけ合った。だが鏡とはちがい、カメラは決してなびかない。カメラの高い解像度は手加減とは無縁で、しかも撮影に遠慮はない。その結果、彼がいま目にしているのは老いた男だ。すり減り、疲弊した魅力のない男。自分には永遠の若さのしるしが刻まれているとときおりうぬぼれていたアンドレは、もうひとりの自分の顔にそのしるしをみとめようとするが見つからない。老いが泥のように全身のそこここにまとわりついている。身体もむくみ、だぶついている。ダイエットをしなければ、と彼は思う。そう、歳を取ることは、お気に入りのバンドがストーンズからビートルズに代わることだけではない。

老いた男のとなりに天使が座っている。光が彼女を美しく輝かせている。まだ三月初めのリュシー、まだ髪が長く、まだ柔らかなまなざしを湛《たた》え、まだ彼のものだったリュシー、まだ彼のもとから逃げ去っていないリュシーだ。もうひとりのアンドレがリュシーの手を取ったとき、嫉妬の感情は少しも湧かず、そのシーンにただ魅了される。もうひとりのアンドレが立ち上がり、コーヒーマシンに向かって歩き出す。その丸めた背中、緩慢な動作を見て、アンドレは本能的に背筋を伸ばし、痛みを覚えるまでぎりぎりとこぶしを握りしめる。

NSAに監視されているこのブースのなかで――とはいえ、アンドレにとって監視されていることなどどうでもいい――、彼はリュシーともうひとりの自分のことしか考えない。現実的な問題については一切考えない。自分の設計事務所について一瞬たりとも危惧したりはしない。いずれにせよ、ヴァニエ&エデルマン設計事務所がヴァニエ＋ヴァニエ&エデルマン設計事務所に変わることはないのだから。娘のジャンヌのことも考えない。ジャンヌにはいまや父親がふたりいる。彼女にとってはおそらくふたりともが余計な存在だろうが、父親がふたりいることに利点もあるだろう。彼は同様に、今後共有しなければならなくなるパリのアパルトマンについても、ドローム県にある別荘についても案じてはいない……。

そう、そんなあれこれについては、まだまるで念頭にない。彼はタブレットの画面が映し出す惨状に沈みこむ。視線を逸らせようとしても、猛烈な渦にとらわれたかのように引きこまれる。この小さな部屋で、ずしりとのしかかる重みに胸を押し潰され、息を喘がせる。あのふたりはカップルではない、カップルと呼ぶにはほど遠い。よそよそしい若い女と、彼女の前で愛に震えながらこまごまと気を配り、不安に苛まれている老年の男のふたり組だ。画面に映るアンドレは、まだ付き合いはじめた頃の陶酔のなかにいて、まだリュシーの消極的な態度を慎みとみなし、煮えきらなさを一種の聡明さの表われと解釈している。だがアンドレ・マーチは自分がつねに汲々としていたことを自覚している。リュシーを怯えさせているのではないか、こんな古鴉《ガラス》と並んで飛ぶことを受け入れた愛らしいツバメを飛び去らせてしまうのではないか、と始終気が気でなかったことを。ちくしょう、愛は、本物の愛は、胸に巣くう苦悩のしこりであるはずがない。リュシーのそばで彼が心穏やかであったためしは一度もなく、そして当然、彼を苛んだ不安がふたりの破綻を招いたのだ。

アンドレ・ジューンが両手にコーヒーを持ってリュシーのもとに戻ってくる。彼は笑いかける。だがそれは惨めな微笑みだ。リュシーは読んでいる本から目を上げようともしない。彼女のこの無関心、みずからを不在にするこのやり方は、タブレットの画面を見つめるアンドレ・マーチにとってなじみ深いものだ。だが、頼む――と、アンドレ・マーチは哀願する――、少しは彼を見てやってくれ、くそっ、あのいまいましいロマン・ガリのプレイヤード叢書を脇に置き、その美しい瞳を上背のある少し古ぼけた男に向け、やさしい気遣いをいくらか与えてやってくれ。けれどもそんな気配は微塵もない。彼は深手を負う自分自身を遠くから見守り、自己憐憫《れんびん》に陥ることなく自己を憐れむ。そんな機会は誰にでもあることではないだろう。

アンドレ・マーチは苦々しげに口もとをゆがめる。正直、三カ月前のアンドレが気の毒でならない。これから彼が耐え忍ばなければならないことを、恥辱とわだかまりが待ち受けていることを承知しているからだ。これは歳の問題などではなかったのだ。自分のことをさほど愛してはくれない相手を愛してはいけない、ただそれだけの話だ。なのに、なぜあんなにこじれてしまったのか？

タブレットの画面を前にして座りながら、アンドレ・マーチの心はリュシーから遠ざかる。枯れ葉が木から離れ落ちるように。いや、というよりも、枯れ葉が木から見捨てられるように。なにひとつ見落とすまいと凝視したこの残酷な十分間は、悲嘆に暮れる数カ月分の喪に匹敵する。リュシーにまだ未練を抱いていることに自己嫌悪していた彼は、プラットフォームに設けられたブースのなかで、自分がすでに彼女を以前ほど愛してはいないことに気づいて喜ぶ。

下方で人だかりができる。平服姿の職員が数人、大胆にも格納庫内に乗りこんできたため、人びとが押し寄せて質問攻めにしているのだ。職員のひとりがアンドレ・ジューンに近づき、耳打ちする。アンドレ・ジューンは解せないといった表情で職員を見て、リュシーの手を握る。彼女は彼に笑いかける。彼はおとなしく職員のあとについていく。

恋から冷めたアンドレは、くたびれたアンドレがリュシーから離れていくさまをプラットフォーム上のガラス張りの部屋から眺める。そのときふと、テーブルの端にいる男の姿が目に入る。これといった魅力のない、彼よりは若干小柄で細身の焦げ茶色の髪をした四十代の男で、黒い小さな手帳になにやらびっしりと書きこんでいる。男はときおりリュシーを盗み見している。アンドレ・マーチはすぐに、男の視線のなかにあの独特のとまどいがあるのを見てとる。それはもっぱら、心を奪われ、精神のバランスを乱したことで生まれるとまどいだ。蝶がまた一匹、リュシーがなんの悪意もなく張った巣に絡めとられてしまったらしい。不意にアンドレはぴんとくる。そして驚く。男はヴィクトル・ミゼルだ。だが、あの作家は死んだはずではなかったか？　ということは、彼もあの飛行機に乗っていたのか？

彼はなんと書き記していただろう？　〈希望、それは幸福の戸口だ、希望を果たすことは不幸の控室に入ることだ〉とかなんとか、そんな内容の文章があった気がする。ということは、ヴィクトル・ミゼルはいま、幸福の戸口にいる。幸福の戸口で、リュシーの気を惹こうとしている。あれはひょっとしたらリュシーのことを考えながら思いついた文章だったのか？　ミゼルが立ち上がり、彼もまたドリンクコーナーへと向かう。あのひどい味のする液体をこれほどまでにも愛するとは、そろいもそろっていったいどうしてしまったのだろう？　ミゼルが遠ざかる。リュシーが彼のほうに視線を投げることはない。アンドレ・マーチは安堵した自分自身にいら立つ。けれどもこのいら立ちは、心に穿たれた溝をあらわにするものだ。

「ヴァニエさん？」

アンドレ・マーチはびくりと肩を震わせて振り返る。ジェイミー・プドロスキーがドアに寄りかかって立っている。いったいいつから彼女に見られていたのだろう？　プドロスキーのとなりに背の高い五十がらみの男がいる。身長が高すぎる人によくあるように、身体を持てあますように猫背でぎこちなく立っている。男は近づいてくると、少し離れた場所から手を差し出す。

「領事館で通商分野を担当しているジャック・リエヴァンです」

うつろな声、怯えきった態度。アンドレ・マーチは軽く微笑みかける。そうしないわけにはいかないほど、相手は全身から恐怖を発散させている。いまにも指で十字を切ったり、ニンニクの首飾りをぶら下げたりしそうな勢いだ。いまさっきアンドレ・ジューンと会話を交わしたばかりのこの男にとって、目の前にいる二番目のアンドレは化けもの以外のなにものでもないのだろう。

「信じがたい話ですよね、リエヴァンさん。あなたの見立てでは、わたしはオリジナルでしょうか、それともコピーでしょうか？」アンドレは軽口を叩く。

「いいえ、その……あと数分したらフランス軍の飛行機がここマクガイア基地に着陸します。本国から二十人ほどの……職員がやってきます。防諜機関を率いるムッシュー・メロワが御みずからいらっしゃいます。その後フランス人は全員、ムッシュー・メロワとともに帰国します。じつはムッシュー・メロワに頼まれたんです。事前にそちらに挨拶しておいてほしいと」

「〝そちらに〟とは、わたしたちに、という意味ですか？　わたしとわたし、つまりふたりのアンドレ・ヴァニエに？」

「ご用意はいいでしょうか、ヴァニエさん？」笑えないやりとりをさっさと打ちきろうとプドロスキーが割りこむ。「あなたの〝重複者《ダブル》〟との対面を始めたいと思います」

「ふたりきりにしていただけますか？　プライベートな話になりますから。たとえ、わたしとわたしの会話であっても……」

リエヴァンが恐縮しながら釈明する。

「あなたの重複《ダブ》……、いえ、もうひとりのあなたにも同じことを頼まれました。ですが、フランス人のなかで最初の……対面となりますので、外務省からつねにあなた方おふたりのそばについているよう命令を受けています。報告書を作成しなければならないもので……」

「いわば、わたしたちの関係《ラポール》に関連《ラポール》する報告書《ラポール》を書くというわけですね」アンドレは自虐の笑みを浮かべる。

そして監視カメラを指差す。プドロスキーがさっと軽く首を振ると、すぐに緑の電源ランプが消える。とりあえずランプの光だけは消えたわけだ、とアンドレは思う。そのとき、ジャック・リエヴァンがしきりに左手のほうをうかがっていることに気づく。その視線の先、ガラスの壁の向こうにもうひとりのアンドレ、困惑しきったアンドレが立っている。やがて彼はがばりとドアを開け、なかに入ってくる。

ふたりは長いあいだ向き合って立つ。言葉を交わすことはなく、視線も合わせない。ただひどく動揺している。どちらのアンドレも鏡に映るアンドレではないのだから当然だ。目の前にいるのは鏡に映る慣れ親しんだ自分ではない。顔立ちが反転したせいで、もうひとりの自分が敵意に満ちた見ず知らずの他人になる。一方が言葉を発しようとするが、もう一方が身振りで制してその瞬間を先送りする。アンドレ・マーチは居心地が悪そうに突っ立っているリエヴァンとプドロスキーに向き直る。プドロスキーがうなずくと、リエヴァンは明らかにほっとしたようすで部屋を出る。ドアが閉まり、ふたりのアンドレは互いを観察する。彼は以前から服装にはこだわらない主義だった。というわけで、ふたりとも同じジーンズを穿いている。ちがいは、一方のジーンズがほんの少しだけくたびれていることだ。さらに同じグレーのスウェットパーカーを着ている。着心地がいいので、飛行機での長旅の定番だ。そして足元は、同じ黒くて堅牢なウォーキングシューズ。いや、全部が全部同じというわけじゃない、とアンドレ・ジューンは気づく。ふたりのアンドレはまだ黙っている。だが長時間そのままで満足できるわけがない。インドのことわざにもあるではないか――〈黙ったまま物乞いする者は、黙ったまま餓死する〉。

「新しい靴か?」

「二週間前に買った」

互いの声を耳にして、ふたりはまた驚く。どちらのアンドレにとっても、自分の声は思っていたよりも深みがなく、甘くもない。これまではいつも〝内側〟から自分の声を聞いていた。会議やインタビューでは話す速度を落とし、明瞭な発音と低い声を心がけていた。アンドレはいま、自分のほんとうの声を知る。

「ジャンヌは?」しばしの間を置いてアンドレ・ジューンがたずねる。

「元気だ。まだこのことは知らない、もちろん」

「リュシーは? リュシーとぼくは?」

「別れた」

そう言ったあと、アンドレ・マーチは考える。いつでも自分に嘘をつくことはできるが、自分自身を偽ってなんになる? そこで言い足す。

「別れを告げられた。彼女には欲望がなさすぎて、ぼくにはありすぎた。そしておそらく、あまりにも多くを期待し、あまりにも性急だった。きみも薄々感じてるんじゃないか?」

「〈前もって知らされた人にはふたり分の価値がある〉とはよく言ったものだな」

一瞬、ほんの一瞬だけ、アンドレ・マーチの頭にある考えがよぎる。過去のリュシーを、彼をまだ拒んではいない三月のリュシーを誘惑したらどうだろう。だが彼は顔をしかめる。その渋面はすでに微笑みと紙一重だ。自分はかつてリュシーの心をとらえるのに成功したが、そのとき自分は彼女を狙っていたどの男より若くも美しくもなかった。いったいなにが決め手になったのか、この先も知ることはないだろう。そんななか、自分自身とライバル同士になるなんて、前代未聞の挑戦だ。それに……、とアンドレ・マーチは考える。ひとりのアンドレと付き合うのは三十歳の年齢差に立ち向かうことを意味するが、ふたりのアンドレとなると、それはもう老人ホームで働くようなものではないか。リュシーにとっては逃げるのが一番だ。それは火を見るより明らかだ。となれば、アンドレ・ジューンの幸運を祈るよりほかはない。そう結論づけて、彼は言う。

「ぼくにできるアドバイスはひとつだけ。気の利くやさしい恋人でいなければならないが、と同時に、少しだけ無関心を装うことが肝心だ。そして彼女を求めすぎてはいけない。そのことはすでにわかっているはずだ。だが、まだ受け入れられずにいる。ぼくにも身に覚えがあるからまちがいない」

これは自分が自分にコーチングするめったにない機会だ。

アンドレ・ジューンは気軽にふるまおうとするが、腹にしこりを感じる。一時間後にリュシーのもとに戻ったとき、ふたりの未来が閉ざされているかもしれないことをどんなふうに伝えればいいのだろう？　あるいは、どうやって隠せばいいのだろう？

「事務所のほうは？」アンドレ・ジューンは話題を変える。リュシーのことを考えると胸がざわつくからだ。

「スーリヤ・タワーでコンクリートの問題が発生したが解決ずみだ。それに憶えてるか？　自分が数カ月前、パートタイムで働こうか、あるいはいっそのこと引退しようかと思い悩んだことを。きみも知ってのとおり、ぼくはいい加減うんざりしているからね」

アンドレ・マーチはリエヴァンに合図する。ガラスの向こう側にいたリエヴァンは金属製の床を眺めているふりをしていたが、すぐに合図に気づいてなかに入ってくる。

「政府は新たに身元《ID》を用意してくれるんですよね？」

「はい。新しいＩＤが必要なのはどちらですか？」

「わたしだ」アンドレ・マーチは即答し、ジューンに提案する。「きみが設計事務所に戻ってくれないか。そのほうがいい。ぼくは三カ月分長く人生を生き、この三カ月間、ぼくとリュシーはカップルだった。することがなくて彼女をじっと待って過ごしていたら頭が変になっていただろう。というのも――すぐにわかると思うが――リュシーは仕事に邁進するからだ。きみにも仕事があったほうがいい。ここ最近の工事の進捗状況を教えるよ。ぼくはドローム県に引っこむつもりだ。あそこが気に入ってるからね。それに……」

そこでアンドレ・マーチは眉をひそめ、リエヴァンのほうに首をめぐらせる。

「実際のところ、政府はどうやって具体的な問題に対処するつもりだ？　同じような目に遭っているフランス人が七十人ぐらいいるそうじゃないか。アパルトマンをシェアするわけにはいかないし、貯金を折半することもできないだろう。ひょっとしたら今回の事態を、そうだな……自然災害とみなすこともできるんじゃないか？　そしてその……保険を適用できるようにするとか？　保険契約に仮想災害の項目を入れこむという手も考えられるな。実際にわたしが引退することにした場合、いったいどうなるんだ？　わたしの……重複者《ダブル》の年金をわたしが受けとることになるのか？　補足年金制度のしみったれぶりからすると、支払った掛け金を二倍にして返してくれるとは到底思えないな！　政府から支払い命令があれば話は別だが」

リエヴァンはたじろぐ。そして救いを求めて携帯電話に目を落とす。

「ちょうど連絡が入りました。ムッシュー・メロワがじきに到着されるそうです」

「この種の問題は彼の好むところだよ」アンドレ・ジューンは笑う。

「ところで、かねてから購入を迷っていたあの古い物件、モンジューの旧郵便旅籠屋の建物だが、あれはまだ売りに出されてる」アンドレ・マーチは言う。「あれを購入しようと思うんだ。〝仮想災害〟として保険が適用されるかどうか別にして。そしたら、ぼくらは十キロ離れたところにそれぞれ家を持つことになる。これまでバカンスに拙宅を訪れていた友人たちには、きみのところとぼくのところ、滞在先がふたつできるというわけだ。ぼくときみ、どっちがナイスガイか見ものだな」

ソフィアたちの世界

二〇二一年六月二十八日（月）
FBIニューヨーク支局別館〈クライド・トルソン・リゾート〉

金髪で青い目をしたひょろりとのっぽな青年が、竿のようにしゃちほこばって立っている。名前はジョナサン・ウェイン、FBI捜査官養成学校を卒業したばかりだ。彼の前に座っているのは、禿頭でスポーツマンタイプの四十五歳の黒人男性だ。その男、つまりウォーカー特別捜査官は青年のほうにほとんど目も上げずに言う。

「ウェイン研修生、インターンシップの調子はどうかね？　いや、答えなくてけっこう。人事ファイルによると、きみはアラスカ出身ということだが」

「アラスカ州のジュノーです、ウォーカー特別捜査官。太平洋に面した小さな町でして……」

「で、捜査官養成学校《クワンティコ》を卒業したわけだな」

「はい、ウォーカー特別捜査官」

「ウォーカー特別捜査官と呼ぶのはやめてくれ。ジュリアスでいい」

「はい、ジュリアス」

「いや、やはり、ウォーカー特別捜査官と呼ぶように」

「承知しました、ウォーカー特別……」

「で、きみは父親と灰色熊を狩っていた、と。つまり、野生動物と接した経験あり、だな。捜査の現場に出たことは？」

「いえ、まだです、ウォーカー特別捜査官」

ジュリアス・ウォーカーは懸念するような表情を浮かべると、両手に持っていたファイルを机に置く。そして、コーヒーの入った紙コップを持ってとなりに立っているグロリア・ロペス上級捜査官を見やる。

「なあ、グロリア」と呼びかけてウォーカーはため息をつく。「この任務を彼に任せるのは賢明じゃない」

「ジュリアス、これは彼の実力を実地で試すいい機会だと思う。それに、アンナ・スタインベック研修生も一緒だし。彼女はすでに一ヵ月前から現場に出ていて、申し分のない結果を残している」

「研修生同士を組ませるのか？　危険度4の任務なのに？」

「ほかの仕事でみんなもう手一杯」

ジュリアス・ウォーカー特別捜査官はウェイン研修生に向き直り、黒いファイルを手渡す。

「ウェイン研修生、きみの任務はこの生きものを負傷させずに捕まえることだ……」

背の高い金髪の青年はファイルを開き、驚きに目を丸くする。

「えっ、捕まえるのは……カ、カエルですか？」

「ヒキガエルだ。名前はベティ。世間によくある名前の。そのカエルを生け捕りにし、飼育ケースに入れて連れてこい」

「でも……」

「でももへったくれもない。すでに初動が遅れてるんだ。さっさと行け」

「わたしからもひと言」グロリア・ロペスが言い足す。「万一ヒキガエルに危険が及んだら、身を挺して守ること」


二時間後、ウェイン研修生とスタインベック研修生は任務を遂行し、ベティを無事に捕獲する。けれども移動中、急ブレーキのはずみで飼育ケースのふたがずれた瞬間、ヒキガエルは言わずもがな、チャンス到来とばかりに飛び出す。そして一番手の届きにくい場所、つまり運転席の下の奥深くに逃げこむ。アンナ・スタインベックは笑いの発作に襲われ、やむをえず路肩に車を停める。ウェインが長身を無理やり折り曲げ、Fワードをありえないほど大量に連発しながら、シートの下からヒキガエルを指で潰さないように注意して引っ張り出す。

児童心理カウンセラーたちはＦＢＩのニューヨーク支局別館内のある一室に、カラフルで静かな居心地のよいスペースを設けた。重複する子ども同士が〝遊びを通じて〟対面を果たすための場所だ。

ソフィア・マーチとソフィア・ジューンがそのスペースの床に寝そべって遊んでいる。カウンセラーたちは、あの歳の子どもは新しいものを怖がらない、もうひとりの自分をまだ敵とはみなさないはずだ、と見こんでいる。ふたりのソフィアにとってベティはもうただのカエルではない。ぴったりのタイミングで鳴いてくれる移行対象だ。しかも飼育ケース内のエッフェル塔には高性能マイクが取りつけられている。カウンセラーの女性ふたり組は、自分たちの存在を消すため、おやつを口に運ぶ。テーブルに着き、チョコチップの入ったマフィンを食べ、オレンジジュースを飲み、双子のようにそっくりな少女ふたりにまったく注意を払っていないふりをする。少女たちは思い出、好み、味といったあれこれを突き合わせるゲームを楽しんでいる。ノーマのお誕生日のこと、憶えてる？　アイスクリームは何味が好き？　アメリカミドリヒキガエルってなんだか知ってる？

最初はどちらも優位に立てない。けれどもすぐにソフィア・マーチは、ここ二、三カ月の出来事を知っているのは自分だけだとわかる。相手の弱みに気づいて誇らしげに言う。あれ、ねえ、あたしのお誕生日にリアムがなんて言ってたか、憶えてないんだ？　プレゼントにママからなにをもらったか、忘れちゃったんだ？

ソフィア・マーチははしゃぎ、ソフィア・ジューンは打ちひしがれる。けれども、ふと反撃の言葉を思いつき、小声で、けれども勝ち気にやり返す。

「ねえ、あんたもパパに命令された？　これはふたりだけの秘密だぞ、とくにママにはないしょだぞ、って」

ソフィア・ジューンはソフィア・マーチに二言三言、さらに耳打ちする。

ふたりのようすを観察していたカウンセラーたちは、はっと身をこわばらせ、視線を少女たちから タブレットへ移す。微かにしか聞きとれなかった先ほどの一文がすぐさま文字に変換され、画面に字幕として表示される。こうした言葉が女の子の口から発せられたとなると、その意味するところは明らかだ。

ソフィア・マーチはかぶりを振って立ち上がり、叫び出す。

「それ、言っちゃいけないいんだよ！」

「そんなことないよ」

「そんなのうそだ、うそだよ！」

「嘘って、なにが嘘なの、ソフィア？」カウンセラーのひとりが優しく穏やかな声音でさりげなくたずねる。当然ながら、名前を呼ばれてふたりの少女が同時に振り返る。ソフィア・マーチは癇癪を起こしてコップをすべてなぎ倒し、ソフィア・ジューンにわめき散らす。

「だめ、だめ、言っちゃだめ！　パパにないしょって言われたんだから！　秘密なんだから！」

ソフィア・ジューンはたじろいで口を閉じ、うつむく。ゲームはおしまいだ。ベティはもうケロとも鳴かない。

「さあ、散歩に行きましょう」カウンセラーのひとりがソフィア・ジューンの手を取る。「一緒に行くか、ママにも聞いてみましょうね」

秘密。それが始まったのはパリだ。ソフィアはあの旅がきらいだった。

★

初めはひとりぼっちで留守番をさせられているベティのことが心配だった。十日分の餌として、不運なうじ虫を数匹、飼育ケースに滑り落としてきた。そのあとリアムがセーヌ川の観光遊覧船《バトー・ムーシュ》に乗りたいと言ったとき、ソフィアは父親とホテルに残った。〝こいつは絶対に船酔いするからだめだ〟と父親が言い張ったからだ。母親がリアムをエッフェル塔の二階の展望台に連れていったときも、父親は一緒に行くことを許さなかった——〝ソフィアは疲れてるし、それにどっちにしろ、あんな塔より地元のビルのほうがよっぽど高いじゃねえか〟。そして妻と息子がいなくなるたびに、娘を浴室に連れていき、風呂に入れと命じた。ソフィアは裸になってバスタブに入るのがきらいだ。父親も裸になり、一緒に入ろうとするからだ。父親は娘の身体を石鹼で洗う。あちこちなでまわしながら、長々と時間をかけて。パパ、あたし、きれいだよ、もういいってば。よし、きれいになったな、さあ、今度はおまえがパパを洗う番だ、ママには内緒だぞ、ふたりだけの秘密だぞ。けれどもソフィアは父親の身体から目を逸らし、しろと命じられていることをしないように両手をふんばる。なんでもいい、しがみつけるものすべてに視線を張りつかせる。クロームのガウン掛け、〈マルセイユ石鹼〉と書かれたボディソープのボトル、金色の蛇口。

そのあと、五月に父親がイラクから戻ってくると、ソフィア・マーチは自宅の浴室もきらいになる。ハワードビーチでも浴室の細かいあれこれに詳しくなる。ペンキのひび割れ、天井の蛍光灯のちかちか点滅する明かり、空色のタイルのゆがみ。においもきらいになる。石鹸のにおいも、シャンプーのにおいも、みんなすべて。けれども、そのことは秘密だ。

スリムボーイズ

二〇二一年、六月二十八日（月）
イギリス、ロンドン・ケンジントン地区、ストラトフォード通り

「カデュナさん、巻きものはいかがですか」ＭＩ６の職員がスリムボーイ・マーチに寿司《スシ》ののったトレイを差し出す。「ケンジントンで一番おいしい日本食ケータリング店のものです。ラゴスのヴィクトリア島にある〈イシミ〉なんて目じゃないですよ」

だがスリムボーイの機嫌は直らない。ラゴスで彼がプライベートジェットに乗りこむことを承諾したのも、テイラーの十二弦ギターとギブソンの〈ハミングバード〉を持参したのも、ポップミュージック界の生ける伝説《レジェンド》と共演するというプロジェクトをちらつかされたからだ。しかしひとたびイギリスの地を踏むやいなや、ホランドパークにほど近いこのヴィクトリア様式の館に到着するまでのあいだ、オックスフォード訛りのあるこのＭＩ６の黒人職員になにやら判然としない話を長々

と聞かされる羽目になった。男の口から飛び出してくるのは、〝稀な瞬間〟や〝常軌を逸した現象〟といった言葉だけで、エルトン・ジョンの〝エ〟の字も出てこない。だが望みが絶たれたわけではない。連れてこられた館のリビングルームの真んなかに、例のピンク色のスタインウェイのグランドピアノが鎮座ましましていたからだ。

「おれをわざわざロンドンまで連れてきて、エルトンに会わせようともしねえのか？　フライト中、ずっとリハーサルしてたってのによ」

　嘘ではない。スリムボーイは飛行機で移動する五時間を、ビリー・ポールからレディ・ガガまで歌手がそのキャリアを通じて一度はカバーする名曲、「僕の歌は君の歌《ユア・ソング》」を練習して過ごした。楽譜はピアノ用だったが、ロッド・スチュワートのギターバージョンを参考にした。ギブソンを手に取り、最初は見下すようにすかした態度で弦をかき鳴らし、単純きわまりない歌詞、〝みんなに君《アンド・ユー・キャン》の歌だって言っていいんだよ《・テル・エブリバディ・ディス・イズ・ユア・ソング》〟を口ずさんだ。だがすぐにこの白人のラブソングが五十年も前につくられ、さんざん使いまわされているという事実を忘れた。そして歌詞の一文一文に魅了され、子どものように胸を揺さぶられ、これを書いたときバーニー・トーピンがまだ十八歳でしかなかった事実を思い出し、言葉の一つひとつが彼、スリムボーイのために、禁じられ、歌にすることもできなかった自分の恋について語るために書かれていることを理解し、プライベートジェット〈ダッソーファルコン〉がヒースロー空港に向けて高度を下げはじめた頃にはもう、この曲を弾きながら涙を抑えることができなかった。

「ものものしい警備に驚いているかもしれませんが、心配しないでください。エルトン・ジョン卿はまもなくいらっしゃいます」ＭＩ６の職員はため息をつく。「その証拠に、いいですか、情報機関が所有する建物にピアノなどありませんから」

「じゃあ、あれはほんとにエルトンのプライベートジェットだったのか？」

「もちろんです。座席のレザーもピンク色でしたよね。とにかく……当方からの説明はご理解いただけましたか？　対面する準備はできていますか、カデュナさん？」

「頼むから〝カデュナさん〟と呼ぶのはやめてくれ」スリムボーイはいら立つ。「それであんたは、あんたの本名は、ジョン・グレイだよな？」

「ジョンと呼んでくださってかまいません」そう言いながら、ＭＩ６の職員はドアを見張っている警察官に合図する。

もうひとりのスリムボーイが姿を現わした瞬間、スリムボーイ一号はあとずさり、二号は身をこわばらせる。ふたりは時間をかけて互いを検分し、観察する。フロイトは〝不気味なもの〟、〝自己愛的分身《ダブル》〟、〝内なる鏡〟について説いたが、どれもしっくりこない。奇異な存在は不気味ではなく、分身《ダブル》にうっとりさせられることもなく——やせすぎだし、背が高すぎるし、若すぎるとさえ言える——、どちらも相手を〝タイプじゃない〟と考える。スリムボーイ・ジューンはようやく部屋のなかに足を踏み入れると、エドワーズ広場の古い樫の木立が望める窓へと向かい、巻き寿司をひとつつかんで口に運ぶ。その間《かん》も、もうひとりの自分から目を離さない。

スリムボーイ・マーチは椅子に腰を下ろし、彼もまた巻き寿司をひとつ手に取る。そしてひと口サイズの米の塊がひとつ、またひとつと、ふたりの腹のなかに消えてゆく。ＭＩ６の職員にとってこれは想定外の展開だ。互いをいぶかしみ、問いをぶつけ合い、かつがれているわけではないことを明らかにするために相手の主張のほころびを探し出そうとするだろうと踏んでいたのだが、まったくちがった。ふたりは特異な成り行きにも動じず、ありえない状況にもうろたえない。ただ腹が減る。

じきに寿司がなくなる。スリムボーイ・ジューンは手首にくっきりとついた傷を無言で指差す。

そして目で問う。

「トム」スリムボーイ・マーチはぽつりと言うと、袖をまくり、てらてらと光る同じ傷痕を見せる。

そしてもう一度言う。

「トム。知ってるよな」

そう、スリムボーイ・ジューンは知っている。彼だけが知っている。トムが殺されたあと、生きていくことに絶望し、手首を切ったこと。母に命を救われたこと。スリムボーイ・ジューンは具体的な地名を出すことで互いの絆を強固なものにする。

「イバダンでのことだ」

ふたりは同時に悲しげに微笑む。それは秘密を分け合う者同士の、愛情と親しみのこもった笑みだ。ようやく嘘をつく必要が、隠し立てをする必要が、恥じる必要がなくなった。世界は変わっていないが、ふたりは前より強くなれたと感じる。スリムボーイ・マーチは立ち上がり、二本のギターを取りに行くと、十二弦のほうをジューンに手渡す。ジューンは言う。

「『ヤバ・ガールズ』って曲、聞いたぜ。いい曲だ。で……おれはマジでドレイクとコラボしたのか？　いや、おれじゃなくて、おまえは」

「ドレイクとも、エミネムとも、ビヨンセともな。五月にはロンドンの〈アフロリパブリックフェス〉に参加した。二週間後にはノリウッドの恋愛映画『ラゴスのウェディング』で主役を演じる予定だ。ソニーミュージックと新しい契約も結んだし、コカ・コーラをスポンサーにして新しいレーベル、〈リアルスリム・エンターテインメント〉も立ち上げた。そんなとこだ」

スリムボーイ・ジューンは顔をほころばせる。そして、〝ある日アメリカ人が火星に降り立つと、そこではラゴス出身の男ふたりが契約を交わしている〟というジョークを思い出す。

「それに、見ろよ」

スリムボーイ・マーチがスウェットのジッパーを下ろすと、胸もとに〈百パーセント人間で正当《100パーセント・ヒューマン・アンド・ヴァリッド》〉の文字が現われる。着ているのはレックス・ヤング（ナイジェリア人のグラフィックデザイナー、若手起業家）がデザインしたTシャツで、これを着ることはLGBTのコミュニティとそれを支持する勇気ある少数の異性愛者たちへの連帯を示す控えめなサインだ。

ふたりは屈託なく笑う。すべては「ヤバ・ガールズ」のおかげだ……。スリムボーイ・ジューンは相手の成功を妬んではおらず、自分が妬んでないことに驚いてもいない。ただ幸せな気分だ。まるで空から遺産が降ってきたみたいに。MI6の職員にとってはまさかまさかの展開だ。

「おれも一曲つくったんだ。おれたちが閉じこめられてたあの格納庫で。タイトルは、「ビューティフル・メン・イン・ユニフォーム」」

「ビューティフル・メン？　まさか、おまえもゲイとか言わないでくれよな？」

ジューンがメロディラインを爪弾きながら長調で歌い出すと、マーチがすぐに副旋律《サブメロディ》を見つけ出し、コードの伴奏をつけて即興でハーモニーを奏でる。ふたりのシンガーは互いに呼応し、相手を押しのけることなく音楽に厚みをつけていく。そしてふたり一緒にラストをクールに締めくくると、マーチは不意に目を輝かせて言う。

「ちょっと待て、そうだ、双子ってことにすりゃいいんだ！　そうすりゃ話は早い。なにしろおれたちはヨルバなんだから」

ヨルバ族なら当然、話は早い。エブリエ族は双子を恐れる。マンディンカ族となればなおさらだ。双子はふたつの視力を持ち、心を読むことができる、と考えられているからだ。ンデンブ族、バントゥー族、レレ族にとって双子は動物界に属している。フォロナス族は双子が生まれると、村長や呪術師が脅かされないように、一昼夜にわたり赤ん坊たちを村から遠く離れた場所に遺棄する。ルバ族は双子の一方を殺す。双子は災いの子どもだからだ。アフリカ各地で双子は呪物の産物とされ、双子が生まれたのは天からのしるしであり、邪視を向けられている証だと考えられている。だがヨルバ族のあいだではこの一世紀来、かつては恐怖を掻き立てていたそれらの雷神の子どもたちを殺すことはなくなった。年月を経て、双子は呪われている存在から崇拝や信心の対象へと変わったのだ。それというのもヨルバ族のあいだでは世にも珍しいことに、二十回に一回の割合で双子が生まれているからだ。イグボ＝オラ村などは〈世界一の双子の里〉と自称しており、〝タイウォ（一番目）〟と〝ケヒンデ（二番目）〟という名前を持つ人がごろごろいる。だからそう、じつはスリムボーイには双子の弟がいて、捨て子になっていた弟が見つかった、ってことにしてなにが悪い？　決してありえない話ではない。

「となると、偽《にせ》の身元《ID》が必要だな」ジューンは言う。

「カネさえ積めばなんとでもなる」マーチはうなずく。

ＭＩ６の職員がピザの注文を受け付けるようにメモを取りながら言う。

「新しいＩＤがご入用なのはどちらでしょう？」

「おれだよ、もちろん」ジューンが答える。

「かしこまりました、対応しましょう。来歴をつくり、デジタルアイデンティティをご用意します。うちはこの種のノウハウが充実していますので」ＭＩ６の職員、ジョン・グレイは請け合う。

「ふたりでライブを開き、曲をつくれるな。双子か……、これはウケるぞ」ふたりのうちの片方が笑う。「スリムボーイズ、いいじゃねえか」

もう一方がそれに答えようとした瞬間、建物の前にキャンディピンクの細長いリムジンが停まり、小柄な男が降りてくる。その男はひよこ色のシルクのスーツを着こみ、ボトルグリーンの帽子を被り、ラインストーンがついた大きなメガネを鼻先にずり落としてかけている……。

★

ラゴスのローカル紙〈ザ・ガーディアン〉
二〇二一年七月二日（金）

スリムボーイからスリムメンへ

スリムボーイはなんと双子だった！　世界的ヒット曲「ヤバ・ガールズ」を生んだ著名なシンガーソングライター、スリムボーイは今年一月、母親の遺書を読み、自分に双子の弟がいることを知った。貧しかった母親は子ども二人を育てるのは無理だと考え、出産後すぐに双子の一人を孤児院に預けたのだ。だがその子はそのあと行方不明に。スリムボーイはこの行方知れずの弟を見つけたいと思い、失踪人捜しを専門とするラゴスの探偵、アダウェレ・シェヒュを頼った。シェヒュいわく、「調査は難航し、依頼人の弟の身元を特定するのに四カ月近くかかった。正直、依頼人が突如有名になり、ナイジェリア中に顔が知られるようになったことが幸いした。依頼人とよく似た人物を捜せばよかったからね」

というわけで、スリムボーイことフェミ・アフメド・カデュナにはサムという双子の弟がおり、サムもまた才能豊かなミュージシャンだ。サムはこれまで配達員として働くかたわら、ラゴス――彼は近郊のオジョドゥ在住だった――の夜のパーティーを音楽で盛り上げてきた。二人の感動的な再会に立ち会ったのは、スリムボーイの三人の妹などごく限られた近親者のみ。以来、双子は――まさに瓜ふたつ！（写真参照）――〈スリムメン〉というユニットを組み、一緒にライブツアーを挙行することを決めている。

新たに誕生したユニットが二人分の幸運に恵まれることを祈りたい。

パイロットは二度死ぬ

二〇二一年六月二十八日（月）
ニューヨーク、マウントサイナイ病院

薬理学はどこまでも厳密な科学であろうとする。というわけで、八分ごとにポンプが低いビープ音を発しながら二ミリグラムのモルヒネを静脈内に投与する。モルヒネの血漿中濃度は最小にして有効で、デイヴィッド・マークルは苦しんではいない。緩和ケアを施す病室で衰弱して眠っている。肉体は限界に達してしまった。もし目覚めることがあるとすれば、それは息を引きとるためだ。

妻のジョディは休息を取るため自宅に戻った。明日、グレースとベンジャミンは学校に行く。一方、ポール・マークルは病院に詰めている。召喚命令に従ったのだ。FBIは〝尋常ならざる事態〟という表現を使った。マウントサイナイ病院に到着したポールはFBIの職員に出迎えられ、説明を受けた。彼はかぶりを振り、眉をひそめ、〝尋常ならざる事態〟を理解することを全身で拒んだ。そのあと上階のフロアに連れていかれた。そこは軍の監視区画に変わっており、機密保持義務を課された看護師ひとりをのぞき、病院のスタッフはみな退出させられた。ポールはそこで待機しながら、プロトコル42の医療チームから手渡されたファイルに目を通す。ファイルにはもうひとりのデイヴィッド・マークルが受けたCT検査とMRI検査の結果が記されている。

ポールは待ちかまえる。けれども、FBIの捜査官ふたりに背を押される恰好で部屋のドアを押し開けて入ってきた男を目にした途端、〝ファック〟の語が口から飛び出すこともなく、ただ膝から力が抜けて椅子に座りこむ。

デイヴィッドは兄のポールに視線を向けたあと、ベッドで死にかけているもうひとりのデイヴィッドを見る。ポンプのビープ音が鳴るが、兄弟は黙ったままだ。

「奥さんに連絡しました」FBIの男がデイヴィッドに告げる。「職員が迎えに行ってます。準備がありますから、対面するにあた……」

「休ませてあげてくれ」デイヴィッドは言う。「そのほうがいい」

この声。弟の声をふたたび耳にして、ポールは動揺する。思わず立ち上がり、弟のほうへ歩を進め、抱きしめる。このにおい。それもまた、病気になる前の弟のにおいだ。デイヴィッドの身体にはずしりと筋肉がつき、力がみなぎっている。ポールは弟を抱擁したあと身を離し、もう一度まじまじと見つめる。そして間の抜けたせりふを口にする。

「おまえだ。ほんとうにおまえだ」

「ほんとうにおれだよ」デイヴィッドは答える。「さあ、外に出よう」

カウンセラーたちは一瞬、彼らのあとについていくことをためらう。ふたりだけにしてくれ、とデイヴィッドは身振りで伝える。兄と弟は死の淵にいるデイヴィッドが眠る病室を出ると、病院のグレーの模造皮革のソファに、奇跡よりも悲しみが多く刻まれたソファのひとつに腰を下ろす。デイヴィッドは目をつむる。頭がくらくらする。

「いったい……兄さん、おれの身にいったいなにが起きたんだ？　膵臓癌だと告げられた。診断が下されたのは……五月だと」

医師としてのポールが覚醒し、弟の腕をつかむ。

「デイヴィッド……、先週の土曜日に検診を受けたこと、憶えてるな？　格納庫のなかで。さっきその結果を受けとった」

デイヴィッドは理解する。死ぬのは耐えられない。だが、死期がわかったうえで死ぬのはもっとずっと耐えられない。彼はもはや座っていることができずに立ち上がり、半開きのドアに近づくと、ベッドに横たわる肉体に視線を向ける。だが痩せ細り、衰弱しきっているせいで正視に耐えず、墓石の色をしたソファに戻って座る。そして、まるで聞かれることを恐れているかのように小声でつぶやく。

「おれもじきにああなるのか？」

「おまえの場合は化学療法と放射線療法をいわば三月十二日か十三日に開始するようなものだ。五月三十日じゃなくて」ポールはファイルに目を落としながら元気づけるように言う。「治療期間も一カ月じゃない、四カ月はある。侵攻性の癌だから、この差は大きい」

ポールはふたたび弟に説明する――腫瘍のできている場所が悪いこと、肝臓に転移していること、十二指腸にまで浸潤していること、一ヵ月前のデイヴィッド・マーチと同様、手術はできないこと。デイヴィッド・ジューンはデイヴィッド・マーチと同じ質問をし、同じことを言い、ポールは同じ答えを同じ言葉で返す。ときおり、〝すでに説明したように〟と口走る。ふたり目のデイヴィッドを前にして、これが初めての説明だとはどうしても思えないのだ。

「予後は？」ふたり目のデイヴィッドも同じ問いを発する。「最低三ヵ月は持つはずだ。もう少しか？」

「ほかの治療法を試してみよう。おまえにはおまえ自身が務めた実験台がある。少なくとも、なにが効かないかはわかってる」

ポールは悲しげに微笑む。彼は医学と治療プロトコルに絶大な信頼を置いている。だからこそ彼はこの無分別な職業を選び、その仕事に秀でることができたのだ。実際、自分は医師という職業に選ばれたのだと思うことすらある。彼はつねに希望を失わず、患者を安心させるのがうまい。それは自分自身にも巧みに嘘をつくことができるからだ。だが、ここでもまた息苦しくなる。となりで人が死にかけている。しかもそれは弟のデイヴィッドだ。心で泣きながらも、なんとか笑顔をつくれないものか。だがそんな芸当はできない。

「ジョディは？」ふたたびデイヴィッドがたずねる。

「疲労困憊している。彼女がどれほど大変だったか、想像できないだろうな」

この先弟に待ち受ける試練を思えば、不用意な言い方だったかもしれない。だが、しかたない、とポールはあきらめる。そのとき携帯電話が振動する。ポールは電話に目を落とし、応答ボタンを押して小声で言う。

「ジョディか?」

★

対面の舞台は極小の日本庭園だ。楡と白樺が植えられた小さな英国式庭園との境には背の高い黒竹の生け垣が設けられている。ささやかな滝を流れ落ちる水は明るい色の石のあいだを縫い、鯉の泳ぐ静かな池に注ぐ。小石敷きの道は短い木製の橋につながっていて、橋の先にある島は石のベンチをふたつ置けるぐらいの広さしかない。この庭園の設計者たちは命を感じさせる静謐な空間をつくろうとしたのだろうが、計算された至福の演出がここを人生最後の散策の場としている。高級感あふれる緩和ケアセンターの中央に据えられたこの庭園は、手厚い保険に加入することができ、禅なる死は単なる死ではないと信じたい人たちだけに許された特権的な場所だ。

FBIの捜査官とポールに付き添われてジョディが竹のあいだから姿を現わしたとき、デイヴィッドは彼女が光も音もない雷に撃たれて硬直するのを目にする。あとずさりしないようにジョディは全身に力をこめている。顔はやつれ、肌は潤いを失くし、表情は険しくなり、目は充血し、くまが浮いている。顔の部位の一つひとつに疲労が刻まれている。ようやく彼女はポールに支えられながら緩慢な足取りで近づいてくる。亡霊に向かって歩いてくる。橋を渡り、あいているもうひとつのベンチに座り、デイヴィッドを長々と凝視し、それから視線を落とす。ポールはデイヴィッドに、大丈夫だ、と合図し、その場から遠ざかる。

ふたりは向き合ったまま、しばらく押し黙っている。けれどもついにデイヴィッドが口を開く。

「子どもたちが騒いでいる公園のほうがよかったよ。いや、こんなばかげた場所以外ならどこでもいい。カウンセラーはここが理想的だと考えたんだろうが、正直……」

「しーっ、黙って」

ジョディは小声で言った。デイヴィッドは黙り、滝のさらさらとした水音とイエスズメのさえずりに耳を傾ける。鯉が動いたのだろう、突然、緑の水面《みなも》がすばやく渦を巻く。この庭園は結局、もしかしたらそれほどばかげたアイディアではなかったのかもしれない。

唐突にジョディが言う。声が震えている。

「あなたの姿を見せたくなくて、子どもたちを病院に来させないようにしてたのよ。あなたがチューブにつながれ、モルヒネで意識を失ってからは。あの子たちには、パパは回復の途中だった、って伝えましょう」

まだ元気で生きているデイヴィッドと、死にかけているデイヴィッド。デイヴィッドはふたりいるのに、ジョディはふたりを分けずに〝あなた〟とまとめて言う。これはひとつの現実を否定し、新たなひとつの現実を受け入れようとする彼女なりのやり方だ。カウンセラーたちは数日のうちに、彼女と同じ態度を関係者全員にみとめることになる。

デイヴィッドはうなずく。妻を抱き寄せたいが、相手にその準備ができていないのを感じとる。

相手の恐怖と拒否を読みとる。ジョディには滝の音も鳥のさえずりも聞こえない。白い小砂利に視線を据えたまま、夫のほうを見ることができない。

「ごめんなさい。キスしたいけど、できない」

茫然自失から覚め、誰の頭にも浮かぶ問いをひととおり発したあと、ジョディがポールにたずねた最初の質問は、〝それで、癌は？〟だった。そしてポールが真実を話し、彼女がこの闘病前のデイヴィッド、つまりどこからともなく出現したこのデイヴィッドもまたおそらく死ぬことになるのを理解したとき、彼女は全身から血の気が引くのを感じた。そしていま、こう考えている自分を責めている——あなたはなぜ戻ってきたの、デイヴィッド、なぜ？　いままでの試練は、通しのリハーサルにすぎなかったの？　この苦痛の一カ月は、いま以上に残酷な苦しみと、無力さがもたらす涙と怒りにそなえるためのものだったの？　彼女は、これは天が与えてくれた二度目のチャンスだ、と思いたかった。けれども、いや、ちがう、これは二度目の苦悩であり、彼女が感じるのは怒りと反発だけだ。

彼女は冷めた声で繰り返す。

「子どもたちには、ええ、あなたは回復期にあったということにしましょう。そのほうがわかりやすいから」

彼女は、〝あの子たちに、二度も父親の埋葬に立ち会わせるような試練を与えたくないの〟とは付け加えない。

「ジョディ、おれは打ち勝つつもりだ。グレースのために、ベンジャミンのために、きみのために」

「ええ」

「それに、なんだかんだ言って、おれ自身のために」

ジョディは視線を上げる。デイヴィッドは彼女を笑顔にしたいと思うが、彼女にはなにをする気力もない。ジョディは夫を見つけるために、まとわりついて離れない絶望を払いのけるために、彼のまなざしに飛びこむ。デイヴィッドが手を差し伸べ、彼女はそれをつかむ。デイヴィッドが握り返してきたとき、夫のぬくもりと、親指で妻の手をなでる夫の癖に再会する。

「ほんとうにあなたなのね」ついに彼女は言う。

それは問いではない。なぜなら少しも疑ってはいなかったからだ。デイヴィッドは答えない。ただもどかしいほどの愛情をこめて妻を見つめる。すでに彼女のすべてを心に刻みこもうとしているかのように、残された日々がすでに決まっているかのように。

庭園の入り口にポールが立っている。その瞳が悲しみに陰っているのは、看護師からいましがたもたらされた知らせのせいだ。だがそんなポールの姿はふたりの目に入らない。ＦＢＩの捜査官がなにか言うが、その言葉も耳に入らない。

時間が流れる。そして苦しみをやわらげるのは、流れる時間だ。

鯉が一匹、水面から飛び出してきてまた池のなかに沈む。その水音に、ふたりはびくりと肩を震わせる。

ウッズVSワッサーマン

二〇二一年六月二十八日（月）
ブルックリン、キャロル通り

こんなにたくさんの涙を、身体はいったいどうやって溜めこんでいたんだろう？ ふたりのジョアンナは泣きながら同時に同じことを考える。こんなにたくさんの涙を、いったいどうやって？

イラストレーターのアビィ・ワッサーマンの広々としたアトリエにいるのは五人。クロッキーやグワッシュ画が取り巻くなか、ＦＢＩのカウンセラーたちは背の高いスツールにぎこちなく腰掛けている。ふたりのジョアンナはそれぞれ肘掛け椅子と古いソファに座り、ソファには驚きのあまり言葉を失ったアビィも座っている。アビィはごく自然に〝彼の〟ジョアンナのとなりに腰を下ろしたのだが、彼はいま、もうひとりのジョアンナの瞳に浮かぶ悲痛の色に気づいている。彼女もまた、三カ月前、パリから飛行機で帰国し、ニューヨークの空港で彼が抱きしめて出迎えたあのジョアンナなのだ。彼女に口づけして、やさしい言葉をかけてやらなければ、と思う。だがそれができない。アビィは石のように固まっている。

長いあいだ全員がじっとしたままひと言もしゃべらない。

「外の空気を吸わせてちょうだい」突然、ジョアンナのひとりが言い、ふたりのジョアンナが同時に立ち上がる。そしてフランス窓を開けて、通りに面した大きなバルコニーに飛び出す。アビィはふたりを追いかける。

そうして彼らは日射しを浴びる。目を赤くしたまま、深呼吸する。ジョアンナはどんなときにも野外の恵みを信じてきた。コウノトリが赤ん坊を運んでくるように、風や空や雲が答えをもたらしてくれると信じて疑わなかった。子どもの頃、世界が彼女につらくあたったとき、彼女はよく西通りとプロヴィデンス通りが交わる角にある公園にやすらぎを求めに行った。アスファルトの小道をひた走り、肺が爆発寸前になると芝生に倒れこみ、心臓を激しく鼓動させながら両腕を広げて仰向けになった。ひと息吸うごとに、世界が少しずつ彼女のなかに入ってきた。そして少しずつ世界をふたたび自分のものにした。けれどもキャロル通りのきらめく楓の木立は、どんなシンプルな答えも授けてはくれない。ジョアンナのひとりが鼻をかみ、ゆっくりと呼吸をして落ち着こうとする。もう一方は目をぬぐう。

「あなたの人生を奪いたくはない」片方が洟をすすりながら言う。

「わたしだってそう」

「でも、自分の人生を失いたくはない」

ジョアンナのひとりがアビィに向き直る。

「アビィ、お願い、なにか言って」

アビィはぎくりとする。視線がふたりのジョアンナのあいだをさまよう。ふたりを見分ける手がかりは、微かに丸みを帯びた腹部だけだ。

「申しわけない。ショックが大きすぎて、なんて……なんて言えばいいかわからない」

彼はうつむき、手首の上部にあるタトゥーに目を落とす。砂丘に生えた二本の椰子の木。祖父を、祖父の人生を偲ぶためのものだ。幼い頃、年老いた祖父の前腕に〈OASIS《オアシス》〉と彫られてあるのを見て、彼はなぜその言葉を彫ったのかとたずねた。すると祖父は言った。いいか、アビィ、オアシスは砂漠の真んなかにある水を意味する。そこは平和と分かち合いの場所だ。だから二十歳のとき、この文字を彫ったのさ。この国での戦後の新しい人生の希望を表わしてるんだ。お守りだよ、わかるか、アビィ、お守り《アイン・グリュックスブリンガー》。幼かったアビィは、〝グリュックスブリンガー〟とオウム返しに言った。そしていまでもまだ、ドイツ語では〝グリュック〟という言葉が〝幸福〟と〝幸運〟の二重の意味を持つことに胸を打たれている。つまり不幸とはたぶん、ただ単に運に恵まれないことなのだ。アビィが十一歳になった日、祖父は真実を明かした。いや、おまえは読みまちがえていたんだよ。彫られていた文字はOASISじゃない。逆から読むのさ。51540。アウシュヴィッツでの囚人番号だ。祖父が死んだ翌日、アビィは手首の上、祖父と同じ場所にこのオアシスを彫ってもらった。オアシスの秘密を知るのは彼ひとりで、これまで彼はこのタトゥーから力を得てきた。けれども女性ふたりに視線を向けられているいま、彼が見つめるタトゥーはもう逃げ場所とはならない。

「ってことは、わたしたち、結婚したのね？　結婚して、ここに住んでるのね？」ジョアンナ・ジューンがたずねる。「わたしたちの結婚式はどうだった？」

この〝わたしたち〟は、熟慮の末に発せられたものではない。だがそれは、アビィの子を宿したジョアンナ・ワッサーマンとジョアンナ・ウッズとのあいだで交わされる会話のなかにある種の均衡をもたらす。この語を通じて、ジョアンナ・ウッズはよこしまな闖入者ではなく、置き去りにされた気の毒な人だという事実が想起させるからだ。

夏のそよ風が銀色にきらめく木々の葉を揺らし、車の騒音が遠ざかる。〈風は確かに、どこかで吹いた場所から吹いてくる〉（W・H・オーデンの詩より）――なぜそんな詩句が頭に浮かんだのだろう。ジョアンナには見当がつかない。

「どうすればいいのかわからない。法律的には……」ジョアンナのひとりが思いきって言う。

判例なんてない、ともうひとりのジョアンナが答えようとして、すぐにこう考える。ったく嫌になる、すぐに法律の問題を気にするなんて、ほんとにわたしとおんなじだ……。そして十六世紀にフランスで起きたマルタン・ゲール裁判のことを思い出す。裁かれたのはアルノー・デュ・ティルといういかさま師。彼はマルタン・ゲールの故郷の村に赴き、消息不明だったゲールと偽って彼の妻と暮らし、ゲールであってほしいと願う周囲の人たち全員にそう思いこませることに成功する。だがなんとゲール本人が戻ってきてしまい、ティルは絞首台に送られることになる。けれどもこんな話をわざわざ持ち出す必要はない、とジョアンナは思う。相手もこの同じ瞬間に、この同じ逸話を思い出しているだろうから。彼女は小声で言う。

「あの事件はまるで参考にはならない」

沈黙が下りる。やがて窓ガラスをそっと叩く音がする。一斉に振り返った三人の視線の先にFBIの職員たちがいる。気兼ねからか怯えからか、バルコニーまで来ようとしない。

「勝手にコーヒーでも飲んでてください」アビィが厄介払いをするため声をかける。

「それで、エレンは?」ジョアンナ・ジューンがたずねる。「あの子の具合は?」

「大丈夫。いま治療を受けてるから。それと、わたし……デントン&ラヴェル法律事務所で働き出した。ヴァルデオ社を担当してて、ヘプタクロラン裁判を任されてる」

「嘘でしょ? あの腐ったプライアのために働いてるって言うの? あなたが……というか、わたしがそんなことを?」

「彼は腐ってなんていない。そんな言い方は億万長者に対する偏見よ」

ジョアンナ・ジューンもわかってはいる。愚かしい行為だが、そうするのが当然だ、と。もちろん、自分も同じことをするだろう。治療費を捻出するために。と同時に、それになんと言っても、あの天下のデントン&ラヴェルで働けるのだから……。アビィのほうへ無意識に手を伸ばすと、アビィも無意識にその手を取る。それを見て、もうひとりのジョアンナは息が詰まり、胸が潰れる。ふたりのジョアンナにとって、妹はこの先もずっと妹だけれど、アビィはひとりしかいない。足し算できる愛がある一方で、決して割り算できない愛がある。

「ひどい話だ」アビィはもうひとりのジョアンナの手も握る。「ふたりを愛することはできない。

ぼくが愛するのはひとりの女性だ。ジョアンナという名の」

アビィはそれ以上なにも言えない。目に浮かんでいた涙が、どうしようもなくなってあふれ出す。驚くほどたくさんの涙が。

母ふたり子ひとり

二〇二一年六月二十九日（火）
パリ、ムリーリョ通り

二日前、ＦＢＩの心理作戦部は同盟国の情報機関に、準備、情報伝達、対面、フォロー、保護の五項目からなるプロトコルを伝えた。だが、そうした形式的な手順では埒が明かない。その証拠に、防諜・外国資料局《SDECE》が改称後も所有してきたパリの目立たない邸宅内、つまりモンソー公園に面する窓にカーテンが引かれたこの部屋では十五分前からふたりのリュシー・ボガートが対面しているのだが、ふたりは会った瞬間から敵対的だった。

全面戦争。リュシー・ジューンはフランスに戻るなり、それが避けられないことを理解した。リュシー・マーチにしても覚悟を決めている。息子、つまり彼女たちの息子、アパルトマン、編集中の映像作品はもちろん、服の一枚一枚に至るまで、すべてが人生を賭けた、あるいは取るに足らない争いの対象だ。

カウンセラーたちはそうした事態を見越していた。リュシーと息子は、愛と慈しみの密閉空間で十年にわたりふたりきりで暮らしてきた。リュシーには息子の父親と共同で親権を持つ気は端からなかったし、相手のほうも、つまり若すぎて父親の責任から逃げ出した男、息子を養育しようとしなかったあの男にしても、息子に関心を持つようになったのはほんの数年前からだ。そしていま、目の前にいるもうひとりの女と交渉しなければならないなんて、とリュシーは思う。耐え難い別れをすんなり受け入れろとでも？　児童心理の専門家とやらはなんにもわかっちゃいない。〝なによりも大事なのは子どもの心のバランスです〟だなんて、よくもまあ偉そうに。ふたりともそんな綺麗事のために身を引く気はさらさらない。子を想う母の心のなかで、黒々とした利己主義が崇高な寛容の心を力ずくで押さえつけようとする。

「ルイに準備はできてない」リュシー・マーチは繰り返す。

「わたしの息子なのよ」リュシー・ジューンは言い返す。「あなたの息子であるのと同時に」

リュシー・マーチは頑なに床を見つめたまま、顔も上げずに答える。

「あの子の心のバランスを考えないと。だから、無理」

無理？　〝無理〟って、どういうこと？　いったいなんの権利があってわたしが息子と会うのを禁じるの？　わたしもあの子の母親だってことがわからないの？　こっちだって負けず劣らずれっきとした母親なのに！　リュシー・ジューンは心底憤り、理性を失う。そして当然、もうひとりのリュシーの頬を青ざめさせ、その声を震わせるのも同じ怒りだ。

「もうひと晩たりともホテルには泊まりたくない！」リュシー・ジューンは大声を張り上げる。「わたしにはアパルトマンがある。こっちがどんな思いをしているか、一瞬でも考えるべきよ！」

リュシー・ジューンは深々と息を吸い、さらに怒りをぶちまける。

「わたしの家に住まないで！」

カウンセラーのひとりが思わずため息をつきそうになる。この場に必要だったのは、夫婦関係のカウンセラーか、離婚問題の専門家だったのだ。取りなそうとした瞬間、リュシー・ジューンがしぶしぶ言い足す。

「毎日住むのはよしてちょうだい」

「これは……前代未聞の状況なんですよ、マダム・ボガート」内務省から派遣された若い男が思いきって口を挟む。国立行政学院《ENA》の〈ハンナ・アーレント〉学年の卒業生で、内務省の危機管理室に飛ばされたこの青年は、農業省での仕事を続けたかったと苦々しく思っている。その彼がもごもごと言う。

「それでもわれわれは解決に向けて努力しています……」

「わたしが〝余計な存在〟だって言うのなら、わたしの息子とわたしの家で暮らしているそこのマダムだって〝余計な存在〟です。知ってます？　わたしが五日前からルイと話をさせてもらえてないのを」

　だが彼女の憤怒の源はルイのことばかりにあるわけではない。もうひとりのリュシーの、怒りに震える顎、わずかにゆがむ口角、爆発しそうな感情を冷静さの仮面の下に抑えこむ意固地さ、鼻に皺を寄せてメガネを押し上げる癖もいら立ちの要因だ。そうした特徴はどれもふたりのリュシーに共通している。自分のものでもある相手の可憐な外見にも、線が細く華奢でか弱い印象を与えるせいで男たちに〝おれが守らなければ〟という気にさせ、彼らの所有欲をいやおうなく掻き立ててしまうこの身体にも、彼女はひと目見た瞬間、嫌悪を覚えた。リュシー・ジューンはリュシー・マーチを怒りの目で検分しながら、ラファエルのことを考える。

ラファエルに出会ったのは一年前、撮影現場でのことだった。彼はカメラマンで、寸詰まりの体型とボクサーのような鼻をしていたが、魅力はあった。向こうに気があることはわかっていた。彼女はときおり彼に電話をかけている。予定が合えば、彼の自宅を訪ね、部屋に入り、キスらしいキスもせずに服を脱ぎ、ベッドに横たわる。そしていつも後ろから抱かせている。髪を引っ張られ、腰を両腕で挟まれながら快楽を得る。そのあとするりと身をかわして彼のものを体外に出すと、乱暴にしごく。相手が絶頂に達するとさっさとベッドを出て短いシャワーを浴び、すぐに部屋を出る。それ以上のものを求めようとはしない。セックスは彼女にとって秘密の庭ではなく、茫漠たる荒れ地だ。ラファエルの前にも複数の男がいた。愛などないほうがずっと楽でいい。

アンドレとニューヨークに行く数日前、彼女はラファエルを訪ねた。

その日もいつものようにコートを脱ぎ、腕時計とアンドレから贈られたホワイトゴールドにサファイアがついた指輪をはずし、三十分しか時間がないの、と告げた。彼女が急いでいることに焦ったラファエルは、相手の願いどおりにすぐに満足させるのは無理だと感じた。そこで彼女の両脚のあいだにひざまずき、やさしく舐めようとした。だがいつものように押しのけられた。嫌よ、そういうのはやめて。彼女は彼の前で、髪と背中と尻しか見せないいつもの犬の体位を取った。そして数分後にはすでにシャワーを浴びていた。ラファエルは言った。なあ、リュシー、ぼくはこんなふうに隙間時間に会うんじゃなくて、ちゃんと会いたいんだ。レストランに行くとか、芝居を観に行くとかして。リュシーは無言で彼を見た。そして身体を拭き、ショーツと靴下を身に着けた。ラファエルは粘った。それか、何日か休みをとって、ブルージュでもウィーンでもきみの好きなところに行こう。ぼくらふたりのために。彼女は服を着終えると、唐突に冷たく言い放った。ぼくらふたりのために？　ぼくらふたり？　なに言ってるの？　わたしに触れてあそこが勃《た》つから、あなたはわたしを愛してるとでも思ってるの？　わたしが行為の最中に淫らな言葉を口にしてるから、わたしがあなたを愛してるとでも思ってるの？　そういうこと？　でも、わたしたちは〝ぼくらふたり〟なんかじゃない、ラファエル、これは愛じゃない、こんなもの、愛とはまったくちがう。ただ身体が反応してるだけ、身体にだまされてるだけ。それがわからないの？

　ラファエルはしばらく二の句が継げずにいたが、やがて怒り出し、出ていけ、出ていけ、とわめいた。リュシーは肩をすくめ、腕時計をつかみ、薬指に指輪をはめて出ていった。ラファエルは彼女が出るのと同時にドアを閉めると、窓まで行き、彼女が通りを遠ざかり、スクーターに乗って消え去るのを見つめた。一度も自分のものにはならないまま所有したこの女から与えられた屈辱と悲しみに打ちのめされ、窓辺に立ちつくした。まさか一週間後、あるいは一ヵ月後に何事もなかったかのように、まったく何事もなかったかのように、彼女からまた電話がかかってくるとは予想もしなかった。彼はドアを開け、彼女に言う。まさかまた会いに来るなんて、思いもしなかったよ。彼女は驚いて相手を見る。そして服を脱ぐ。

リュシー・ジューンは自分がそんな愚行を恥じることはないと考えていた。ラファエルにどう思われるかなど、彼の前にいたほかの男たちにどう思われたかなど、どうでもよかった。けれども突然、爬虫類の目をしたもうひとりの自分を前にして——すべてを、みずから経験し、みずからを悦《よろこ》ばせた薄汚い支配の行為も含めたすべてを知っているこの女を前にして、リュシー・ジューンは嫌悪に凍りつく。裸の、醜い、卑猥な女。それはもう荒れ地などではない。露天のごみ捨て場だ。

彼女は身震いし、自問する。この瞬間、リュシー・マーチもラファエルのことを考えたのだろうか？ まだ彼と会いつづけているのだろうか？ だがそんなこと、どうでもいい。リュシー・マーチがふたたび口を開く。

「それにルイに、なんて言えばいいのか、つまり……ふたりの母親と会う用意ができているかどうかもわからない……」

「ルイは非常に聡明でとても早熟なお子さんです」カウンセラーが指摘する。「これまでの反応から判断すると、状況に直面するだけの力がそなわっていると言えるでしょう。それに、どうするか決めるのもルイ自身です」

それというのも、ルイはすでに知っているからだ。情報機関はルイにリュシー・マーチと一緒に来るよう要求し、一時間以上前から彼はとなりの部屋で児童心理カウンセラーと対話している。そして彼は理解した。自分には母親がふたりいるのではなくて、母親が二重にいるのだ、と。カウンセラーは頃合いを見計らい、母親同士が対面しているようすを音声なしでモニターに映し出した。

ルイは目を見開くと、ただひと言、こう漏らした。

「めっちゃ妙だね」

カウンセラーの女性は思わず笑ってうなずいた。そう、めっちゃ妙だ。彼女は念を押す。これは秘密だ、秘密にしなければならない、そうしないと危ないことになる。けれどもルイが案じるのはそのことではない。

「ふたりのうちどっちか選べって言われるのかな？　だって親が離婚すると、父親と母親、どっちと暮らしたいか聞かれるよね。まあ、もちろん、それとはまたちがう話だけど」

ルイの言うとおり、それとはまたちがう話だ、とカウンセラーは思う。だがそれでも、ふたりのリュシーがルイのために協定を、さらに言えば協力関係を結び、双方とも犠牲にならない合意を見いださなければならない。

ルイには口に出すことも認めることもできないが、自分が好きなのは三ヵ月前の母さん、毎晩アンドレに電話をかけて長々と話しこんでいた母さん、週に幾晩か祖母に息子をあずけていた母さんだ。ルイは母親の人生に不可欠な存在だ。だがその彼にとって、白髪頭で冗談好きのあの不恰好な大男の登場は救いだった。それまでの代わり映えのしない日常が崩れ、ルイは穏やかさと笑い声、そして母親がときおり見せる思案深げなまなざしを好んだ。息子にべったりではない母親のほうがいろいろな面で望ましかったのに、母がアンドレと別れるとルイはふたたび彼女の人生の中心に据えられ、年季の入ったカップルのマンネリな暮らしにしぶしぶ戻ることになった。

アンドレのことは三年前から知っていた。三年前というのは、ルイの時間の感覚からすれば永遠に等しい。毎年夏になると、この建築家は母と子を南仏の別荘に招待した。そこでアンドレはある晩、屋根裏部屋から古い箱を持ってきて、〈ダンジョンズ&ドラゴンズ〉の遊び方を、つまりいろいろな世界や城のつくり方、キャラクターになりきる方法、シャチやモンスターとの戦い方を教えてくれた。さらに多面体サイコロで遊ぶさまざまなゲームのセットを彼にプレゼントし、それぞれの手の成否の確率を計算するやり方や、最強の武器と最善の戦術を選ぶ方法を伝授してくれた。何度かプレイしただけでルイはレベル3のエルフに、母親はドワーフアーチャーになった。アンドレはなぞなぞも教えてくれた。

「ひとつ、なぞなぞがあるんだけど」ルイはカウンセラーに言う。

「どんなの？」カウンセラーは笑いかける。

「貧しい人たちにあって、お金持ちになくて、それを食べたら死んでしまうものがあります。それはなんでしょう？」

カウンセラーは降参する。

「答えは〝無〟だよ」

「無？」

「そう、無。貧しい人たちにあるのはなんにもない状態、つまり無で、お金持ちには必要としているものがなくて、それにいくら無を食べてもお腹の足しにはならないから死んじゃうよね」

「よく出来たなぞなぞね。憶えておかなくっちゃ」

「どっちの母さんと一緒にいるか、サイコロで決めてもいいんだけど」唐突にルイは提案する。

カウンセラーは最初、笑みを浮かべる。マラルメはまちがってはいなかった。ただしこの場合は、〈賽《さい》のひと振りは断じて偶然《アザール》を廃することはないだろう〉ではなく、〈賽のひと振りは断じて雑然《バザール》を廃することはないだろう〉だ。それから彼女はお気に入りだった本、ルーク・ラインハート著『ダイスマン』を思い出す。これは一九七〇年代にカルト的な人気を博した作品で、倦怠と不満を抱えた精神科医が人生にまつわるさまざまな事柄についてサイコロを振って決めるという話だ。彼女はなにより、激しい緊張関係を避けるためにサイコロを振ることを思いついたルイの聡明さに感じ入り、彼の早熟さを示すおおらかでこだわりのない自嘲めいた態度に舌を巻く。けれども突然、はっと気がつく。そう、ルイが正しい。そうするべきなのだ。この方法を採用すれば、自分の人生のあるじでありつづけながらも、決定を下す重荷を負わずにすむのだから。

「そうね、それが最善の方法よね、ルイ」彼女はうなずく。

そして少年にルールを決めさせようとする。

「具体的にはどうすればいい？」

「週の初めに七回、つまりそれぞれの曜日についてサイコロを振るんだ。そして奇数の目が出たらこっちの母さん、偶数の目が出たらあっちの母さんっていうふうに、曜日ごとに振り分けてくのさ」

「なるほど」

ざっと計算した結果、どちらか一方が一週間にわたって息子を奪われる確率は百にひとつであり、十日連続でそうなる確率は千にひとつだ。どちらのリュシーも犠牲にならないし、サイコロで決めるという方法を採用することに異を唱えることはないだろう。ふたりともうまく対処できるはずだ。

「じゃあ、ふたりに会いに行こうか？」カウンセラーはうながす。

ルイはうなずくと、彼女と連れ立ってふたりのリュシーが待つ部屋へ行く。ドアロに立ち、ふたりをひとりずつ眺めやると、笑いながら繰り返す。めっちゃ妙だね。そしてどちらか一方を選ぶことなく、彼女たちの前にある椅子に腰を下ろし、落ち着いた口調で自分の考えを述べる。

ふたりのリュシーは、胸のなかで沸き立つ溶岩を必死で抑えこみながらルイに笑いかけ、双方ともわが子の笑顔を自分のところに引きとどめようとする。もしルイが犬で、彼女たちのうちのどちらかが骨を持っていたならば、手のなかに隠し持って犬を引きつけようとするだろう。けれどもふたりはただ息子を見つめ、その言葉に耳を傾け、非の打ちどころのない息子に心の底から感嘆する。

ルイが説明を終えると沈黙が下りる。それは居心地の悪さを引き起こすほどのものだ。やがてルイが静寂を破る。

「この方法を思いついたのは、〈ダンジョンズ＆ドラゴンズ〉のおかげだよ」

そしてこれがすべての説明だと言わんばかりに誇らしげに微笑む。ふたりのリュシーは同時にあきらめたようにうなずく。ときに最悪の手が最善の手であることもある。

「なぞなぞがあるんだ」とルイ。「ぼくらは同じ母親から同じ年、同じ月、同じ日、同じ時間に生まれました。でも、ぼくらは双子じゃありません。なぜでしょう？」

ふたりのリュシーは答えがわからずかぶりを振る。

「三つ子だからさ」ルイは笑う。

よみがえったヴィクトル・ミゼルの肖像

二〇二一年六月二十九日（火）
ノルマンディー地方、イポールの断崖

場所はここだ。西風に吹かれてエニシダがたわみ、アホウドリが英仏海峡の灰色の空を滑空する。海から立ちのぼる霧が、眼下に広がるイポールの町の白い家々の輪郭をぼかしている。ヴィクトル・ミゼルは背の高い草のなかに寝そべって雲を見上げている。カモメが一羽、近くに止まる。彼は心のなかでカモメに呼びかける。もっと近くにまで、その翼がこの身体に触れるほど近くにまで来てくれ。そしてほんの少しでいい、いまや迷いの塊でしかないこのわたしにその原始の命を分けてくれ。彼は立ち上がり、崖の端に向かって歩き出す。そして断崖のへりに座り、雨に幾度となく洗われた白い石灰岩の岩肌をなでる。

そう、場所はここだ。まさにここで四月末、もうひとりのヴィクトル・ミゼルの遺灰が撒かれたのだ。ここは彼のデビュー作、『山々がぼくらを見つけに来る』の主人公が自死するために足を運んだ場所だった。編集者のクレマンス・バルメールはそのことに思いあたり、この地を散灰の地に選んだ。そしてここで彼女はダヴィデの子である伝道者、コヘレトの言葉を読み上げた。

伝道者は言う、
空《くう》の空、空の空、いっさいは空である。
川はみな、海に流れ入る、
しかし海は満ちることがない。
川はその出てきた所にまた帰って行く。
先にあったことは、また後《のち》にもある、
先になされた事は、また後にもなされる。
日の下には新しいものはない。

そのあとクレマンスはそうした儀式の重要性、つまり受け入れがたい試練を受け入れるために生者が編み出した人為的な手立ての重要性について心をこめて簡潔にスピーチした。やがて雨が降り出した。彼女は思いがけず流れ出た涙を隠してくれるこの律儀な雨を歓迎した。〝死は決して威厳に満ちたものではありません。ヴィクトル、死はつねに孤独なものなのです。ですが、この最後の別れの瞬間が少なくとも残された者たちのためになるよう願うことはできます。もしストア派の主張が真実なら、つまり人間たちのあいだには愛もやさしさも友情もなく、肉体だけがすべてであり、どんな感覚も肉体そのもののなかで生まれ、そこに根を下ろすという説が真実なら、その場合はヴィクトル、この最後の言葉も無益ではありません〟

クレマンスはこれと同じ言葉をいま彼女が目にしている幽霊に、断崖の際を危なっかしく歩いているあの幽霊に投げかけることもできるだろう。そんなに崖の端に近づかないで、と彼女は風の合間に叫ぶ。ヴィクトル・ミゼルは振り返ると手で合図をし、彼女のほうに戻ってきて笑いかける。

「嬉しいことだよな。友人が死んだとき、死んだのはまたぞろ自分たちじゃないって思えるのは！」

クレマンスは動揺している。なにしろ彼女のヴィクトルが戻ってきたのだ。明け方、エールフランス006便に搭乗していたフランス人たちを帰国させるために軍がチャーターしたエアバス機がエヴルー＝フォヴィル空軍基地に降り立った。そのあと乗客たちは何時間も説明を受けた。ミゼルは晴れて自由の身になった最初のひとりだった。彼には重複者《ダブル》との対面がひとつも予定されていなかったからだ。そのため彼を担当するカウンセラーの数は半減され、仕事も半減したが、〝当局〟が割り当てたカウンセラー、ジョゼフィーヌ・ミカレフは彼の後ろにぴたりと張りついている。どんなマニュアルにも想定されていない状況なので、彼女はその場その場で対処するしかない。

「真っ先にここに黙想しに来たのは賢明でした」ミカレフは言う。

「黙想しに来たわけじゃありませんよ、マダム。自分自身を弔ってなんていませんから。一瞬、この崖に来ることが理解の助けになるのではないかと思えたんです。でもまったく助けになりませんでした。単に四日間拘束されたと感じ、冬に家を出て夏に戻ってきたという気がしただけです。さて、町で昼食をとりましょう。わたしにはアンドゥイエットが必要です。それとオー＝メドック（ボルドーを代表する赤ワインの産地）のワイン。一杯と言わず、何杯でも飲みたいですね」

一行を乗せた黒いプジョーがエトルタの町を目指してゆっくりと走る。ハンドルを握るのは国家警察の要人身辺警護部《SDLP》から派遣された職員だ。若いカウンセラーが助手席に、ミゼルとクレマンスが後部座席に座っている。車内は静まり返り、カウンセラーがひっきりなしに叩くキーボードの音だけが響いている。ミゼルは草地と石灰岩が織りなす風景に見入り、クレマンスはそんなミゼルから目が離せない。彼女は当然、ミゼルにはもう二度と会えないとあきらめていた。そしていま、彼が目の前にふたたび出現したことでもたらされた混乱をどう受け止めればいいのかわからない。ミゼルの著作のすべてを再読したから、彼のことはかつてなく身近に感じている。彼の不在によってクレマンスの心には虚ろな穴があいていた。

レストランでミゼルは丸テーブルを選び、規則違反ではあるが警護職員も含めて全員で食事をとろうと主張する。そして好物のアンドゥイエットと二〇一六年産〈シャトー・ラ・パイエット〉を注文し、クレマンスに笑いかける。

「先週ディナーを一緒に食べたときは三月の初めだったんだよな。わたしと再会できてどうだ？　喜んでくれてるか？」

クレマンスは思案深げに彼を見るが、実際に見つめているのは遠い過去の情景だ。雨と泥のなかを歩く一行、両手に抱え持っていた骨壺、白い渦を巻きながら散っていった遺灰。風のうなり、伝道者の言葉――〈先にあったことは、また後にもある、先になされたことは、また後にもなされる。日の下には新しいものはない〉も耳朶《じだ》によみがえる。ミゼルが彼女を物思いから引き出す。

「クレマンス？　また会えて嬉しいか？」

「ええ、ヴィクトル、すごく嬉しい。ごめんなさい。なにしろこの二カ月はひどく悲惨で奇妙だったから。そして今度はこれでしょ。もうなんて言えばいいのか……」

クレマンスは言葉を探す。ユダヤのジョークによると、神は自分が創造したこの世界で起きていることを理解するためにモーセ五書《トーラー》をちょくちょく読み直しているらしい。彼女は続ける。

「どうしてわたしに知らせてきたの？　唯一、わたしだけに」

「誰よりもきみを信頼しているからさ。きみが口の固い人物だということは知っているからね。誰かにこの件を話したか？　話してないだろ？　ほらね」

「でも、じきに知れることよ。問題の飛行機にあなたが乗ってたってことを、じきにみんなが知るようになる」

「そうとも限りません」カウンセラーのミカレフが口を挟む。「搭乗者名簿は永遠に秘密に付されます。情報機関の手によって」

「それにわたしが姿を消し、ほかの人物になりすまして人生をやり直すことも可能だ」ミゼルも言う。「政府がわれわれにそうした選択肢を提案した」

「そんなこと、あなたはまず望んでいないし、それにあなたには無理だと思う」

クレマンスはタブレットの電源を入れ、自分の出版社のサイトにアクセスし、〈新刊本〉から

『異常』を選ぶと、〈メディアの反響〉のタブをタップする。

「あなたの本は百を超える記事や番組で取り上げられていて、そこら中にあなたの顔が露出してるのよ。今月号の〈リール〉（フランスの書評誌）は巻頭特集を組んでるし、翻訳もすでに六つの言語で進められていて、世間に知られたら……いったいどれだけの騒ぎになるか……。だから、姿を消すなんてことは……まあ、整形手術を受ければ話は別だけど……」

ミゼルは朝方、エヴルー基地で『異常』を読んだ。そしてそこに自分のスタイルは認めたものの、しっくりこなかった。凝った言いまわしは好みじゃないし、格言に魅力は感じない。この作品がどうしてここまで人気を博しているのか、彼には理解できない。

「クスリ漬け《スー・メドック》になったジャンケレヴィッチの作品だな、これは」ミゼルは笑いを漏らす。「もうひとりのわたしの作品だ。ニューヨークへ旅立つ前、こんな文章は一行も書いてなかったよ」

「わたしはこの作品のなかであなたと再会した。わたしは好きよ」とクレマンス。「でなければ、刊行してなかった。責任を取ってもらわなくっちゃ。なにしろ二十万部以上売れたんだから……」

「もっと早くにクスリに手を出すべきだったな……」

クレマンスはタブレットを閉じると、オー＝メドックのワインを決然と自分のグラスに注ぐ。

「あなたの〝復活〟を発表しなくっちゃ。リヴィオはさぞ喜ぶでしょうね」

「なんだって？　サレルノが喜ぶだって？」

「故ヴィクトル・ミゼルの友の会の主宰者のひとりよ」

「彼はわたしの友と呼べるような人物じゃないんだが……。共通の友人がいるってだけで」

「あなたたちはずいぶん頻繁に会ってたみたいよ、あなたがその……あんなことになる前に……。とにかくリヴィオはお葬式で見事なスピーチをした。例のイタリア訛りで、あなたの作品からいくつか文章を引用して」

「あいつは葬式好きなんだ。弔事を読むのが彼の晴れ舞台なのさ。みずからの謙虚さと深遠なる魂を披露できるから」

「まさに水を得た魚みたいだったってことは認める。とにかく、イレナについては……」

「イレナ？　彼女とは半年前に別れたよ。いや、九カ月前か……」

「よりを戻したんじゃないの？　ほんの何カ月か前に。イレナ自身がそう断言してるんだけど」

「いやいや、そうだとしたら驚きだ」

イレナに別れを告げられたのは昨秋の朝、ブラッスリー〈ウェプレール〉でのことだった。彼女はいつものように、〝とっても薄い、でもミルクはあんまり入れないカフェインレスカフェオレのラージサイズをお願い〟と注文し、それをちびちび飲みながら、自分にはずっと前から愛人がいたことを彼女に告げようと試みた。〝じょうずにシカせてくれる彼〟がいるのだと言って。ミゼルは怪訝に思い、もう一度言ってくれと頼んだ。すると彼女はぷりぷり怒りながら一音一音はっきりと、〝じょうずにイカせてくれる彼〟と口にした。ミゼルは肩をすくめて笑い出した――〝いやはや、傑作だな、イレナ、傑作だ！〟。すると彼女はがばりと立ち上がり、言い放った――〝あなたって、最低〟。周囲にいるわずかな聴衆によく聞こえるように、〝最低〟という言葉をことのほか強く発音した。それから立ち去った。振り返ることはなかったが、この情けない男の品性が下劣であることをいまや店内にいる誰もが納得しているかどうか、その高慢な目で確かめることは怠らなかった。ミゼルは大股ですたすたと遠ざかっていく彼女の姿を目で追いながら、この不条理な状況を前に少しずつ笑いがこみ上げてきた。

　だから、そう、彼女とよりを戻したとしたら、それはもう驚き以外のなにものでもない。

「死んで正解だったな」ミゼルはため息をつく。「まあ、そんな状況なら、きみの言うとおり、みんなわたしとの再会をさぞ喜ぶだろうよ」

「わたしは本心から喜んでるけど」クレマンスは笑う。「内務省の職員がうちの出版社にやってきて状況を説明し、わたしをここに連れていくって言ったときにはパニックになった。これから……宇宙人に会うんだって。虚ろな目をして冷ややかな声でしゃべる男に。ほら、あの映画、『ボディ・スナッチャー』に出てくるやつみたいな」

「申しわけない、クレマンス、ご期待に沿えなくて。ところでふたつ、頼みがある。実際的な頼みだ。その一、ちゃんと使える携帯電話が欲しい。手持ちの携帯のＳＩＭカードが解除されてしまったからね。おかげで世界から切り離されてしまった気がするよ。わたしの〝未亡人〟にどうしても電話したいんだ……。彼女の喜ぶ声が聞きたくてね」

「ミゼルさん、そうした物品はすべてご用意いたします」警護職員が請け合う。「ですが、通話には注意してください」

「それと、自宅に帰りたいんだが」

「ルヴァロワに部屋を確保してあります。国内治安総局《DGSI》の防諜部署の施設内にある部屋です。今夜は治安上の理由でそちらに泊まっていただきます。明日、パリのホテルに部屋をご用意します」

「それと、あのね、自宅のことだけど……」

クレマンスはそう切り出したものの、どこから話したらいいのかわからない。遠い親戚たちがアパルトマンにあった調度品を即座に山分けしたことか、家財道具が売りに出されたことか――〝なにしろ自殺だから、高値では売れないだろうな〟――、友の会がやたらと精力的だったことか……。話を聞いてもミゼルは憤慨せず、非難を口にすることもない。クレマンスは続ける。

「蔵書についてはある晩、あなたの家でパーティーが開催されてみんながめいめい気に入ったものを持ち帰っていった。それでもまだダンボール箱にたくさん残ってるけれど。ジャリとかドストエフスキーとか……いまではもう誰も読まないような本が。プレイヤード叢書はあなたのいとこたちが持っていってしまった。本棚にあると見栄えがするし、〈eBay〉で売れるとか言って」

「ミゼルさん、財産を取り戻せるよう政府が必要な手を打ちますからご安心ください」警護職員が請け合う。

クレマンスの心にはある疑問がひっかかっている。その同じ疑問を、カウンセラーが彼女より先に口に出す。

「ヴィクトル、これは飛行機のなかでも話したことですが……〝もうひとりの〟ヴィクトルはなぜみずから命を絶ったのでしょう?」

作家は楽しげな表情を浮かべる。

「人間は誰しもみずから命を断ちはしない。そう教わりませんでしたか? 責め苦を受けている人は例外なく、責め苦を与えている人物を殺して逃げようとするものですから」

「もしかして……イレナ・レスコヴァのせいでしょうか？」カウンセラーのミカレフは食い下がる。

「『L'Anomalie（異常）』は、〝Amo Ilena L〟、つまり〝わたしはイレナ・Lを愛している〟のアナグラムですからね」

ミゼルは声を出して笑う。

「えっ、それはほんとうですか？　誰がそんなことに気づいたんです？」

「イレナがあるインタビューのなかでほのめかしたんです」

「ラテン語に〝Amo〟というお誂え向きの言葉があってよかったな。なるほど、シェリダン将軍（南北戦争時の北軍の将軍）の言葉どおり、〈よい言語とは死んだ言語〉だ。冗談はさておき、もうひとりのヴィクトルがなぜあんなことをしたのか、わたしにもさっぱりですよ。わたしは自殺の気があるタイプじゃない。まあ、みずから死んでもかまいませんが。ことを起こすならいましかない、引き延ばせば手遅れになる」

「あっ！」クレマンスは興奮した声をあげると、タブレットを開いていそいそと画面に触れ、ミゼルに誇らしげに『異常』のなかの一文を見せる。「いまのはヴィクトール・ミゼルからの引用ね！」

彼女はふざけてヴィクトルを通常のVictorではなくVictørと綴ったときに想定される異国風の読み方、つまり〝ト〟の母音を長々と引き伸ばし、〝ル〟を巻き舌にして発音する。

「なにしろわたしはいま、ワイン漬け《スー・オー＝メドック》だからな。なぜ『異常』からの引用がとっさに口を衝いて出てきたのか、それが唯一の説明だ」

クスリ漬け《スー・メドック》ならぬワイン漬け《スー・オー＝メドック》――クレマンスはミゼルの下手な言葉遊びに苦笑いを浮かべる。そしてカバンを開け、封筒をミゼルに手渡す。

「ほら、これ、お返しする。これを身に着けてたのよ、飛び降りたときに」

ミゼルは封筒の口を破る。なかに入っていたのは携帯電話、鍵束、赤いレゴブロックだ。自分のポケットをまさぐり、同じブロックを取り出してとなりに置く。半信半疑でふたつをためつすがめつし、一方にもう一方をはめこむ。思い出と記憶が、ぴたりと重なる。

★

二〇二一年、六月三十日（水）
パリ、ホテル〈ル・ルテシア〉のレセプションルーム

クレマンス・バルメールはメディア向けイベントを企画した。イベントのタイトルは〈ヴィクトル・ミゼルの二重の人生〉。タイトルの下には『異常』から引用した一文を添えた――〈私は、将来私の伝記を手がける人物の無能さに過度な期待を寄せることを危惧している〉。

会場は満杯だ。ミゼルはレセプションルームに隣接する小部屋に版元であるロランジェ社のスタッフとともに控えている。彼は会場のようすに怖気づく。高い演壇、テーブル、クレマンスと自分

が座る椅子。演壇の前には百ほどの椅子がずらりと並べられ、そのすべてが埋まっている。最奥部では一ダースほどのカメラが彼の登場を待ちかまえている。

「海外メディアも来てるのよ」クレマンスは言う。「来週には世界各国であなたの本が刊行される……。なにしろ突貫工事の翻訳だから……あちこち大雑把な訳になってるでしょうけど」

「それにしても、わたしはジョージ・クルーニーなんて目じゃない。なにしろあなたは、ロマン・ガリとイエス・キリストを足して二で割ったような存在なんだから。自殺したあと復活したっていう意味で」

ミゼルは肩をすくめる。クレマンスは親愛の情をこめて彼のグレーのジャケットを叩いて埃を払う。ミゼルはドアの隙間から会場をのぞき見する。

「愛しのイレナはいないようだな。わたしの未亡人は家でシカせてもらってるんだろう」

「えっ、なんですって?」クレマンスが眉間に皺を寄せてたずねる。

「いや、なんでもない、独り言だ」

クレマンスが腕時計に目をやる。十八時。

「そろそろ行かなくっちゃ。入り口でのセキュリティチェックに手間取って予定より遅れてしまった。早く始めないと、二十時のニュースでみんながあなたを観られなくなる」

「そんなもの、まだ存在するのかね、国民が雁首そろえて夜八時のニュースを観るっていう風習は? ネットニュースやネットサイトのせいで死に絶えたと思っていたんだが」

「一千万人が観てるわよ。さあ、行きましょう。抗不安剤を半量飲んだから、とてもリラックスしてるみたいね。リラックスしすぎな気もするけど。お願い、あんまり調子に乗らないでよ」

「了解、了解」

彼は控室を出て、たくさんのフラッシュが焚かれるなか、演壇にのぼる。そして着席し、あくびを噛み殺す。リラックスしきっている。

「みなさま、こんばんは」クレマンス・バルメールはマイクを手に呼びかける。「こちらからの説明は手短にすませるつもりです。みなさまには質問がたくさんおありでしょうから……」

会場に詰めかけた百人ほどの記者たちのなかにミゼルの知った顔はない。今夜は文学の話にはならないはずだと踏み、メディア各社は文芸批評家ではなく記者を送りこんできたのだろう。このなかで『異常』を読んだ人がいるとすれば、職業上の義務からそうしたにちがいない。クレマンスが説明を終えると、記者の手が一斉に上がる。クレマンスはわれ勝ちに質問しようとざわめく会衆に落ち着いて対応し、最前列に座っていた大柄な男に発言させる。

「〈ル・モンド〉のジャン・リガルです。ミゼルさん、あなたにとっては三月にパリを出てからまだ一週間しか経っていないのでしょうが、実際にはすでに四カ月弱が経っており、そのあいだに多くのことが起こりました。ミゼルさんにとってはとりわけ多くのことが。なにしろ本を一冊執筆し、あなたの死と呼ぶべき事柄が発生したのですからね。この信じがたい状況にご自身ではどう向き合われるおつもりですか？」

「わたしなりに対処するしかありません。わたしは〝自分の〟本を読み、さらに新聞各紙に掲載された自分の死亡広告に目を通しました。目にするだけで死にたくなりましたが……」

「『異常』はあなたご自身の作品だとお考えですか？」

「まずは〝あなた〟とはなにかをご定義ください」

きっとクレマンスは心中でやれやれと天を仰いでいるにちがいない。そう考えた彼は、すぐに付け加える。

「質問をはぐらかしてすみません。確かに、この本のなかにはいかにもわたしが書きそうだと思える表現がいくつかあります。しかしだからと言って、これはあなたがいま話をしているわたし、このわたしが書いた本ではありません。こちらとしては、印税が入るというのが最大のポイントですね」

クレマンスはため息をつく。それは〝調子に乗るな、って言ったのに……〟の意味がこめられたため息だ。抗不安剤をのむよう勧めたのは失敗だったと悔やむが、もう遅い。

「あなたの作品のなかに、この飛行機に起こった事象を解く手がかりが隠されているとお思いですか？」

「大勢の人がそれを探し出そうと血まなこになっています。手がかりがあるとすれば、彼らがわたしより先に見つけ出すことでしょう。しかもよく言われるように、金槌を手にしていると、しまいにはすべてが釘に見えてしまうものですからね」

「わたしたちはシミュレーションのなかに暮らしているとお考えですか？」

「まったくわかりません。ウディ・アレン風に言うと、もしそうであれば、プログラマーにはそうするだけの口実があってほしいものですね。だってせっかく世界をつくったのに、とんでもなく醜悪なものに仕上がっていますから。ですがわたし自身は、世界はまさにこのわたしたちが、まさにわたしたちだけでつくっていると理解しています」

「ミゼルさん、おそらくご存じだと思いますが、問題の飛行機に乗っていた人のほぼ全員が身元を明かすことを拒んでいます。ですがミゼルさんはなぜ、この飛行機に乗っていた事実を公表することにしたのですか?」

「あらゆる面において危険はないと感じているからです。とにかく警察の保護下にありますから。それにカウンセラーにもサポートしてもらっています。細かい点までじつによく配慮されていますよ」

「飛行機に乗っているとき、〝分岐〟現象、あるいはいまやまさに〝異常〟現象とも呼ばれている事柄が発生した瞬間を感じとられましたか?」

「もちろんです。これは搭乗者全員が感知したはずです。なにしろ乱気流がぴたりと収まり、いきなり明るい陽光に包まれたのですから。こんなふうに言うと、抗不安剤の宣伝文句みたいですが」

会場が笑いに包まれる。ミゼルも笑い、地に足がつかないようなふわふわとした気分になる。クレマンスは彼のショーに暗澹《あんたん》たる気持ちになる。

「あなたの〝重複者《ダブル》〟が自殺した理由はおわかりですか?」

「たぶん死にたかったんでしょうね。それが自殺をする最大の理由です」

「イレナ・レスコヴァとの正確なご関係は?」

「現在、関係は存在しません。生前の関係だったと言うのが精一杯です」

いまやミゼルの表情は晴れ晴れとしている。まさに抗不安薬の歩く広告だ。

「〈タイムズ・リテラリー・サプルメント〉誌のアンヌ・ヴァスールです。ミゼルさんはいま新作の執筆に取り組んでいらっしゃいますか？」

ミゼルは少しハスキーな女性の声が響いてきた最後列を見やる。そしてその瞬間、ぱっと顔を輝かせる。あの女性だ。アルルの翻訳会議でゴンチャロフのユーモアに興味を示していたあの女性が座っている。

「ええ、執筆していますよ」

クレマンスは仰天して彼を見つめる。

「ある男の人生に、もう二度と会えないと思っていた女性がふたたび現われるという古典的なテーマで書いています。タイトルは、『アスコット、あるいはクレーム・アングレーズの帰還』」

「驚くべきタイトルですね」質問者の女性は微笑む。

「次が最後の質問となります」ミゼルの頭にはイベントの首尾などもはや微塵もないことを悟ったクレマンスが、慌てて言う。

「〈フランクフルター・アルゲマイネ・ツァイトゥング〉紙のアンドレア・ヒルフィンガーです。昨夜、合衆国で起きた出来事をどう定義されますか？」

「どう定義する？　思うにアメリカ合衆国などというのはもはやただの名称にすぎません。これまでつねにふたつのアメリカが存在しましたが、今後このふたつはもう理解し合えません。自分はどちらかと言えばそのうちの一方に近いので、わたしにももう一方のことはわかりかねますね」

ナイトショー

二〇二一年六月二十九日（火）
ニューヨーク、エド・サリヴァン・シアター

〈ザ・レイト・ショー・ウィズ・スティーヴン・コルベア〉のメイク担当責任者は、ほれぼれと自分の作品を眺める。

「すっごくすてき、アドリアナ。この機会にヘアスタイルも少し変えてみたわよ」

「スティーヴンがイントロを終えました」アシスタントディレクターが呼びに来る。「さあ、ご案内します。肩を叩いたら、ステージに出ていってください、いいですね？」

そう言うと、返事を待たずに楽屋を出る。女の子たちは光あふれるステージを目指してスロープをのぼり、黒いカーテンの背後で〈ステイ・ヒューマン〉が演奏を終えるのをじっと待つ。

観客に向き合う恰好でデスクについたスティーヴン・コルベアが手元の資料を読んでいる。CB

Sのこのスター司会者は、カメラにふたたびフォーカスされると眉根を寄せて言う。

「今夜はとびきりフレッシュな若い女優さんをゲストにお迎えしています。とはいえ、彼女の知名度はまだまだです（落胆のざわめき）。ちょっと、そんな失礼なリアクションをして、ぼくに恥を掻かせないでくださいよ（笑い）。それではみなさん、今夜のゲストをお迎えしましょう。ようこそ……アドリアナ・ベッカーさん」

スティーヴン・コルベアが歓迎のしぐさをすると、電光掲示板に〈拍手〉の文字が光り、彼はすぐさま手を叩く。

若い女性が進み出てくる。ティーンエイジャーといってもおかしくないスリムな体型で、ジーンズにスニーカーを履き、ダークブルーのアンゴラのセーターを着ている。肩まで届く髪は茶色の巻毛だ。司会者が彼女のそばに歩み寄り、安心させようと頬にキスして迎え入れる。

「こんばんは、アドリアナ・ベッカーさん。お会いできてとても嬉しいな」

「スティーヴンさん、こんばんは。お招きいただき、わたしも嬉しいです」

「それに感激してもらえてたらいいんだけど。テレビに出るのは初めて？」

「はい」

「何事にも初めてってものがあるからね。ぼくも憶えてるよ。初めての恋、初めてのレストランでのディナー。とてもロマンチックで、そのときの勘定書も捨てずに取ってあるほどさ（笑い）。さて、アドリアナ、きみは二十歳で、女優さんですね。そしてこの五月に『ロミオとジュリエット』の舞台に立った。演じた役は？」

「ジュリエットです」

「そう、もちろん、きみがジュリエット役だった。どこの劇場だっけ？」

「サンドラ・ファインシュタイン＝ガム劇場です」

消え入るような小さな声。会場からちらちらほら残酷な含み笑いが漏れる。アドリアナは赤くなる。

スティーヴン・コルベアが怪訝そうに眉を吊り上げたので、彼女は付け加える。

「ロードアイランド州のウォリックにあります。小さな劇場で……」

「恥ずかしく思うことなんてないからね、アドリアナ。知ってる？　マット・デイモンのキャリアはエキストラ役から始まったんだよ。ピザ屋の役で、セリフはたったひと言。客にマルゲリータを手渡しながら、〝五ドルです〟って言ったんだ。彼はいま、〝あれは〈レジーナ〉の七ドルのピザだったんだ〟なんてあちこちで吹聴してるけど、あれはほら話だね（笑い）。ごめん、ごめん、アドリアナ、それで次の舞台は？」

「『楡の木陰の欲望』、ユージン・オニールの三幕ものの芝居です。若い女性の役を演じます」

「若い女性？……でも、ちょっと具合が悪いんじゃない、アドリアナ？　もしその芝居に、若い女性がたったひとりしか出てこないんだったら。そう思わないかい？」

アドリアナ・ベッカーは笑う。事情がのみこめないまま聴衆もつられて笑う。スティーヴン・コルベアも笑うと、ステージの袖のほうを見ながら観客に呼びかける。

「さて、みなさん、大きな拍手でゲストをお迎えしましょう。アドリアナ・ベッカーさん、ようこそ！　ええ、アドリアナ・ベッカーさんです！」

カーテンの背後から二番目のアドリアナが飛び出してくる。髪型も服装もまったく同じ、ちがうのは着ているセーターの色だけで、こちらは赤だ。観客は総立ちになり、驚きの叫び声をあげ、手を打ち鳴らす。スティーヴン・コルベアは彼女のほうに歩み寄ってキスすると、もうひとりのアドリアナが座っているソファへ導く。調整室《コントロールルーム》では番組プロデューサーの女性が局内規則も法規も無視して電子タバコを吸っている。大成功まちがいなしだ。今夜の企画でABCとNBCにひと泡吹かせてやることができる……。彼女の背後にはCBSのSNS担当のスタッフが十二人ほど控えていて、ツイートしたり、インスタグラムに投稿したり、フェイスブックライブを配信したりしている。〈いいね！〉や〈シェア〉の数がうなぎのぼりだ。

ふたりのアドリアナが並んで座っている。一方の前髪にはひと筋の赤のメッシュが、もう一方には青のメッシュが入っている。メイク担当者が施したささやかな演出がここに来て抜群の効果を生み出している。会場の拍手喝采が鳴りやまない。コルベアが自分のデスクに戻る。

「こんばんは、アドリアナさん」

「こんばんは、スティーヴンさん」新しく来たほうが言う。

「ふたりは双子じゃないんだよね？」

「いえ、全然」ふたりは同じ笑みを浮かべ、同じ溌剌とした口調で言う。

「ほら！　これでみなさんもふたりが双子じゃないってわかったね（笑い）。この数時間、世間はあなた方の話題でもちきりでした。きみたちをアドリアナ・ジューンとアドリアナ・マーチって呼んで区別しなきゃならないみたいだけど、三月《マーチ》と六月《ジューン》、これはFBIがつけたコードネームかい？」

「ええ」

「ジューンが赤で、マーチが青か。色で見分けさせてもらうね……嫌とは言わせないよ。なにしろ赤と青、色ちがいの二枚のセーターを用意し、それぞれ髪のひと筋を赤と青で染め分けるのに、番組制作部は大枚をはたいたんだから」

「わかりました」

ふたりが同時に同じ反応を示したので、観客もみな同じ興奮に包まれる。全員の目が若いアドリアナ、いや若いアドリアナたちに釘づけだ。

「アドリアナ・ジューン、きみはジュリエットを演じていないんだよね？」

「ええ」

「そう、きみは演じていない、と。というのも、『ロミオとジュリエット』は五月に上演されたからね。きみの乗った飛行機は五日前にマクガイア基地に着陸し、そこできみはほかの二百四十二人と一緒に収容されたわけだけど、そのあいだずっと、いまは三月だって思ってたんだよね？」

「そのとおりです、スティーヴンさん。三月何日か、正確な日付は言えません。ＦＢＩに日付を明かすことを禁じられてますから。乗員乗客全員の身の安全のために」

「なるほど。ぼくの興味は、そしてこれはほかのみんなも興味津々だと思うんだけど、どんなふうに知ったかってことなんだ、つまりきみたちがその……〝重複して〟存在してるってことを」

スティーヴンは好奇心を全開にしてふたりのアドリアナを見つめる。

「アドリアナ・マーチに訊くけど、先の日曜日の早朝にＦＢＩが自宅に、つまりご実家にやってきたそうだね。えーっと、ご実家は——そう言いながら、おもむろに手元の資料にあたる——、ニュージャージー州のエディソンにあるんだね……。ご両親はさぞ驚いただろうな……。もちろん、きみも……」

「ええ、ＦＢＩの職員は、国の安全保障にかかわることだって言いました。それでも、こっちが安心するように気を遣ってはくれましたが」

「そりゃ、明け方にＦＢＩの職員がふたりも家に来てくれたら、安心だよね（笑い）。それで？」

「それで、ヘリコプターで基地まで連れていかれたんです。そして……」

「ヘリコプターに乗ったのは初めて？」

「ええ」

「音がすごいよね。脱水中の洗濯機に入ってるみたいに。プロペラの羽根やら風やらなにもかもがうるさくて。ヘリコプターは苦手なんだよな」

スティーヴン・コルベアはわざと脇道に逸れて観客を焦らすが、本筋に戻るタイミングは心得ている。

「基地に着いたあとは？」

「兵士たちが見張っている大きな管理棟に閉じこめられました。そして翌日、そのなかの一室に入れられました。テーブルといくつか椅子があるだけのそっけない部屋です。わたしは椅子に座り、となりにカウンセラーの女性がいて、それとあと、ＦＢＩの女性捜査官も同席してました」

「そのときなんて言われたの？」

「怖がらないでね、これから異例の体験をすることになるけれど、って……」

「それでそのあと……」

「そのあと、わたしを部屋に入れたんです」アドリアナ・ジューンが言う。「わたしもカウンセラーに付き添われていました」

「きみたちにとっては衝撃だったろうな。カウンセラーたちにとってもだけど……（笑い）」

「自分がいま……自分自身と対面してるんだってことを理解するまで何秒かかかりました」青いセーターを着たほうが言う。「頭がクラクラして、〝わたしは誰、わたしはほんとうに存在してるの？〟って、すごく混乱しました」

「それでアドリアナ・ジューン、きみのほうはどんな体験をしたんだい？」

「わたしたちが乗ってた飛行機はその四日前に着陸しました……」

「きみの話によると、それは三月のことだね……」

「はい。乱気流が発生して飛行機が損傷したんです。わたしたちは外の世界からシャットアウトされた状態に置かれました。携帯電話もなんにもなくて……」

「〈キャンディ・クラッシュ〉で遊ぶこともできなかったのかい？（笑い）ってことは、つまり四日目の月曜日の朝に……」

「わたしのところに人が来て、同じことを言いました。〝これから異例の体験をすることになる〟とかなんとか。〝会うはずのない人に会うことになる〟とも……」

「そう言われて、誰に会うことになるって思った？」

「ばかな話だけど、祖母に会うんだって思いました。今年の一月に亡くなったばかりなんです……

（会場から気の毒がる〝まあ！〟の声）」

「ごめんね、悪いことを聞いちゃったね、アドリアナ。お悔やみを申し上げるよ」

「それでわたしが部屋に入ると……」

アドリアナ・ジューンがアドリアナ・マーチの顔を見る。アドリアナ・マーチが微笑み返す。観客が改めて拍手する。コルベアはテンポを崩さないようにすぐさまたたみかける。

「もうびっくりだよね……ぼくだったら、心臓発作を起こすかも。それもたぶん、二回（笑い）。驚いたなんてもんじゃなかったんじゃない？　どう、アドリアナ・マーチ？」

「ええ、もう、驚いたなんてもんじゃなかったです。最初、お互い話もできなくて、カウンセラーとＦＢＩの女性に返事するのが精一杯でした。それからビデオを観せられて……説明ビデオです。飛行機のなかが映ってて、例の……例の瞬間が……」

「〝分岐〟とか〝異常〟とか言う現象が起こった瞬間だね」スティーヴン・コルベアが資料に目を落としながら言葉を補う。

「ええ。それから、お互いに聞きたいことをたずねてくださいって言われました。ＦＢＩはわたしたちの両方に、相手が……クローンとかそういったものじゃないことを、わたしたちが同じ記憶を持ち、同じ人生を歩んできたことをわかってもらおうとしたんです」

「この三月までの、つまり、あのパリ発ニューヨーク行きの飛行機に乗るまでの人生が同じってことだよね」スティーヴン・コルベアは話を明確にしようと言い添える。「それでたとえば、自分ひとりだけが知ってる秘密を相手にたずねたのかな、アドリアナ・マーチ？」

「ええ。たとえば、大晦日の夜にある出来事が起きたんですが、それはわたしひとりしか知らないことで……」アドリアナ・マーチが言いにくそうに告げると、アドリアナ・ジューンがあとを引き継いで場を盛り上げる。

「でも結局、それを知っていたのは、わたしたちふたりでした（笑い）」

実際には三人だ。ふたりのアドリアナと弟の三人。弟の部屋にノックもせず、彼がパソコンを閉じる間もなく立ち入ったのがまちがいだったのだ。

「ふたりともびっくりするぐらいラッキーだね」スティーヴン・コルベアは笑いかける。「ぼくの場合は大晦日の夜に飲みすぎて、一月四日の昼ぐらいまで記憶を失っちゃうから（笑い）。というわけで、いまではふたりとも確信してるんだね、きみたちが……どちらもアドリアナだと」

「百パーセント確信してます」ふたりが同時に言い、興奮した観客が歓声をあげる。

「一歩まちがえれば一大事だったたんじゃないか、って思うこともあるんだよね。だってこれ、〈エアフォース・ワン〉で起きた可能性もあったわけだろ？　そしたらどうなると思う？　大統領がふたりになるってこと？（拍手喝采）あの大統領がふたりになったら、その日のうちにツイッターがダウンしただろうな。今回の件については科学的な仮説がいくつかあちこちで報じられてて、それをぼくらも目にしてるんだけど、そうした仮説についてきみたちも説明を受けたはずだよね？」

ふたりがうなずき、司会者は続ける。

「そのなかに有力だと思える説はある？」

ふたりともかぶりを振る。

「とにかく、ぼくにとってきみたちはシミュレーションじゃない。二百四十三人の宇宙人がやってきたって思ってる人もいるけどね。そして地球を侵略しようとしてるって（笑い）。それで、これからどうするつもり？　アドリアナ・ジューンは親御さんのところに帰ったんだよね。だって親元に住んでるんだから……」

「弟のものだった部屋を使うことになりました。弟はいま、デューク大学の学生なんです。弟には昨晩会いました。ＦＢＩがわたしたちを家まで送り届けたときに」

「オスカーくんだっけ？　反応はどうだった、アドリアナ・マーチ？」

「〝やばい、やばい〟って、そればっかり十回は繰り返してました。それと、髪型だけでもちがうふうにすればってアドバイスされました」

観客が笑い、ふたりも笑う。スティーヴン・コルベアはゲストから目を離し、カメラ目線になる。

「オスカーくんが会場に来ています。ご両親も招待したのですが、断られてしまいました。ご両親の反応は？」

ふたりは顔を見合わせて言いよどみ、結局、アドリアナ・ジューンが先に口を開く。

「母は怖がっています。今朝、わたしにキスしようとしませんでした」

「わたしたちのどっちのことも怖がってるんです」アドリアナ・マーチが付け加える。「ふたりを見分けられなくて。思いこんでるんです、どちらかひとりが……」

「〝偽物〟だって」アドリアナ・ジューンが言葉を継ぐ。

「お父さんは？」

　ふたりとも黙りこくる。番組制作チームはこの点についてきちんと詰めないままスティーヴン・コルベアに任せたことを後悔する。前日、ふたりのアドリアナの帰宅に先立ってＦＢＩの捜査官とカウンセラーがエディソンにある実家を訪ね、尋常ならざる事象について両親に長々と説明した。母親は、〝そんなまさか、どうしてそんなことが？〟を繰り返した。そしてついにふたりのアドリアナが到着すると、それまで腰を抜かしたようにソファに沈みこんでいた父親はひっと立ち上がり、無言のまま階段をそろそろとあとずさりしてのぼると、寝室に閉じこもった。出てきてもらうにはドア越しに延々と説得しなければならなかった。それ以降、父親の行動があまりにもおかしいため、ＦＢＩも心配になりアドリアナの自宅に職員をひとり張りつかせることにした。

　コルベアは父親について触れてはならないことをすぐに察知する。そこで、気まずい雰囲気になる前に、深紅色のセーターを着ているアドリアナに話しかける。

「なかなかいないよね、こんな唯一無二の状況に適応できる人なんて。まあ、本来唯一無二であるはずの人間が唯一無二でなくなっている状況を、唯一無二なんて言葉で形容するのもおかしいんだけど（笑い）。ご両親はきみたちのことを愛してるから、これからはこんなすてきなお嬢さんふたりに囲まれて、末永く幸せに暮らすことでしょう」

　観客は、〝めでたし、めでたし〟と付け加えたくなるようなこのおとぎ話的な締めの言葉に拍手を送る。それはいつまでも鳴りやまず、コルベアがやめるよう合図しなければならないほどだ。

「で、ふたりのあいだの関係はどうなの？」

「問題ありません」アドリアナ・ジューンが言い、アドリアナ・マーチがうなずく。

白々しい嘘ではない。ふたりはライバル関係にはないからだ。ふたりの前途はまだ洋々と開けている。未来はこれから手にするものであり、分け合わねばならないものはまだなにもない。

「恋人はいるの、アドリアナ・ジューン？　ぼくはスペインの異端審問官じゃないから、言いたくなければ内緒にしてもいいんだよ。誰も怒らないからね」

「いいえ、オープンにしても平気です。恋人はいません」

「あらら、生中継の番組でそんなこと言うのはまずいんじゃない？　志願者が殺到するかもしれないよ（笑い）」

コルベアは紺碧色のセーターを着たアドリアナに目を向ける。

「それで、アドリアナ・マーチのほうは？　この三月以降、すてきな出会いはあった？」

「ええ、三ヵ月前に」

「教えてくれてありがとう。相手の名前は？」

「ノーラン」

観客が沸き立ったので、コントロールルームにいる番組制作スタッフは喜ぶ。愛はいつでも番組を盛り上げてくれるお手軽アイテムだ。

「確かノーランは」とスティーヴン・コルベアは続ける。「『ロミオとジュリエット』で共演した役者さんのひとりだったんじゃないかな。でも、ロミオ役の人じゃないんだよね？」

「ええ。マキューシオ役です」

「そうか、マキューシオか、ロミオの親友の！　ノーラン＝マキューシオがひょっとしてこの会場にいるなんてことはあるのかな？」

スポットライトの光が観客席のあいだをゆっくりと移動し、最前列に向かって下りてくる。そして背の高い痩せた黒人の青年のところで止まる。青年は晴れやかに笑うと、沸き起こる歓声に迎えられながら立ち上がる。

「みなさん、ノーラン・シモンズさんをお迎えしましょう」

コルベアは彼に手を差し伸べ、ステージに上がる手助けをする。予想どおり、拍手が鳴りやまない。ふたりのアドリアナは笑顔で彼を迎えると、アドリアナ・マーチは少し甘えるようなしぐさをし、アドリアナ・ジューンは笑みを浮かべたまま驚いたようにしげしげとノーランを見つめ、観客の笑いを誘う。アドリアナ・ジューンはすでに楽屋でノーランと顔を合わせていたのだが、舞台上で驚きを演じる。それが観客の目を自分に惹きつけるための彼女なりのやり方だ。どちらのアドリアナもこの茶番を演じることをすんなり引き受けたし、ノーランにしてもそうだ。〈ザ・レイトショー・ウィズ・スティーヴン・コルベア〉は押しも押されもせぬ人気の娯楽番組で、役者である彼女たちがスポットライトを拒み、慎みと恥じらいのなかにこもるわけがない。彼らはみなゲームに参加し、ショーを盛り上げようと努める。

「ガールフレンドにキスしていいですよ、ノーラン。でも、まちがえないでね（笑い）」

青年はやさしくアドリアナ・マーチの頬にキスすると、アドリアナ・ジューンの手をさっと握る。

スティーヴン・コルベアが首を振る。

「不安に思わないでね、こんな状況に対処する準備ができてた人なんてひとりもいないんだから。ほんとのことを言ってほしいんだ、ノーラン。もし楽屋でふたりに出くわしてたら、どっちがどっちかわかったかな？　じつはさっき、番組が始まる前、スタッフが彼女たちに入れ替わるよう頼んでたとしたら、どうする？　きみをだまそうとしたって告げられたら？」

観客から驚きのどよめきがあがる。ノーランは疑念に駆られて冷静さを失い、アドリアナ・マーチから思わず一歩あとずさる。空気が変わる。観客たちも急に不安になり、気まずい雰囲気になる。

コルベアはすぐに自分の悪ふざけを悔いる。

「大丈夫、心配しないで、ノーラン。彼女はまちがいなくきみのアドリアナだから（観客から安堵の声）。すごく趣味の悪いジョークだね、つい言ってしまったんだ、悪かった……」

ノーランはアドリアナの手をふたたび握る。スティーヴン・コルベアは苦笑いを浮かべ、ひどいことをしたと反省する。その場の雰囲気に流され、悪ノリしたのが原因だ。彼は手元の資料にもう一度目を落とし、決められた段取りに戻って質問を再開する。

「えっーと……ふたりのあいだではいま、どんなふうに役割を分担しようとしてるのかな？」

スタジオがふたたび陽気な雰囲気を取り戻すなか、コントロールルームは不安に包まれる。〈エド・サリヴァン・シアター〉の外部のようすをとらえたモニターのいくつかに、ゆうに十分前から不穏な群衆の姿が映し出されているからだ。ＳＮＳで情報が拡散しはじめるとすぐに狂信的なキリスト教徒数十人が劇場前に集まり出し、建物を包囲したのだ。

「ニューヨークにまさか、神をやみくもに崇拝する人たちがこんなにいるなんて」プロデューサーが引きつった笑いを浮かべる。

この回を放送するにあたってはセキュリティを二倍に強化していた。警察は狂信者たちを建物から遠ざけようと、細いぺらぺらの規制テープを張りめぐらせた。だが狂信者たちは監視カメラに向かってわめき、憎悪と恐怖を撒き散らし、プラカードを掲げる。〈サタンよ、退け〉、〈地獄の娘ども〉、〈おまえたちはサタンの創造物〉、〈冒瀆行為〉……。

「冒瀆？　いったいなにを冒瀆してるって言うの？」プロデューサーがたずねる。

「彼らは重複者《ダブル》たちを呪われし者とみなしているみたいです」アシスタントが言う。「その理由のひとつが、十戒の教えだそうで」

「十戒のどの教え？」

「ご存じですよね……〈汝、隣人の妻を欲してはならない、汝、隣人の家を欲してはならない〉とかいうやつです。重複している人たちは当然、そうした掟を守ることはできません。だってふたりで同じものを所有してるんですから。もっとも、彼らを〝隣人同士〟とみなすかどうかについては議論の余地がありますが……」

「なるほど。まあ、あの頭のおかしい人たちが神学解釈にいそしんでるとは思えないけど」

警察の援軍が駆けつけ、守りが強化される。だが突然、火のついた火炎瓶が放物線を描いて飛び、スタジオの入り口に落ちて割れ飛ぶ。スタジオのスタッフが必死に火を消し止める。警官が暴徒を押し返し、警棒を抜いて次々に彼らを逮捕する。だがいきり立った集団はどんどん数を増していき、フェンスを倒して建物に入ろうと突き進む。

番組はエンディングにさしかかっている。外の騒ぎを知らされたコルベアは観客に呼びかける。「みなさん、申しわけありませんが予定より長くスタジオ内にとどまっていただくことになりそうです。外では激しい騒ぎが起きていて、警官とデモ隊が衝突しています。いま外に出ると身に危険が及ぶ恐れがあります。さて、おふたりに最後の質問をさせてもらいましょう。きみたちはＦＢＩからすでに過激な信者たちによる危害について警告を受けたそうですね。宗教団体の指導者たちからきみたち双方を〈悪魔の創造物〉、〈唾棄すべき存在〉と断じる声明も出されています。きみたちのところにも殺害予告が届いてるんじゃないですか？」

「ええ、すでに数百通も届いています。わたしの、いえ、わたしたちのフェイスブックのアカウントに……」アドリアナのひとりが言う。

「きみたちのことをほんとに気の毒に思うよ。人間はときに、理解できないがゆえに恐怖に駆られてこうした行動に出てしまうことがあるからね。そんな人たちにどんなことを訴えたいですか？」

スティーヴン・コルベアは沈黙が流れるままにする。ここは観ている人すべての記憶に残る番組のハイライトになるはずだ。コントロールルームでスティーヴンとふたりのアドリアナは、危機管理室から派遣された専門家たちとともにじっくり策を練った。入念にリハーサルされたスピーチはその場で自然に口を衝いて出たという錯覚を起こさせるものでなければならず、スピーチをする大役を担うのはアドリアナ・ジューンのほうでなければならない――そう専門家たちは決めた。というのも、大半の人が闖入者とみなすのは彼女のほうだからだ。

「もちろん、あの飛行機がどうして二回目の着陸を果たしたのか、わたしにはわかりません」アドリアナ・ジューンは静かに語りはじめる。「それは誰にもわかりません。そう、なによりもゆっくり話すのよ、声のトーンを落とし、言葉を必死に探しているふりをして、感情を伝えること。怖がってる人たちに言いたいのは、わたしも怖いと思ってるってことです。わたしたちがどんな体験をしているか、想像してほしいんです。わたしは選ばれたわけでは、特別に選ばれたわけではありません。あの飛行機に乗っていた二百四十三人全員がそうです。わたしの身に起きたこと、わたしたちの身に起きたことは、この会場にいる誰に起きてもおかしくなかった。わたしはみなさんとおんなじです……できればこのフレーズを繰り返してちょうだい、いえ、やめましょう、くどくなる。わたしは特別な存在なんかじゃなくて、ここで間を置くのよ、わたしはまだ十九歳で、エディソンで暮らしてて、小学校の先生になるのが夢です。〝フランス語の教師〟なんて言っちゃだめ、フランス人をきらってる人が多いから。それに〝教師〟より〝小学校の先生〟のほうが好感度が高い。みんな、小学校の先生のことは好きだもの。趣味で演劇をやっていて、〝趣味で〟を強調すること、三月初めにヨーロッパから帰ってきました。ここでも、そう、〝フランスから〟じゃなくて、〝ヨーロッパから〟って言ったほうがいい。そしたらなぜか六月で、いったいなにが起きたのかまるでわからなくて、でも、なんとかうまくやっていかなくっちゃならならなくて。はい、ここでまた間を置いて口ごもってちょうだい、なかなか言葉が見つからないって感じで。それに、もうひとり女の子がいて……わたしの前にいる子だけど、彼女もわたしと同じようにアドリアナで……彼女もこの状況になんとか対処していかなくっちゃならない。そっちのアドリアナはわたしより三ヵ月余計に生きてるけど、わたしたちは同じ記憶を持ってて、同じように神さまを信じてて、そうだ、そうだ、神の要素を入れるのを忘れてた、大切なポイントなのに……、上の人たちに強く言われたんだった、信仰心の篤い人物だってことをアピールしろって、あやうく忘れるところだった、ったく、どうかしてる、わたしたちには同じ友だちがいて、同じ両親がいて、彼らもわたしたちのどっちも同じように愛してて、それにわたしたちは服だってシェアしなきゃなりません。だって、もうひとりのアドリアナのものでもあるから」

「それに」とアドリアナ・マーチが続ける。「わたしたち、いつも同じときに同じものが着たくなるんです。はい、これはコルベアのアイディア、悪くないわね、ここで笑いが起きるのを待ってからスピーチを再開すること」

「そうなんです」とアドリアナ・ジューン。「でも、これからわたしたちふたりの人生は当然、枝分かれしていくことでしょう。すでにそうなりはじめています。ここでノーランのほうを向き、会場の反応に耳を傾けること。たとえば、ヨーロッパに旅立つ前にノーランと知り合っていたら、彼に恋していたら、わたしたちはどうなっていたでしょう。ここはあまり余計なことをしゃべらないほうがいい、観客があなたに自己投影できるように。そうしてあなたがどれほどの混乱を味わっているのか、彼らに想像させましょう。これは頭のなかにある疑問のひとつで、ほかにもいろんな疑問が渦巻いてます」

「わたしは」とふたたびアドリアナ・マーチが言う。ここは声の調子をほんの少し変えて、ふたりのあいだに相違点がある可能性を強調してちょうだい。「わたしは、みなさんがわたしのことを、もうひとりのアドリアナのことを、つまりわたしたちのことを恐れないでくれたらいいって願っています。やさしく受け入れてほしいんです。ここはひときわ長い間《ま》を置くこと、それから締めの言葉に入る。わたしたちは途方に暮れていて、近くにいる人たちみんなの愛が必要なんです。うつむいてアドリアナ・ジューンの手を取り、拍手を待つこと。泣けるようだったら、泣いてちょうだい」

アドリアナ・ジューンの頰をひと粒の涙が伝う。無理をしなくても胸が震えているから、泣きじゃくることさえできるだろう。アドリアナ・マーチが身を寄せて肩を抱く。スティーヴン・コルベアはアドリアナ・マーチに微笑む。

「ふたりとも、どうもありがとう。多くの人がきみたちを理解したと思うよ。最後にひとつお願いがある。弟さんから聞いたんだけど、きみたちは家族でクリスマスの晩に有名なボサノヴァ「イパネマの娘」を歌ったんだってね」

「ええ、エイミー・ワインハウスのバージョンで」アドリアナ・ジューンが言う。

「それじゃ……お別れする前にふたりで……お願いできるかな？」

観客が嬌声をあげ、ふたりはにっこりする。

「リハーサルなしのぶっつけ本番になるけどね」コルベアはぬけぬけと嘘をつく。なにしろふたりは三十分かけて練習したのだから。

〈ステイ・ヒューマン〉のドラマーがハイハットとスネアをそっと鳴らし、ジ・モライス作詞、ジョビン作曲のボサノヴァの名曲を演奏しはじめる。ステージのライトが暗くなり、ふた筋の柔らかな赤と青のスポットライトが下りてくる。そして赤いライトが青い服を着たアドリアナを、青いライトが赤い服を着たアドリアナを照らし、ふたりのちがいを消す。この色彩の演出は番組制作部のアイディアだ。ヴィニシウス・ジ・モライスはかつて自分が詩をつけたこの曲について、〝これは過ぎ去った時間、すべての人に属しながらも誰にも属さないあの悲しい美、メランコリックに寄せては返す波について歌った曲だ〟と語った。〈ザ・レイト・ショー・ウィズ・スティーヴン・コルベア〉のステージがイパネマの浜辺に変わると、アドリアナのひとりが歌い出し、そのあとに続く歌詞をもうひとりのアドリアナが引き継ぐ。〝背が高くて日焼けした、若くて美しい《トール・アンド・タン・アンド・ヤング・アンド・ラヴリー》……〟

ひとりがワンフレーズを歌い出し、もうひとりがそれを終わらせる形で、ふたりのアドリアナは細砂《パウダーサンド》の浜から海へと歩いていく優美な人魚のような「イパネマの娘」を完璧なデュオで歌う。ふたりはひとつに溶け合いながらもそれぞれ異なり、魔法のようなハーモニーが生み出すめくるめく陶酔が聴く人の背中をぞくりと震わせる。その震えの一つひとつにほんの少しだけ恐怖が含まれていて、それが逆に恐怖をやわらげる働きを果たしている。

「神回になったわね」コントロールルームでプロデューサーが言う。「ほんと、神回に」

ジェイコブ・エヴァンスの頭のなかの声

二〇二一年六月二十九日（火）、二十三時
ニューヨーク、エド・サリヴァン・シアター

神の手は決して揺るがない。そしてジェイコブ・エヴァンスの行為は神によって導かれている。ジェイコブはヴァージニア州スコッツヴィルで熱心なキリスト教徒の家庭に生まれた。彼は父ジョンから、〝苦しみのなかで生まれない者たちは神の創造物ではない、なぜならば創造とは神のみがなすものだからだ〟との教えを授けられた。いま彼の頭のなかでのべつまくなしに話す声は、幼少時に彼が農場で手伝いをしていたときに聞いたこの教えを繰り返している。

メディアやSNSを通じて〝忌まわしき事柄〟が明らかになったとき、神はジェイコブ・エヴァンスを導いた。最初の日、彼と〈第七日目の軍〉の信徒たちはバプテスト派の教会に集まり、ロバーツ牧師が創造物とサタンについて、そして神を侮辱した人びとからなる信仰なき一団について語

る言葉に耳を傾けた。というのも〈ヨハネの黙示録〉に、稲妻と大きな地震が起こり、重さ一タラントの雹《ひょう》が空から人びとに降り注いだ、とあるからだ。そして人びとを導く全知なる神のおかげで、ロバーツ牧師と牧師の教えを聞いたジェイコブと信徒たちは、まさに聖書に記されているこの嵐の発生を確信し、飛行機は神がその針路上に用意した聖なる嵐に見舞われたのだと悟った。さらに、その飛行機に乗っていた人びとを神の冒瀆者と認定した。雹が災いをもたらしたがゆえに、それがあまりにも大きな災いであったがために、彼らは神に毒づき、神を愚弄したのだ、と。

やがて神の法悦がジェイコブ・エヴァンスの全身を貫き、神の怒りが彼の両の腕を走り抜けた。神は人間たちが暮らすこの世界で、ジェイコブが神の栄光をなすことを望んだのだ。

新聞各紙ではさまざまな説明が繰り返し報じられ、専門家や知識人のあいだではさまざまな議論が交わされている。しかし、わたしは知者の知恵を滅ぼし、賢い者の賢さをむなしいものにする、なぜなら、そう、ジェイコブはイザヤの教えを憶えており、みずからの救いを自分自身に求めるのは傲慢であり、全能の神への侮辱にほかならないとわかっているからだ。これはパウロがコリント人に送ったメッセージでもある。コリント人は神の教えからみずからを解き放ち、人間の慢心のなかに知恵を見出そうとしたが、人間を支配すべきは、神への畏怖と謙虚さと、われらの主なるイエス・キリストへの信仰だけなのだ。あの御方は復活された、ほんとうに復活された。神が〝忌まわしき事柄〟とともに贈りたもうたメッセージとは、主の栄光と悪の破壊のなかにしか救済は存在しないという教えだ。ジェイコブの目はいままでずっと閉じられていた。ああ、そのとおり、閉じられたままだった。だがいま、いと高き御方が、夜の闇にわたしの目を大きく開かせてくださった。

ジェイコブ・エヴァンスはアメリカをつねに貪ってきたこの終わりなき騒擾《そうじょう》のただなかで、蒙昧が知に挑む戦い、理性が無知と不合理を前にじりじりとあとずさりするこの戦いのなかで、彼の本源的で絶対的な望徳に裏打ちされた闇の鎧に身を包む。宗教とは深海に棲む肉食魚だ。それはほんの幽《かそけ》き光を放つ。そして獲物を引き寄せるために必要なのは、圧倒的な闇だ。

ジェイコブと〈第七日目の軍〉のメンバーたちは、救世主キリストの十字架を掲げた車をぞろぞろと連ね、七時間かけてマクガイア基地まで移動し、基地の前で神の怒りを叫んだが、兵士たちに押し返された。そのあとジェイコブは、神とインスタグラムとフェイスブックの力を借りて、〝忌まわしき者ども〟のひとりが今宵、世界の面前にわが身を誇示しようとしている事実を知る。彼はこの褐色の髪の娘の画像を、嫌悪と怒りをたぎらせながらにらみつける。そしてこの娘が、〝大いなる嘘〟と〝堕落者による裏切り〟を体現する存在にほかならないと確信する。

ジェイコブと多くの同信者たちは、CBSのスタジオ〈エド・サリヴァン・シアター〉を目指す。地下鉄の〈五十丁目駅〉で下車し、ブロードウェイの色とりどりのネオンの光に囲まれる。ジェイコブたちは〝大いなるバビロン〟、都市という形で表われ出た〝大淫婦バビロン〟をのし歩く。けれども警察にスタジオのある通りへの南側からの侵入を阻まれ、金属の柵が建物の前に立ちはだかる。激昂する集団にSNSでの呼びかけに応じて駆けつけてきた人びとが加わり、その輪が刻一刻と膨らんでいく。

真夜中、火のついた最初の瓶が宙を飛び、建物の光輝く庇にぶつかって砕ける。炎がすぐに電気回線をショートさせ、〈レイトショー・ウィズ・スティーヴン・コルベア〉の電飾看板をきらめかせていた膨大な数の電球が消える。けれどもジェイコブは炎のなかを突き進む。地獄を恐れるな、イエスはその御心のなかで喜悦されている。警官がやってきて、デモ隊の一部に職務質問する。ジェイコブは主に訴えかける――わたしをこのまま汚《けが》れた者どもに近づかせてください、主の御心を成就させてください。彼は炎熱のなかで主に祈り、自分がじきに選ばれし者のあいだで楽園の蜜を味わうことになると確信する。

主は山の頂から自分の子羊であるジェイコブ・エヴァンスを見下ろし、五十三丁目へと導く。ジェイコブは主の光のなかを歩く。なぜなら、神だけが道を知っておられるからだ。彼の同信者たちがブロードウェイで怒号をあげているとき、彼はそこ、数メートル先で黒いリムジンが一台、地下駐車場から出てくるのを目にする。リムジンは狂信者たちのデモを避けようと左に曲がる。だが道が混んでいるため、〈デリ・スペシャル・ブロードウェイ〉の前で立ち往生する。リアウィンドウがすかさず上げられるが、夜のニューヨークのどぎつい光のなかでジェイコブは、後部座席にふたりの娘が座っているのをみとめる。まるで見分けのつかないふたつの顔。神の知恵は測りがたい。汚れた娘たちがくすくすと笑い出す。そしてすぐに、汚れた口にしては見事すぎるほどきれいに並んだ歯を剝き出しにして大笑いし、その天使のような顔に、影の天使の不実な顔を浮かび上がらせる。主が、わたしの復讐の剣をお導きくださるにちがいない。

創造物よ、死に絶えよ。さすれば、人間を包みこむ天が現われる。ジェイコブはグレンデルP30をポケットから取り出す。微かな暖かい光が瞬くだろう、主よ、わたしの手をお支えください。そしてウィンドウ越しに引き金を引く。ガラスが砕け――イエス・キリストの名のもとに、わたしは汝らを始末する――、彼の周囲で悲鳴があがる。彼はふたたび引き金を引き、頭を吹き飛ばす。わたしのもとに大天使ガブリエルが降りてくるだろう。ジェイコブは何度も何度も引き金を絞り、血にまみれたもうひとりのアドリアナの身体に弾を撃ちつくすと、がくりと膝をつく。イエス・キリスト、誕生す。そして地面の上、薄汚れたアスファルトの上に彼は救世主キリストとして両腕を広げて横たわる。主よ、ひと言おっしゃってください、さすれば、わたしの魂は救われます。警官たちが彼に躍りかかり、後ろ手に手錠をかける。けたたましく鳴るサイレンと回転灯の禍々しい光と焚かれるカメラのフラッシュのなか――主はわたしを導く羊飼い、主は与え、取り返す――、微笑みを浮かべて目をつむるジェイコブ・エヴァンスは、ドラゴンと怪物と偽預言者の口からカエルに似た三つの不浄な霊が飛び出してくるのを目にする。

消去

二〇二一年六月三十日（水）
ニューヨーク、クライド・トルソン・リゾート

〇時四十二分：ＦＢＩのニューヨーク支局の別館〈クライド・トルソン・リゾート〉内のモニターがこぞって映し出しているのはニュース専門チャンネルの番組だ。そこで延々と報じられているふたりのアドリアナの殺害のニュースを、〈プロトコル42〉チームのメンバーが見つめている。一時〇分：ＣＢＳの特別番組が始まる。宗教問題を専門とするジャーナリストたちを集めた討論番組で、取り乱したスティーヴン・コルベアが司会を務めている。プドロスキーと専門家たちが発表した平静を呼びかける声明文はなんの役にも立たない。たとえば、ホープチャンネルでは説教師たちが偽預言者を崇拝する行為を糾弾し、ＦＯＸテレビではテレビ伝道師たちが当然のごとく犯罪を非難はしたものの、と同時に、世界の終末について口角泡を飛ばして語りかけている。朝になると、

ギャラップ社をはじめとする調査会社が猛烈な勢いで世論の動向を探る。その結果、アメリカ人の四十四パーセントが今回の一連の出来事を〝世界の終わりの予兆〟と考えており、そのうち三十四パーセントがその終わりは〝近い〟とし、二十五パーセントは〝非常に近い〟とさえ答える。さらに一パーセントは、終わりがすでに訪れたとみなしている。加えて日中は世界各地の礼拝所にかつてないほど大勢の人が押し寄せる。七十億の人間がひょっとしたら自分は真に存在しないのかもしれないと考え出したら、問題が起こるのは当然だ。

怒り心頭のジェイミー・プドロスキーは、〈プロトコル42〉チームが丸ごと引っ越してきた〈クライド・トルソン・リゾート〉の会議室を大股で歩きまわりながら繰り返す。

「マフィアの裁判の証人を保護するように、乗客全員の匿名性を保障しなければなりません。彼らが姿を消したり、別人になったりできるように手を尽くす必要があります」

とはいえ、彼女はちゃんと指摘した——神が問題になるはずだと……。神の全能性に異議を唱えられる者はいないとなると、あのどこからともなく現われたボーイングは神の意図によるものとなる。皮肉なのは、シミュレーション仮説に立てば、ある一点についてはもはや議論の余地もないということだ。それはつまり、人間とはまさに、人間よりすぐれた知性の創造物であるという点だ。だが、この壮大なロールプレイングゲームの開発者をすんなり崇拝できる人などいるだろうか？

「大統領の発表以来……」ミトニックが口を開く。「病院への救急搬送が増えており、自殺者が急増している模様です。すでに精神的に参っていた多くの人がみずから死を選んでしまったんですね。さまざまな陰謀論も人気を博しています。やれ、今回の出来事のすべてがモンタージュ映像だ、やれ、シミュレーション仮説とやらは、資本主義から地球温暖化まで、とにかくなんらかの問題に対する闘いを片っぱしから嘲弄するためのものだ、とかなんとか。地球平面説を支持する人たちは、今回のことを自説の裏づけとみなしています。ほかにもいろいろありますが、省略しますね」

「要するに、用心しろと言ってくる人たちにこそ、用心してかからなきゃいけないってことでしょう」とプドロスキー。

「地球外生命体も華々しいカムバックを果たしてますよ」ミトニックは続ける。「でも今回の場合、いたしかたのないことでしょうね……。それにあの女の人もいます。インフルエンサーのトミー・ジンさんって人で……こんな投稿をしたばかりです」

ミトニックはモニターのひとつに、ほっそりとした黒髪のアジア系アメリカ人女性の自撮り《セルフィー》写真を映し出す。すでに〈いいね！〉が千五百十二件ついている。彼女の額には深紅色のひと筋の巻毛が落ち、眉の上にはこんな文字が見える、〈一人、二人、千人のアドリアナ〉。この投稿は午前二時の時点で一万二千八百十六回シェアされている。そして朝の八時にはその数は七百万回にのぼる。さらに午前中には、パリ、リオ、香港、ニューヨークなど世界各地で何千もの人びとがアドリアナ・ジューンをまねて、赤いメッシュの入ったヘアスタイルで街を歩く。そのメッセージの意味するところは判然としないが、ネット上の思想の自由は、人びとが思考停止の状態に置かれているからこそより強力なパワーを発揮する。

さらに数時間後には、共感、感動、嘲笑が商売の糧となり、〈刺激《スティミュレート・ミー》して〉、シミュレートしないで〉、〈アイム・ア・プログラム、リセット・ミー〉、〈アイ・アム・ワン、ユー・アー・ツー、ウィー・アー・フリー〉などと書かれたTシャツが売られるようになる。朝の番組に出演しているコメディアンたちは、飛行機が二重に出現した出来事を踏まえたコントを披露する。

「シミュレーションとはなにかご存じですか、ヒラリー？」お笑いコンビの片割れが、ジャーナリストに扮して訊く。

「ええ、ピーター」相方がヒラリー・クリントンの声で応じる。「アメリカにいる女性の全員が、偽装《シミュレーション》オーガズムがなんだか知っていますよ」

★

それまではほんの百人ほどの学者が格納庫で思索にふけっていただけだった。それが急遽、地球上の一千万人の研究者が自分の理論について議論を展開し、なんらかの説明を提供する必要に迫られた。〈コピー機〉と〈ワームホール〉の理論はのっけから支持者が少なく分《ぶ》が悪い。もっとも単純な理論がもっとも的はずれであっても、それはそれでしかたない。

とはいえ、シミュレーション仮説は宇宙物理学者にはウケが悪い。宇宙開発機関にはなおさらだ。宇宙探索にはすでに莫大なコストがかかっているのに、そもそも宇宙など存在しないかもしれないとなると、宇宙への投資は突如、ドブに金を捨てるようなものとなる。素粒子物理学者も苦々しく思っている。シミュレーション仮説に立てば、彼らが愛する素粒子やクォーク、グルーオン、暗黒物質などの取り扱いに窮するからだ。すべては仮想《バーチャル》なのか？　それにあの自慢の大型加速器は？

あれは3Dの大仕掛けなジョークなのか？　さらに時間をどうとらえればいい？　人間がプレイできるようにすべてが速度を調節されてスローダウンしたビデオゲームのなかの時間のように、時間そのものも人工物であるならば、わたしたちが暮らすこの世界のバーチャルな時間からリアルな時間をどうやって測定すればいいのだろう？　生物学者たちに至っては憤慨至極だ。進化、種の絶滅、生物多様性の消失をどう考えればいいのだ？　けれども誰もがわかってはいる。それはつまり、バーチャルであろうとなかろうと、宇宙の全体が、次第に既知のものとなってきたさまざまな法則に支配されているということだ。近年、そうした科学者のなかでシミュレーションを多少なりとも活用しなかった者はおらず、その際にはこの十年のあいだに百倍の性能を獲得するようになったスーパーコンピューターに頼っている。ゆえに彼らには、その何千億、何千兆倍もの性能を持つコンピューターのパワーがどれほどのものか、容易に想像がつく。

そうした超強力コンピューターに比べれば、この日、つまりこの水曜日の朝の人間の生産性など無に等しい。それに、本気で働いているのは〈プロトコル42〉チームのメンバーだけだ。

というのもこの日の朝、〈ヘルメース〉作戦が開始されるからだ。メレディスが当作戦にこの暗号名をつけたのは、ギリシャの神ヘルメースが旅の守護神にして密命の伝令役であり、006便の乗客全員の旅と秘密を守るのに適任だと考えたからだ。彼らはただちに消失しなければならない。ジェイコブ・エヴァンスの犯行は、少なくとも乗客たちにみずからの命が狙われていると認識させることにつながった。そして少なくともアメリカでは、全員がその認識を得た。NSAはフライトのデジタルデータをすべて消去し、フランスとアメリカの情報機関の職員はフライトログを回収した。〝異常〟が起こったのは先の三月に飛んだパリ発ニューヨーク行きのフライトだということは広く世に知られている。だが幸い、該当する便は二百以上あった。

★

二〇二一年六月三十日（水）
パリ、エスプラナード・アンリ＝ド＝フランス、テレビチャンネル〈フランス2〉、第四スタジオ

実際のところ、ほんの数時間で世界は意味を失った真空状態に入りこむ。宗教が教義にもとづく偽りの回答を人びとに授け、哲学が抽象的で誤謬に満ちた答えを提示するからだ。世界中でトークショーが頻繁に開催されるが、とりわけ盛況なのはフランスだ。フランスではメディアに露出する哲学者の数がずば抜けて多い。そのなかにフィロメデウスと名乗る人物がいる。いかにも古代ギリシャを意識した名前だが、まあよしとしよう。彼は国営テレビのスタジオのステージで、もうひとりのゲスト、ヴィクトル・ミゼルと並んで座っている。

「このシミュレーション仮説については判断を下したくありませんね」フィロメデウスは言う。「だが、わたしからすると、この仮説が正しくてもなにも変わりませんよ。わたしは唯物論者です。考えることと、考えていると思っていることにちがいはなく、よって、存在していると思っている

ことと、存在していることにもちがいはありません」

「それでも、フィロメデウスさん」司会者は食い下がる。「わたしたちがリアルな存在であることとバーチャルな存在であることは、完全に同じというわけではないのでは？」

「申しわけないが、いや、同じです。わたしは考えます。たとえわたしが、考えるプログラムでしかなくともわたしは考え、ゆえにわたしは存在する。同じように愛も痛みも感じますし、同じように死にます、ええ、おかげさまでね。そしてわたしの行動は、わたしの世界がバーチャルであってもリアルであっても、同じ結果をもたらします」

「フィロメデウスさんのおとなりには作家のヴィクトル・ミゼルさんをお迎えしています。ミゼルさんの著書『異常』は以前より〝カルト〟な本となっていましたが、いまでは当然、その人気は高まる一方です。ミゼルさん、あなたは問題の飛行機に乗っておられました。そしてあなたの〝重複《ダブ》者《ル》〟がみずから命を絶ったことが知られており、本日の夕方、あなたは記者会見を開かれました。お疲れのところ、番組にご出演いただきありがとうございます。さて、ミゼルさんは重複している乗客の方々の運命をどのようにお考えになりますか？」

「乗客は二百人以上おり、彼らは自分の〝重複者《ダブル》〟が三月から六月に歩んだ道のりを見つめ、ほかの道を進まなかったことを残念に思っているかもしれません。別のやり方をすればよかったのに、もっとうまくやればよかったのに、別のことをすればよかったのに、と思っている人もいるでしょう。でもわたしは自分自身と対面したわけではありません。とはいえ……」

作家はポケットから赤いふたつのブロックを取り出す。

「三十年以上前に父を亡くしてから、わたしはいつもポケットにブロックをひとつ忍ばせてきました。お守りにしていたわけではありません。わたしにとってこれはただの数グラムの思い出のかけらであり、持ち歩くことがほとんど習慣と化していました。自殺したヴィクトルが持っていたものを返してもらったので、ブロックはいま、ふたつになりました。すぐにどれがどちらのものだったかわからなくなり、ふたつを重ね合わせました。これらのブロックがなにを象徴しているかはわかりませんが、これまでになく選択肢が増え、かつてなく自由になった気がしています。とはいえ、わたしは〝運命〟という言葉があまり好きではありません。それは矢が突き刺さった場所に、あとから的を描き足すようなものですよ」

客席では〈タイムズ・リテラリー・サプルメント〉誌の記者、アンヌ・ヴァスールが話に楽しく耳を傾けている。彼女自身は矢にまつわるもうひとつのジョーク、〝矢が的にあたったのは、矢があたった場所を的にしたからだ〟がお気に入りだ。彼女は四月にヴィクトル・ミゼルの死を知り、ショックを受け、悲しみを覚えた。そしてその感情の強さに驚いた。もちろん、アルルで彼のことには気づいていた。彼の講演を聞いて知的で感性豊かだと思ったし、ディナーでは彼女に話しかけようと子どもじみた努力をするその姿に心を動かされた。けれども当時は付き合っている相手がいたし、ゲームを楽しむつもりもなかった。それに、自尊心をくすぐられて容易に流されてしまう弱さに支配されるあのひとときが嫌だったし、彼に好意を持たれるのも嫌だった。それはまさに彼女が彼に好意を持ったからだ。そこで予定を切り上げてアルルを去った。自分本位で軽率な欲望を抱いたことを恥じるのと同時に、悦楽に身を任せ、不実を働いて恋人を苦しめる女になるのを拒んだのだ。そして結局、自分の気持ちの居場所がわからなくなった。自分はただ逃げ出したのだと感じ、一瞬、後悔よりも自責の念を持つべきだと思ったが、それでもこのゴンチャロフの翻訳者と再会する口実を決して探そうとはしなかった。彼女は今回のヴィクトル・ミゼルの驚くべき〝復活〟を、なんらかのしるしとして受け止めた。とにかく人知を超えたなんらかのしるしとして。彼女は文学畑の人間として、〈タイムズ〉紙の編集主幹から特派員の代わりにヴィクトル・ミゼルの記者会見に参加することを認められた。そしていま、自分にとってこの先長くまさに〝運命〟となりうる男を見つめている。

「それではおうかがいしますが、フィロメデウスさん」司会者が話を振る。「こうした状況にあなたならどう反応しますか？」

「まず、わたしにとっては非現実感が長引くことはないでしょう。自分の存在を疑ったとき、身体をつねってみるだけでわたしにはじゅうぶんです。それに、このもうひとりの自分というものが容赦ない鏡であることは認めますが、なによりそれは、わたしとわたしの秘密のすべてを知る唯一の存在です。これを踏まえると、わたしが自分自身を変えるという選択や逃げるという選択を下す可能性もありますね。そもそも、たったひとつの人生にふたりが存在するというのは、ひとりが余計だということです。おそらくわたしはむなしく感じるでしょう。アパルトマンや仕事といった物質的なものすべてについて……。そして自分の心の中核をなすものに、是が非でも守らなければならないものに集中するでしょう。わたしには娘がひとりいます。愛する妻がいます。わたしが〝わたしの妻〟、〝わたしの娘〟と言うとき、〝わたしの〟という言葉にこめられた意味をわたしは知っています……。それらを分かち合わなければならなくなったとき、わたしはたぶん自分の所有欲を冷静に見つめ直すことができるようになるのでしょう。白状すれば、自分がどう反応するかわかりませんね」

「ローマ法王フランシスコ一世の声明をどのようにお考えですか?」

「すみません、法王がどんな声明を出したのか、まったく知らなくて」

「法王の言葉をそのまま引用しますね。〝神は人類に神の全能性のしるしと、その全能性の前にひれ伏して神の教えに従う機会をお与えくださっている〟」

「そんな声明を出したんですか?」

「ええ、今朝」

「それはいくらか、〝哀れな罪人たちよ、悔い改めよ〟に近いものですね。申しわけないのですが、法王にはもう少し期待していました。とはいえ、これは宗教家すべてに共通するプログラムソフトです。ソフトの開発コンセプトは、〝ここにわれわれの信仰がある、それを証明する事実を探そう〟です。彼らはヴォルテールのパングロス博士(風刺小説『カンディード』の登場人物)の、〝鼻はメガネをかけるためにつくられている、ゆえにわれわれにはメガネがある〟という主張を信じているわけですよ。今回の件でわたしは神の声を聞いていませんし、雲の合間から神が現われ出るシーンも目にしていません。とはいえ率直に言って、神がわたしたちになにかを伝えようとするならまさにいまでしょう。いま、このときでしょう。いいえ、真に哲学的かつ科学的なアプローチとはやはり、〝ここに事実がありますす、さて、そこからどんな結論が引き出せるか考えましょう〟というものでしかありえません」

「ヴィクトル・ミゼルさんにおたずねします。これはわたしたち全員が知りたがっていることだと思うのですが、これからどんなことが起こるとお考えですか？」

「別になにも」

「えっ？」

「別になにも。なにも変わらないでしょう。朝起きて、働きに行く。家賃はこの先も支払わなければなりませんからね。そして以前と同じように食べて、飲んで、セックスする。わたしたちはわたしたちがリアルに存在するかのように行動しつづけるでしょう。わたしたちは自分たちのまちがいを証明しうるものすべてに目をつむります。人間はそんなものです。合理的じゃないんですよ」

「フィロメデウスさん、いまヴィクトル・ミゼルさんがおっしゃったことは、今朝の〈ル・フィガロ〉紙の記事にある〈人間とは〝認知的不協和〟を減らそうとするものだ〉というあなたの主張と少々似ている気がするのですが？」

「そうですね。われわれは完全なる敗北を喫しないようにするためには現実を捻じ曲げることも厭《いと》いません。どんな小さな不安にも答えを求め、世界を考える方法を探ろうとします。自分たちの価値、感情、行動を見直すこともせずに。気候変動を例に取りましょう。科学者の意見などわれわれは馬耳東風です。バーチャルなものであろうとなかろうと化石燃料から、バーチャルなものであろうとなかろうと炭素を野放図に排出し、バーチャルなものであろうとなかろうと地球の大気を温め、そしてこれまたバーチャルであろうとなかろうとわれわれの種が絶滅へと向かうのです。なにも変わらない。金持ちは良識を蔑ろにして自分たちだけが助かろうとし、ほかの人びとはただ希望にすがるしかない」

「フィロメデウスさんのこの意見に賛成ですか、ヴィクトル・ミゼルさん？」

「もちろんです。パンドラの箱の話はご存じでしょう？」

「ええ」司会者は驚きながらうなずく。「でも、それとこれとにどんな関係があるんです？」

「ひとつありますよ。いいですか、プロメテウスが天界から火を盗み、ゼウスは神を冒瀆したプロメテウスと人間たちに復讐するため、プロメテウスの弟エピメテウスにパンドラを差し向けて結婚させました。そしてパンドラの荷物のなかに贈りものを差し入れました。不思議な箱――これはもともとは壺だったようですが――、とにかくゼウスはパンドラにそれを開けることを禁じた。だがパンドラは好奇心に負けてゼウスの言いつけに背きます。そして箱のなかから人類にとっての悪が一斉に飛び出してきた。老い、病気、戦争、飢餓、狂気、貧困……。そのなかにひとつ、逃げ出すにはのろますぎたのか、はたまたゼウスの意思に従ったのか、箱のなかにとどまった悪があります。それの名前を憶えていますか？」

「いいえ、なんでしょう？」

「〝エルピス〟――希望ですよ。これこそ悪のなかでももっとも始末の悪いものです。希望がわたしたちに行動を起こすことを禁じ、希望が人間の不幸を長引かせるのです。だってわたしたちは反証がそろっているにもかかわらず、〝なんとかなるさ〟と考えてしまうのですからね。〝あらざるべきこと、起こり得ず〟の論法ですよ。ある見解を採用する際にわたしたちが真に自問すべきは、

〝この見解に立つのは単に自分にとって都合がいいからではないか、これを採用すれば自分にどんなメリットがあるのか？〟という問いです」

「なるほど」と司会者。「そしていま、そうしたことが起きているとフィロメデウスさんはお考えなのですね？　わたしたちがそれぞれ、目の前に差し出された現実と都合よく折り合う方法を探っている、と」

「ええ、それはまちがいありません。ニーチェのこの言葉を思い出してみてください——〈真実とは、それが錯覚であることを忘れられた錯覚である〉。いま、世界全体が新たな真実に直面し、わたしたちの錯覚のすべてが見直しを迫られています。わたしたちはまちがいなくあるサインを送られているのです。だが残念ながら、考えることには時間がかかる。皮肉なのは、バーチャルな存在であるがゆえにわれわれはおそらく、自分たちの同胞、自分たちの惑星のためにより一層の義務を課されているということです。わけても集団として」

「それはなぜですか？」

「なぜなら——ある数学者がすでに指摘したように——この試験はわれわれ個人に与えられたものではないからです。このシミュレーションは海の動きに興味があるのであって、水の分子のそれぞれがどう動こうが知ったことじゃありません。シミュレーションは人間という種の全体からの反応を期待しているのです。至高の救世主などいません。われわれみずからが、われわれ自身を救わなければならないのです」

三通の手紙、二通のメール、一曲の歌、絶対零度

二〇二一年七月十日（土）
ブルックリン、キャロル通り

封筒の宛先は〈アビィ&ジョアンナ・ワッサーマン〉。ジョアンナはそこに、字間の詰まった線の細い自分の筆跡をみとめる。アビィが封筒を開ける。四つ折りにした紙が一枚と、口を閉じられた封書が二通入っている。

アビィ、ジョアンナへ
この封筒にはジョアンナ、あなた宛の手紙が入っています。あなたがそれをアビィに読んで聞かせることはわかってる。わたしだってそうするから。そしてもう一通の手紙はアビィ、あなたに、あなたひとりに宛てたものよ。

アビィ、ジョアンナ――あなたたちと同じように、そしてあの飛行機に乗っていたほかの多くの人たちと同じように、わたしは『異常』のなかに、同じ飛行機に乗っていたフランス人作家が書いたあの不思議な本のなかに、答えを、とにかくなんらかの手がかりを探してみた。でも、見つかったのはこの言葉だけ――〈過去を失わないように、過去を殺さなければならない〉。

わたしたちもまた過去を重んじ、よみがえらせようと、懐の深い大自然を訪ね、バーモント州にあるあのコテージに行った。かつてアビィがわたしを、ジョアンナ――あなたを、連れていったあのコテージに。雪と氷が長く続いたあの冬の日々に、わたしたちは子どもをつくろうと決めた。あのとき、アビィ、あなたとわたしはあそこでとても素晴らしい時間を過ごした。だからわたしたちは、あの思い出がわたしたちを支えてくれる、わたしたち三人に進むべき道を示してくれると考え、もう一度あのコテージを訪れた。

だけど、トウヒと樅《もみ》の木のあいだを延びるあの狭い石だらけの道、三人並んで歩けないあの象徴的な道で、わたしのかわいそうなアビィ、あなたはふたりの主人に挟まれたスパニエル犬よろしく気まずい顔でわたしとジョアンナのあいだを行き来し、あの悲しげな笑みを浮かべて絶えず謝りつづけた――ひとりにしてしまって、ごめん、またひとりにしてしまうけど、ごめん。アビィ、あのときあなたはあそこにいなかった。ただ存在していただけで、そう、わたしとも、彼女とも一緒にはいなかった。ただあなたは引き裂かれていた。ずっと絵ばかり描いていた。それは答えのない問いから逃れようとするあなたならではのやり方だった。わたしはあなたが描いた水彩画を持っていくことにした。これらの絵を見るたびに、わたしはこの先ずっとあなたを思い出すことでしょう。

だって、そう、わたしは去ったの。あの悲しみのコテージにあなたたちふたりを残して。わたしたちが互いを滅ぼし合う前に。ジョアンナ、あなたはアビィの子を身ごもっている。あなたにはわかってたはずよ、わたしが先に譲歩するだろう、屈服するだろう、逃げ出すだろう、って。そしてわたしはもちろん、あなたがわかってるって、わかってた。

わたしは逃げた。

わたしはニューヨークに戻り、マンハッタンのＦＢＩのオフィスにいるジェイミー・プドロスキーに連絡を取った。ＦＢＩはたった一日でわたしに新しい身元《ID》を用意し、慎重を期して〝ジョアンナ・アッシュベリー〟という名前を持つ人物の六年分の人生のデジタルアイデンティティも作成した。アッシュベリー、それはロンドンの北にある小さな町の名前と同じで、その町にはロマネスク様式の教会以外なんにもない。それにジョアンナ・ウッズの〝ウッズ〟は〝木〟で、対する〝アッシュベリー〟は〝埋められた灰〟。わざわざこの名前を選んだのだとすれば、ＦＢＩにはユーモアのセンスがあるようね。

このジョアンナ・アッシュベリーはＦＢＩの法務部門で働くことになった。ＮＳＡがこの名前でスタンフォードの学位も用意した。それにＦＢＩはエレンの治療費を負担するとも言ってくれた。ありがたい申し出で、わたしは断らなかった。でも、ジョアンナ、あなたはせっかく手に入れたデントン＆ラヴェルでのポストを捨てちゃだめ。でもこんなアドバイス、するまでもない。あなたがどんな決断を下すか、わたしはすでに知ってるから。

もちろん、わたしたちは再会する。いつかエレンを見舞ったとき、顔を合わせることになる。

あなたたちが目一杯幸せになれるよう、祈ってます。

ジョアンナ・アッシュベリー

ジョアンナへ
あなたをこんなふうに呼ぶのはほんとうに変な気分。
あなたの名前はいまや〝ワッサーマン〟で、わたしは〝アッシュベリー〟。〝ワッサー〟は水、〝アッシュ〟は灰。なんだか皮肉ね。ジョアンナ・アッシュベリーはジョン・アッシュベリー（アメリカの詩人）に響きが似てる。彼の長大な詩、『凸面鏡の中の自画像』をいつか読もうと決めてたこと、憶えてる？　十六世紀のイタリアの絵画、つまりあのパルミジャニーノの作品について詠んだこの詩をわたしは実際に読んでみた。そしてとても気に入り、この絵が描かれた背景について調べてみた。
それによると、ある日、パルミジャニーノは——まだほんとうに若くて、二十一歳だった——床屋の凸面鏡に映る自分の顔を見て、自画像を描こうと思い立った。そこで、丸い鏡に映る自分の姿を忠実に再現するため、鏡と同じ大きさの丸い木枠をつくらせた。彼は前景の一番下に自分の手を描いた。とても大きな手、本物みたいに見えるとても美しい手を。そして中央には、ほんの少しだけデフォルメされた、ほとんど子どもに見える彼の優美な天使のような顔を描いた。世界はこの顔を中心にまわり、天井、光、遠近感などすべてがゆがんでる。そこにあるのは、曲線のカオスよ。

この絵はわたしたちふたりのイメージではないし、わたしの鏡の鏡であるあなたのイメージでもない。でも、わたしにとってはなにかの寓意であったのはまちがいない。だってわたしはその絵に釘づけになり、そして不意に泣き出してしまったのだから（このところ、わたしはしょっちゅう泣いている）。そのとき、わたしは理解した。この大きすぎる手、これはわたしを鷲づかみにし、脅し、わたしに帰すべきものすべてを奪い去る手だ、と。

バーモント州のあのコテージで、わたしは夢を見た。あなたが急死して、わたしがかつてのわたしの存在を取り戻す夢だった。あなたが死んで、すごく嬉しかった。わたしはアビィを慰めた。彼をふたたび手に入れるのは、あなたを忘れさせるのは、とてもたやすかった。目覚めると夜明けで、もう眠れなくなり、コーヒーカップを持ってテラスに行った。そこにはすでにあなたがいた。あなたももう寝つけなかったのね。わたしと同じようにコーヒーを飲み、わたしと同じように裸足で、わたしのと同じ銀色のバレッタで髪を後ろでまとめてた。そして、わたしとまったく同じしぐさでカップを両手で持っていた。目の前にそびえる山に霧がかかっていて、太陽はまだ顔を出すのをためらっていた。わたしたちは冷たい視線を交わし合った。わたしは理解した。あなたも夢のなかで、わたしを殺したばかりなのだ、と。その瞬間、去ろうと決めた。怖かったからじゃない。嫉妬と苦悩が、わたしを醜く変えてたから。その醜さを、あなたのそこかしこにありありとみとめたから。

行き先はわからない。でも、あなたから遠いところに、あなたたちから遠いところに行くことはわかってる。わたしにはまだ自分自身を、なりたい自分を、取り戻すチャンスが残ってる。

ジョアンナ

アビィはバルコニーに出て、彼だけに宛てられた手紙の封を切る。そしてそこに記されている言葉の一つひとつに、少しずつ胸を抉《えぐ》られる。

アビィへ
わたしが愛するのはあなただけ。そして、わたしは去ります。

一年前、わたしたちはお互いを知らなかった。なにも信じないシニカルなあなたが、これは奇跡だと言い、わたしは嬉しくて笑った。これは単なる出会いよ、って言いながら。

もうひとりのジョアンナがあなたにわたしの手紙を読ませることはわかってます。そこに付け加えたいことはほとんどない。

わたしが基地から帰ってきた日、あなたはわたしに、あなたのアトリエの前にある公園に行こうと誘った。ふたりでたくさんおしゃべりしたあのベンチに行こう、って。そこであなたはわたしを腕に抱き、わたしはあなたの肩に頭をのせ、あなたはわたしのお腹に手をあてた。すぐにわかった。それが無意識のしぐさであることを。あなたたちのあいだに生まれたやさしい儀式であることを。あなたの手はあなたの子を、あなたたちの子を守ろうとしていた。だけど、わたしのお腹には守るべきものなんてなかった。なんにも。あったのは、アビィ、あなたへの欲望だけ。あなたはとまどい、手のひらを引っこめ、わたしがよくわからないことを話題にした。あなたの目を見れば、わたしがなにも気づいていないことを望んでいるのがわかった。それからわたしたちは家に戻ったけれど、命を宿していないわたしのお腹が空っぽなのと同じくらい、わたし自身も力をすべて失って空っぽだった。

バーモント州のあなたのコテージで過ごしたときのことも憶えてる？　あの蒸し暑い夜、わたしはあなたを森に誘った。わたしは、木の下であなたと愛を交わしたいと心から願った。あなたはもうわたしにも、もうひとりのジョアンナにも、触れられなくなっていた。わずかな欲望も感じられなくなっていた。わたしはあなたに抱いてほしかった。そう、あなたの強い欲望がわたしのなかで弾けるのを感じたかった。あのときわたしが突然あなたから逃げ出したのは、あなたに拒まれたからじゃない。自己嫌悪に襲われたからよ。わたしがなにより望んだのは、アビィ、あなたの子を宿すことだった。わたしも妊娠したかった。わたしは願ってた。運命が、あの人と競い合うための武器をわたしに授けてくれるのを。

苦悩のせいで、わたしはこんな女になり下がってしまった。わたしは去らなければならない。心配しないで、わたしのアビィ。あなたは『戦争と平和』を何度も読んだから、クトゥーゾフ将軍のように知ってるはず。強くて頼りになるふたりの兵士とは、忍耐と時間であることを。

わたしの前には別の男性が現われるでしょう。別の出会い、別の奇跡がやってくるでしょう。きっとそうなる。わたしはまた人を愛すようになる。少なくとも人を愛すれば、絶えず人生の意味を探しつづけることから免れる。

わたしをモデルにして描いてくれたやさしい絵を見ています。夕日に包まれ、頭を梁にあずけて目を閉じているわたしを描いたあの絵を。

あなたを愛しています。これからもずっと愛しつづけるでしょう。そしてあなたはそれに気づくでしょう。だってわたしはとても不思議なあり方で、あなたのそばにいつづけるのだから。

ジョアンナ

★

その前日、ニューヨーク、クライド・トルソン・リゾート

「ジョアンナ、大丈夫?」ジェイミー・プドロスキーがFBIのオフィスのオールジェンダートイレのドア越しにたずねる。

いや、ジョアンナ・ジューンは大丈夫ではない。ウイスキーの飲みすぎで苦しくてたまらない。頭も心もぐるぐるまわっている。このまま倒れこんでしまいたい。このまま倒れても、ただ服が汚れるだけだ。

何時間か前、ジョアンナはあの手紙を書いた。書きながら、投函できないだろうと思った。そして書き終えた手紙をカバンに入れたのだけれど、それは早まって買ってしまったリボルバーと化した。枕元に隠しても、その存在が少しずつ空間を埋めていき、ついには強迫観念となるリボルバーに。それはやがて、使え、使え、と持ち主をせっつくようになり、最後にはその人を殺人者か自殺

者にしてしまう。ジョアンナ・ジューンはこの三通の手紙を燃やすふんぎりがつかず、そして手紙は、ポストに差し入れるよう彼女をしきりにせっついた。

愛する人と別れるためには、世界を解体しなければならない。ジョアンナ・ジューンはふたりの物語を書き直す必要に迫られた。埋め去っていた疑念を頼りに、アビィへの想いをすり減らさなければならなかった。同じ言葉を何十回と繰り返し、意味を枯渇させるのと同じやり方で。彼女はアビィの金色すぎる巻毛を厭うすべを身につけた。点取り虫の優等生のような雰囲気、やせっぽちの少年のような不器用さ、少しスノッブな服装、ちょっとしたことにも大笑いする癖、さらには子どもみたいにぷっと噴き出す笑い方までも。彼女は、浮かれて性急にことを進めようとするアビィの前で覚えたとまどいを思い出す。すぐに結婚しないと、即座に契約を結ばないと具合が悪いかのように、明日になればすべてが消えてしまうかのように、相手のことを、自分のことを、あるいはふたりのことを信じきれないかのように、アビィはひたすら前のめりだった。苦悩に満ちた夜、彼女は自分自身に、アビィと過ごした一瞬一瞬を追体験する試練を課す。自分のなかにある冷酷さを無理やり見つけ出し、やさしさを湛えた胸の悪くなるこの絵と対峙する。そしてアビィとの過去から少しずつ思慕を剝ぎとり、嫌悪を募らせる。弁護士はいつしか検事となり、彼女はその知性のすべてを動員して容赦なく相手の罪を暴き立てる。そして完全無欠だったあのアビィに、ジョアンナの愛がつくり出したダイヤモンドの結晶をきらきらと無限にちりばめていたあの小枝に、無関心の雨を降らせる。雨に打たれて結晶が壊れ、枝は葉の落ちた冴えない姿をあらわにする。そのささやかな枝は、泣きたくなるほど凡庸でくすんでいる。

だから三通の手紙を投函する瞬間、そしてそれに続く一時間のあいだ、ジョアンナはもうアビィを愛してはいなかった。けれどもそのあと愛が丸ごと波のように寄せ返してきて、彼女はスコッチウイスキー〈タリスカー〉のボトルを開けたのだった。

★

差出人：andre.vannier@vannier&edelman.com
宛先：andre.j.vannier@gmail.com
日付：２０２１年7月1日、９時43分
件名：破局

親愛なるアンドレ（きみをほかにどう呼べばいい？）

このメールをドロームから書いている。しばらくここに滞在するつもりだから、きみはパリのぼくの家、というかきみの家に好きなだけいてくれてかまわない。ニューヨークから戻ってきてからぼくがリュシーと交わしたメールをすべて添付する。それらを読めばわかるだろう。こっちはせっせとメールを書き、彼女はほとんど返事をよこさなかった。きみは〈きみを追いかけたくはない、無駄に固執したくない〉などという、偽りに満ちた言葉を目にすることになる。だってぼくは無駄に何度もメールをしたためたのだからね。そしてあのくだくだしい最後のメール——

くそっ、メールは手短にすませるべきなのに――、つまり、〈きみと一緒にできるだけ長い道を歩みたかった〉などという気どった一文を綴ったあのメールも読むはずだ。ぼくはそのときそのときで、大口を叩いたり、しつこく迫ったり、同情を誘おうとしたり、哀れっぽく訴えたりした。そして彼女の人生から押し出されてしまったあともまだ、彼女をあと戻りさせようとした。ぼくはきみの敵でもライバルでもなく、盟友ですらない。だが、ぼくは自分の受信箱に自分の過去を持っている。ぼくの過去をきみの未来にしたくなかったら、参考にしてくれ。

それでは、また。

アンドレ

差出人：andre.j.vannier@gmail.com
宛先：lucie.j.bogaert@gmail.com
日付：２０２１年7月1日、17時８分
件名：きみとぼくと、ぼくときみ

リュシー

古いメールアドレスはほかの人たちが使っているから、ぼくの新しいアドレスからきみの新しいアドレスに宛ててこれを書いている。ぼくはきみと同じように、アドレス名に六月を意味する

〝　〟を追加した。なぜこっちがこんな手間をかけなければならないんだろう。たぶん、ぼくもきみも経験できずに飛び越してしまった三月から六月までのあの四カ月弱が、あっちのアンドレとリュシーに優先権を与えているんだろうな。

ぼくたちはどちらもいま、〝ぼくたち〟のあいだに起こったことを知っている。〝きみ〟は〝ぼく〟の執着心や性急さにうんざりし、ぼくのもとから去った。ぼくは〝ぼくたち〟が交わしたメールに目を通し、もうひとりのリュシーがもうひとりのアンドレとの別離を語る言葉と、自分の弱さと自分の愚かさをまとった、まさしくぼく自身を反映した文章を読んだ。

手短に言おう。ぼくと一緒にいることがきみにとって理性的な選択であったためしは一度もない。だが、きみはぼくのもとにやってきた。きみと一緒にいることは奇跡だった。けれども同時に、きみを失うことにつながった。

愛を救うチャンスを、愛がまだ危機に瀕してもいないうちに得ることなどめったにない。ぼくは一度目のチャンスを逸する前に、二度目のチャンスに賭けたいんだ。

きみを愛している。きみを抱きしめよう。だがふんわりと、息苦しくならない程度に。

アンドレ

★

ゴーストの歌

作詞&作曲：フェミ・タイウォ・カデュナ&サム・ケヒンデ・チュクウェゼ

© RealSlim Entertainment, 2021

ぼくは聖なるゴーストと踊ってる
カラバルの砂の浜辺で
だっていま、愛は手に届かないから
ああ、ぼくらはやってくる連中に気づかなかった
きみの肌を愛したこと、それがぼくらの罪
だからタイヤのなかで、きみは焼かれた
そしてぼくらの虹は、火にくべられた

キスはすべて憶えてる
きみのあれこれが恋しいよ
ああ、奈落の高みから落ちた心

ぼくは消え去ったゴーストを歌ってる
カラバルの晴れた浜辺で
愛でさえ、いまでは手に届かない

周囲で犬どもが吠えているのが聞こえる
砂塵の上を、風が吹き抜ける
闇のなかへと、甘い恋は消えた
さあ、最後のサメと一緒に泳ごう

キスはすべて憶えてる
きみのあれこれが恋しいよ
ああ、奈落の高みから落ちた心

愛しいトムと並んで歩くとき
カラバルの雨の浜辺で
ほら、憎しみですら、手に届かない
ぼくが望むのは、赦しの霧
だけど、それ以下じゃだめなんだ
血と涙を隠すために
愛だけが欲しい、お願いだ

キスはすべて憶えてる

だけどきみのすべてが恋しいよ
ああ、奈落の高みから落ちた心

血と涙を隠すために
愛だけが欲しい
お願いだ
お願いだ

★

二〇二一年七月一日(木)
ニューヨーク、クライド・トルソン・リゾート

「録音したものをもう一度聴いてみますか、クラフマンさん」

エイプリル・ジューンはかぶりを振る。ジェイミー・プドロスキーは、放心状態のまま椅子の上で身体を揺らしているエイプリルを見つめる。エイプリルのまわりでは世界が渦を巻き、それぞれの言葉が意味をなさずにばらばらに鳴り響いている。いたずら、ロ、石鹸……。彼女はプドロスキーから水の入ったグラスを手渡されるが、テーブルに置くはめになる。手が震えて持っていられな

いからだ。飛行機の件だけでも混乱してるのに、そのうえこんなことを知らされるなんて。

「児童精神科医はお嬢さんに自由に話をさせただけで、誘導は一切していません。双方のあいだに信頼関係ができて、お嬢さんは自分が描いた絵のそれぞれについて説明し、秘密を明かしました。ご理解いただけましたでしょうか？」

エイプリルは言葉も出ない。クラーク、自分の娘、入浴。どんなわずかなイメージも脳裏をかすめないよう、彼女は全身で抵抗する。やさしい四月、影を帯びた四月。クラークが書いたものではない詩はそう詠んだ。プドロスキーは話の途中途中で長い間《ま》を置く。けれどもいつも会話を再開する。そっとやさしく。

「クラフマンさん、わたしはジェイミーと申します。エイプリルと呼んでもかまいませんか？」

「はい、わたしの名前はエイプリルです」彼女は抑揚のない声で言う。

プドロスキーはふたたびエイプリルにグラスを差し出す。

「飲んでください、エイプリル」

「どうもありがとうございます」

エイプリルは機械的に従う。甘美な四月、まどろみを誘う暖かさ……

「エイプリル……」プドロスキーは呼びかける。「聞いてますか？　お嬢さんは完全に損なわれたわけではありません。被害について話ができたのですから。これは重要なことです。言葉にできるというのは、とても重要なことなんです。お嬢さんとじっくり時間をかけて話をした認知療法士たちは、お嬢さんが水と暗闇に恐怖を抱いていることや、自分の身体との関係性に問題を抱えていることを指摘しています。ですが、トラウマの短期的な影響については心配しなくていいと考えています。とはいえ当然のことながら、クラフマンさん、この先どんな影響が出るか確実なことはなにも言えません。なにも問題がないといいのですが」

「なにも問題がないと……」

「今後について説明します。今後、あなたの夫は裁判にかけられます。ソフィアの、ソフィアたちの証言を踏まえれば、断言はできませんが、おそらく有罪になるでしょう。というのも、パリへのご旅行以来、そしてこの三カ月のあいだに……あなたはこの三カ月を過ごしてはおられませんが……、ソフィアは、というか……もうひとりのソフィアは、自宅でふたたび身体をさわられているのです。こちらの言ったこと、理解されましたか？　わたしたちが暮らすここニューヨーク州では、この種の犯罪には十年から二十五年の刑が科されています」

「二十五年ですか、はい」

「もしあなたの夫が治療やフォローアップや接近禁止令を受け入れるのであれば、もう少し短くなるかもしれません。とにかくお子さんたちに説明しなければなりません。とくにリアムに。腹を立てるでしょうから。あなたに対して、妹さんに対して、そして自分自身に対しても……」

「もしかして、リアムも……？」

「いいえ、大丈夫です。息子さんから話を聞きましたが、その心配はありません」

エイプリルは唇に手をあて、虚空に目を凝らし、髪に手を差し入れる。プドロスキーは心配そうに彼女を見つめながら話を続ける。

「名前も州も変えることができます。あなたの重複者《ダブル》はそうする予定です。彼女はこちらからの提案をすでに受け入れました。わたしは軍と交渉しました。その結果、あなたは配偶者の年金を受けとることができます。戦死した場合と同じように」

「戦死……」エイプリルは力なく繰り返す。

彼女の頭に子馬たちの姿が浮かぶ。彼女が母親のためにひたすら描いたような子馬たちだ。それらは血の色をしていて、青灰色の空に浮かんでいる。寒い、ひどく寒い。動くものはもうひとつもない。絶対零度。凍てつく嵐にとらわれた四月。

「お子さんたちにもあなたにも医療ケアと心理サポートが用意されています」

エイプリルは恐怖に目を見開く。身動きする間もなく吐き気がこみ上げる。それは抑えがたい胆汁の黒い波だ。吐きたい。けれども、彼女にはそれすらできない。

最後の言葉《デルニエ・モ》

二〇二一年十月二十一日、十三時四十二分

戦闘機〈スーパーホーネット〉のパイロットは三回、命令を聞き返した。だが彼は鎖の末端の輪にすぎない。脳の指令に従わない手は、ただの役立たずだ。

その決定は国防総省内でももっとも厳重なセキュリティを施された部屋で下されたばかりだ。そこは〈ザ・タンク〉と呼ばれる窓のない金庫のような部屋で、公式には〈2E924号室〉と名づけられ、一見、会社によくある会議室のようだ。黄金色に輝くオーク材のテーブル、肘掛けのついた革製の回転椅子、時代不詳のインテリア。壁に飾られた絵に描かれているのは、南北戦争の作戦会議を指揮しているエイブラハム・リンカーン大統領だ。そして大統領のまわりを、ユリシーズ・グラント将軍、ウィリアム・テカムセ・シャーマン師団将軍、デイヴィッド・ディクソン・ポーター海軍准将が囲んでいる。それらの将校たちが見守るなか、軍の統合参謀本部のメンバーによって

極秘中の極秘の決定が下された。そして長時間の議論を経て採択されたこの決定にゴーサインを出す最終判断《デルニエ・モ》は、大統領の強い主張にもとづき、彼ひとりに任された。
戦闘機は翼からミサイル〈ＡＩＭ１２０〉を切り離すと、北西の方角に上昇する。ミサイルはすぐにロケットエンジンを作動させ、ものの数秒で巡航速度に達し、後方に灰色の雲の筋を一直線にたなびかせる。ミサイルの鋼鉄の胴体に太陽光が反射する。それはきらめく死だ。速度はマッハ四。標的に達するまでの所要時間は、わずか十五秒。
パリのリュクサンブール公園の真ん前では、ヴィクトル・ミゼルとアンヌ・ヴァスールがテラスでディナー前の最後のコーヒーを飲んでいる。十月の終わりだが、夏がまだ続いている。いわゆる小春日和《インディアンサマー》だ。アンヌがミゼルを見上げて微笑む。ミゼルがこれほど強く生を実感したことはない。彼はときおり、もうひとりのヴィクトルの死がみずからの存在を儚く貴重なものにしてくれたような気がしている。テーブルの上にあるのはレゴのふたつのブロック。真っ赤なふたつの角砂糖のようだ。彼は無意識にブロックを重ねてはずす動作を繰り返す。

伝道者は言う、
空《くう》の空、空の空、いっさいは空である。

ミゼルは飛行機、異常、分岐について語った短い作品の最後の言葉《デルニエ・モ》を書き終えたばかりだ。作品のタイトルとして「冬の夜二百四十三人の旅人が」を思いつき――アンヌは首を振る――、次いでその文言を冒頭に据えようと試みる――アンヌはため息をつく。最終的にはあっさりとしたタイトルが付されることになるだろう。たった一語だけからなるような。残念ながら〝異常《アノマリー》〟はすでに使われてしまった。彼は作品のなかで説明しようとはしない。ただシンプルに証言する。追いかけるのは十一人だけ。だがしかし、ああ、どう考えても十一人はすでに多い。編集者のクレマンスは懇願する。ヴィクトル、お願い、複雑すぎる、これじゃ読者を失くしちゃう、もっと簡潔にして、ばっさり枝葉を切って、ずばっと核心に切りこんでよ。けれどもミゼルは聞く耳を持たない。彼はこの小説をミッキー・スピレイン（米国のハードボイルド作家）の模倣《パスティーシュ》で始め、謎の人物を登場させる。こんなのだめだめ、冒頭の章なんだから、もっと純文学っぽくしないと――クレマンスは文句を垂れる。いつまでお遊びを続ける気？　だがミゼルは、かつてなく遊び心にあふれている。

そこから六千キロ離れたニューヨークのマウントサイナイ病院にいるジョディ・マークルは、もう涙も出ない。彼女は目をつむる。彼女はデイヴィッドを二度失うことになる。四日前から彼はモルヒネで深い眠りに落ちている。フランスのナノ医薬品でももう痛みを抑えられないからだ。痩せて蒼白な顔をしたポールが言葉もなく弟のそばに立ちつくしている。屋外からガラスの割れる音が聞こえてくる。注意を引かれた彼はブラインドの羽根を押し広げ、身を屈めて広場を見る。駐車場で男がふたり、割れたヘッドライトのそばで言い争っている。病室ではベッドサイドモニターの心電図の波形が潰れて直線になり、ピッ、ピッと鳴っていた微かなビープ音が連続音に変わる。

ラゴスでは熱帯の夜の訪れとともにスリムメンのライブがフィナーレを迎え、最後の曲でサプライズゲストが舞台に登場する。小柄な金髪の男で、スパンコールのついたピンク色のスーツを着て、金色に輝く大きなメガネをかけている。歓声と拍手が巻き起こる。そして三千人以上の若いナイジェリア人が一緒にリフレインを繰り返す。全員が歌詞に隠された意味を知っている。

ぼくが望むのは、赦しの霧
だけど、それ以下じゃだめなんだ
血と涙を隠すために
愛だけが欲しい、お願いだ

ジョアンナ・マーチは大きな腹を抱えている。子どもは予定日より早く生まれそうだ。女の子で、名前は〝チャナ〟と決めている。日本の忘れられたお姫さまの名前らしいのだが、真偽のほどはわからない。とにかく〝チャナ〟はヘブライ語で〝年〟の意味を持つ。彼女はいくらか時間に余裕がある。ヴァルデオ裁判が取りやめになったからだ。原告側との和解が成立し、殺虫剤〈ヘプタクロラン〉は市場から引き揚げられた。彼女は結局、〈ドルダー会議〉には参加しなかった。件《くだん》の会議では〝不死の探求〟をテーマに議論が交わされ、ディナーの席では、この地球上で温暖化の影響と移民の波を逃れうる地域はどこかが話題となった。会議のあと、ジョアンナのクライアントのショーン・プライアはニュージーランドに百ヘクタールの土地を購入した。

アビィは苦悩と罪悪感をないまぜにした複雑な思いにとらわれ、ジョアンナ・ジューンとコンタクトを取りつづけようと試みた。だがジョアンナ・ジューンは関係を保つことを拒んだ。もう少し経てばそういうこともできるようになるのかもしれないが、いまはまだ無理だ、と判断して……。彼女はFBIで、美術品の密売の捜査を専門とする男と出会った。向こうは本気の恋だと思っているが、彼女は半信半疑だ。それでもこの出会いを信じたい気がしている。

　南極はちょうど春の初めだ。ということは三カ月後には南極の西側にあるスウェイツ氷河、つまりフロリダ州ほどの面積を持つ厚さ二キロメートルの巨大な氷塊が溶け出す恐れがある。そのせいで海水面が一メートル上昇するかもしれないが、ソフィアとリアムと母親はすでに、ハワードビーチ沿いに建つ浸水の恐れがある家を引き払っている。ジューン親子はクリーブランド近郊のアクロンに、マーチ親子はルイビルに移り住んだ。軍とFBIはきちんと約束を守り、一方ジューンとマーチの親子は、今後一切互いに連絡を取り合わないと彼らに確約した。ふた組の親子の接点になりうるのはクラークだが、有罪判決書の規定によってこの先家族と連絡を取ることは禁じられている。ふたりのリアムの怒りも徐々に収まった。

　ブレイクは気を揉んでいるが、それには及ばない。というのも、FBIではもう誰も彼を追ってはいないからだ。ニューヨークのケネディ空港の税関で撮影された座席ナンバー30Eの乗客と思われる男の不鮮明な二枚の写真をもとに国家安全保障局《NSA》では顔認証システムを使い、ネットワーク上にあった百四万九千二百七十八人の顔をピックアップした。その百万なにがしのうちの千五百五十三人は、翌週に東海岸の空港のカメラの一台に映っていた乗客たちだ。だが、だからといってそれはなんの説明にもならない。さらにほかの四千四百八十二人の顔はどんなプロファイルデータにも一致せず、ときに背景として画像に映りこんでいるにすぎない。確かに彼は重複して存在しているが、明らかに人目を避けて行動しているから問題はないとＦＢＩは判断した。それにそもそも格納庫のドアを破壊して車を一台盗んだこと以外、彼にどんな罪があるのだろう？

　アンドレ・マーチはモンジュー村に新たに購入した家のキッチンの食器棚に青い陶器を置く。八月初め、村の聖堂で開催されたコンサートで彼は近くの集落に住むコントラバス奏者の女性と知り合った。出会いの準備はできていた。漆黒の髪をしたすらりと背の高い女性で、瞳は深いブルー。彼をいつも笑わせ、ひっきりなしにタバコを吸う。時々ゆったりとしたサロペットを着ていて、その大きく開いた胸あての隙間がアンドレの手を悦ばせている。さらに彼は電動自転車に乗る楽しさを知る。今朝愛を交わしたあと、彼女が寝室でふたたびまどろみ、そのあいだに彼が朝食のテーブルをととのえていると、リュシー・マーチから電話が入る。ちょっと声を聞きたくなっただけ。彼女は働いている。本人の弁を借りれば、〝猛烈すぎるほど猛烈に〟。それでも精神的には落ち着いていて、リュシー・ジューンと交代で息子と過ごすリズムも受け入れている。息子のルイは元気だ――〝ええ、あの子はびっくりするほど元気よ〟。

　ルイはもうひとりの母、リュシー・ジューンが妊娠したことを嫌がってはいない。こちらのリュシーの人生の重心は、思いも寄らないことが現実となったこの数カ月のあいだに大きく変わった。赤ちゃんができただって？　アンドレ・ジューンは嬉しさと不安の入りまじった声で聞き返した。ええ、まちがいない、わたし、妊娠した。それは新たな均衡点であり、運命を見返すための手立てだ。彼女はもうラファエルに電話をかけなかったし、彼に代わるその場しのぎの愛人もいなかった。

　エイドリアンとメレディスは、ヨーロッパはイタリアのヴェネツィアにいる。高潮《アクア・アルタ》の影響でホテルに缶詰にされているが、ふたりにとってこの一時的な幽閉はそれほど悲惨ではない。陽あたりのよい部屋はパサモンテ通りに面しているし、ルームサービスも文句のつけようがない――ホテルの支配人はエイドリアンを見てアメリカの俳優の誰かだと思うが、誰であるかは思い出せない。そしてホワイトハウスの思い出の品である、あまり白くもあまり清潔でもなくなったシャツは床に放り出されていて、その上に黒のワンピースが落ちている。ふたりの姿は見えないが、シーツがつくるピラミッドの下からこそこそ声が聞こえ、ときおりメレディスの明るい笑い声が弾ける。

九月、国防総省は〈プロトコル42〉を終了させ、〈ヘルメース作戦〉に集中することにした。作業チームは夏中ずっとさまざまな推論を立てて検討を重ねたが、ある説を無効としたり、ほかの説を確証したりできた人はいなかった。アメリカ人が中国にもう一機、重複した飛行機が存在した事実を知ることも、その飛行機に乗っていた人たちの情報を得ることもなかった。

ジェイミー・プドロスキーは最後の訓練を終え、クアンティコのバーでドライマティーニを飲んでいる。前々日、彼女は006便の乗客の保護を目的とした最終計画を承認し、晴れて西海岸のサンフランシスコへ異動することになった。翌週から彼女はそこで、地方支部および七つのサテライトオフィスを統括するポストに就くことになる。もっとも、いまの思いをたずねても、彼女はただドライマティーニをもう一杯注文するだけだろう。

〈スーパーホーネット〉の左翼下に取りつけられたサイドカメラが〈AIM120〉の軌道を追う。ホワイトハウスの地下にある司令室ではアメリカ合衆国大統領が眉根を寄せ、両のこぶしを握りしめながら巨大なモニターをにらんでいる。そう、これは難しい決断で、このおれがたったひとりで下した、ひとりで決断を下すのが、おれの役割だから……。大西洋の上空からあの同じマークル機長が操縦し、同じファヴローが副操縦士を務め、同じ人たちを乗せた三機目のエールフランス006便が出現したという知らせを受けた大統領は、問題の飛行機を撃墜せよとの指令を出した。いくらなんでもあの同じ飛行機を、三度も四度も着陸させるわけにはいかない。

最後のコーヒーをどう？　ミゼルはアンヌにたずね、彼女を引き寄せると、そのひんやりとした指をなでる。そしてわずかに開いた唇にやさしくキスをする。彼女の息はタバコとメンソールのにおいがする。ちょうどそのときだ、それが起こるのは。最初はちょっとした風のそよぎ、地面で翻る枯れ葉のつかの間の旋回でしかない。空中に微かにコントラバスの〝ファ〟の音がまじっている。大気が振動し、空が澄むが、ほんのわずかのことだ。買いものカートを引く上品な身なりの女性が書店の前で足を止め、ギャバジンのコートを着た男性が黒い大きな犬を連れて散歩し、彼らを自転車で追い越した若い女の子がブレーキをかけて止まり、スマートフォンを見て微笑む。穏やかで安らかな一刻。

ミサイルは旅客機エールフランス006便までほんの一秒のところにまで到達し、時間が、爆発までの時間が、どんどん間延びする。

起きている事象を説明するのは困難だ。言語のなかに、世界のこの緩慢な振動を、この無限に小さな波動を過不足なく明確に定義する言葉が存在しないからだ。この波動は、地球上のいたるところで同時に作用する。この世に存在するありとあらゆるものに決定的に作用する。ありとあらゆるもの、それはたとえば――

アーカンソー州の山小屋の暖炉脇で眠っていた猫　ボルドーの空をわたる灰色雁　ザンベジ川の滝
アンナプルナの純白の雪　ヴェネツィアの大運河に架かるリアルト橋　巨大スラム街ダラヴィの
渋滞した大通り　モンジュー村の家のシンクの端に置かれた汚れたスポンジ
ムンバイの自動車修理工場の中庭に捨てられたパンクした古タイヤ
トル・　ゼル　持　赤　〈イリー　の　ヒ　ップ
アン　ヴァ　ルの　輪につ　黒
イヤ　テ　〉の
二　ー　合　イ
存　在
潰
瘍
そ
し
て
少
石
の

了一　　米立

謝辞

アリ・アミール＝モエッジ、ダニエル・レヴィン・ベッカー、ポール・ベンキムーン、エデュアルド・ベルティ、エリーズ・ベトルミュー、アドリアン・ビシェ、ニック・ボストロム、エレーヌ・ブルギニヨン、オリヴィエ・ブロッシュ、サラ・シッシュ、クリストフ・クレルク、クレール・ドゥブリエ、ポール・フルネル、ジャック・ガイヤール、トマ・グンジグ、ジャック・ジュエ、フィリップ・ラクルート、ジャン＝クリストフ・ラミネット、クレマンティーヌ・メロワ、アナエル・ムニエ、ヴィクトル・プシェ、アンヌ＝ロール・ルブル、ヴィルジニー・サレ、サラ・ステルヌ、ジャン・ヴェドリヌ、ピエール・ヴィヴァール、シャルロット・フォン・エサン、イダ・ズィリオ＝グランディ。

訳者あとがき

めっぽう面白くて、とてつもなく知的。『異常《アノマリー》』は私たちの確信を弄び、言葉と文学の限界を追求する。刺激的な文学の思考実験。

——ソフィー・ジュベール、〈リュマニテ〉紙

スリラーや社会派ＳＦドラマのように人々を惹きつける、文学界の未確認飛行物体《ＵＦＯ》。

——アレクサンドル・フィヨン、〈レ・ゼコー・ウィークエンド〉誌

本書『異常《アノマリー》（原題：*L'anomalie*）』は二〇二〇年夏にフランスで刊行されるや、まさにＵＦＯのごとく世の注目を集め、見事、同年度ゴンクール賞に輝いた。それにしてもタイトルが示す通り、〝異例〟、〝異色〟といった言葉がぴったりの常ならぬ作品だ。それは本国での売り上げを見ても明らかで、二〇二一年十二月現在でなんと百十万部を突破している。文芸色が強く格式の高いゴンクール賞の受賞作が百万部以上を売り上げるのは稀で、マルグリット・デュラスの『愛人《ラマン》』以来の

快挙らしい。
老舗ガリマール社の風格ある文芸・評論シリーズ〈白いコレクション《コレクション・ブランシュ》〉から刊行されているにもかかわらず、暗黒小説《ロマン・ノワール》を彷彿させる殺し屋のエピソードから始まることも異色だろう。しかも冒頭の章が終わると殺し屋は早々に姿を消し、売れない作家、シングルマザーの映像編集者、カエルを飼う少女、黒人弁護士、ナイジェリアのポップスターなどが次々に現われる。読み進めるにつれて私たちは、これらの人物たちがパリからニューヨークへ向かう飛行機に同乗し、常ならぬ乱気流に見舞われるという異例の体験を共有していることに気づくのだが、この常ならぬ数の主人公たちの〝紹介パート〟となる本書の第一部の最後に、この飛行機をめぐって驚きの異常事態が起きていたことが明かされる……。

［これより先で、物語の展開に触れています。］

本書の魅力の一つは、全体にSF色とユーモアを漂わせながら、ユニークな着想にもとづくスケールの大きな物語がテンポよくスリリングに展開する一方で、文明論や存在論など歯応えのある深遠な問題に切り込んでいることだろう。特に本書が文学の古典的なテーマの一つ、〝分身《ダブル》〟（本書では〝重複者《ダブル》〟）の問題を扱っているのは明らかで、著者エルヴェ・ル・テリエへの各種インタビューによれば、このテーマへの興味が本書を執筆する出発点となっているようだ。そして重複者《ダブル》が出現するという、ともすればファンタジーに傾きがちな設定にリアリティーを持たせるために、哲学者ニック・ボストロムの「シミュレーション仮説」を援用したらしい。そのうえで著者は、重複《ダブル》者に対峙したときの人間の反応を幅広く提示しようと、年齢、性別、職業、階級、社会・文化的背景などを異にする多様な、けれどもある意味〝代表的な〟人物像を造型。これらの人々をもう一人の自分と対峙させることによって、それぞれが心の裡に抱えていた苦悩や秘密を浮き上がらせ、さらに重複《ダブル》者同士を隔てる三カ月余のあいだに生じた人生の変転とそれがもたらす境遇の差異を際立たせる仕掛けを施した。最終的に各人が下す選択の中身とそこに至るまでの心理の揺れは、本書の骨格を成すSF的なストーリーの行く末とともに大きな読みどころとなっている。

この多様な登場人物を描写するにあたり、それぞれの属性に合わせて章ごとに文体の雰囲気と語彙のレベルを変えている点も見逃せない。つまり一つの作品がロマン・ノワール、心理小説、恋愛小説、SF、諷刺小説、テレビドラマのシナリオ風テキストなど多彩なジャンルの文章で構成されているのだ。加えて詩、メール、新聞記事、聴取記録、書簡など形態の異なるテキストが挿入されており、文章および文体の面から見ても異例の作品と言えるだろう。造りにも工夫が凝らされており、一読後に改めて眺めてみると、時系列を前後させた構成の妙が光る。また、作中に本書と同名の作品『異常《アノマリー》』が登場する入れ子構造となっていることに加え、登場人物に作家を入れることでメタ小説としての味わいも醸しており、まさに一筋縄ではいかない異色の作品だ。

さて、この常ならぬ作品を物した著者はいかなる人物なのか。エルヴェ・ル・テリエは一九五七年、パリ生まれ。数学者、言語学者にして作家、劇作家、ジャーナリスト、編集者なども務めるマルチな才人で、神学論争から最先端の科学に至るまで、その碩学《せきがく》ぶりは本書の随所で遺憾なく発揮されている。これまでに小説、詩、エッセーなど三十ほどの著作を刊行しており、邦訳作品としては植田洋子氏がイラストと訳を手がけた『カクテルブルース in N.Y.』（求龍堂、一九九四年）と『カクテルアンコール in N.Y.』（同、一九九五年）が挙げられる。〈潜在的《ポテンシャル》文学工房〉、通称〈ウリポ〉のメンバーでもあり、二〇一九年には四代目の会長に就任。ウリポとは一九六〇年にレーモン・クノーが数学者フランソワ・ル・リヨネとともに創設した文学グループで、数学的手法を用いたテキストの変形、パロディ、特定の文字を使わずに文章を作成するリポグラムなどを通じて新しい文学の地平を追求している。当然、著者の過去の作品にもウリポの影響が色濃く見られ、クノーの『文体練習』ばりに様々な視点からモナリザを描写する *Joconde jusqu'à cent et plus si affinités*（二〇一二年）、ミッテラン大統領と一方的に友情をはぐくむ妄想書簡小説 *Moi et François Mitterrand*（二〇一六年）など遊び心溢れる作品が多い。

　本書はウリポの実験的性格こそ薄いものの、一つの言葉に複数の意味を持たせたり、言葉遊び、慣用表現の言い換え、過去の文学作品の引用やもじりなどを多用したりしているほか、ラストにも工夫が施されており、ウリポらしい企みに満ちている。著者はそうした仕掛けを、テキストに紛れ込ませたという意味で〝復活祭の卵〟になぞらえているのだが、なるほど本書は、卵を探し出してその意味を考えるという重層的な読みが楽しめる作品に仕上がっている。だが著者によれば、まずは最初から最後まで一気に読ませる作品を目指したとのこと。日本語版もその方向性に従い、読書の妨げにならないよう訳注はなるべく控えるようにした。

とはいえ、文化的背景や読書体験の異なる日本人にとっては情報を補足したほうが本書をより楽しめるのではないかと思われる箇所もあるため、ここでいくつか説明したい。

まず部の題だが、これらはすべてレーモン・クノーの詩から採られているようだ。作中に出てくるヴィクトル・ミゼルの小説『山々がぼくらを見つけに来る』と『不出来に終わった失敗』もロマン・ガリの小説 ***Clair de femme*** からの一節とのこと。またミゼルの運命の女性は〝アルルの女〟と言い表わされているが、ドーデの短篇『アルルの女』にちなみ、仏語で〝アルルの女〟とは〝いくら待っても姿を現わさない人〟の意味もある。五六頁の冒頭にある〈穏やかなフライトはみな似ているが、荒れたフライトはみなそれぞれに荒れている〉はトルストイの『アンナ・カレーニナ』の冒頭〈幸せな家族はみな似ているが、不幸な家族はみなそれぞれに不幸である〉の、三九九頁の「冬の夜二百四十三人の旅人が」はイタリアのウリポ作家、イタロ・カルヴィーノの『冬の夜ひとりの旅人が』のもじりである。ちなみに作中でマクロン大統領の科学顧問を務めている人物は、その特徴的な服装から、数学者で政治家のセドリック・ヴィラーニをモデルにしていると思われる。

本書がおもに二〇一九年に執筆、二〇二〇年に推敲され、同年八月にフランス本国で刊行されたことにもご留意いただきたい。つまり二〇二一年三月〜十月を舞台とする本書は本国での刊行当時、近未来小説であったのだ。作中において現職のアメリカ大統領とは明らかに異なる人物がその座に就いているのも、新型コロナが収束して人々が自由に旅行したりしているのもこのせいである。

ラストについても少しだけ補足説明をさせてほしい。四〇六頁にある〝潰瘍〟という語の原文は〝ulcérations〟。これはフランス語で最もよく使われる十一の文字から成る言葉で、二〇七頁でも触れられたウリポ作家のジョルジュ・ペレックが、この十一文字を組み合わせて造った様々な単語を並べた同名の詩を発表している。つまりこの言葉は著者のペレックに捧げるオマージュだ。さらに途中、文字が消失している箇所があるが、ここには読み手の能動的な読書を促す意図もあるようだ。つまり著者は、残った文字から読者が自分で言葉を見つけ出すことを期待しているのだ。だが原文にあるばらばらなアルファベットをそのままちりばめても日本語では意味を成さない箇所もあるため、そこについては訳者が二つの言葉を設定し、文字をいくつか消失させて挿入した。

読む側のそうした自由な解釈を歓迎する著者の姿勢を端的に表わしているのが、本書第三部の冒頭にあるエピグラフ、〈著者が読者の本を書くことはなく、読者が著者の本を読むこともない。両者が共有しうるのは、とどのつまり、最後の句点だけだ〉だろう。ある座談会で著者がこのエピグラフを引用し、本書には最後の句点すらない事実に触れていたことをお伝えしておこう。

とはいえ、訳者が訳すのは著者の本であり、読者の本である。著者の意図から外れないように、本書を訳すにあたって訳者から著者にたくさんの質問をぶつけたのだが、エルヴェ・ル・テリエ氏は時にユーモアを交えながらそのいずれについても丁寧にお答えくださった（著者と相談のうえ、邦訳にあたって原書の何ヵ所かを変更したこともここにお断りしておく）。深く感謝したい。また、読者に本書の魅力を最大限に届けようと奮闘してくださったフリーランス編集者の平岩壮悟氏、校閲の衣笠辰実氏、早川書房の窪木竜也氏、そして株式会社リベルの山本知子氏に心より感謝申し上げる。

二〇二二年一月

本文中の『旧約聖書』『新約聖書』の引用は、日本聖書協会版による。

YOUR SONG
Words & Music by Elton John and Bernie Taupin
© Copyright 1969 by UNIVERSAL/DICK JAMES MUSIC LIMITED
All Rights Reserved. International Copyright Secured.
Print rights for Japan controlled by Shinko Music Entertainment Co., Ltd.

GAROTA DE IPANEMA
Words by Vinicius De Moraes
Music by Antonio Carlos Jobim
© Copyright 1963 by UNIVERSAL-DUCHESS MUSIC CORPORATION
All Rights Reserved. International Copyright Secured.
Print rights for Japan controlled by Shinko Music Entertainment Co., Ltd.

訳者略歴　フランス語翻訳家　国際基督教大学教養学部社会科学科卒業　訳書『念入りに殺された男』エルザ・マルポ，『ちいさな国で』ガエル・ファイユ，『ささやかな手記』サンドリーヌ・コレット（以上早川書房刊），『星の王子さま』サン=テグジュペリ，他多数

異常《アノマリー》

2022年 2 月15日　初版発行
2022年12月15日　7 版発行

著者　エルヴェ・ル・テリエ

訳者　加藤《かとう》かおり

発行者　早川　浩

発行所　株式会社早川書房
東京都千代田区神田多町2-2
電話　03-3252-3111
振替　00160-3-47799
https://www.hayakawa-online.co.jp

印刷所　株式会社亨有堂印刷所
製本所　株式会社フォーネット社

Printed and bound in Japan

ISBN978-4-15-210079-5 C0097

JASRAC 出 2110771-207

乱丁・落丁本は小社制作部宛お送り下さい。
送料小社負担にてお取りかえいたします。

本書のコピー、スキャン、デジタル化等の無断複製は
著作権法上の例外を除き禁じられています。